CORINNE MICHAELS
Weil ich dich nicht vergessen kann

Weitere Titel der Autorin:

RETURN-TO-ME-Reihe:
Mein Herz in deinen Händen
Mein Herz will dich
Mein Herz sagt Ja

Über die Autorin:

Ihre Liebe zu Büchern und zum Schreiben half Corinne Michaels über den Trennungsschmerz während der oft monatelangen Einsätze ihres Mannes, eines ehemaligen Navy-Offiziers, hinweg. Zahlreiche ihrer Romane fanden sich seitdem auf den Bestsellerlisten der *New York Times*, *USA Today* und des *Wall Street Journal*. Als unverbesserliche Optimistin lässt sie ihre Helden gerne ausgiebig leiden und viele Hürden überwinden, bevor sie schließlich doch ihr Happy End bekommen.

Mehr Informationen unter https://corinnemichaels.com/

Corinne Michaels

WEIL ICH DICH NICHT VERGESSEN KANN

Roman

lübbe

Dieser Titel ist auch als E-Book erschienen

Die Bastei Lübbe AG verfolgt eine nachhaltige Buchproduktion. Wir verwenden Papiere aus nachhaltiger Forstwirtschaft und verzichten darauf, Bücher einzeln in Folie zu verpacken. Wir stellen unsere Bücher in Deutschland und Europa (EU) her und arbeiten mit den Druckereien kontinuierlich an einer positiven Ökobilanz.

FSC
www.fsc.org
MIX
Papier aus verantwortungsvollen Quellen
FSC® C014496

Vollständige Taschenbuchausgabe

Deutsche Erstausgabe

Titel der amerikanischen Originalausgabe: »Come Back for Me«

Textredaktion: Ulrike Gerstner, Elmshorn
Umschlaggestaltung: zero-media.net, München, unter Verwendung von Illustrationen von © shutterstock.com: Yeshe-la | Premarnunt2536; © Getty Images: Jon Lovette; © FinePic®, München
Satz: hanseatenSatz-bremen, Bremen
Gesetzt aus der Adobe Garamond Pro
Druck und Verarbeitung: GGP Media GmbH, Pößneck

Printed in Germany
ISBN 978-3-404-18827-7

5 4 3 2 1

Sie finden uns im Internet unter luebbe.de
Bitte beachten Sie auch: lesejury.de

Für Melissa Saneholtz.
Danke für deine unendliche Freundschaft,
für Lachen und Liebe.
Du darfst das gern als
Grund Nummer 2.099.485 verbuchen.

Eins

Connor

»Arrowood! Wach auf, verdammt!«

Jemand boxt mir gegen den Arm, und ich schnelle vom Sitz hoch. Mein Blick zuckt unruhig umher, und ich suche nach der Gefahrenquelle, doch ich sehe nur meinen Kumpel Liam, der im Flugzeug neben mir sitzt.

»Mann, du redest aber echt gern im Schlaf.«

Ich reibe mir mit der Hand durchs Gesicht und versuche, einen klaren Kopf zu bekommen. »Keine Ahnung, wovon ich geträumt habe.«

»Von einer Frau.«

Toll. Gott weiß, was ich da erzählt habe.

»Das bezweifle ich.«

»Alter, du hast definitiv im Schlaf geredet.« Er schlägt eine höhere Tonlage an. »Oh, Connor, du bist so sexy. Ja, mach es mir so.« Dann spricht er normal weiter. »Ich sag ja nur, dass es sehr lebhaft war.«

Ich weiß ziemlich genau, wovon ich geträumt habe – von einem Engel. Einer wunderschönen Frau mit dunkelbraunem Haar und den blauesten Augen, die ich je gesehen hatte. Dabei spielt es keine Rolle, dass ich vor acht Jahren nur eine einzige Nacht mit ihr verbracht habe. Ich erinnere mich in allen Einzelheiten an sie.

Wie sie lächelte und mich mit einem Winken aufforderte,

ihr zu folgen. Wie meine Beine sich auch ohne Genehmigung meines Hirns in Bewegung setzten. Es war, als wäre sie vom Himmel geschickt worden, um mich zu retten.

Das war ebenfalls der Abend gewesen, an dem mein Vater sich so betrunken hatte, dass er mir unerwartet einen Fausthieb versetzte, als ich mich verabschiedete, um ins Bootcamp einzurücken. Da schwor ich mir, nie wiederzukommen.

Sie war vollkommen, und ich weiß nicht einmal ihren Namen.

Ich versetze Liam einen Stoß mit dem Ellbogen. Den Teufel werde ich ihm davon erzählen. »Glücklicherweise bist du verheiratet. Inzwischen wäre keine Frau mehr so dumm, etwas mit dir anzufangen. Du siehst beschissen aus, und du bist ein Arschloch.«

Er grinst und denkt zweifellos an seine Frau. Manche Kerle haben einfach alles – und Liam Dempsey gehört dazu. Er hat eine schöne Frau, die zu Hause auf ihn wartet, Kinder, Freunde und obendrein noch eine Bilderbuch-Kindheit.

Im Prinzip ist sein Leben das Gegenteil von meinem.

Das einzig Wertvolle, was ich habe, sind meine Brüder.

»Wovon redest du? Es hat durchaus einen Grund, dass die anderen mich Dreamboat und dich Arrow rufen. Ich bin ein verdammter Traum.«

»Geht das schon wieder los? Sie nennen mich wegen meines Namens so, Idiot.«

Lachend zuckt Liam die Schultern. »Kann sein, aber in meinem Fall bezieht es sich auf meine strahlende Persönlichkeit.«

Er ist ein totaler Schwachkopf, doch er wird mir fehlen. Ich werde mein ganzes Team vermissen. Ich hasse den Gedanken, dass dies mein letzter Einsatz war und ich nicht mehr dieser

Bruderschaft angehören werde. Ich habe es geliebt, ein Navy-SEAL zu sein.

»Zum Glück bist du so eingebildet, dass ich dein riesiges Ego schon von Weitem erkennen werde, egal, wo ich lande.«

»Irgendeine Idee, wo das sein wird oder was du jetzt vorhast?«, will Liam wissen.

Ich lehne mich auf dem viel zu unbequemen Sitz in der Galaxy-Maschine zurück und stoße einen tiefen Seufzer aus. »Keine Ahnung.«

»Schön zu hören, dass du alles im Griff hast. Du musst die Kurve kriegen. Im Leben wird einem nichts geschenkt.«

Liam war bei den letzten zwei Einsätzen mein Teamleiter und ist wie ein großer Bruder für mich, aber jetzt gerade kann ich keine Predigt gebrauchen. Ich habe drei ältere Brüder, von denen ich bereits genug auf die Ohren bekomme.

Andererseits sind die SEALs wohl auch so etwas … Brüder, meine ich. Brüder, die alles füreinander tun würden, sogar dem anderen durch eine gewaltige Umstellung helfen, wenngleich die sich schon eine Weile angekündigt hat. Vor drei Jahren war ich im Einsatz. Eine Routinekontrolle, doch dann versuchte ein Wagen, die Absperrung zu durchbrechen, und zerquetschte mir das Bein. Ich wurde ein paarmal operiert, alles sah gut aus, aber es ist nicht richtig verheilt. Bei dem letzten Einsatz war ich für leichten Dienst eingeteilt, im Wesentlichen musste ich Verwaltungsaufgaben erledigen. Dabei hasse ich Büroarbeit. Am liebsten wäre ich da draußen gewesen und hätte auf meine Brüder aufgepasst. Schließlich teilte der Doc mir mit, sie würden mich aus medizinischen Gründen entlassen.

Ich bin körperlich nicht mehr geeignet, ein SEAL zu sein.

Und wenn ich das nicht kann, dann will ich gar nichts mehr mit dem Laden zu tun haben.

»Ich habe Pläne.«

»Und was zum Beispiel?«, hakt Liam weiter nach.

»Also erst mal, dich in den Hintern zu treten.«

»Du könntest es versuchen, Kleiner, doch wetten würde ich darauf nicht.«

»Wenn mein Bein hundertprozentig …«

Liam schüttelt den Kopf. »Ich würde dich trotzdem umhauen. Aber Scherz beiseite, du kannst nicht in zwei Wochen deine Entlassungspapiere unterschreiben und keine Ahnung haben, was du vorhast.«

Als ich vor zwei Wochen meinen ältesten Bruder Declan angerufen habe, war er genauso drauf und hat mir deswegen im Nacken gesessen. Dec hat eine große Firma in New York City und meinte, er suche nach einem neuen Leiter für seine Security, aber ich hätte lieber mein schlimmes Bein in eine Häckselmaschine gesteckt, als für ihn zu arbeiten. Er ist ein Hitzkopf, der alles besser weiß und nicht vernünftig zahlt. Davon habe ich gerade acht Jahre hinter mir, und ich hätte wirklich gern ein finanzielles Upgrade.

Ganz unrecht hat Liam trotzdem nicht. Von meinen schmalen Ersparnissen kann ich nur eine gewisse Zeit leben, und dann muss ich mir einen Job besorgen.

»Ich denke mir schon etwas aus«, erkläre ich ihm.

»Warum gehst du nicht zurück auf die Farm?«

Ich kneife die Augen zusammen und unterdrücke die Wut, die in mir aufsteigt, als er die Farm erwähnt. »Dieses Stück Land betrete ich erst wieder, wenn ich den Mann begraben kann, der dort noch wohnt.«

Wir Arrowood-Brüder haben uns geschworen, aufeinander aufzupassen und einander zu beschützen, und das haben wir alle getan, bis ich fortgehen konnte. Ich habe diese Farm in Pennsylvania zum letzten Mal zwei Wochen nach meinem Schulabschluss aufgesucht. Lieber würde ich auf der Straße leben, als dorthin zurückzukehren.

Er hebt abwehrend die Hände. »Schon gut, Bruder, nicht nötig, so dreinzuschauen, als wolltest du mir den Hals umdrehen. Hab's ja kapiert. Du gehst nicht nach Hause. Ich mache mir bloß Sorgen. Ich habe so oft erlebt, wie die Jungs nach ihrem Abschied nicht mit der zivilen Welt klargekommen sind. Wir meckern zwar ständig über dieses Leben, aber es ist immerhin ein Teil von uns, oder?«

Er hat recht. Verdammt, das war mir ebenfalls bewusst, doch ich war auch einfach noch nicht bereit, dass es für mich mit der Entlassung enden würde. Zumal ich liebend gern zwanzig Jahre gedient hätte, denn die Navy hat mir das Leben gerettet. Wenn ich mich nicht freiwillig gemeldet hätte, wäre ich im Gefängnis gelandet. Dann, als ich dabei war, wurde ich für die Kampftaucher ausgewählt und wollte nie wieder etwas anderes machen. Aber jetzt habe ich nicht zu entscheiden.

»Ich bin mir gerade nicht sicher, was ich sonst machen soll.«

»Mein Kumpel Jackson hat eine Firma, die abgehalfterte SEALs anheuert. Er hat bestimmt noch Platz für einen Mann.«

Ich strecke Liam den Mittelfinger entgegen. »Ich zeige dir gleich, wer hier abgehalftert ist.«

Bevor wir weiter in Streit geraten können, gehen die Offiziere herum und teilen uns mit, dass wir bald landen und wie sie sich den Ausstieg vorstellen.

Wenn Soldaten nach Hause kommen, herrscht immer ein unbeschreiblicher Aufruhr. Diese Veranstaltungen sind voller Emotionen, Ballons, Trubel, Freudentränen und einer ganzen Menge Aufregung. Die Ehefrauen haben sich schick gemacht, und die Kids sehen perfekt herausgeputzt aus, obwohl jeder von uns weiß, dass ihr Leben in den letzten neun Monaten alles andere als vollkommen war. Die Familien sind so erpicht darauf, einen Blick auf ihren Angehörigen zu erhaschen, dass sie sich fast überschlagen.

Wir empfinden das ein wenig unterschiedlich. Wir wollen zwar nach Hause und die Menschen treffen, die wir lieben. Aber gleichzeitig wissen wir, dass es nicht einfach wird. Es kann nicht leicht sein, einen Mann im Herzen zu tragen, der ständig auf dem Sprung ist, wieder fortzugehen. Deswegen bin ich dankbar dafür, dass Liebe und Ehe nie besonders weit oben auf meiner Prioritätenliste gestanden haben.

Mir gefällt der Gedanke, dass niemand ein Opfer bringen muss, um mich zu lieben.

Der Commander verstummt und wartet, bis er aller Aufmerksamkeit hat. »Patterson und Caldwell gehen als Erste, weil sie Babys bekommen haben, während wir im Einsatz waren. Dann steigen wir in alphabetischer Reihenfolge aus. Sobald ihr euch bei mir abgemeldet habt, schnappt ihr euer Zeug und taucht erst in zwei Wochen wieder auf der Basis auf, verstanden?«

»Jawohl«, antworten wir einstimmig.

Er legt sein Klemmbrett weg und mustert uns alle. »Zwingt mich nicht, meiner Frau zu erklären, dass ich das Haus verlassen muss, um einem von euch Idioten aus der Patsche zu helfen.«

Ein paar von uns lachen, er allerdings nicht, denn beim vorletzten Einsatz ist genau das passiert. Zum Glück nicht mir.

Das Flugzeug setzt auf, und ich schwöre, dass ich die veränderte Energie spüren kann. Da wir nach dem Alphabet aussteigen, wäre ich einer der Ersten. Doch in unserem Team gibt es viele Männer, die Kinder haben. Ich werde warten, bis sie draußen sind, mir bei Commander Hansen den Anschiss abholen und dann fröhlich meiner Wege gehen wie die anderen Singles.

Der Commander ruft meinen Namen, aber ich bleibe sitzen. Noch einmal schreit er: »Arrowood!« Er starrt mich aufgebracht an, doch ich zucke die Schultern. »Herrgott, bei jedem verdammten Einsatz macht ihr Idioten das. Schön, ich habe dich zweimal aufgerufen, und wenn du jetzt nicht aufstehst, kannst du dich wieder hinten anstellen. Ich bin von Idioten umzingelt.«

»Wir sehen uns in ein paar Wochen«, sagt Liam, als er genannt wird.

»Ich komme mich auf jeden Fall verabschieden.«

Er versetzt mir einen Klaps auf die Brust. »Mach das.«

Nachdem alle anderen Namen aufgerufen worden sind, höre ich meinen ein weiteres Mal.

Der Commander wirkt nicht besonders glücklich, aber ich bemerke auch den Hauch von Stolz, den er hinter seiner finsteren Miene verbirgt. »Du bist ein guter Kerl.«

»Diese Kids wollen ihre Väter sehen.«

Er nickt. »Hier sind deine Papiere. Wir treffen uns in vierzehn Tagen.«

Ich nicke, nehme den Papierkram und gehe davon. Die Sonne scheint, und die Luft riecht sauber. Weder Staub noch Dreck kleben an meiner Haut, als ich die Gangway hinuntersteige.

»Hey, du Depp.«

Ich erstarre eine Sekunde lang und wende mich dann meinem Bruder zu – der gar nicht hier sein sollte. »Sean?«

Mit ausgebreiteten Armen und einem strahlenden Lächeln tritt er auf mich zu. »Gut, dass du in einem Stück nach Hause gekommen bist.«

Wir umarmen einander und klopfen uns gegenseitig auf den Rücken.

»Was zur Hölle machst du denn hier?«

»Ich dachte, jemand sollte dich nach deinem letzten Einsatz abholen.«

»Ist jedenfalls schön, dich zu sehen«, erkläre ich lächelnd.

»Ich freue mich auch, kleiner Bruder.«

Ich mag vielleicht der Jüngste sein, doch klein bin ich gewiss nicht. Sean ist der mit der geringsten Körpergröße von uns, aber er hat das größte Herz. Manchmal wünsche ich mir, ich wäre ihm ähnlicher.

»Willst du dich wirklich mit mir anlegen? Du weißt genau, dass ich dich in zehn Sekunden erledige.«

Er klopft mir auf die Schulter. »Heute nicht. Ich bin aus einem anderen Grund hier.«

»Ach ja?«

»Wir müssen uns mit Declan und Jacob treffen …«

Ein Hauch von Besorgnis steigt in mir auf. Wir veranstalten eigentlich keine Familientreffen. Ich glaube, zu viert haben wir uns zuletzt an dem Tag gesehen, als ich das Bootcamp abgeschlossen hatte. Meine Brüder und ich sind jeweils ein Jahr auseinander. Unsere arme Mutter hat vier Kinder in vier Jahren zur Welt gebracht und dann die nächsten sieben Jahre vier Söhne großgezogen, die nicht einfach waren. Wir haben uns zusammengeschlossen und waren die besten Freunde – und haben allen möglichen Unsinn angestellt.

Doch heute sind wir in alle Winde verstreut und sehen uns meist nur eins zu eins.

»Wo treffen wir sie?«

Sean beißt die Zähne zusammen und stößt einen tiefen Seufzer aus. »In Sugarloaf. Unser Vater ist tot. Zeit, nach Hause zu kommen.«

Zwei

Connor

»Und jetzt ist es vorbei«, erklärt Declan und sieht in das Loch im Boden hinunter, in dem der Sarg steht.

Der Friedhof ist alt, und ein paar Grabsteine sind nach wie vor geborsten, nachdem wir ihn eines Abends abgefackelt hatten, weil wir Idioten waren.

Es ist still, und der Geruch nach Land liegt in der Luft. Es riecht ein wenig nach Dung, ein bisschen nach Rauch und stark nach alter Verbitterung. Ich dachte, wenn mein Vater tot wäre, würde es mir besser gehen, aber ich empfinde nur Zorn.

»Nicht ganz«, ruft Sean uns ins Gedächtnis. »Wir müssen uns noch darauf einigen, was wir mit der Farm und dem Land anfangen.«

»Alles niederbrennen«, sage ich gleichgültig.

Es macht mich nervös, wieder hier zu sein. Obwohl er nicht mehr da ist, habe ich immer noch das Gefühl, als beobachte er uns, verurteile uns und bereite sich aufs Zuschlagen vor. Zur Hölle, es fühlt sich an, als würden die Geheimnisse, die wir seinetwegen gehütet haben, mir den Hals zuschnüren.

»Connor hat nicht unrecht. Ich hätte allerdings ein besseres Gefühl, wenn der Alte noch im Haus wäre, sobald wir es anzünden«, setzt Jacob hinzu.

Ganz meine Meinung. Früher war mein Vater ein guter

Mann. Er liebte seine Söhne, seine Frau und seine Farm und widmete sich all dem von ganzem Herzen. Dann starb meine Mutter, und damit verloren wir beide Elternteile.

Der freundliche, lustige und schwer arbeitende Mann, der mich Radfahren und Angeln gelehrt hatte, war verschwunden. Er war nur noch die leere Hülle eines Mannes, ein Säufer, der seinem Zorn mit den Fäusten Ausdruck verlieh.

Und, verdammt, war er zornig.

Auf jeden. Auf alles. Aber größtenteils auf meine Brüder und mich, weil wir ihn an die Frau erinnerten, die er geliebt und die Gott ihm viel zu früh genommen hatte. Als hätten wir nicht ebenfalls um den Verlust der wunderbarsten Mutter auf Erden getrauert.

Dec schüttelt den Kopf. »Der Besitz ist das Einzige, was der Mistkerl uns hinterlassen hat, und das alles hier ist Millionen wert. Außerdem haben wir Moms Asche hier verstreut. Wir werden uns in Geduld üben, so wie immer schon, und das Ganze verkaufen. Außer, einer von euch will die Farm?«

»Zur Hölle, nein.« Ich will verdammt noch mal nichts damit zu tun haben. Ich will diesen Ort aus meinem Leben streichen, um nie wieder nach Sugarloaf zurückkehren zu müssen.

Alle anderen brummen zustimmend.

»Also, wir müssen uns irgendwann diese Woche mit dem Notar treffen, und dann verkaufen wir das verfluchte Ding.«

Ich zweifle nicht daran, dass Dec schon seine Beziehungen hat spielen lassen, damit wir so schnell wie möglich aus diesem Höllenloch verschwinden können. So wie wir alle hat er in dieser Stadt vieles zurückgelassen, dem er aus dem Weg gehen will, was jedoch nicht umsetzbar sein wird, wenn wir uns länger als einen Tag hier aufhalten.

Zu viert quetschen wir uns in Seans Wagen und fahren zum

Haus zurück. Sobald wir allerdings die Auffahrt erreichen, hält das Auto an.

Die hölzernen Säulen sind verwittert, aber immer noch unverwüstlich, und zwischen ihnen hängt das Schild, in das unser Familienname eingebrannt ist. Ich versuche, nicht an die Stimme meiner Mutter zu denken, doch die Erinnerung setzt zu stark und zu schnell ein, und ich bin wieder acht Jahre alt.

»Also, was ist eine Wahrheit über einen Pfeil?«

Ich stöhne, als sie die Augenbrauen hochzieht und auf die Antwort wartet.

»Mom, ich habe das neue Nintendo-Spiel zu Hause, und ich will damit anfangen.«

»Dann sage es mir lieber schnell, Connor. Was ist eine Wahrheit über einen Pfeil?«

Ich habe das Geld gespart, das ich zu meinem letzten Geburtstag bekommen hatte, aber es reichte nicht, daher musste ich mir für das Spiel Geld von Jacob leihen. Er ist so gemein, dass er mich gezwungen hat, sechs Monate seine Pflichten im Haushalt zu übernehmen, jetzt jedenfalls habe ich den neuen Super-Mario. Ich will nur spielen. Der Pfeil ist mir egal.

Sie hält das Auto an und verschränkt die Arme.

»Warum müssen wir das jedes Mal aufsagen?«, frage ich.

»Weil es wichtig ist. Familie ist das Wichtigste in diesem Leben, und ohne sie hast du nichts. Wenn wir diese Schwelle überqueren, sind wir wieder zu Hause. Wir sind bei den Menschen, die uns lieben, und du, mein Junge, wirst immer hierhergehören.«

Mama ist der beste Mensch, den ich kenne, und sosehr ich mich auch nach dem Nintendo-Spiel sehne – und ich will es wirklich –, wünsche ich mir noch mehr, sie glücklich zu machen. Ich mache Mama gern glücklich.

»Man kann erst einen Pfeil abschießen, wenn man seinen Bogen zerbricht«, murmle ich und hasse es, dass sie mich ausgerechnet diesen Satz immer wieder aufsagen lässt.

Sie lächelt. »Richtig. Und warum ist das von Bedeutung?«

»Moom«, jammere ich, denn das Spiel ruft nach mir.

»Komm mir nicht mit ›Moom‹.« Tadelnd schnalzt sie mit der Zunge. »Warum ist das von Bedeutung?«

»Wenn man den Bogen nicht zerbricht, kommt man niemals voran, und ein Pfeil ist dazu bestimmt davonzufliegen.«

Sie sieht mich an, und ihr Blick ist voller Liebe und Glück. »Genau, und euch ist Großes bestimmt. So, jetzt wollen wir nachsehen, ob deine Brüder das Haus stehen gelassen haben.«

»Und ich darf mein Spiel spielen.«

Mom lacht. »Ja, das auch – sobald du deine Hausarbeiten erledigt hast.«

»Ich kann das nicht«, gesteht Sean und starrt die unbefestigte Auffahrt an.

Meine Brüder haben diesen Ort verlassen, einer nach dem anderen, und sind dann abwechselnd zurückgekehrt, bis ich alt genug war, um ebenfalls fortzugehen. Sie haben mich auf eine Art beschützt, die ich damals gar nicht zu schätzen wusste. Jacob ist ein Jahr später aufs College gegangen, um sicherzustellen, dass Sean Baseball spielen konnte und ich nicht allzu oft allein mit Dad war. Nachdem Jacob weggezogen war, nahm Sean mich mit ins Stadion und sorgte dafür, dass ich ab und zu aus dem Haus kam. Declan ging zum College, verbrachte aber die Sommer zu Hause auf der Farm, damit er mich so oft wie möglich vor Dads Fäusten schützen konnte.

Declan wirkt am unbehaglichsten, doch er ist auch der willensstärkste von uns allen.

»Was ist eine Wahrheit über einen Pfeil?«, stößt er erstickt hervor, und ich schließe die Augen.

Mom. Was würde sie jetzt von uns halten? Würde sie verstehen, warum wir alle von hier fortgegangen sind? Hat sie gesehen, wie er uns durch die Hölle geschickt hat und was seinetwegen aus uns geworden ist?

Jacob gibt die Antwort. »Wenn man die Hälfte der Federn entfernt, fliegt der Pfeil schief und ändert seine Flugbahn. Deswegen ist Zusammenhalt so wichtig.«

»Mom wäre enttäuscht von uns«, sagt Declan. »Wir haben keine Frauen, keine Kinder, bloß Jobs.«

»Wir haben einander«, melde ich mich zu Wort. »Das war schon immer so, und sie hätte sich das gewünscht.«

Declan starrt aus dem Autofenster. »Sie hätte gewollt, dass wir mehr vom Leben haben …«

»Tja, schwierig, wenn man so aufgewachsen ist wie wir.« Jacobs Stimme klingt leise und tief betrübt. »Wir haben einen Pakt geschlossen. Nicht heiraten, keine Kinder und niemals im Zorn die Hand erheben. Sie hätte Verständnis dafür gehabt. Sie hätte sich gewünscht, dass wir zusammenhalten und nie so werden, wie er am Ende war.«

Vielleicht. Gott weiß, dass wir das hofften. Ich möchte gern glauben, dass sie auf uns heruntergeschaut, alles gesehen und verstanden hat, dass ihre Söhne diese Entscheidung aus gutem Grund getroffen hatten. Ich hatte sie am kürzesten, aber ich denke, sie hätte unseren Wunsch respektiert, andere zu schützen.

Wenn wir von einem solchen Mann abstammten, steckte das bestimmt auch in uns.

Declan sieht Sean an, den Bruder, der ihr bei Weitem am nächsten stand. Er hat sich die Nacht, in der sie starb, nie verziehen. »Fahr, Bruder. Zeit, dass wir weiterkommen.«

Sean knallt die Hand aufs Steuer, legt dann den Gang ein und fährt langsam den Pfad zur Hölle entlang.

Niemand von uns spricht. Ich weiß, dass ich keinen Gedanken lange genug fassen kann, um ein Wort zu sagen. Überall sind Erinnerungen.

Der Zaun, der die Auffahrt säumt. Dort pflegten meine Brüder zu sitzen, den Kühen zuzusehen und davon zu träumen, von hier wegzulaufen. Ich entdecke den Baum auf der linken Seite des Grundstücks, wo wir uns aus Holzresten eine Leiter gebaut hatten, damit wir in die Äste klettern und so tun konnten, als wären wir in unserem Versteck sicher.

Dort oben konnte Dad uns nichts anhaben.

Er war immer zu betrunken, um mehr als zwei Sprossen hochzusteigen.

Rechts liegt der Schießstand, wo meine Brüder und ich mit Pfeil und Bogen trainiert und uns stundenlang vorgestellt haben, wir wären Robin Hood oder andere große Männer, die Gutes taten.

Ich höre noch, wie wir vier diskutieren, wer der beste Schütze war, obwohl wir die ganze Zeit wussten, dass Sean der beste war. Der Mistkerl hatte immer die perfekte Haltung und traf am genauesten.

Und dann kommt das, was einmal mein Zuhause war, in Sicht.

»Das ist wie eine verdammte Zeitschleife«, sagt Dec. »Nichts hat sich verändert.«

Er hat recht. Das Haus sieht genauso aus wie damals, als ich gegangen bin. Es hat zwei Stockwerke und eine große Veranda mit einer Schaukel, die um das ganze Gebäude herum verläuft. Die weiße Farbe ist verblasst und blättert ab. An einem der Fenster fehlen die schwarzen Läden, und an einem anderen hängen sie schief. Seine Struktur ist vielleicht dieselbe, aber es ist nicht das Zuhause, an das wir vier uns erinnern.

Ich räuspere mich. »Nur, dass es jetzt eine verfluchte Ruine ist.«

»Ich glaube, der Alte hat keinen verdammten Finger mehr gerührt, seit wir fortgegangen sind«, sagt einer meiner Brüder hinter mir.

Unmöglich, dieses Haus zu dem Preis loszuschlagen, den es wert ist. Obwohl das Haus nie das Wichtigste war, sondern das Land. Über hundertzwanzig Hektar bestes Weideland in Pennsylvania. Ein Bach schlängelt sich hindurch, es gibt saftiges Gras für die Kühe, und es ist malerisch schön.

»Wie denn auch?« Declan schnaubt verächtlich. »Er hatte keine Arbeitssklaven mehr, die sich um alles gekümmert haben, während er sich das Hirn weggesoffen hat.«

Ich nicke und spüre eine neue Art Zorn auf ihn. Er hätte sich wenigstens um die Farm kümmern können.

»Was ist mit den Tieren?«, fragt Sean.

»Wir müssen eine komplette Bestandsaufnahme anstellen, damit wir wissen, womit zum Teufel wir es zu tun haben«, sage ich.

Meine Brüder sind meiner Meinung, daher teilen wir uns die Aufgaben auf. Zeit, festzustellen, was er sonst noch zerstört hat.

Die Farm ist ein Chaos, rede ich mir immer wieder ein. Ein Albtraum. Er hat absolut alles verkommen lassen bis auf die Melkanlage, die er in Betrieb halten musste, um genug Geld für seinen Schnaps zu verdienen.

Trotzdem ist es unglaublich, wie er das Land heruntergewirtschaftet hat. Ein Erbe, das über zehn Millionen hätte einbringen können, ist höchstens noch die Hälfte wert. Es wird verdammt viel Arbeit kosten, die Farm auch nur annähernd so herzurichten, dass sie den Kaufpreis einbringt, den wir uns vorstellen.

Ich gehe durch das Feld, das links vom Bach liegt, zu der Stelle, an der ich mich immer verborgen gehalten habe. Ich war zehn, als mein Vater sich zum ersten Mal in einen Wutrausch trank, und Declan hat die Prügel eingesteckt, sich vor uns gestellt und uns befohlen, wegzulaufen und uns zu verstecken.

Damals habe ich nicht wirklich begriffen, was los war; nur, dass mein Bruder, den ich liebte, auf mich einschrie, ich solle weglaufen.

Also tat ich es.

Ich rannte. Ich rannte so schnell, dass ich nicht wusste, ob ich je wieder stehen bleiben könnte. Ich rannte, bis ich keine Luft mehr bekam. Ich hielt erst an, als ich mir sicher war, dass mich hier niemand finden könnte. Denn in Declans Augen hatte etwas gestanden, was ich noch nie darin gesehen hatte – Angst.

Jetzt stehe ich am Bachufer und sehe zu der Plattform hinauf, die ich in den Baum gebaut hatte und wo ich viele Tage und Nächte verbracht habe, um der Hölle in meinem Haus zu entrinnen.

Was für eine verdammte Sauerei.

Dies ist der letzte Ort, an dem ich sein will. Andererseits brauche ich mich vor nichts mehr zu verstecken. Ich bin nicht länger der verängstigte kleine Junge, und im Haus lauern keine Ungeheuer mehr. Trotzdem kann ich mich eines hohlen Gefühls im Bauch nicht erwehren.

Die Stille ist beinahe hörbar, als ich jetzt hier stehe und dem Plätschern des Bachs lausche, das mich in den Schlaf zu wiegen pflegte. Das Farmland ist wunderschön. Ich kann nicht anders, als das üppige Grün und am Himmel die dunklen Rosatöne des Sonnenuntergangs zu bewundern, der die Wolken anstrahlt und sie wie Zuckerwatte aussehen lässt.

Ich schließe die Augen, wende mein Gesicht dem Himmel zu und höre meinen eigenen Atem.

Und dann vernehme ich von oben ein dumpfes Geräusch, und abrupt schalten sich all meine Sinne ein.

Ich blicke mich um, um festzustellen, was das war.

Dann ein Schniefen.

»Hallo?«, rufe ich und drehe mich zu dem Baum und der Plattform um, die hoch in seinen Ästen sitzt.

Ein Schleifen – Füße, die über das Holz schlurfen. Dort oben ist jemand. Es muss ein Kind sein, denn ein Erwachsener könnte sich nicht auf dieser Plattform verstecken. Doch der unbekannte Jemand gibt keine Antwort.

»Hallo? Ich weiß, dass du da oben bist«, sage ich sanfter und versuche, weniger bedrohlich zu klingen. »Du brauchst keine Angst zu haben.«

Noch eine Bewegung und dann etwas, das eindeutig ein Schmerzensschrei ist.

Ich warte nicht ab, sondern steige in den Baum. Beim Bau der hölzernen Leiter haben meine Brüder mir geholfen, damit ich mich hier immer verstecken konnte.

»Ich komme rauf. Hab keine Angst«, sage ich, denn ich will nicht, dass die Person, die da oben ist, von der kleinen Holzplanke hinunterfällt.

Als ich die Plattform erreiche, kauert ein kleines Mädchen in der Ecke. Furcht steht in ihren weit aufgerissenen Augen. Sie scheint nicht viel älter zu sein, als ich es gewesen bin, als ich zum ersten Mal hier Zuflucht gesucht hatte. Aber ich habe nicht viel mit Kindern zu tun, daher habe ich keine Ahnung, wie alt sie wirklich ist. Was ich wiedererkenne, sind die Angst und die Tränen, die ihr übers Gesicht laufen. Ich muss genauso ausgesehen haben, wenn ich hier saß.

»Ich tue dir nichts. Geht's dir gut? Ich habe dich weinen gehört.«

Sie nickt schnell.

»Okay, bist du verletzt?«

Eine Träne läuft ihr über die Wange, und sie nickt noch einmal und hält sich den Arm.

»Ist es dein Arm?«, frage ich und weiß, dass es so ist. Als sie immer noch nichts sagt, versuche ich mich daran zu erinnern, wie es sich angefühlt hat, sich verletzt und allein auf einem Baum zu verstecken. »Ich bin Connor und habe früher hier gewohnt. Das war mein liebster Platz auf der ganzen Farm. Wie heißt du?«

Ihre Unterlippe zittert, und sie scheint mit der Entscheidung zu ringen, ob sie mir antworten darf. Schließlich beobachtet sie mich aus ihren grünen Augen wie ein Habicht und presst die Lippen zusammen, um mir zu bedeuten, dass sie auf keinen Fall mit mir reden will.

Ich steige noch eine Sprosse höher und stütze mich auf die Plattform. »Ist schon gut, du brauchst es mir nicht zu sagen.«

Ich werde so lange hier oben bleiben, wie es dauert, sie herunterzulocken.

Sie setzt sich auf, sodass ihr braunes Haar um ihr Gesicht fällt, schnieft und schiebt es zurück. »Du bist ein Fremder«, erklärt das kleine Mädchen.

»Ja. Und es ist richtig, nicht mit Fremden zu reden. Würde es dir helfen, wenn ich dir sage, dass ich bei der Navy so etwas wie ein Polizist war?«

Sie kneift die Augen zusammen und mustert mich. »Polizisten haben Uniformen.«

Kluges Kind. Ich grinse. »Stimmt. Ich hatte eine, aber jetzt arbeite ich nicht, sondern bin auf der Farm. Kannst du mir erzählen, wie du dir am Arm wehgetan hast?«

»Ich bin gefallen.«

»Wieso bist du hier hochgeklettert?«

Sie rutscht ein wenig herum. »Ich wollte, dass mich niemand findet.«

Mein Magen zieht sich zusammen, als eine Million Erklärungen dafür in mir aufsteigen, weshalb dieses kleine Mädchen sich mit Schmerzen im Arm hier oben versteckt, statt nach Hause zu laufen, um Hilfe zu suchen. Ich muss mich beherrschen und mir ins Gedächtnis rufen, dass nicht jeder ein so mieses Familienleben hat wie ich. Sie könnte alle möglichen Gründe haben.

»Warum nicht?«

Sie beißt sich auf die Unterlippe. »Daddy hat gesagt, ich darf das Haus nicht verlassen, und ich wollte nicht, dass er böse wird.« Dann wischt sie sich die Nase mit dem Arm ab, und noch eine Träne läuft. »Ich wollte hier warten, bis Mommy heimkommt.«

Ich nicke ihr verständnisvoll zu. »Also, ich bin mir sicher, dass dein Daddy sich Sorgen um dich macht. Wir sollten dich nach Hause bringen, damit sich jemand deinen Arm ansieht.«

»Er wird so böse sein.« Ihre Lippen zittern.

Das arme Ding hat panische Angst. Keine Ahnung, ob vor ihrem Vater oder weil sie ungehorsam war. Ich weiß nicht, wer sie oder ihr Vater sind, aber ich kann sie nicht verletzt und verängstigt hier sitzen lassen, sonst fällt sie noch herunter.

»Und wenn ich ihm nicht sage, wo ich dich gefunden habe, solange er nicht fragt?«

Neugierig mustert sie mich. »Lügen, meinst du?«

»Nein. Ich finde nur, dass Freunde Geheimnisse haben dürfen. Und wir sind doch jetzt Freunde, oder?«

»Schätze ja.«

»Also, meine Freundin, du weißt, dass ich Connor heiße, aber ich kenne deinen Namen immer noch nicht.«

Sie schürzt die Lippen. »Ich bin Hadley.«

»Nett, dich kennenzulernen, Hadley. Darf ich dir herunterhelfen, da dein Arm verletzt ist?«

Eifrig nickt Hadley.

Ich weise sie an, zu mir herüberzurutschen, und dann schlingt sie einen Arm um meinen Hals und hält sich fest, während ich mit ihr hinuntersteige, ohne sie allzu sehr durchzuschütteln. Als wir den Boden erreichen, setze ich sie ab und gehe in die Hocke.

Wir befinden uns auf Augenhöhe, und etwas daran, wie sie mich ansieht – als wäre ich ihr Retter –, zieht mir das Herz zusammen.

»Was macht dein Arm?«

»Er tut weh.« Sie klingt verzagt, und ihre Stimme zittert ein wenig vor Schmerz. Sie nimmt den Arm vor den Körper und hält ihn fest.

»Darf ich ihn ansehen?«

Hadley ist ein winzig kleines Ding. Ich habe allerdings keinen Vergleich und keine Ahnung, wie alt sie sein könnte, ob das eine normale Größe für ein Kind ist oder ob ich ein Idiot bin.

»Okay.«

Ich werfe einen Blick darauf, und der Arm wirkt, als hätte sie ihn sich geprellt. Er ist angeschwollen, doch nicht offensichtlich gebrochen.

»Tja, sehr schlimm sieht er nicht aus, aber ich finde, wir

sollten dich nach Hause bringen, damit deine Eltern sich vergewissern können, dass er nicht gebrochen ist. Wo wohnst du?«

Sie zeigt über den Bach zur Walcott-Farm.

»Heißt du mit Nachnamen Walcott?«

»Jepp.«

Ich lächle. Gut zu wissen, dass die Farm nicht verkauft worden ist. Die Walcotts waren gute Leute. Meine Mutter und Mrs Walcott waren eng befreundet. Nach Moms Tod pflegte Jeanie uns Essen zu bringen und dafür zu sorgen, dass wir ab und zu Kuchen bekamen. Ich mochte sie gern und war traurig, als sie starb. Tim ist ungefähr einen Monat nach ihr verstorben, an gebrochenem Herzen, wie mein Vater immer sagte. Ich wünschte, mein Vater hätte meine Mutter genug geliebt, um mit ihr zu sterben. Aber das Glück hatte ich nicht.

Ich wusste nicht, ob jemand die Farm gekauft hatte oder der Besitz vererbt worden war. Die Walcotts hatten keine eigenen Kinder, doch anscheinend ist die Farm noch im Familienbesitz.

»Ich bringe dich nach Hause und passe auf, dass du dir nicht wieder wehtust. Möchtest du querfeldein laufen, oder soll ich dich lieber fahren?«

Ich sehe, dass sie das beunruhigt, aber dieses Mädchen ist verletzt, und ich lasse sie auf keinen Fall allein gehen.

»Wir können laufen.«

»Gut.« Ich stehe auf, strecke ihr die Hand entgegen und lächle, als sie sie nimmt, denn anscheinend vertraut sie mir inzwischen ein wenig.

Wir reden nicht viel, während wir zu ihr nach Hause gehen. Aber dann spüre ich, wie sie zu zittern beginnt. Ich kann mich nur zu gut daran erinnern, wie ich nicht zurückwollte, weil meine Eltern böse auf mich sein würden. Ich bekam es ständig mit dem Holzlöffel zu tun, weil meine Mutter mir befohlen hatte, vor dem Dunkelwerden daheim zu sein. Doch ich war davongestromert und hatte mich auf dem riesigen Besitz verlaufen, wo überall alles gleich aussah, und einer meiner Brüder musste mich holen kommen.

»Wie lange wohnst du schon hier?«, frage ich, um sie davon abzulenken, dass ihr eine Strafe bevorsteht.

»Ich bin hier groß geworden.«

»Und wie alt bist du?«

»Sieben.«

Ihre Familie muss, kurz nachdem ich fortgegangen bin, hergezogen sein.

»Du wohnst mit deinen Eltern hier?«

»Mein Daddy arbeitet auf der Farm, zusammen mit meiner Mommy. Sie ist auch Lehrerin.«

»Klingt, als wären sie nette Leute.«

Hadley wendet den Blick ab, und wieder habe ich dieses nagende Gefühl. Mein ganzes Leben lang habe ich auf meinen Instinkt vertraut. Beim Militär heißt es, töten oder getötet werden. Ich konnte mich nur auf mich selbst verlassen, um zu erkennen, ob etwas bedrohlich war. Etwas an ihrem Verhalten lässt bei mir tausend Warnlampen angehen.

»Meine Eltern sind wahrscheinlich nicht zu Hause. Bestimmt triffst du sie gar nicht an.«

Ich nicke, als hätte ich sie nicht durchschaut. Ich bin damit groß geworden, Ausreden dafür zu finden, warum meine Freunde nicht vorbeikommen oder die Lehrer nicht anrufen sollten. Mein Vater schlief. Er war nicht daheim. Er war mit dem Traktor unterwegs, oder er war gerade nicht in der Stadt. Alles, was mir einfiel, um zu verhindern, dass jemand etwas mitbekam. Damit niemand einen Grund hatte, Fragen zu stellen. Ich habe nicht nur mich selbst versteckt, sondern alles um mich herum.

»Tja, wenn nicht, dann weiß ich wenigstens, dass du sicher nach Hause gekommen bist.«

»Meinst du, ich könnte manchmal hinüberkommen und auf deinen Baum klettern? Deiner hat eine Leiter, meiner nicht.«

Ich lächle ihr zu. »Jederzeit, Kleine. Mein Baum gehört dir. Und wenn du in den nächsten paar Tagen vorbeikommst, kann ich dir noch zwei andere Verstecke zeigen, die ich mit meinen Brüdern gebaut habe.«

»Wirklich? Cool!« Hadleys Miene hellt sich auf.

»Ja, wirklich.«

Wir gehen auf die Einfahrt zu, und jemand steht am Wagen. Das dunkelbraune Haar der Frau fällt ihr in Wellen über den Rücken. Sie hebt eine Papiertüte aus dem Kofferraum. Als sie sich umdreht, treffen sich unsere Blicke, und mein Herz setzt beinah aus.

Sie öffnet den Mund, und ihre Einkäufe fallen vergessen zu Boden, während ich vor der Frau stehe, die mir in meinen Träumen erscheint.

Mein Engel ist zurück, nur dass sie nicht mein ist.

Drei

Ellie

Das kann nicht sein.

Das passiert nicht wirklich.

Jene Nacht liegt acht Jahre zurück. Acht Jahre, in denen ich getan habe, als wäre alles ein Traum gewesen, weil es nicht anders sein durfte.

Ich habe ihn nie wiedergesehen. Ganz gleich, wie viele Tage und Nächte ich den Blick über Menschenmengen schweifen ließ oder jeden Autofahrer ansah – er war nie dabei.

Zum Teil war ich dankbar dafür, denn diese Nacht war eine der herzzerreißendsten und unglaublichsten meines Lebens gewesen. Ich hätte mich ihm nie hingeben dürfen, aber ich war mir so unsicher über mein Leben und wusste nicht, ob es das Richtige war, Kevin zu heiraten. Ich wusste nur, dass ich das Bedürfnis hatte, geliebt und wertgeschätzt zu werden, auch wenn es nur für eine Nacht war. Ich wollte so in den Armen gehalten werden wie von diesem Mann, als wir getanzt hatten.

Der andere Teil war die Qual, weil ich am nächsten Tag heiraten würde, und Gott helfe mir, aber ich betete darum, ihn nie wiederzusehen, damit ich einen Weg finden konnte, mir meine Sünden zu vergeben.

Ich hätte wissen müssen, dass ich meine Sünden niemals büßen kann. Und dass er hier vor mir steht, ist der Beweis dafür.

»Mommy!«

Hadley kommt angerannt. Angesichts der Einkäufe, die auf dem Boden liegen, steht schreckliche Angst in ihren Augen.

Mist. Ich habe sie fallen gelassen. Ich hasse es, dass sie sich so große Sorgen macht.

»Ist schon gut, Baby. Ich hebe sie auf.«

Als Hadley sieht, dass ich den Mann anschaue, dreht sie sich zu ihm um. »Connor, das ist meine Mom.«

Connor. Ich hatte ihm so viele Namen gegeben, aber Connor passt zu ihm. Es ist ein starker Name, so wie er selbst.

Die Zeit hat ihm nichts von seiner Anziehungskraft genommen. Seine Augen sind von einem tiefen Smaragdgrün und geben mir das Gefühl zu schweben. Sein Haar ist auf dem Oberkopf länger und zur Seite gekämmt, was ihn ein wenig jungenhaft aussehen lässt, doch das macht ihn nur noch attraktiver. Und dann sein Körper. Gott, sein Körper ist sündhaft. Sein Shirt spannt sich um seine Arme, und die Muskeln darunter sind unverkennbar.

Sein Brustkorb ist breiter als in meiner Erinnerung.

Und ich erinnere mich an alles.

Seine Berührung, seinen Duft und den Klang seiner Stimme, als er mich auf eine Art liebte, von der ich nicht gewusst hatte, dass sie existiert.

Ich habe ihn und die Erinnerung an jene Nacht mehr gebraucht, als er ahnen kann. Ich habe sie so oft an mir vorbeiziehen lassen und mich an diese Empfindungen geklammert, nach denen ich mich so verzweifelt sehnte. Ich fand es wundervoll, wie meine Welt in leuchtenden Farben zum Leben erwachte, wenn ich mit ihm zusammen war. Er war wie ein Komet, der den Himmel in Flammen gesetzt hatte, und für mich ist das Feuer dieses Kometen nie verblasst.

Aber dass er jetzt hier ist? Das bringt *alles* in Gefahr – sogar das Leben des kleinen Mädchens, neben dem er steht.

Ich sehe beide an, während ich mich hinknie, um aufzuheben, was ich fallen gelassen habe. »Und woher kennt ihr zwei euch?«

Er kommt ebenfalls herüber und bückt sich, um das aufzusammeln, was außerhalb meiner Reichweite liegt. »Ich habe Hadley auf einem Baum entdeckt, und ich glaube, sie hat sich den Arm schlimm gestoßen. Ich wollte sichergehen, dass sie gut nach Hause gelangt.«

Sofort konzentriere ich mich auf sie. Keine Ahnung, ob sie sich verletzt hat oder ob jemand ihr das angetan hat. »Geht's dir gut? Was ist passiert?«

Sie sieht ihn an und dann wieder mich. »Ich bin gefallen.«

Ich schließe die Augen und wünsche mir ganz fest, dass das wahr ist. Kevin schlägt mich, aber er hat noch nie die Hand gegen Hadley erhoben.

»Lass mal sehen.« Sie zieht den Ärmel hinauf, und ich berühre den hässlichen blauen Fleck und bin entsetzt, weil er angeschwollen scheint. »Ich muss mit ihr zum Arzt.«

Connor hebt die Einkaufstüte hoch und reicht sie mir. »Kann ich irgendwie behilflich sein?«

Rasch schüttle ich den Kopf. »Nein, nein. Ich habe alles im Griff. Mein Mann arbeitet auf der Farm. Ich bringe das hier nach drinnen, und dann fahre ich mit ihr. Danke.«

Kevin darf ihn nicht sehen. Sonst wird er eine Million Fragen stellen und wissen wollen, wer er ist, woher ich ihn kenne, warum Hadley nicht im Haus geblieben ist, wie sie sollte, und was mit ihrem Arm passiert ist. Momentan bin ich innerlich so aufgewühlt, dass ich mit alldem nicht umgehen kann.

»Sicher?«

»Absolut.«

Connor schmunzelt betrübt und streicht Hadley dann über den Kopf. »Sei vorsichtig, ja?«

Hadley lächelt zu ihm auf. »Du auch.«

Er lacht. »Ich bin aber nicht verletzt.«

»Aufpassen solltest du trotzdem. Du bist schließlich Soldat.«

Deswegen habe ich ihn also nie wiedergesehen. Er war fort. Doch jetzt ist er offensichtlich zurück. Ich habe nur keine Ahnung, was das heißt oder ob es überhaupt etwas zu bedeuten hat. Ich weiß nicht einmal, warum ich mir Gedanken darüber mache. Ich habe hier mein Leben mit Kevin und Hadley.

Wir können ihn nicht verlassen, selbst wenn wir wollten. Dafür hat Kevin gesorgt, als er mit mir hierhergezogen ist, wo ich niemanden kenne.

Trotzdem öffne ich den Mund. »Du bist beim Militär?«, höre ich mich fragen.

»Nur noch ein paar Wochen. Dann bin ich raus.«

Ich nicke und bin dankbar dafür, dass er wieder fortgehen wird.

»Jedenfalls danke dafür, dass du Hadley nach Hause gebracht hast.«

Er tritt einen Schritt auf mich zu, sodass mein Puls rast. Ich brauche alle Kraft, die ich habe, um die Stellung zu halten.

»Gern geschehen …«

Ich kämpfe mit mir, ob ich ihm meinen Namen nennen soll. Ich will nicht lügen, doch wenn ich ihm das erzähle, kann ich mir nicht länger etwas vormachen. Aber ich bin ihm etwas schuldig. Ich schulde ihm so viel, daher ringe ich nicht weiter mit mir, sondern sage ihm die Wahrheit. »Ich bin Ellie.«

Connor tritt noch einen Schritt heran, und seine tiefe Stimme streicht über mich hinweg, als er meinen Namen zärtlicher ausspricht, als ich das je gehört habe. »Ellie. Das habe ich doch gern getan, und es war nett, Sie kennenzulernen.«

Vorsichtig lächle ich. »Ebenfalls, Connor.«

Seinen Namen auszusprechen fühlt sich an, als finde ein Puzzlestück an seinen Platz.

Hadley nimmt die Hand, die ich ihr entgegenstrecke, und wir gehen die Stufen zu dem heruntergekommenen Haus hinauf, das wir unser Zuhause nennen, und lassen ihn dort stehen. Er sieht uns nach, und ich frage mich, ob er gesehen hat, was ich seit sieben Jahren ignoriere – dass Hadley seine Augen hat.

»Der Arm ist nicht gebrochen, aber verstaucht«, erklärt Dr. Langford, während er Hadley untersucht. »Die zweite Verstauchung in zwei Monaten.«

»Ja, sie ist … sie ist so lebhaft und rennt und klettert so gern. Ich kann sie einfach nicht dazu bringen, auf dem Boden zu bleiben.«

Dr. Langford nickt. »Ich hatte auch so einen Wildfang. Immer mit blauen Flecken und Kratzern übersät. Kommt teilweise vom Leben auf einer Farm. Das erklärt wahrscheinlich, warum Sie in letzter Zeit öfters Pech hatten, was?«

Ich nicke.

Ich hasse diese Lügen. Ich hasse das alles, doch ich habe solche Angst.

Ich weiß, dass ich fortgehen muss. Dass Hadley ein wildes Kind ist und ständig klettert, ist durchaus ein Teil der Wahrheit. Aber ich bin nicht immer zu Hause, und ich traue Kevin nicht. Sie schwört, dass sie gefallen ist, und ich habe noch nie gesehen, dass er sie körperlich misshandelt hat. Nur kann ich wirklich darauf zählen, dass ein Mann, der bereit ist, seine Wut an seiner Frau auszulassen, einem Kind so etwas nicht antut?

Wenn ich wüsste, wohin ich gehen soll, würde ich sofort flüchten. Doch ich kann nirgendwohin. Meine Eltern sind eine Woche vor der Hochzeit mit Kevin gestorben, und ich habe kein Geld, keine Unterstützung und auch keine Familie, die uns aufnehmen würde. Wenn ich ihn verlasse, muss das gut geplant sein.

Deswegen war es nötig, den Job als Vertretungslehrerin anzunehmen.

»Jetzt musst du aber besser aufpassen und darfst erst wieder klettern, wenn dein Arm gesund ist.«

Hadley lächelt. »Ja. Ich habe einen neuen Freund.«

»Ach ja?«

»Er heißt Connor. Ihm gehört die Farm neben unserer.«

Die Augen des Arztes weiten sich. »Connor Arrowood?«

»Er sagt, er war bei der Navy und so etwas wie ein Polizist. Er hat mich auf *einem* Arm getragen.«

»Ich kenne die Arrowood-Brüder schon lange. Gute Jungs. Hatten nach dem Tod ihrer Mutter eine schwere Zeit.«

Natürlich ist er ein Arrowood. Es war mir gar nicht klar, dass es so sein musste, wenn er auf der Farm nebenan lebte. Ich wohne seit acht Jahren hier, und ich habe nur einmal von den Brüdern gehört, als jemand erwähnte, sie hätten seit fast zehn Jahren keinen Fuß mehr in die Stadt gesetzt.

»Wie lange ist das her?«, erkundige ich mich.

Dr. Langford blickt auf und scheint zu überlegen. »Das muss gewesen sein, als Connor ungefähr acht war. Ein Jammer, ihre Mutter hatte Krebs, und alles ging furchtbar schnell. Sie müssen zurückgekommen sein, da ihr Vater verstorben ist.«

»Sehr gut möglich, ich hatte ja schon ein schlechtes Gewissen, weil ich nicht zur Beerdigung gegangen bin.«

Er nickt. »Ich war auch nicht da, aber ich war nie ein großer Fan von ihm. Nach dem Tod seiner Frau hat er sich verändert. Jedenfalls ergibt es Sinn, dass die Brüder hergekommen sind, um ihn zu begraben und die Farm zu verkaufen.«

»Verkaufen?«, frage ich.

Er zuckt die Schultern und beginnt, Hadley eine Armschlinge anzulegen. »Bestimmt bleiben sie nicht lange, obwohl ihr Vater tot ist.« Er wirft mir einen Blick zu, der mir verrät, dass sie nach dem Tod ihrer Mutter nicht nur wegen ihrer Trauer eine »schwere Zeit« hatten. »Aber du hast einen guten Freund gefunden, Hadley«, fährt er dann fort. »Ich mochte Connor schon immer.«

Sie grinst und teilt offensichtlich die Einschätzung des Arztes. Ein Teil meiner Angst lässt nach. Wenn er nicht hier sein wird, muss ich mir keine Sorgen machen. Er wird die Farm verkaufen, dahin zurückkehren, wo er normalerweise lebt, und ich brauche keine ... Störung bei meinem Plan, von hier zu fliehen, zu fürchten.

Aber jetzt kenne ich seinen Namen und kann alles in Ordnung bringen, sobald ich weit weg von hier bin. Mich vergewissern, ob Hadley sein Kind ist.

»Schön, Kleines. Du bist fertig. Denk daran, was ich gesagt habe: nicht klettern, und lass es ruhig angehen, bis du ganz gesund bist. Tob nicht so viel herum.«

»Versprochen«, verkündet Hadley, doch ich weiß, dass sie nicht die Wahrheit sagt.

Dieses Kind kann einfach nicht still sitzen.

»Gut, lässt du jetzt deine Mama und mich ein paar Minuten allein, damit wir uns unterhalten können? Ich glaube, Mrs Mueller an der Rezeption hat Lollis für dich.«

Mehr braucht er nicht zu sagen, und sie ist verschwunden.

»Wie geht es Ihnen?«, fragt er in väterlichem Tonfall.

»Mir geht's gut.«

»Ich will ja nicht neugierig sein, Ellie, aber Sie haben da eine ziemlich üble Prellung am Arm.«

Sofort ziehe ich den Ärmel herunter und ärgere mich, dass er so weit hochgerutscht war, dass er die Male sehen konnte. »Ich habe mich an der Wand gestoßen, als ich Arbeitsmaterial für das Klassenzimmer zusammengesucht habe. Ich habe immer schon leicht blaue Flecken bekommen.«

Und ich verstehe mich inzwischen richtig gut darauf, keine ärztliche Aufmerksamkeit auf mich zu lenken. Als Kevin mich das letzte Mal am Handgelenk gepackt und es mir ausgerenkt hat, da habe ich es selbst wieder eingerenkt und geschient. Dann, als er mir ein Bein gestellt hat, sodass ich mir den Knöchel verstauchte, habe ich einen Monat lang eine Bandage getragen und versucht, die Schmerzen zu ignorieren. Ich konnte unmöglich in die Notaufnahme fahren, also habe ich Mittel und Wege gefunden, Verletzungen zu verstecken.

Aber wenn der Arzt meine Rippen sehen würde, würde er mir niemals abnehmen, dass Hadleys Sturz, von dem ich mir nicht einmal sicher bin, dass er einer gewesen ist, nur ein Unfall war, und dann würde ich sie nie wiedersehen. Ich kann nicht zulassen, dass man sie mir wegnimmt. Ich werde besser auf sie aufpassen. Ich werde tun, was ich tun muss, um dafür zu sorgen, dass wir innerhalb der nächsten zwei Monate fortgehen. Ich brauche Zeit und muss meine Vorkehrungen treffen.

Er mustert mich aufmerksam, und ich sehe, dass er mir das nicht abkauft. »Ich maße mir kein Urteil an, ich will nur helfen.«

Wie denn? Die Farm, das Auto und das Bankkonto gehören Kevin, und ich habe nichts. Kevin muss immer alles unter Kontrolle haben, und wenn es nicht so läuft, wie er will, verliert er die Beherrschung. Wenn wir fortgehen, dann so weit, dass er uns nicht finden kann, ganz gleich, wie sehr er sucht. Und suchen wird er nach uns.

Er wird seine Tochter wollen, und mich wird er nie gehen lassen.

Ich versuche, dem Arzt mein herzlichstes Lächeln zu schenken. »Alles in Ordnung, Dr. Langford. Ich schwöre.«

Er seufzt und kommt zu dem Schluss, dass er mir nichts weiter entlocken kann.

Niemand kann etwas tun, um uns zu helfen.

»Schön, bis bald also. Passen Sie auf sich auf, und zögern Sie nicht, sich zu melden, wenn Sie etwas brauchen.«

»Ja. Versprochen.«

Er geht, und dann rennt Hadley, die Tasche voller Lollis, zurück in den Raum. Sie steuert direkt auf mich zu und schlingt die Arme um meine Taille, sodass ich zusammenzucke.

»Tut mir leid, Mommy! Ich hatte vergessen, dass du einen blauen Fleck hast.«

Ich habe immer Prellungen. »Schon gut, Baby.«

»Ist Daddy wieder wütend geworden?« Sorge steht in Hadleys Augen. »Er sollte dir nicht so wehtun.«

Gott, es kann nicht sein, dass ich ihr das vorlebe.

»Es war nur ein Unfall«, lüge ich. »Mir geht's gut.«

Sie schüttelt den Kopf. »Ich mag nicht, dass du schon wieder blaue Flecken hast.«

Ich auch nicht, und deswegen muss ich das tun. Um ihretwillen werde ich sie aus seinem Haus herausholen und sie beschützen. Ich habe einen Mann geheiratet, der Hadley und mich irgendwann zerstören wird, wenn ich nicht vorher flüchten kann. Und genau das habe ich vor.

Vier

Connor

»Wenn wir die Farm verkaufen wollen, haben wir eine Menge Arbeit vor uns«, erkläre ich und greife nach dem Bier, das Declan mit zum Tisch gebracht hat.

»Was du nicht sagst.« Declan schüttelt den Kopf. »Wenigstens ist das Land gut. Das ist der Teil, der richtig Heu einbringen wird.«

»Wortspiel beabsichtigt.« Sean grinst und prostet uns mit seinem Bier zu.

Idioten.

Immerhin sind meine Brüder und ich uns einig. Keiner von uns will diese Farm, und wir können es alle nicht abwarten, aus Dodge City zu verschwinden.

Dann denke ich an die Frau von nebenan, von der ich acht verdammte Jahre lang geträumt habe und die jetzt verheiratet ist und ein Kind hat.

Ich darf nicht in dieser Gegend bleiben. Sonst werde ich sie wiedersehen wollen, um herauszufinden, ob alles, was ich mir in meiner Fantasie ausgemalt habe, wahr ist.

Jacob lehnt sich auf seinem Stuhl zurück und zeigt mit der Bierflasche auf mich. Für seine neue Rolle hat er sich den Kopf kahl rasiert. »Du bist der Einzige, der keine Verpflichtungen hat, Connor.«

»Ich?«

Jacob steht mir altersmäßig am nächsten. Wir sind uns auch optisch am ähnlichsten. Wir sind beide eins neunundachtzig groß und haben dunkelbraunes Haar und grüne Augen.

»Ja. Ich mein's nicht böse, Kleiner, aber du hast nichts, was auf dich warten würde.«

Ich hasse es wirklich, dass sie in mir immer noch den kleinen Bruder sehen, der so naiv ist und diese drei Mistkerle braucht, die ihn beschützen. Sie kapieren nicht, dass ich ein verdammter Navy-SEAL bin oder dass ich im Krieg gekämpft habe, beschossen worden bin und auf andere gefeuert habe und dass ich sie alle erledigen könnte, wenn ich nur wollte.

»Ich habe jede Menge Aussichten.«

Sean zuckt die Schultern. »Du wirst aus der Navy entlassen und hast keine Wohnung und keinen Job. Ich meine, vielleicht solltest du die Farm übernehmen, bis du dich berappelt hast.«

»Keine schlechte Idee«, sagt Declan.

Verräter.

»Nein, verdammt!«

Das würde meinen Plan, diese verfluchte Stadt hinter mir zu lassen, vollkommen torpedieren. Seit ich zurück bin, haben sich schon zu viele hässliche Erinnerungen gemeldet, die zu vergessen ich mir so große Mühe gegeben habe.

»Wir meinen ja nur, dass du vielleicht einige Zeit etwas zu tun hättest. Wir wissen ja, dass du von uns allen am praktischsten veranlagt bist«, versucht Jacob zu erklären. »Wir sind uns alle einig darüber, dass hier massenweise zu tun ist, da liegt das nahe. Aber was ist eigentlich mit seinem Bein?«

Ich schnaube verächtlich und kippe mein Bier hinunter, bevor ich antworte. Wut und Abscheu brodeln in mir, weil sie vorschlagen, dass ich in diesem Haus wohnen soll. Jedes Mal, wenn einer meiner Brüder fortging, um sein eigenes Leben zu führen, wurde es schlimmer mit meinem Vater. Er trank mehr und schlug fester zu, und ich hasste alles an dieser Stadt ein wenig mehr.

Gute Zeiten hatte ich praktisch nie. Die einzige Erinnerung, die ich hüte wie einen Schatz, ist die Nacht mit meinem Engel.

Aber wie alle Engel gehört sie ebenso wenig hierher wie ich. Sie hat Besseres verdient und ganz bestimmt keinen abgehalfterten Ex-SEAL, der von einer verheirateten Frau geträumt hat. Sie hatte mir erzählt, sie wolle fliegen. Deswegen haben wir einander unsere Namen nicht verraten.

Weit ist sie allerdings nicht gekommen. Sie hat sogar innerhalb von knapp einem Jahr nach unserer gemeinsamen Nacht geheiratet und ein Kind bekommen. Offensichtlich habe ich mich stärker an diese Erinnerung geklammert als sie.

»Seinem Bein geht's gut. Es ist verheilt, er ist bloß nicht mehr diensttauglich«, entgegnet Declan.

Nein, ich bin nicht diensttauglich, aber ich bleibe definitiv nicht hier.

»Hey, hörst du überhaupt zu?« Sean stößt mich in die Rippen.

»Nein, euch Idioten höre ich nicht zu.«

Er seufzt tief und wendet den Blick ab. »Jacob hat nicht unrecht. Auf der Farm wartet jede Menge Arbeit, du brauchst ein Leben, und wir alle haben viel zu tun.«

»Ach, und ich bin derjenige, der nichts Besseres vorhat?«

»So ziemlich«, gibt Declan zurück.

Jetzt weiß ich wieder, warum ich es hasse, mit den dreien zusammen zu sein.

»Ich werde nicht in dieser Stadt bleiben.«

Declan stellt sein Bier hin und wendet sich mir zu. »Wieso? Er ist tot und kann dir nichts mehr anhaben.«

Nein, aber etwas anderes könnte das – die Aussicht, sie wiederzusehen.

»Warum willst *du* dann nicht hierbleiben?«, frage ich herausfordernd. »Wir wissen beide, warum, und es hat nichts mit unserem Vater zu tun.«

Sondern mit einer wunderschönen Blondine, die am Grab meines Vaters gestanden hat und dann gegangen ist, bevor er sie ansprechen konnte.

»Scher dich zum Teufel, Connor.«

»Fahr zur Hölle, Dec. Du willst, dass ich hierbleibe und mich mit alldem auseinandersetze, obwohl du nicht bereit bist, das Gleiche zu tun?«

»Sobald die Farm verkauft ist, braucht keiner von uns je wieder herzukommen«, versucht Sean zu vermitteln. »Ist doch logisch, Connor. Wenn du bleibst, kannst du daran arbeiten, die Farm in Ordnung zu bringen. Du hast keine Pläne, aber Jacob muss zurück nach Hollywood, Declan nach New York, und ich bin mitten im Frühjahrstraining und muss nach Tampa zu meinem Team.«

Wenn ich nicht so wütend darüber wäre, dass sie recht haben, würde ich mich weiter wehren. Doch es leuchtet mir ein. Sobald ich meine Entlassungspapiere unterschrieben habe, gibt es nichts, was dringend auf mich wartet.

»Verkaufen wir jetzt und nehmen, was wir kriegen können«, schlage ich vor.

Sean schüttelt den Kopf. »Nein. Das ist unser ganzes Erbe, und wir vier sollten die Farm auf keinen Fall verschleudern, nur um sie loszuwerden. Nicht, solange einer von uns Zeit hat und vollkommen in der Lage ist, sie so weit in Gang zu bringen, dass wir das Doppelte dafür kriegen. Wir reden hier nicht von Kleingeld, Connor, sondern von Millionen.«

Stöhnend reibe ich mir den Nacken. »Ich bin dagegen.«

Declan zuckt die Schultern, als würden ihn keinerlei Sorgen plagen. »Ich mache mir keine Gedanken. Er wird schon einsehen, dass wir recht haben.«

»Oder ihr seid ein Haufen Dreckskerle.«

Sean grinst. »Das wussten wir bereits.«

»Wir treffen uns morgen mit dem Anwalt.« Declans Stimme klingt fest und gebieterisch, was in mir den Wunsch weckt, ihn zu schlagen. »Danach entscheiden wir, was wir tun. Und jetzt lassen wir Connor schmoren und trinken etwas.«

Ich zeige ihnen den Stinkefinger und hasse es, dass meine Brüder glauben, mich so gut zu kennen. Pech gehabt, denn es geht mir nicht nur um die Farm. Ein winziger Teil von mir denkt auch an die Frau und ihr kleines Mädchen, die nebenan wohnen.

»Was zum Teufel meinen Sie mit einer Bedingung?« Declans Stimme wird noch lauter, und er starrt den Notar an.

Der kleine, dickliche Mann tupft sich die Glatze mit einem Taschentuch ab. »Es ist eigentlich ganz klar. Im Wesentlichen legt das Testament fest, dass seine Kinder Declan, Sean, Jacob und Connor jeweils sechs Monate auf der Arrowood-Farm leben müssen, um ihr Erbe antreten zu können. Sobald jeder seiner Söhne diese Zeit abgeleistet hat, ob alle zugleich oder nacheinander, werden sie Eigentümer mit allen Rechten und können verkaufen.«

Sean lacht vollkommen humorlos. »Der verfluchte Scheißkerl kontrolliert uns noch aus dem Grab heraus!«

»Das ist Bockmist. Es muss doch ein Schlupfloch existieren«, sagt Declan und steht auf. Seine Wut ist mit Händen zu greifen.

»Leider nein. Er … wusste sehr genau, was er wollte. Wenn Sie sich nicht einig werden, wird die Farm verkauft, und der Erlös fließt der Stiftung zur Prävention von Kindesmissbrauch zu.«

»Sie wollen mich wohl verarschen«, sage ich, bevor ich mich bremsen kann. »Der Mann, der seine vier Söhne regelmäßig verprügelt hat, will bis zu zehn Millionen Dollar spenden, um zu verhindern, was er seinen eigenen Kindern angetan hat?«

Jacob legt eine Hand auf meinen Arm. »Er wird nicht gewinnen.«

»Er gewinnt auf jeden Fall!«, brülle ich. »Wenn wir auf dieser gottverdammten Farm leben, tun wir, was er wollte. Und wenn wir alle weggehen, fällt das ganze Geld, das er uns schuldig ist, an die Stiftung – und erzähl mir nicht, dass uns das nicht zusteht, nachdem der Mann uns durch die Hölle geschickt hat!«

Ich kann nicht vernünftig denken. Jeder Herzschlag pumpt Wut und Abscheu durch meinen Körper. Als wir diese Kanzlei betreten haben, hatte ich ja mit allem Möglichen gerechnet, aber nicht damit, ein so verkorkstes Ultimatum vorgesetzt zu kriegen. Nie wäre ich auf die Idee gekommen, dass ich gezwungen sein würde, sechs Monate an dem einzigen Ort zu leben, an den ich nie hatte zurückkehren wollen.

»Er ist davon ausgegangen, dass wir nicht bleiben würden«, wirft einer meiner Brüder ein.

»Ich bleibe auch nicht. Nicht jetzt. Nicht so. Das mache ich nicht mit. Zum Teufel, gebt das Geld doch der Stiftung. Dann haben diese Kids vielleicht eine Chance, die wir nicht hatten.«

Sean steht auf und geht hin und her. »Was passiert, wenn einer der Brüder sich weigert?«

Der Anwalt räuspert sich. »Sie verlieren alle das Erbe.«

Ich recke die Hände in die Luft und möchte am liebsten etwas zerschlagen. Dann hasse ich mich für den bloßen Gedanken. Noch nie habe ich im Zorn die Fäuste erhoben. Ich habe gekämpft, sicher, aber entweder in Notwehr oder weil ich keine andere Wahl hatte. Der Schwur, den wir einander geleistet haben, bedeutet mir alles. Niemals werde ich einen anderen Menschen körperlich verletzen, weil ich mich nicht beherrschen kann.

»Wie lange haben wir, um uns zu entscheiden?«, fragt Declan – immer der Verantwortungsträger, der zweifellos schon einen Plan hat, wie wir damit umgehen sollen.

»Drei Tage für Ihre Entscheidung, und innerhalb von dreißig Tagen muss das Haus bezogen werden«, erklärt der Notar nüchtern.

Declan steht auf, und wir anderen tun es ihm nach. »Wir sehen uns in drei Tagen. Dann teilen wir Ihnen unsere Entscheidung mit.«

Fünf

Ellie

»Ich hab Hunger«, lallt Kevin auf der Couch. »Mach mir was zu essen.«

Ich schließe die Augen und beherrsche mich, um ihm keine Widerworte zu geben. Das macht es nur schlimmer. Ich muss den richtigen Zeitpunkt abwarten, klug sein und dafür sorgen, dass er so ausgeglichen wie möglich bleibt.

»Klar. Möchtest du etwas Spezielles?«

Aufgebracht starrt er mich an und gerät schon in Wut. »Essen, Ellie. Ich will etwas zu essen.«

Mir wird der Mund trocken. Ich stehe auf und zwinge mich zu einem Lächeln, das ihn hoffentlich besänftigen wird. In der Küche sehe ich Hadley am Tisch sitzen, die Hausaufgaben macht.

»Hi, Schatz.«

»Hi, Mommy.«

Ich hocke mich neben sie und streiche ihr das braune Haar zurück. Es hat die gleiche Farbe wie meins. »Ich möchte, dass du draußen spielen gehst oder in deinem Zimmer bleibst, okay?«

Forschend sieht sie mich aus ihren grünen Augen an und wägt ab, worüber kein siebenjähriges Kind nachdenken sollte. »Ist Daddy wieder böse?«

Ich nicke. »Ja, deshalb möchte ich, dass du aus seinem Blickfeld bleibst, okay?«

Kurz huscht Enttäuschung über ihre Miene, und ich spüre es in meiner Seele. Ich lasse sie im Stich. Ich enttäusche meine Tochter auf jede mögliche Art. Wenn meine Eltern noch leben würden und mich sehen könnten, sie würden weinen. Ich bin nicht die Frau, zu der sie mich erzogen haben, aber ich gebe mir Mühe.

»Okay, Mommy. Ich störe ihn nicht.«

Wann bin ich zu dieser Frau geworden?

Wann habe ich entschieden, dass es in Ordnung ist, mich von einem Mann so behandeln zu lassen? Als ich ihn geheiratet und gehofft habe, ihn genug lieben zu können, um ihn zu ändern? War ich verzweifelt auf der Suche nach Sicherheit, nachdem meine Eltern eine Woche vor der Hochzeit umgekommen waren? Oder als ich einen Monat nach der Hochzeit feststellte, dass ich schwanger war? Ist das meine Strafe dafür, dass ich jahrelang wegen Hadley gelogen habe, weil ich vermute, dass sie nicht Kevins Kind ist? Die Woge von Schuldgefühlen ist so heftig, dass ich fürchte, daran zu ersticken.

Bis Connor vor einer Woche wieder aufgetaucht ist, war die Entscheidung einfach. Ich war mit Kevin verheiratet. Ich wollte, dass Hadley *unser* Kind war, denn mit einem Teil meines Herzens liebte ich ihn und glaubte, das sei Gottes Art, mir zu verzeihen. Ich dachte, wenn wir ein Baby hätten, käme alles in Ordnung. Dieses wundervolle neue Leben, das in mir heranwuchs, würde ihn dazu bringen, sich zu ändern.

Und eine Zeit lang tat er das auch. Es war, als wäre der Junge, mit dem ich am College zusammen war, zurück.

Er war freundlicher und aufmerksamer, und ich sprudelte so vor Hoffnung über, dass ich kaum Luft bekam.

Aber manche Menschen ändern sich nie. Der Mann, auf den ich zu Beginn nur gelegentlich einen Blick erhascht hatte, hat schon vor Jahren aufgehört, sich zu verstecken, und ich werde stark genug sein, ihn zu verlassen.

Hadley packt ihre Sachen zusammen und geht dann zur Hintertür. »Kann ich schauen, ob Connor zu Hause ist?«

»Nein, Liebling. Connor ist erwachsen und hat bestimmt zu tun.«

»Er hat gesagt, ich kann jederzeit zum Baumhaus kommen.«

Ich bin mir nicht sicher, von was für einem Baumhaus sie redet, aber sie scheint deswegen sehr aufgeregt zu sein. »Hadley, du hast dir vor einer Woche den Arm verletzt … Du darfst nicht so viel herumrennen.«

»Es tut nicht weh, und ich klettere auch nicht hoch.«

Ich glaube ihr nicht, doch ich kann nicht weiter mit ihr diskutieren, sonst wird Kevin wütend.

Verdammt.

»Okay, wo ist denn dieses Baumhaus?«

Sie lächelt. »Auf seinem Land.«

Das habe ich mir wahrscheinlich selbst zuzuschreiben. Sie ist klüger, als gut für sie ist.

Ich betrachte mein kleines Mädchen ein wenig genauer. Ihre Augen haben die gleiche Farbe wie seine. Ich dachte immer, sie hätte Kevins Gesicht, und die Augen müsse sie von jemandem aus meiner oder seiner Familie haben. Aber als ich ihn gesehen habe, seine Augen, war es, als erinnere mich das Universum daran, dass ich mir nie wirklich sicher war. Hadley könnte Connors Kind sein.

Hadley legt die Hände an meine Wangen. »Ich kann Connor gut leiden. Er war stark und hat mich getragen. Außerdem hat er nicht geschimpft, als er mich gefunden hat, obwohl ich das dachte.«

Nein, er hat nicht geschrien, wie ihr Vater es getan hätte.

»Wie hast du dich am Arm verletzt, Hadley? Die ganze Geschichte, Schätzchen. Du kriegst keinen Ärger, wenn du die Wahrheit sagst.«

Sie wendet den Blick ab und stößt heftig die Luft aus. »Ich bin gefallen. Ich sollte nicht draußen in der Scheune sein. Ich habe Daddy versprochen, nicht auf den Heuboden zu klettern, aber ich wollte sehen, was die Kühe machen. Ich bin hinaufgestiegen, und als ich Daddy gehört habe, wusste ich, dass ich großen Ärger kriege, und ich wollte nicht, dass er wieder wütend wird. Deswegen bin ich hinuntergesprungen und auf meinen Arm gefallen. Dann bin ich weggelaufen. Ich wusste, dass er böse wird. Er ist immer böse.«

Ich kämpfe mit den Tränen und lächle ihr leise zu. »Tut mir leid.«

»Ist schon gut. Ich weiß ja, dass er dauernd müde ist.«

Und ein Arschloch. Und egoistisch. Und gemein. Und wütend auf die ganze Welt. Und alles lässt er an mir aus.

Doch statt ihr all diese Dinge zu sagen, nicke ich. Denn sie ist gefühlt meine einzige Verbündete und sollte das niemals hören.

»Warum läufst du nicht durch die Hintertür nach draußen?«

Sie steht vom Tisch auf und huscht nach draußen, zu dem Baum.

Das ist einer ihrer Lieblingsplätze. Sie setzt sich in den Schatten unter die Äste der Eiche, wo um sie herum kleine Lichtstrahlen einfallen. Dort wirkt sie so friedlich, als hätten die hässlichen Facetten der Welt ihre Jugend noch nicht getrübt. Gott weiß, dass ich versucht habe, ihr Normalität und Liebe zu schenken, aber was Kevin angeht, bekommen wir die nur, wenn wir sie seiner Ansicht nach verdient haben.

Ich frage mich, wie es gekommen wäre, wenn ich damals nicht vor Trauer außer mir gewesen wäre. Hätte ich jemand anderen gefunden? Hätte ich Kevin vielleicht nicht geheiratet? Würden Hadley und ich dann auf einer anderen Farm leben, zusammen mit einem anderen Mann, der sie getragen hat, als sie Angst hatte?

Nein, das kann ich nicht. Ich kann nicht an etwas denken, das niemals wahr werden wird.

Ich schüttle den Kopf und konzentriere mich darauf, Kevin Essen zu machen, damit mein Leben nicht erneut zum Albtraum wird.

Sorgfältig achte ich darauf, die richtigen Dinge zusammenzustellen, und gebe nicht zu viel Mayonnaise dazu. Das hat ihn schon einmal zu einem Wutanfall gereizt.

»Ellie!«, brüllt Kevin.

Ich schließe die Augen und bete, dass ich alles richtig gemacht habe. Dann nehme ich den Teller mit einem Sandwich, Chips und einer in Viertel geschnittenen sauren Gurke und gehe zurück ins Wohnzimmer.

»Hier, Liebling«, sage ich sanft und zärtlich. Ich habe gelernt, dass er umso weniger Gift spuckt, je unterwürfiger ich ihm gegenübertrete. »Aber wenn du etwas anderes möchtest …«

»Schon gut.«

Innerlich atme ich auf und setze mich neben ihn. Vielleicht wird es heute nicht so schlimm, und die Zeit wird vergehen wie an den meisten anderen Tagen. Kevin ist nicht immer gemein, und deswegen habe ich auch eine Weile alles mitgemacht. Es hat langsam angefangen, sodass ich mich gefragt habe, ob ich mir alles einbilde.

Und dann war es wie mit einem Schneeball, der ins Rollen

kommt und immer weiter an Schwung und Größe gewinnt, bis er zur Lawine wird, die jeden zerschmettert, der ihr im Weg steht. Und das bin meistens – ich.

Tage wie diese bereiten mir die größte Panik. Wenn ich nicht weiß, ob er heute der Mann ist, den ich zu heiraten geglaubt habe, oder dieser andere, der mich bedroht.

Soll ich ein Gespräch anfangen? Soll ich warten? Ich gehe wie auf Eiern und habe Angst, mich für eins von beiden zu entscheiden.

Kevin nimmt einen Bissen, und ich wappne mich und hoffe, dass ich das Richtige sage. »Ich habe gesehen, dass das Scheunentor repariert ist.«

Er brummt etwas.

»Es sieht großartig aus.«

»Ich habe auch Stunden gebraucht, um es ordentlich einzuhängen. Mein Onkel war ein Idiot, der von nichts eine Ahnung hatte. Er hat nicht die geeigneten Angeln benutzt. Erstaunt mich, dass es nicht früher abgefallen ist.«

Sein Onkel und seine Tante, von denen er die Farm nach ihrem Tod geerbt hatte, waren wunderbare Menschen. Ohne sie hätten wir noch weniger als jetzt. So etwas wie hier hätte ich mir allerdings nie gewünscht. Ich hatte Träume. Einer davon war, im Umland von New York im Grünen zu leben und auf einem Weingut zu arbeiten. Deswegen hatte ich auch Betriebswirtschaft an der Pennsylvania State University studiert.

Um die Zeit, als Kevin die Farm erbte, kamen meine Eltern zu Tode und … ich bin hier gelandet.

Ich bin durchaus dankbar, dass wir die Farm haben, denn sie erwirtschaftet uns ein Einkommen und stabile Verhältnisse. Ganz zu schweigen davon, dass sie vollständig abbezahlt ist, sodass wir keine Schulden geerbt haben. Natürlich sehe ich keinen Penny von dem, was wir erwirtschaften, da Kevin mir keinen Zugang gewährt, zu nichts.

Ich bin völlig ahnungslos, wie reich oder arm wir sind. Das ist noch eine Art, auf die er mich kontrolliert.

Doch jetzt verdiene ich mein eigenes Geld.

Kevin ahnt nicht, dass ich als Lehrkraft in Vollzeit bezahlt werde. Er glaubt, dass ich ehrenamtlich arbeite, und so soll das auch bleiben. Vor ungefähr einem halben Jahr habe ich ein Konto auf Hadleys Namen eröffnet.

»Ich freue mich aber, dass du es reparieren konntest. Das trägt bestimmt dazu bei, die Maschinen zu sichern.«

Kevin nickt. »Besonders jetzt, nachdem der alte Arrowood tot ist. Ich habe gehört, seine Mistkerle von Söhnen wären zurück. Die Arbeiter konnten von nichts anderem reden. Als ob ich sie dafür bezahle, den ganzen Tag zu tratschen.«

»Das war gewiss frustrierend. Du kannst so viel besser mit den Arbeitern umgehen, als ich das jemals könnte.« Ich verlege mich auf Einfühlsamkeit und Schmeichelei. Je stärker ich ihn davon überzeuge, dass ich auf seiner Seite bin, umso wahrscheinlicher verliert er nicht die Beherrschung.

Er lässt sein Sandwich fallen und leert das Glas, das neben ihm steht. Dann wendet er sich mir zu und schaut mir durchdringend in die Augen, und ich begreife, dass es nicht funktioniert hat.

»Machst du dich über mich lustig?«

»Hör auf, Kevin. Du suchst nach etwas, das nicht da ist.«

Er beißt die Zähne zusammen. »Ich bin das Gefühl leid, dass mich alle verurteilen.«

»Ich verurteile dich nicht, ich habe dir ein Kompliment gemacht. Das ist etwas ganz anderes. Ich will heute keinen Streit, also mach bitte keinen daraus.«

Noch nie war ich dankbarer dafür, dass Hadley draußen ist. Wenn das hier eskaliert, wird sie es wenigstens nicht mitbekommen.

Fakt ist, dass Kevin immer aufpasst, wo er zuschlägt, und darauf achtet, keine Male zu hinterlassen, wo die Leute sie sehen könnten. Und blaue Flecke habe ich andauernd, auch wenn sie für andere nicht sichtbar sind.

Fehler macht er nur, wenn er zu betrunken ist, um darauf zu achten, und das ist er dieses Mal nicht.

Kevin schließt die Augen, und ich spreche weiter. »Ich war freundlich. Ich weiß, dass du mir nicht glaubst, aber es stimmt. Du bist mein Mann, und ich darf dir nette Dinge sagen. Du arbeitest schwer, um für diese Familie zu sorgen.«

»Ich bin nicht gut genug für dich, Ellie.«

Wir wissen beide, dass das die Wahrheit ist.

»Sag so etwas nicht. Ich bin nicht gut genug für dich«, lüge ich. Ich muss.

Er schlägt die Augen auf, und ich sehe hinter allem einen traurigen, ängstlichen Mann.

Damit hat er mich früher gekriegt. Er war so zerknirscht, so demütig, dass ich ihm verziehen habe. Ich habe es nicht verstanden, aber ich habe gelächelt und ihm erlaubt, mich weiter abscheulich zu behandeln. Kevin ist mein Mann, und angeblich soll er mich beschützen und meine Welt sein. Das hatte ich mir mehr als alles andere gewünscht.

Ich war so naiv und hoffnungsvoll, und ich sehnte mich so sehr nach Liebe, dass ich sie in jeder Form akzeptiert habe.

»Verlass mich nicht, Baby.«

Ich schlucke alles hinunter, was ich sagen möchte, den Zorn in meinem Inneren, und schauspielere. Nicht um meiner eigenen Sicherheit willen, sondern für das kleine Mädchen da draußen, das es durch die viel zu dünnen Wände hören wird, wenn er laut wird.

Ich hebe die Hände, lege sie um seine Wangen und sehe dem Mann, den ich inzwischen fürchte und verabscheue, in die Augen. »Niemals.«

»Gut, denn sonst würde ich sterben, Ellie. Ich sterbe, wenn du fortgehst und mein kleines Mädchen mitnimmst. Ohne dich wäre ich nichts. Ich bin nichts ohne dich. Ich weiß, dass ich innerlich kaputt bin, aber das liegt daran, dass ich dich so verdammt über alles liebe. Wenn du nicht so perfekt wärest, würde ich mir nicht so große Mühe geben. Gott, du bist meine Welt.«

Er legt die Stirn an meine, und als er ausatmet, dringt mir der Wodka-Geruch in die Nase. Ich danke Gott dafür, dass ich heute Abend den traurigen, zerknirschten Kevin erlebe. Nicht den, der hasserfüllt tobt.

Ich liebe mein Klassenzimmer. Dort bin ich glücklich. Diesen Monat habe ich den Raum mit allem Möglichen geschmückt, was sich auf Shakespeare bezieht. Ich habe Zitate, Fotos, einen Spielzeugdolch, ein Fläschchen mit Wasser und andere Gegenstände zusammengetragen, die hoffentlich die Jungs interessieren werden. Die Kids sind wunderbar, größtenteils, weil die Lehrerin, deren Klasse ich übernommen habe, eine abscheuliche Frau war. Ich glaube, sie mochte weder ihren Job, die Kinder, die Schule noch sich selbst … Es war übel. Und ich profitiere davon.

Ich sitze an meinem Pult und gehe das Stück durch, das wir studieren werden, als es klopft.

»Hallo, Ellie. Sie sehen heute wunderbar aus«, sagt Mrs Symonds, die Schulleiterin, die in der Tür steht.

»Danke. Ich bin aufgeregt wegen des neuen Themas, mit dem wir heute anfangen.«

Ich will mich auch gut fühlen. Die letzte Woche ist ruhig verlaufen, und das habe ich wirklich gebraucht. Kevin hat besonders hart gearbeitet, weil irgendein Erzeugnis gerade sehr gefragt ist und ihn zufrieden stimmt. Daher ist es zu Hause ruhig geblieben.

Hadley ist nicht noch einmal gefallen, ihr Arm heilt gut, jeder blaue Fleck an meinem Körper ist verblasst, und es sind keine neuen hinzugekommen.

Ganz zu schweigen davon, dass mein Bankkonto durch meine Bareinzahlung von diesem Morgen ein wenig gewachsen ist, was heißt, dass meine Freiheit ein Stück näher gerückt ist.

Ein Grund, zu lächeln und sich wunderbar zu fühlen.

»Was unterrichten Sie heute?«

»*Romeo und Julia*«, erkläre ich lächelnd. Eines meiner liebsten literarischen Werke. Ich finde, auf irgendeine Weise steht jede Liebe unter einem schlechten Stern. Jeder Mensch muss Hindernisse überwinden, um sein Herz oder wenigstens sein Leben mit einem anderen zu teilen. Sosehr ich auch ein gutes Happy End schätze, ist das im wahren Leben nicht immer möglich.

»Ah, der große Shakespeare. Ich war schon immer eher ein Fan der Brontës oder von Jane Austen.«

»Ich auch, aber es wird bestimmt Spaß machen, dieses Stück zu besprechen.«

»Das wird es ganz sicher.«

Mrs Symonds ist eine wunderbare Schulleiterin. Sie ist fair, lacht mit den Kindern und leitet die Schule mit fester Hand. Meiner Meinung nach ist sie auch zu einem Teil Hexe oder

Zauberin, denn sie scheint ihre Augen überall zu haben. Nichts entgeht ihr. Die Kinder scheinen immer zu *glauben*, dass sie nicht erwischt werden, aber es kommt jedes Mal anders.

Wir alle halten Augen und Ohren offen, versorgen einander mit Informationen und greifen ein, wenn nötig.

»Und, wie haben Sie sich eingelebt?«

»Ganz wunderbar, ich liebe es. Die Kinder sind zauberhaft und scheinen wirklich gern zu lernen.«

Sie nickt. »Das freut mich zu hören. Ich weiß, dass Mrs Williams' Abschied ein wenig plötzlich kam, doch wir haben hier große Stücke auf sie gehalten. Sicher, sie war ein bisschen schroff, hat großen Wert auf Grammatik gelegt und viel von ihren Schülern verlangt, aber wir halten hier alle zusammen.«

Eigentlich behaupten alle, Mrs Williams sei eine abscheuliche Person gewesen.

»Sie hat jedenfalls einen bleibenden Eindruck hinterlassen.«

»Und wie verstehen Sie sich mit den anderen Lehrern?«

Ich bin mir nicht sicher, worauf sie hinauswill. Panik steigt in mir auf, und ich lächle zögernd. »Sie sind sehr nett.«

Sie mustert mich neugierig. »Wirklich? Mir ist aufgefallen, dass Sie in Ihrer Mittagspause nicht mit ihnen essen. Ist etwas vorgefallen?«

Und anscheinend hat sie auch ihr Personal ständig im Blick.

»Nein, nein, überhaupt nichts. Alles bestens.«

Abgesehen davon, dass ich mich abgesondert habe, damit die Leute nichts bemerken und zu klatschen anfangen. Diese Stadt ist klein. Schlimm genug, dass ich hundert Schüler habe, vor denen ich mein Leben verbergen muss. Da kann ich keine Erwachsenen mehr gebrauchen, die noch scharfsinniger sind.

Hilfreich ist dabei, dass Kevin nicht gerade ein beliebtes

Mitglied der Gemeinde ist. Zum Teufel, eigentlich gehört er gar nicht dazu. Er bleibt auf unserer Farm und besucht nie eine Versammlung oder einen Jahrmarkt. Er geht nicht einkaufen und hatte nur einen Freund, Nate, aber inzwischen reden nicht einmal die beiden noch miteinander. So ist es ihm lieber, und er möchte, dass ich mich so weit wie möglich auf dieses Leben beschränke. Im Lauf der Jahre sind die Leute zu dem Schluss gekommen, dass ich genauso arrogant bin wie er, und haben nicht mehr wirklich versucht, mich besser kennenzulernen.

Sie tritt näher heran. Ihr Lächeln ist herzlich, und kurz erinnert sie mich an meine Mutter. So empfindet sie wohl auch für ihre Lehrer und Schüler. Eine Art Ersatzmutter, die die Menschen, die sie liebt, beschützen will. »Ich weiß, dass die meisten von ihnen gemeinsam an ihren Lehrplänen arbeiten, und ich hatte mich gefragt, ob es einen Grund dafür gibt, dass Sie nicht dabei sind …«

»Das liegt nur an meinem Zeitplan. Wenn ich hier fertig bin, hole ich Hadley ab, und wir fahren zurück auf die Farm, um dort auszuhelfen.«

Mrs Symonds beobachtet mich genau und nimmt nicht nur meine Worte, sondern auch meine Körpersprache wahr. »Das verstehe ich, wir haben ja auch eine Farm. Aber Sie sind schon ein paar Monate hier, und ich möchte sichergehen, dass Sie sich eingelebt haben.«

»Das habe ich wirklich.«

Sie setzt sich auf den Stuhl neben mir und streckt mir herzlich die Hand entgegen. »Wissen Sie, ich habe stets ein offenes Ohr. Ich weiß, dass es eine große Umstellung sein kann, wieder in Vollzeit zu arbeiten. Außerdem weiß ich, dass Sie schon eine Weile in Sugarloaf leben, nur anscheinend nicht viele Freunde haben. Wenn Sie jemanden brauchen, können Sie immer zu mir kommen.«

Jetzt verstehe ich, warum Menschen sich ihr anvertrauen. Zum ersten Mal seit langer Zeit möchte ich jemandem mein Herz ausschütten. Mich in ihre Arme stürzen und weinen. Aber ich kann mir keine Freunde leisten. Ich kann mir den Luxus nicht erlauben, ihnen Zeit zu schenken und ihnen gegenüber aufrichtig zu sein. Doch das kann ich ihr nicht sagen.

Ich lächle sanft. »Ich bin hier glücklich und fühle mich wohl.«

»Okay, gut.« Und dann schrillt die Glocke und teilt den Lehrkräften mit, dass gleich die Schüler kommen. »Tja, das ist mein Zeichen. Sie sollen nur wissen, dass ich da bin, wenn Sie etwas brauchen, Ellie. Wir sind eine große Familie, und an unserem Tisch ist immer Platz für Sie.«

Am liebsten würde ich in Tränen ausbrechen, aber ich tue es nicht. »Danke, Sarah.«

»Jederzeit. Viel Spaß mit Ihrer Tragödie.« Kurz rast mein Herz, weil ich mir nicht sicher bin, was sie meint, doch dann spricht sie weiter. »Sie wissen schon … das Theaterstück.«

»Oh! Ach so. Ja. Haben wir bestimmt.«

Als sie geht, drehe ich mich um und stoße einen tiefen Seufzer aus. Und die ganze Zeit frage ich mich, ob mir irgendjemand in dieser Stadt meine Lügen abnimmt.

Sechs

Connor

»Dann gehst du zurück nach Sugarloaf?«, fragt Quinn, ein anderer SEAL, mit dem ich gedient habe.

»Ich fahre zur Hölle.«

Liam lacht leise und hebt sein Bier. »Dann treffe ich dich dort, Kumpel. Zum Teufel, wir treffen uns alle da.«

Heute bin ich offiziell raus aus der Navy und kehre zurück, um meine sechsmonatige Strafe im verdammten Pennsylvania abzubrummen. Vor zwei Wochen habe ich die Entlassungspapiere unterschrieben, und ein Teil von mir kann es kaum abwarten, zurückzukehren.

Es ist der Teil von mir, der etwas gefunden hat, von dem ich geglaubt hatte, es nie wiederzusehen.

Quinn nickt. »Könnte schlimmer sein.«

»Ach ja? Wie?«, frage ich.

»Du könntest in ein Mädchen verliebt sein, das nichts von dir wissen will.«

Ellies Gesicht tritt vor mein inneres Auge, denn sie will ganz entschieden nichts mit mir zu tun haben. Ich kann nicht das kleinste bisschen aufgeregt darüber sein, dass sie dort ist oder ich endlich weiß, wer sie ist – denn sie ist verheiratet. Also nein, es könnte nicht schlimmer kommen.

Quinn spricht weiter. »Nicht, dass ich das nachvollziehen könnte. Momentan bin ich sehr glücklich.«

Liam mustert mich und grinst höhnisch. »Oh, ich glaube, er ist wirklich verliebt in ein Mädchen, das nichts mit ihm zu tun haben will. Wie hieß sie noch, Arrow? Engel?«

»Ach, leck mich.«

Quinns Blick leuchtet auf. »Echt jetzt? Wie kommt's, dass ich noch nie etwas von diesem Engel gehört habe?«

Weil ich sie immer nur in meine Träume eingelassen habe.

Weil ich weiß, dass es eine Qual wäre, sie in meiner Nähe zu haben.

Weil ihr Idioten seid, die ihr Wissen ausnutzen, um ihre dummen Witze zu reißen, und nicht begreifen, was diese Nacht mir bedeutet hat.

»Ihr könnt mich mal.«

Die zwei treiben mich zwar in den Wahnsinn, aber mir wird es fehlen. Die Bruderschaft, die Kameradschaft, die nur in einem Team wie unserem entsteht. Ich würde für diese beiden und jeden anderen SEAL sterben. Wir leben nach einem Ehrenkodex, der mich an den erinnert, der meine Brüder und mich verbindet.

»Das Angebot lockt mich nicht wirklich. Wie sieht's bei dir aus, Quinn?«

»Nööö. Ich bin sehr glücklich mit meinem Mädchen.«

»Yeah. Jetzt.« Ich verdrehe die Augen.

Vor einem Jahr war Quinn nicht so munter. Ich glaube sogar, ich habe noch nie einen Mann erlebt, der so tief unten war. Ich bin mir immer noch nicht sicher, wie er die Hölle, durch die er gegangen ist, durchgestanden hat.

Außerdem weiß ich nicht, wieso ich mich habe breitschlagen lassen, etwas mit ihnen zu trinken. Ich bin selbst daran schuld, dass ich dieses Gespräch führe. Die beiden sind jeder für sich schon schlimm genug, aber wenn man sie zusammensteckt, sind sie wie ein verfluchter Tsunami, der alles niederwalzt, was ihm im Weg ist.

»Und sag mal«, will Liam in verschwörerischem Ton wissen, »wirst du nach ihr suchen?«

»Als ob ich euch Mistkerlen etwas verraten würde.«

»Hat er bereits«, erklärt Quinn Liam, ohne mich anzusehen. »Siehst du seine Miene? Die Frau verfolgt ihn. Wahrscheinlich hat er sie gesehen, als er zurückgekommen ist. Vielleicht eine Verflossene von der Highschool?«

»Schätze, sie war seine Erste«, setzt Liam hinzu.

»Kann sein. Ich meine, er sieht bedauernswert aus. Ich habe mich umgesehen, und die Mädchen stehen nicht Schlange, um für ihn die Höschen auszuziehen.«

Liam zuckt die Schultern. »Womöglich hat er ja einen kleinen Schwanz? Das könnte die Erklärung sein.«

»Ich glaube ja, es liegt daran, dass er so jämmerlich rüberkommt. Kein Mädchen will so einen abgehalfterten Kerl.«

»Ich kann euch hören!«, knurre ich zu Quinn.

Die beiden reden weiter, als hätte ich nichts gesagt.

Liam wirft mir einen Blick zu. »Könnte an seiner Einstellung liegen«, sagt er amüsiert. »Er wirkt ein bisschen feindselig.«

»Ich wette, sie hat ihn abblitzen lassen. Guck ihn dir doch an! Er sieht nicht gut aus.« Quinn zuckt die Schultern.

»Wer will schon etwas mit einem mürrischen, hässlichen und arbeitslosen Ex-SEAL zu tun haben? Das Problem ist die ganze verdammte Mischung.«

Ich schnaube verächtlich.

»Wer will schon etwas mit euch beiden zu tun haben?«, murmle ich halblaut.

»Tja, wir haben zufällig zwei umwerfende Frauen in unserem Leben, die das wollen«, gibt Quinn zurück. »Aber ernsthaft, hast du sie gesehen?«

»Yeah, und ich habe auch ihr Kind gesehen, und sie hat einen Mann.«

Liam stößt einen Pfiff aus. »Also, damit ist die Sache ja wohl erledigt.«

»Was du nicht sagst.«

»Nettes Kind?«, fragt Quinn.

»Ja, ein sehr nettes Mädchen. Sie hatte sich verletzt und auf meiner Farm versteckt. Ich habe sie gefunden und nach Hause gebracht. Wusste nicht, wer ihre Mom war, bis ich zum Haus kam.«

Die ganze Geschichte mit Hadley macht mich immer noch nervös. Keine Ahnung, warum, aber das, was sie an diesem Tag erzählt hat, spukt mir immer noch im Kopf herum. Das Problem ist, dass ich nicht entscheiden kann, ob es daran liegt, dass ich es hasse, dass Ellie verheiratet ist, oder an meiner instinktiven Reaktion auf die Verletzung.

»Mein Rat? Halt dich fern. Sei nicht der Typ, der verheirateten Frauen nachstellt.«

»Ich habe nicht vor, eine Ehe und eine Familie zu zerstören, Liam. Aber danke für dein Vertrauen.«

Er schüttelt den Kopf. »Ich glaube nicht, dass sich jemand das bewusst vornimmt. Du bist kein schlechter Kerl, Connor, doch so etwas passiert. Ich habe schon erlebt, wie diese Grenzen überschritten wurden, und wenn dir diese Frau etwas bedeutet, wirst du mehr mit dem Herzen denken als mit dem Verstand.«

»Oder mit dem Schwanz.«

Ich verdrehe die Augen. Die beiden reden, als hätte ich mich nicht mein Leben lang beherrscht. Ich habe mich noch nie über eine solche Grenze hinweggesetzt. Sonst wäre ich auf dem besten Weg gewesen, ein Drecksack wie mein Vater zu werden. Er war egoistisch und hat nur getan, was das Beste für ihn selbst war. Es war ihm egal, wie viel Schaden er angerichtet hat, solange es andere gab, die ihn ausbaden konnten. Ich werde nie werden wie er.

»Danke für den ungebetenen Rat. Ich weiß das Vertrauen, das ihr in mich setzt, wirklich zu schätzen.«

»Versteh das nicht falsch«, wirft Liam schnell ein.

Quinn nickt. »Wir begreifen das eben. Wir haben auch Frauen bis in den Wahnsinn geliebt.«

Herrgott. Die beiden reden wie ein Haufen alter Weiber.

»Ich liebe sie nicht. Ich kenne sie verdammt noch mal nicht. Ich weiß nur, dass wir vor gefühlt einer Million Jahren eine Nacht miteinander verbracht haben. Eine Nacht, die … Warum zur Hölle erzähle ich euch das überhaupt?«

Liam kichert. »Weil es etwas bedeutet hat, ob es eine Nacht oder ein ganzes Leben lang war, und du deswegen nicht richtig im Kopf bist.«

Ja, es hat etwas bedeutet … Das heißt auch, dass ich mich vollkommen darauf konzentrieren muss, dieses Haus zu renovieren, so wenig Kontakte wie möglich zu pflegen und dann zu verschwinden. Mehr darf es nicht bedeuten.

Ich stehe in dieser heruntergekommenen Scheune, der einzigen Stelle, an der ich Empfang habe. Wenn ich einen Zentimeter nach rechts trete, bricht die Verbindung zu Declan ab. Zwei Tage bin ich jetzt wieder hier, und ich hasse diese Farm mehr als je zuvor.

Sicher, im Haus ist es ruhig, und niemand droht mir Schläge an. Aber ich habe immer das Gefühl, beobachtet zu werden. Nach der Beerdigung haben meine Brüder und ich fünf Tage lang so viel aufgeräumt, wie wir konnten, und Declan war einverstanden damit – okay, wir haben ihn gezwungen –, alles mögliche Zeug neu zu kaufen.

Ich wollte jedes Anzeichen meines Vaters tilgen. Seine Schlafzimmermöbel, die Sofas, die Teller in der Küche, alles ist verschwunden.

Wir haben ein paar neue Geräte gekauft, weil die Waschmaschine so alt war, dass man sie bei einem Defekt nicht mehr hätte in Ordnung bringen können; außerdem neue Betten und neue Möbel. Ich hatte keine Spur von schlechtem Gewissen, Declans Geld auszugeben.

Wir müssen schließlich zusammengenommen zwei Jahre in diesem Höllenloch leben. Daher war es jeden Penny wert.

Jetzt muss ich anfangen, alles zu reparieren, damit wir verkaufen können.

»Dec?« Ich sage seinen Namen noch einmal, um festzustellen, ob er mich dieses Mal hört.

»Ich kann dich verstehen. Wie viel Geld brauchst du?«

»Mindestens noch zehntausend.«

Ich höre, wie mein Bruder ein frustriertes Seufzen ausstößt. »Und das ist nur für die erste Scheune?«

»Jepp.«

»Käme es nicht billiger, sie abzureißen?«

»Ich kann mich keinen Zentimeter bewegen, Dec, sonst ist die Verbindung weg. Deswegen teile ich dir das jetzt schnell mit. Du hast mir gesagt, ich soll mein halbes Jahr damit verbringen, alles zu reparieren, was uns Geld einbringt. Eine neue Scheune – eine gute, mit der ein Farmer wirklich etwas anfangen kann – würde ungefähr sechzigtausend kosten. Also, schick mir das Geld, das ich brauche, um diese hier auf Vordermann zu bringen, und lass mich arbeiten. Wenn wir verkaufen, kriegst du sowieso alles zurück.«

Mein Bruder verstummt, und ich weiß nicht, ob er meinen kleinen Ausbruch mitbekommen hat oder ob die Verbindung unterbrochen ist, aber ich lege auf. Als ich mich umdrehe, erschrecke ich mich fast zu Tode.

»Hi, Connor!«

»Herrgott!«, schreie ich und greife mir an die Brust, wo mein Herz jetzt rast. »Ich hatte keine Ahnung, dass du da bist, Hadley.«

»Ich kann sehr leise sein, wenn ich will.« Sie lächelt strahlend und wiegt sich hin und her.

»Das sehe ich«, sage ich und lache halblaut. »Du erinnerst mich an meinen Bruder Sean, der sich damals angeschlichen hat, um mich zu erschrecken.«

»Wie viele Brüder hast du denn? Ich habe mir immer einen Bruder gewünscht. Oder eine Schwester, da wäre ich nicht wählerisch. Aber Mommy sagt, ich bin allein schon genug zum Liebhaben. Sie war auch ein Einzelkind.«

An manchen Tagen habe ich früher davon geträumt, Einzelkind zu sein. Drei ältere Brüder zu haben war die meiste Zeit die Hölle. Als Mom noch da war, war das Leben einfach und hat Spaß gemacht – allerdings hauptsächlich den anderen, da ich der Dummkopf war, der auf alles hörte, was sie sagten.

Ich hatte mir nur gewünscht, von meinen Brüdern akzeptiert zu werden. Sie waren cool und hatten alle Informationen, die ich wollte. Als ich in Hadleys Alter war, war ich der kleine Störenfried.

Wer ist von einem Baum gesprungen, um zu sehen, ob der Aufprall wehtun würde? Ich.

Wer hat den Kuhfladen gegessen, weil einen das stärker als Popeye machen würde? Ich.

Wer musste die Schuld auf sich nehmen, als sie Moms Porzellanfigur zerbrochen hatten, weil der kleinste Bruder nicht bestraft werden würde? Ich.

Und bin ich bestraft worden? Jepp.

»Ich habe drei große Brüder. Declan, Jacob und Sean.«

»Wow. Sind sie auch hier? Sind sie so groß wie du? Kann ich sie treffen?«

Ich lache über ihren ehrfürchtig-staunenden Ton. »Nein, sie sind alle wieder nach Hause gefahren, und ich bin hiergeblieben, um auf der Farm zu arbeiten.«

Sie neigt den Kopf zur Seite. »Das ist traurig. Du wirst ganz allein sein.«

»Ich bin gern allein. Da wir gerade davon reden … Was machst du hier? Wissen deine Eltern, wo du steckst?«

»Mommy hat mir gesagt, ich soll draußen spielen, deswegen bin ich hergekommen.«

Ergibt absolut keinen Sinn, doch wer bin ich, um mit einem Kind zu diskutieren?

»Zum Spielen?«

»Ich wollte auf den Baum steigen, aber ich habe versprochen, nicht mehr zu klettern, bis mein Arm wieder gesund ist.«

»Dann warst du beim Arzt?«

Aufgeregt nickt Hadley. »Ja. Er war nur verstaucht, und ich soll dieses Ding um die Schulter tragen. Ich kann es bloß nicht leiden, deshalb nehme ich es ab, wenn Mommy mich nicht sieht.«

Ich schnaube wegwerfend. »Klingt wie etwas, das ich tun würde. Aber du solltest wirklich auf das hören, was deine Mom sagt.«

»Versprichst du, nichts zu verraten?«

Ich hebe die Hand mit zwei erhobenen Fingern. »Pfadfinderehrenwort.«

Als ob ich Pfadfinder gewesen wäre. Zum Teufel, ich bin nicht mal sicher, ob das Zeichen überhaupt so aussieht.

Hadley tritt auf mich zu und mustert den Holzstapel auf der einen Seite. »Reißt du die Scheune ab?«

»Nein, ich repariere sie. Aber ich muss die beschädigten Bretter herunterholen, bevor ich neue annagle.«

»Kann ich zuschauen?«

Hmm. Keine Ahnung, wie man sich normalerweise in diesem Fall verhält. Sie ist eine Siebenjährige, die ich nur kennengelernt habe, weil sie verletzt auf meinem Baum gesessen hat. »Ich bin mir nicht sicher, was deine Eltern davon halten würden.«

Sie zuckt die Schultern. »Daddy ist es egal, solange ich ihm nicht vor die Füße laufe.«

»Und deine Mom?«

Hadley zieht eine Schnute und scharrt mit einem Fuß auf dem Boden. »Vielleicht kannst *du* sie ja fragen.«

Äußerst unwahrscheinlich. Das würde meinem ganzen Plan zuwiderlaufen, Ellie aus dem Weg zu gehen.

»Ich finde, das ist keine gute Idee.«

»Aber wir sind Freunde«, gibt sie zurück.

»Schon …« Ich habe keine Ahnung, wie ich mich da herauswinden soll. »Allerdings muss ich viel arbeiten und habe gerade keine Zeit, dich nach Hause zu bringen.«

»Bitte, Connor. Außer dir habe ich keine Freunde, und ich *verspreche*, dass ich nicht nerve. Außerdem, was passiert, wenn du dir wehtust? Wer soll Hilfe holen, wenn *du* hinfällst?«

Hadley verschränkt die Arme vor der Brust und zieht den

niedlichsten Schmollmund aller Zeiten. Herrgott, jetzt weiß ich, warum erwachsene Männer ihren Töchtern nichts abschlagen können. Sie wissen genau, wie sie kriegen, was sie wollen. Das habe ich bei Arabelle und Liam gesehen. Sie hat ihn – und jeden anderen SEAL, dem sie begegnet ist – um den Finger gewickelt.

»Ich bin mir ziemlich sicher, dass mir nichts passiert.«

»Aber woher willst du das *wissen*?«, fragt sie herausfordernd.

Wie gerate ich bloß immer in solche Schlamassel hinein?

»Schätze, das kann ich nicht.«

»Siehst du!« Sie wirkt munterer. »Ich kann dir helfen. Ich bin eine tolle Helferin. Also würdest du Mommy bitte fragen, ob ich darf? Bei dir sagt sie bestimmt nicht Nein. Wenn ein Erwachsener fragt, dürfen andere Erwachsene nicht Nein sagen, das ist die Regel. Wusstest du, dass ich einmal mitgeholfen habe, einen Zaun zu reparieren? Ich helfe dir auch bei deiner Scheune!«

Das ist solch eine schlechte Idee. Ich weiß es, aber da ist dieser Sog, der mir einflüstert, dass ich Ellie sehen könnte. Vielleicht kann ich ja einen Fehler an ihr finden. Etwas, das sie weniger verlockend wirken lässt. Etwas, das mir sagt, dass jene Nacht nicht das war, wozu ich sie in meiner Erinnerung aufgebauscht habe.

Wenn ich es fertigbringe, meine Version der Geschichte zu ändern, kann ich möglicherweise aufhören, sie immer wieder im Kopf abzuspulen.

Ich mache mir etwas vor. Mein Wunsch, sie zu sehen, hat nichts damit zu tun, dass ich einen Makel an ihr finden will. Es liegt einfach an ihr. Der Frau, die mich in der Nacht, in der ich vollkommen am Boden war, gerettet hat. Ich möchte ihre blauen Augen sehen, die meinen Blick erwidern. Ich will mich daran erinnern, wie sich ihr langes braunes Haar angefühlt hat. Ob sie immer noch nach Vanille duftet?

Ich bin ein kompletter Idiot, doch ich kann schlicht nicht anders.

»Okay. Aber du musst versprechen, auf sie zu hören, wenn sie Nein sagt.«

Hadley quietscht und umschlingt meine Mitte. »Danke, Connor. Du bist der beste Freund der Welt.«

Oh Gott, dieses Mädchen bricht mir noch das Herz.

Sieben

Ellie

»Mommy!«, höre ich Hadley von draußen rufen und springe auf.

Kevin schläft, und wenn sie ihn weckt, weiß niemand, wie er gelaunt sein wird. Als er vor einer halben Stunde nach Hause gekommen ist, war er erschöpft und schon wütend. Irgendwie konnte ich ihn dazu überreden, sich hinzulegen. Es gibt einen Grund dafür, dass es heißt, schlafende Hunde soll man nicht wecken.

Mit erhobenen Händen stürze ich aus der Tür, um sie aufzuhalten, und da sehe ich ihn. Connor Arrowood trägt enge Jeans und ein graues Shirt, das ihm am Körper klebt. Das Haar hängt ihm auf einer Seite, als wäre er gerade mit den Fingern hindurchgefahren. Und dann der Stoppelbart. Er bedeckt seinen Kiefer und lässt ihn sündig und sexy aussehen. Nach allem, was ich mir nicht wünschen dürfte.

Er lächelt leise und tritt mit Hadley an der Hand auf mich zu.

»Ich habe dieses hübsche Mädchen in der Scheune gefunden und dachte, sie gehört dir.«

Mein Puls rast, aber ich versuche zu lächeln. »Und ob.«

»Connor will dich etwas fragen, Mommy.« Freudestrahlend sieht Hadley zu ihm auf.

Einmal mehr überwältigt mich die Ähnlichkeit der beiden

und versetzt mir einen Stich ins Herz. Könnte Hadley sein leibliches Kind sein? Wenn ja, würde das alles verändern?

Ja. Dann würde uns nichts mehr bei Kevin halten, und vielleicht würde er nicht nach uns suchen.

Oder es würde alles noch schlimmer machen.

Er könnte in Rage geraten und Gott-weiß-was tun. Wenn Hadley sicher ist, weil sie seine Tochter ist, kann ich mir nicht erlauben, etwas zu sehen, was unter Umständen ein Produkt meiner Einbildung ist.

»Du wolltest mich etwas fragen?«, sage ich zu Connor und sehe ihn an.

»Also, Hadley ist vorbeigekommen und hat sich erkundigt, ob es okay ist, wenn sie mich besucht … Ich bin mir nicht wirklich sicher, wie eure Regeln sind oder ob dir das recht ist. Die nächsten sechs Monate repariere ich die Scheune, dann das Haus und anschließend jeden Zentimeter des Besitzes. Hadley war so freundlich, mir ihre Hilfe anzubieten, damit ich nicht falle oder mir den Arm breche, ohne Hilfe holen zu können.«

Ich weiß, dass er spricht, aber ich kann nur den Teil verarbeiten, in dem er gesagt hat, wie lange er hierbleiben wird. »Sechs Monate?«

»Das ist die Zeit, die ich hier auf der Farm absitzen muss«, erklärt Connor und schnaubt empört. »Um den Besitz verkaufen zu dürfen, müssen meine Brüder und ich so lange hier leben.«

Mein Magen überschlägt sich. Er wird sechs Monate nebenan wohnen. Das ist eine lange Zeit, um zu vermeiden, dass ich mich in Gedanken mit ihm beschäftige. Und eine lange Zeit, in der Hadley versuchen wird, sich mit ihm anzufreunden.

Sechs Monate, in denen ich verhindern muss, dass Kevin ihn zu Gesicht bekommt.

Am liebsten möchte ich die Hände ringen und frustriert aufschreien.

Wenn ich Letzteres überhaupt noch verhindern will, muss ich Hadley von Connor fernhalten. Nicht wegen Kevin, sondern wenn sie eine Bindung zu ihm aufbaut, wird es ihr nur wehtun, sobald wir fliehen müssen.

»Wow, das klingt nach einer Menge Arbeit für sechs Monate, und …«, ich sehe meine Tochter an, »… du hast viele Hausaufgaben und deine Arbeiten im Haushalt zu erledigen.«

»Aber …« Ihre Unterlippe bebt. »Ich helfe gern, und ich verspreche, keine Mühe zu machen.«

»Was zum Teufel geht hier draußen vor?«, dröhnt Kevins tiefe Stimme, und die Haustür wird aufgerissen.

Die Angst steigt so schnell in mir auf, dass ich keine Zeit habe, sie unter Kontrolle zu bringen.

Rasch drehe ich mich um. »Bist du aufgewacht, Babe?«

Er sieht mich an, Hadley und dann den Mann, der neben ihr steht. »Wer sind Sie?«

Hadley stürzt nach vorn. »Das ist Connor, Daddy. Er wohnt nebenan.«

Eine Sekunde lang schließe ich die Augen und versuche, nachzudenken. Ich muss Connor dazu bringen, dass er geht, bevor Kevin noch zorniger wird und ich richtig dafür bezahlen muss. Es ist zu spät, um seiner Wut ganz zu entgehen, daher ist es meine einzige Chance, sie zu begrenzen.

Kevin sieht von Hadley wieder zu Connor. »Sie sind einer der Arrowood-Brüder.«

»Ja.« Connors Stimme ist tiefer als die von Kevin, und ich

schwöre, es liegt so viel Testosteron in der Luft, dass ich kaum atmen kann. »Ich nehme an, Sie sind Hadleys Vater? Nett, Sie kennenzulernen.«

»Woher kennen Sie meine Tochter?«

Mit einem sanften Lächeln auf den Lippen trete ich auf ihn zu und lege ihm eine Hand auf die Brust. »Hadley hat sich ein wenig verlaufen, und Connor war so freundlich, sie nach Hause zu bringen.«

Kevin macht noch einen Schritt und verlässt die Vordertreppe. Er schlingt einen Arm um meinen Rücken und packt meine Schulter. »Das war nett von ihm. Geh kurz hinters Haus, Hadley. Dann kannst du nach den Pferden sehen.«

Sie schaut mich an, und ich schenke ihr das Lächeln, das ich perfektioniert habe.

»Okay, Daddy.«

»Danke, Liebes. Und geh dieses Mal nicht verloren.«

Hadley dreht sich um. Die Angst steht ihr in den Augen, aber sie lächelt zu ihm auf. »Nein.«

»Braves Mädchen.«

Mein Mann ist gut darin, anderen etwas vorzumachen. Auf jeden zufälligen Beobachter würde er liebevoll und aufmerksam wirken. So war er schon immer. Er würde nie jemandem Anlass zum Tratschen geben. In der Öffentlichkeit gibt er den liebenden Ehemann. Zärtlich berührt er mein Gesicht. Er hält mich an der Hand und schaut mich lächelnd an.

Es ist so einfach, ihm die Lügen abzunehmen.

Sogar ich falle manchmal darauf herein, und dabei weiß ich es besser.

Trotzdem wünschte ich, er wäre mir immer auf diese Art zugetan. Ich will mich daran erinnern, wie er mich in Liebe und nicht im Zorn berührt hat. Ich sehne mich schmerzhaft nach diesem Mann, der mir Unterstützung angeboten und mich nicht niedergemacht hat.

Das ist töricht, und ich weiß es. Er wird niemals dieser Mann sein, und deswegen gehe ich fort.

Er lässt die Hand an meinem Rücken hinabgleiten und legt sie um meine Hüfte. Auf dieser Seite habe ich eine frische Prellung, und ich bete darum, dass er sie vergessen hat, sonst findet er eine Möglichkeit, das auszunutzen.

»Dann willkommen zu Hause. Ich bin Kevin, und das ist *meine Frau*, Ellie.«

Connor kneift leicht die Augen zusammen, tritt jedoch mit ausgestreckter Hand vor. Kevin bleibt nichts anderes übrig, als mich loszulassen. Sie schütteln einander die Hände, aber ich höre schon das ferne Donnergrollen.

»Großartig, Sie beide kennenzulernen.« Connor reicht mir die Hand.

Ich nehme sie, schüttle sie so kurz, wie ich kann, und ziehe mich wieder zu meinem Mann zurück. Ich trete auf ihn zu und versuche, mich wieder in seine Umarmung zu schmiegen. Er legt den Arm um mich, und ich lächle zu ihm auf.

Bitte mach, dass das genug ist.

»Hadley hat Ihnen doch nicht etwa Umstände gemacht, oder?«

»Ganz und gar nicht. Als ich neulich wieder hergezogen bin, wollte ich mich schon bei Ihnen vorstellen, aber ich bin noch nicht dazu gekommen. Ich war eine Weile nicht mehr in der Stadt, und ich hatte keine Ahnung, wer die Walcott-Farm übernommen hat, da die beiden keine Kinder hatten.«

Kevin nickt langsam. »Ja, ich habe sie von meinem Onkel geerbt. Und wir machen zum ersten Mal seit fünfzehn Jahren

Gewinn. Ich weiß, dass Ihr Vater vor ein paar Jahren einen schlimmen Rückschlag hatte.«

»Erstaunt mich nicht«, erklärt Connor emotionslos. »Ich bin eher schockiert, dass noch ein Gebäude steht.«

»Hoffentlich schlagen Sie sich besser als er. Ich bezweifle zwar, dass Sie das Ruder herumreißen können, doch wer weiß, nicht wahr?«

Am liebsten möchte ich angesichts dieser Beleidigung nach Luft schnappen, aber ich bremse mich. Normalerweise benimmt sich Kevin anderen gegenüber nicht so unhöflich. Er will gern, dass alle ihn für wundervoll halten. Zumindest war das eine Zeit lang so.

Connor lacht leise, als mache ihm das nichts aus. »Das schaffe ich bestimmt, Kevin. Jedenfalls muss ich wieder an die Arbeit. Man sieht sich.«

»Danke, dass Sie Hadley nach Hause gebracht haben«, sage ich, als er sich umdreht.

Kevin gräbt die Finger in meine Seite, und ich zucke zusammen. Scharf sauge ich die Luft durch die Zähne, und es kommt mir hundertmal lauter vor, als es ist.

Connor runzelt die Stirn, und er richtet den Blick auf die Stelle, wo Kevins Finger auf der Prellung liegen, die er mir kürzlich beigebracht hat und die sich unter meinem Kleid versteckt.

»Kein Problem«, sagt er ungezwungen. Doch in seinen Augen steht eine Erkenntnis, die mir ein unbehagliches Gefühl bereitet. »Sprechen Sie mich ruhig an, wenn Sie etwas brauchen.«

»Alles gut, aber danke.«

Mit diesen Worten dreht Kevin uns beide um, und ich lasse mich von ihm zurück ins Haus führen. Während wir die Treppe hinaufgehen, kämpfe ich gegen den Drang, mich von meinem Mann loszureißen. Er ist wütend und wird mir nichts von der Freundlichkeit entgegenbringen, auf die ich gehofft hatte.

Die Tür knallt zu, und er beginnt, auf und ab zu gehen. Ich sehe zu, wie die Uhr tickt, und spiele im Kopf eine Million Szenarien durch, die sich alle darum drehen, wie ich mit seinem unvermeidlichen Kontrollverlust umgehen soll.

Nach fast fünf Minuten bleibt er stehen und richtet den Blick auf mich. »Hast du mit ihm geschlafen?«

Mein Herz gerät ins Stolpern, und ich reiße den Mund auf. Ich habe an alles Mögliche gedacht, aber das gehörte nicht dazu. »Was?«

»Du hast verstanden, was ich gesagt habe, Ellie. Treib keine verdammten Spielchen mit mir.«

Ich habe keine Ahnung, was ich darauf antworten soll. Weiß er Bescheid? Hat er gesehen, dass Hadley Connors Augen hat? Oder bilde ich mir das ein, weil ihre Nase wie die von Kevin aussieht? Das ist alles verrückt. Ich bin unsicher, ob er wissen will, ob ich vor acht Jahren mit Connor geschlafen habe oder gestern.

»Nein! Ich habe nicht mit ihm geschlafen!«, schreie ich und wende mich ab, als hätte er mich verletzt. In Wahrheit tue ich es, damit er mir keine Lüge vom Gesicht ablesen kann. »Wie kannst du mich so etwas fragen?«

»Ich habe gesehen, wie er dich angeschaut hat! Als würde er dich kennen. Als hätte er gehabt, was mir gehört.«

Ich schüttle den Kopf und fahre wieder zu Kevin herum. »Du wirfst mir vor, dich betrogen zu haben, wegen der Art, wie ein Fremder mich angeschaut hat?«

Er schüttelt den Kopf. »Ich habe es ihm angesehen.«

»Du willst es so sehen, Kevin. Wie hätte ich mit ihm schlafen sollen, obwohl ich ihm noch nie begegnet bin? Wie hätte das sein können, obwohl er dir selbst gesagt hat, dass er gerade erst hergezogen ist. Wie?«

Ich klammere mich an die Vorstellung, dass er nicht klug genug ist, um an die Zeit vor unserer Ehe zurückzudenken.

»Keine Ahnung, aber … ich schwöre bei Gott!« Kevin tritt vor und quetscht meine Arme an denselben Stellen, wo erst vor ein paar Tagen die alten blauen Flecken verblasst sind. »Wenn du ihn je wieder ansiehst, Ellie, kann ich mich nicht zurückhalten. Wenn du mir wehtust …«

Tränen, die ich zurückgedrängt hatte, laufen. Nicht nur wegen des emotionalen Schmerzes, den ich leide, sondern weil er mich zerstört. »Du tust mir weh, Kevin. Jedes Mal, wenn du das tust, verletzt du mich.«

Er packt mich so fest, dass mir klar wird, dass diese Quetschung noch schlimmer wird. »Du wirst mich nie verlassen. Hast du verstanden? Dann übernehme ich keine Verantwortung. Ich … ich werde …«

»Was wirst du?«

Seine Finger drücken noch fester zu, schließlich lässt er mich los. »Ich versuche doch nur, dich zu halten!«

»Indem du mich schlägst? Mich trittst? Mir erklärst, dass ich wertlos bin? Mir drohst?«, frage ich und lache humorlos. »Glaubst du, davon wird es zwischen uns besser?«

Ich sehe zu, wie ein gequälter Ausdruck über seine Miene huscht. Manchmal funktioniert es, wenn ich weine, ihm zeige, dass ich Schmerzen habe, und an sein Gewissen appelliere. Manchmal sieht er dann ein, was für ein Mann er geworden ist, und wir haben eine glückliche Zeit. Aber die ist immer kurzlebig, und wenn er das nächste Mal in Wut gerät, ist es beinahe, als müsse ich zehnfach dafür bezahlen.

Dieses Glück will ich diesmal nicht.

Dieses falsche Leben ist fast noch schlimmer, weil ich weiß, dass es enden wird.

Er macht einen Schritt auf mich zu, und seine Augen glühen vor Zorn. Er schlägt mir ins Gesicht. »Glaubst du, es wird besser, wenn du mir Widerworte gibst?«

Ich lege die Finger an die Stelle, wo er mich geschlagen hat, und Tränen treten mir in die Augen. »Warum tust du das?«

Seine Miene ist verschlossen, und er beißt die Zähne zusammen. »Weil du mir gehörst. Du und Hadley, ihr seid alles, was ich habe, und ich habe verdammt noch mal nicht vor, euch zu verlieren.«

Eine Träne rollt mir übers Gesicht. »Du machst mich fertig, Kevin. Jedes Mal, wenn du mich schlägst oder packst und mir sagst, was für eine schreckliche Ehefrau ich bin, machst du mich fertig. Ich zerbreche daran, und das von deiner Hand.«

»Meine Hände? Was ist mit meinen Händen? Du bist doch diejenige, die einen anderen hat.«

Das ertrage ich nicht. »Ich bin mit dir zusammen, seit ich siebzehn war! Was glaubst du, wann ich Zeit für einen anderen oder den Wunsch danach gehabt haben soll? Ich habe dich so sehr geliebt! Ich habe dich geheiratet, unsere Tochter gemeinsam mit dir großgezogen und mich immer wieder von dir verprügeln lassen.«

Kevin sieht aus, als hätte ich ihn geohrfeigt. Schmerz steht in seinem Blick, und ich trete einen Schritt auf ihn zu. Keine Ahnung, warum ich den Drang spüre, ihn zu trösten. Vielleicht, weil ich mir das so antrainiert habe. Oder weil ich ihn irgendwo tief im Inneren liebe, obwohl ich weiß, dass ich das nicht tun sollte.

»Du treibst mich in den Wahnsinn, Ellie. Du hast ja keine Vorstellung, wie sehr ich dich liebe. Ich würde alles für dich tun. Es ist nur … Wenn ich dich so erlebe, dann sehe ich ein Leben ohne dich vor mir, und das kann ich nicht.«

»Ich will das so nicht«, sage ich und meine das im doppelten Sinn.

Ich will nicht mehr mit ihm streiten, genauso wenig, wie ich in den Spiegel schauen und eine traurige, armselige Frau sehen will, die sich von ihm schlagen lässt. Für Hadley muss ich mehr als das sein.

Ich brauche nur noch ein bisschen Zeit, und dann verschwinden wir beide von hier. Wenn ich noch etwas länger arbeite, habe ich ausreichend Geld, um eine Wohnung in einer Kleinstadt zu finden, die so weit von hier entfernt liegt, dass er dort nicht nach uns sucht. Kevin wird damit rechnen, dass ich zurück nach New York gehe, wo meine Eltern herkommen. Er würde mich nie im Süden oder Westen suchen.

Wenn ich genug sparen kann, dann kann ich das schaffen und Hadley das Leben bieten, das sie verdient hat. Ich hätte mir mehr Zeit gewünscht, aber ich befürchte, ich kann nicht lange genug durchhalten.

Kevin tritt auf mich zu, und ich zwinge mich, nicht auszuweichen. Sanft legt er die Hände um meine Wangen. »Ich liebe dich, Ellie. Ich liebe dich, und ich werde dir nie wieder wehtun. Versprochen.«

Ich schließe die Augen und beuge mich vor, als er mir die Lippen auf die Stirn drückt.

Versprechen werden gebrochen. Blaue Flecke heilen. Doch nichts kann die Narben, die Misshandlungen hinterlassen, auslöschen.

Dann sieht er mir in die Augen, und der zärtliche Mann

mit den süßen Versprechungen ist verschwunden. »Aber wenn du versuchst, mich zu verlassen, Ellie, bringe ich euch beide um. Und ich töte sie zuerst, damit du mit ansehen musst, wozu du mich getrieben hast.«

Acht

Ellie

Ich liege da, sehe an die Decke und warte darauf, dass sein Atem gleichmäßig geht.

»Wenn du versuchst, mich zu verlassen, Ellie, bringe ich euch beide um.«

In all den Jahren hat Kevin noch nie gedroht, mich zu töten oder Hadley wehzutun.

»Wenn du versuchst, mich zu verlassen, Ellie, bringe ich euch beide um.«

Er wird uns töten. Ich muss jetzt fliehen. Für Hadley. Um meinetwillen. Um noch eine Chance auf ein Leben zu haben. Ich kann nicht länger warten.

»Wenn du versuchst, mich zu verlassen, Ellie, bringe ich euch beide um.«

Egal, dass ich nicht genügend Geld beiseitegeschafft und keinen Plan habe. Ich habe zumindest so viel, um von hier zu verschwinden und mit ihr in einen Bus zu steigen. Auf keinen Fall lasse ich zu, dass meine Tochter noch eine Nacht hier verbringt. Er ist wahnsinnig vor Eifersucht, und wenn er mich nach einer einzigen Begegnung mit Connor derart bedroht, ist nicht auszudenken, was passiert, falls er die Wahrheit herausfindet.

Mein ganzer Körper prickelt vor Panik. Ich habe das Gefühl, als wären meine Nerven zum Zerreißen gespannt.

Kevin hat einen leichten Schlaf. Wenn er hört, wie der Wagen angelassen wird, wird er aufwachen, und dann sind meine Tochter und ich tot. Ich muss komplett zu Fuß gehen.

Hadley wird mich ein wenig bremsen, aber wir werden uns abseits der Hauptstraßen bewegen.

Bitte, Gott, wenn du mir je zugehört hast, gerade brauche ich dich.

Ein Schnarchen durchbricht die Stille. Jetzt oder nie.

Ich schiebe mich aus dem Bett, greife nach dem Kleid, das ich zwischen Bett und Nachttisch versteckt hatte, und ziehe es mir über den Kopf. Als wir uns bettfertig gemacht haben, habe ich eine Tasche in die Badewanne gestellt und das Fenster dort angelehnt, um wenigstens ein paar Teile mitnehmen zu können.

Im Bad werfe ich die Tasche nach draußen und hoffe inständig, dass ich den Raum verlassen kann, ohne gehört zu werden. Damit ist die Schlacht schon halb gewonnen.

Ganz langsam husche ich aus dem Bad. Er dreht sich um, und ich erstarre und bete, dass er die Augen nicht öffnet.

Noch eine Sekunde, und er tut es nicht, also gehe ich weiter.

Das ist alles, was mir durch den Kopf geht. Ich muss in Bewegung bleiben.

Hadleys Tür ist nur angelehnt. Dafür habe ich gesorgt, weil sie am lautesten quietscht.

Ich schüttle sie sacht. »Hadley, Baby«, wispere ich kaum hörbar, »wach auf. Tu's für Mommy.«

Sie schlägt die Augen auf und schießt hoch. »Mommy?«

»*Psst*«, sage ich schnell. »Wir müssen gehen, Schatz. Du musst ganz leise sein, kannst du das?«

Sie nickt, und ich lächle sanft. »Okay, zieh dich an und nimm deine Decke und deinen Teddy.«

Hadley bewegt sich langsam, und ich packe eilig ein paar ihrer Sachen ein, um sie mitzunehmen. Mein Herz rast, und nur unser Atem ist zu hören. Wenige Sekunden später nehme ich ihre Hand.

»Und Daddy?« Sie spricht leise, doch ich höre ihren Schmerz.

»Wir müssen gehen, Baby. Wir müssen unbedingt verschwinden, und wir dürfen Daddy nicht wecken. Vertraust du mir?«

Tränen treten in Hadleys Augen, aber sie nickt.

Wieder einmal fühle ich mich wie die schlechteste Mutter der Welt. Kein Kind sollte gezwungen sein, sich mitten in der Nacht aus seinem eigenen Zuhause zu schleichen. Ein Heim sollte ein sicherer Ort sein, wo alles Schlechte auf der Welt zurückbleibt, wenn man durch die Tür tritt. Stattdessen ist in diesem Haus geschrien und geprügelt worden. Jetzt jedoch nicht mehr.

Er wird mir nie wieder wehtun, und um Hadley etwas anzutun, muss er über meine Leiche gehen.

»Okay, wir müssen *super*leise sein«, flüstere ich. »Ganz gleich, was passiert, sobald wir aus der Tür sind, müssen wir immer weiterlaufen. Okay?«

Hadley wischt sich eine Träne ab und nickt.

»Das ist mein großes Mädchen. Wenn Daddy aufwacht, musst du in dein Zimmer laufen und die Tür zumachen. Schließ sie ab, wenn du kannst, oder stell Möbel davor. Und lass niemanden außer mir herein, okay?«

Ich weiß, dass ich ihr Angst einjage, doch ich habe keine Zeit zum Diskutieren und will nicht, dass sie zögert.

»Ich fürchte mich.«

»Tut mir leid, wir müssen trotzdem gehen.«

»Kommen wir zurück?«

Ich schüttle den Kopf und lege dann einen Finger über ihre Lippen. Jetzt oder nie.

Ich weiß immer noch nicht, ob die Hintertür die beste Option ist, aber eigentlich ist sie die einzige. Die Haustür befindet sich zu nahe an der Stelle, wo er schläft, und ich will Hadley nicht allein aus dem Fenster klettern lassen. Wenn wir es schaffen, unentdeckt um das Haus herumzugelangen, ist unsere Chance viel größer.

Ich greife sie an der Hand und achte auf jedes Knarren und jedes Geräusch, das in der tiefen Stille lauter zu klingen scheint. Wir erreichen die Tür, und ich öffne sie langsam. Außer unserem Atem ist kein Laut zu hören. Als wir draußen sind, ziehe ich Hadleys Sweatjacke enger um sie, schließe den Reißverschluss und sehe ihr ins Gesicht.

»Okay, wir müssen gehen.«

»Mommy?« So viel Angst steht in ihren großen Augen.

»Es ist okay. Wir müssen gehen. Es tut mir leid, Hadley. Ich weiß, du hast deinen Daddy lieb, und das hier ist schwer, aber wir … wir müssen gehen.«

Ich wünschte, ich könnte ihr alles erzählen, doch das geht nicht. Das wäre mehr, als dieses entzückende Mädchen mit dem großen Herzen begreifen kann. Eines Tages wird sie zurückblicken und erkennen, dass ich getan habe, was ich für das Beste hielt – vielleicht wird sie mich auch für immer hassen. Sie wird jedoch wenigstens am Leben sein.

Nur darauf kommt es an.

Ich nehme ihre Hand und führe sie zu der Stelle, an der ich meine Tasche aus dem Fenster geworfen habe. Sobald ich sie zusätzlich zu ihrer sicher über meine Schulter gehängt habe, gehen wir schnell um die Hausecke. Ich kann nicht langsamer laufen, jedenfalls nicht, bevor wir das Haus hinter uns gelassen haben.

Hadley muss praktisch neben mir herrennen, während wir am Auto und weiter die Auffahrt entlanglaufen.

Und da höre ich es.

Der Knall, mit dem die hölzerne Fliegengittertür gegen die Hauswand kracht.

Er ist aufgewacht.

Er ist hier.

Er wird mich umbringen.

Mit dem ganzen Körper spüre ich, wie ich mir alles um mich herum bewusst mache. Die Art, wie die Luft nach Tau und Mondschein schmeckt. Der Geruch der Kühe und frisch geschnittenen Holzes steigt mir in die Nase. Wenn er mich erwischt, werde ich nie wieder atmen oder etwas riechen.

Ich schaue auf mein wunderschönes Mädchen hinunter und kämpfe mit den Tränen, weil ich sie vielleicht nie wiedersehe. Mein Liebstes, das helle Licht in meinem Leben. Das Einzige, wofür ich je gekämpft habe.

»Lauf, Hadley«, sage ich atemlos. »Lauf so weit und so schnell, wie du kannst. Lauf zu jemandem, der dich beschützen wird. Lauf und schau dich nicht nach mir um. Bleib nicht stehen. Hör auf nichts anderes, lauf einfach.«

»Mommy?«

Ich spüre, wie Kevin uns näher kommt. Höre seine eiligen Schritte, die immer lauter werden. Ich habe nur eine Chance: zulassen, dass er mich schnappt, damit sie weglaufen kann. Er kann uns nicht beiden nachsetzen.

»Lauf!«

Sie tut, was ich sage, und es fühlt sich an, als verlasse mein Herz meinen Körper.

»Hadley!«, brüllt Kevin.

»Lauf, Hadley! Lauf weg und komm nicht wieder!«, schreie ich so laut, wie ich kann. Mein Mädchen muss weg von hier.

Kevin packt meinen Hinterkopf und reißt mich so fest an den Haaren, dass ich aufschreie. »Willst du irgendwohin?«

Ich könnte lügen, aber das würde nichts ändern. Er weiß, warum wir uns mitten in der Nacht aus dem Haus geschlichen haben. Ich habe keinen Ausweg mehr, doch ausnahmsweise weigere ich mich, klein beizugeben und Angst zu haben. Es wird zum Schlimmsten kommen, nur bis dahin wird Hadley weit weg sein.

Ein kleiner … ganz, ganz kleiner Trost ist, dass er, wenn er mich umbringt, ins Gefängnis kommt und sie frei von ihm sein wird.

»Du kriegst sie nicht.«

»Ach, hältst du dich jetzt für großmütig? Glaubst du, sie kommt nicht nach Hause zu ihrem Daddy?«

Ich lache, denn das Komische ist, dass sie möglicherweise nicht sein Kind ist. Trotzdem habe ich noch so viel Selbsterhaltungstrieb, dass ich den Mund halte. Ich fühle mich vielleicht tapfer, aber ich bin nicht so dumm, das hier noch schlimmer zu machen.

»Ist etwas witzig, Ellie?«

»Das hier«, stoße ich zwischen zusammengebissenen Zähnen hervor, denn er reißt mir praktisch die Haare aus, was mir einen pochenden Schmerz bereitet. »Du behauptest, Hadley und mich zu lieben, und trotzdem lässt du dich zu so etwas herab.«

»Ich brauche dich.«

»Du musst aufhören, uns wehzutun.«

Kevin streicht mit den Lippen über meinen Hals und lockert seinen Griff. »Ich habe dich von dem Moment an geliebt, in dem ich dich zum ersten Mal gesehen habe. Ich wusste, dass du mich eines Tages verlassen würdest, aber ich habe darum gekämpft, dich zu halten. Dann haben wir Hadley bekommen, und ich habe geglaubt, alles würde gut. Ich hätte wissen müssen, dass du mir nie treu sein würdest.«

Ich schließe die Augen und kämpfe jegliche Gefühle nieder. Ich darf keine Schwäche zeigen. »Lass mich gehen, Kevin. Lass mich gehen und glücklich werden.«

Er stößt mich so heftig weg, dass ich auf Hände und Knie falle, und die frischen Kratzer brennen. »Du willst glücklich sein und alles andere mir überlassen? Nein. Ich habe dir gesagt, was passieren würde. Ich habe dich gewarnt, dass du nicht versuchen sollst, vor mir wegzulaufen.«

»Warum? Was willst du von mir? Du liebst mich nicht, und ich will das hier nicht!«

Neuer Zorn steigt in seinem Blick auf, und ich habe nicht genug Zeit, um davonzukriechen, bevor er mir in die Rippen tritt.

Ich spüre die Höllenschmerzen schon, ehe ich Luft holen kann. Meine Flanke, die bereits mit blauen Flecken überzogen war, fühlt sich an, als hätte er sie mir zerschmettert.

Ich versuche aufzustehen und Luft in die Lungen zu bekommen, aber der Schmerz ist zu stark.

»Du willst das nicht?«, schreit Kevin und stößt mich zurück auf den Boden.

»Kevin!«

»Was willst du nicht? Mich? Willst du jemand anderen?« Er packt meinen Arm und zerrt mich auf die Knie.

»Ich will, dass du aufhörst!«, bringe ich irgendwie heraus.

»Du hättest dafür sorgen können, dass es aufhört.«

Ja, wenn ich ihn nie geheiratet hätte. Wenn ich vor einer Million Jahren gegangen wäre. Ich hätte so vieles anders machen können, aber ich habe es nicht getan. Ich habe mich entschieden, mit einem Mann zu leben, der mich zerstört. Durch das Gefühl, keinen Ausweg zu haben, habe ich ihm im Grunde erlaubt, mich zu verletzen. Nun will er genau das tun, und ich bin jetzt schon zerbrochen und weiß nicht, wie ich das verhindern soll.

»Bitte, Kevin«, flehe ich und weiß, dass das vielleicht meine einzige Chance ist.

»Bitte was? Soll ich dir bitte nicht wehtun? Hast du nicht daran gedacht, wie es mich verletzen würde, wenn ich feststelle, dass meine Frau und Tochter verschwunden sind? Hast du nicht an mich gedacht, als du dich aus diesem Haus geschlichen und versucht hast, mein Kind zu stehlen? Nein, du hast nur an dich gedacht!«

Jetzt rinnen meine Tränen, und ich kann sie nicht stoppen. Der Schmerz in meiner Brust ist so stark, dass schwarze Punkte in meinem Blickfeld tanzen. Ich setze jedes bisschen Kraft ein, das ich noch habe, um ihn weiterreden zu lassen. Je länger er sich auf mich konzentriert, umso mehr Zeit hat Hadley, um wegzulaufen.

»Ich habe dich angefleht«, sage ich, sehe ihm in die Augen und ergebe mich den Gefühlen, die mich bei lebendigem Leib zerfressen. »Ich habe dir geglaubt, als du versprochen hast, mich nicht zu schlagen. Ich habe dir alle Lügen abgenommen und mich von dir kontrollieren lassen. Ich habe dich das alles tun lassen, weil ich dich irgendwann einmal geliebt habe. Ich wollte, dass Hadley einen Vater hat, doch du hast jedes Versprechen gebrochen. Du behauptest, ich bin egoistisch, aber was ist damit, Kevin? Was ist mit den blauen Flecken und Verletzungen?«

Er kniet neben mir nieder. »Begreifst du denn nicht, wie verdammt sehr ich dich liebe? Wenn du mich nicht ständig so wütend machen würdest!« Dann steht er auf und beginnt hin und her zu gehen. »Du lehnst dich gegen mich auf und hältst mich für dumm. Tja, ich bin nicht dumm, oder, Ellie? Wer liegt denn jetzt vor mir auf dem Boden? Und alles nur, weil du die Beine nicht zusammenhalten konntest.«

Schon wieder gibt er mir die Schuld, und ich möchte ihn am liebsten erwürgen. Ich habe mir so große Mühe gegeben, ihn glücklich zu machen. Ich habe alles getan, was er verlangt hat, und unser Haus so sauber gehalten, wie er behauptet hat, es zu wollen. Ich habe das Essen so gekocht, wie er wollte, und mich genau so verhalten, wie er es von mir erwartet hat. Alles habe ich getan, aber nichts war je gut genug.

Ich stehe auf, weil ich nicht mehr am Boden liegen will. Er beobachtet mich, und ich trete von ihm weg und stoße mit dem Rücken gegen das Auto.

Ich sitze in der Falle.

»Wenn du mich lieben würdest, würdest du damit aufhören. Dann hättest du mich gar nicht erst geschlagen, und ich würde nicht fortgehen.« Ich drücke die Hände an das kalte Metall, und er kommt schnell auf mich zu.

Ich zittere, und Angst steigt in mir auf, denn ich weiß, was jetzt folgt. Er ist außer sich vor Wut. »Nein! Du kapierst es einfach nicht! Du hast verdammt keine Ahnung.« Er holt aus und schlägt mir so fest ins Gesicht, dass mein Blickfeld verschwimmt. Die Welt um mich kippt, und ich hebe die Hand an die Wange. Es brennt so tief, dass ich weiß, dass ich es noch tagelang spüren werde. »Du gehörst mir! Du bist meine Frau, und du wirst mir gehorchen. Du hast geschworen, bei mir zu bleiben!«

»Und du hast geschworen, mich in Ehren zu halten!«

Hadley.

Ich denke nur an dieses wundervolle kleine Mädchen und hoffe, dass sie immer noch rennt und jemanden findet, der sie beschützt.

Ich richte mich gerade auf und halte seinem rachsüchtigen Blick stand. »Du kannst mich schlagen, mich zerbrechen, mich zu Boden zwingen, aber ich werde nicht bleiben!«

Wieder packt Kevin in mein Haar und reißt mich hoch. Der Schmerz ist so stark, dass ich meinen Aufschrei nicht unterdrücken kann. Ich fühle mich furchtbar schwer, und sogar das Atmen fühlt sich anstrengend an.

Er zerrt mich zum Haus zurück, und ich versuche stolpernd, mit ihm Schritt zu halten.

»Du brauchst nicht bei mir zu bleiben, Ellie. Aber du wirst auch nirgendwo mehr hingehen.«

Neun

Connor

»Nur für heute Nacht. Keine Namen. Nichts. Ich … ich muss nur fühlen.« Ihre Stimme klingt flehend.

»Spür mich.«

Mit ihren tiefblauen Augen blickt sie in meine, und ich schwöre, sie sieht all meine Dämonen und vertreibt sie.

Heute Nacht bin ich kein Jugendlicher und habe es nicht mit meinem betrunkenen Dad zu tun, der mir mit Fäusten und scharfen Worten gedankt hat. Ich bin nicht das Kind des Mannes, der gedroht hat, mein Leben durch die Lügen zu zerstören, die meine Brüder und ich erzählt haben – um ihn zu schützen.

Ich bin nicht Connor Arrowood, der kleinste Bruder, der Unruhestifter, der mit knapper Not die Highschool geschafft hat.

Jetzt gerade bin ich für sie, meinen Engel, ein Gott. Sie sieht mich so hoffnungsvoll und aufrichtig an, dass ich mich ganz demütig fühle.

»Morgen …«, sage ich und streiche mit dem Daumen sanft über ihre Wange.

»Lass uns nicht von morgen reden.«

Ich möchte ihr erzählen, dass ich morgen ins Bootcamp einrücke. Sie soll wissen, dass ich zu ihr zurückkehren werde, auch wenn wir übereingekommen sind, nur eine Nacht miteinander zu verbringen. Sie braucht nur zu warten.

»Da ist noch mehr …«, beginne ich, aber sie hält mir den Mund zu.

»Wir haben nur heute Nacht. Ich möchte, dass wir uns ineinander verlieren. Kannst du mir das schenken?«

Ich werde ihr alles schenken.

Sie lässt die Hand sinken und legt ihre Lippen auf meinen Mund. Ich küsse sie und gebe ihr die Antwort mit meiner Berührung.

Wir sprechen kaum ein Wort, während wir einander in einem Hotelzimmer, das drei Ortschaften von Sugarloaf entfernt liegt, ausziehen. Ich bin hier, um mich zu erinnern. Ich bin gekommen, um zu vergessen. Ich weiß nicht einmal genau, wieso ich hier bin, doch vielleicht bin ich ihretwegen gekommen.

Ich bin achtzehn Jahre alt, aber ich habe das Gefühl, schon dreißig zu sein. Ich musste mit dem Tod meiner Mutter fertigwerden, meinem trinkenden Vater, den Prügeln, den Lügen und den Entscheidungen, die ich nie hätte treffen sollen – seinetwegen.

Doch jetzt empfinde ich nichts davon. Ich bin ein Mann, der eine Frau lieben wird, die viel besser ist als er.

»Connor!«

Ich blicke mich um und weiß nicht, wo die Stimme herkommt. Hier ist niemand sonst. Nur mein Engel und ich.

»Connor! Connor! Hilfe!«

Ich schieße im Bett hoch, und mein Traum verblasst, während ich nach dem Ursprung des Schreis suche.

»Bitte! Du musst einfach zu Hause sein! *Bitte!* Connor, ich brauche dich!«

Hadley.

Ich springe aus dem Bett, fahre in meine Shorts und renne zur Tür. »Hadley?« Als ich die Tür aufreiße, steht sie da. Das Haar klebt ihr im Gesicht, und ihre Augen sind rot gerändert.

Sie fasst meine Hand und versucht, mich mitzuziehen. »Du musst kommen! Du musst ihr helfen!«

»Wohin?«

»Schnell!«, schreit sie.

Hadley zittert und hält meine Hand so fest gepackt, dass ich ihre Angst fast körperlich spüre. Niedergeschmettert und verängstigt starrt sie mich an. Bilder davon, was los sein könnte, huschen vor meinem inneren Auge vorbei, denn ich erinnere mich an diesen Blick. Ich weiß noch, wie ich tränenüberströmt weggelaufen bin und darum gebetet habe, Hilfe zu finden.

Bevor ich gehe, muss sie mir sagen, was passiert ist, damit ich mich vorbereiten kann. Ich setze meine Erfahrungen aus dem jahrelangen Training ein, um meinen rasenden Puls zu verlangsamen und den Drang, sofort loszurennen, zu unterdrücken.

Ich hocke mich hin, sodass ich auf Augenhöhe mit ihr bin, und nehme ihre kleinen Hände. »Du musst mir erzählen, was passiert ist.«

Mit einer Kopfbewegung zeigt sie in die Richtung, in der ihr Haus liegt, und sieht dann wieder mich an. »Sie hat mir gesagt, ich soll weglaufen.«

»Deine Mutter?«

Sie nickt. »Er … er hat … Wir haben es versucht.«

Schnell hebe ich sie hoch, nehme sie auf den Arm und eile zurück ins Haus. Sobald ich weiß, dass sie im Haus sicher ist, setze ich mich mit ihr hin und versuche, mehr aus ihr herauszubekommen. »Ist es dein Dad?«

Hadley schluchzt heftiger, und meine Kehle zieht sich schmerzhaft zusammen. Am liebsten möchte ich dieses Kind, das am Boden zerstört ist, in den Armen halten und trösten, doch ich dränge sie, mich wieder anzusehen.

»Du musst es mir sagen, damit ich ihr helfen kann.«

»Er hat sie geschnappt, aber sie hat mir befohlen, wegzulaufen und nicht stehen zu bleiben.«

Verdammt.

Eine kurze Sekunde lang bin ich Hadley. Ich renne und erinnere mich, wie Declan geschrien hat, bis ich ihn auf meiner Flucht nicht mehr hören konnte. Ich spüre die Furcht in meinem Körper, als ich nicht stehen geblieben bin, bis ich diesen Baum gefunden und gebetet habe, dass er mir nicht folgt.

Declan hat mich beschützt, und ich werde alles geben, um jetzt das Gleiche für Ellie zu tun.

»Okay, ich will, dass du hierbleibst, hinter mir abschließt und sofort den Notruf wählst. Erzähl den Leuten, was passiert ist.«

»Ich habe Angst.«

Ich schüttle den Kopf und setze meine unerschrockenste Miene auf. »Ich weiß, aber jetzt bist du ja bei mir, und du musst die Polizei rufen, damit wir dafür sorgen können, dass alle in Sicherheit sind. Ich komme zurück, so schnell ich kann.«

»Bringst du Mommy mit?«

Das hoffe ich, verdammt noch mal. Doch ich weiß es besser, als Versprechen abzugeben, die ich nicht halten kann.

»Ich versuche es. Mach nur niemandem außer mir oder Sheriff Mendoza die Tür auf … Ist er noch Sheriff?«

Sie nickt.

»Gut, also nur uns beiden, okay?«

Ich hasse es, sie hier in diesem elenden Haus allein zu lassen, aber Ellie braucht Hilfe. Wenn sie Hadley befohlen hat, wegzulaufen … dann, um sie zu schützen, so wie es meine Brüder bei mir getan haben.

»Bitte hilf ihr, Connor!«, fleht Hadley, und ich wünsche mir nichts mehr, als ihr die Bitte zu erfüllen.

Dieses Kind hat sich aus irgendeinem Grund so sicher bei mir gefühlt, dass sie bei mir Hilfe gesucht hat. Ganz gleich, was passiert, ich kann sie nicht enttäuschen.

»Ich gehe jetzt. Denk daran, anzurufen, und lass *niemanden* außer mir, deiner Mom oder Sheriff Mendoza herein«, erinnere ich sie noch einmal. Am liebsten möchte ich ihr speziell auftragen, ihrem Vater nicht aufzumachen, aber sie ist schon verängstigt genug.

»Versprochen.«

Daraufhin umarme ich sie kurz, schnappe mir meine Waffe aus der Schublade im Dielentisch und haste los.

Meine Beine halten nicht an. Ich denke nur daran, zu ihr zu kommen … schnell. Ich darf nicht anhalten, langsamer werden oder zögern. Es wäre vielleicht am einfachsten, die Straße zu nehmen, doch querfeldein bin ich schneller, also entscheide ich mich dafür.

Ich springe über den Zaun und renne schneller als seit langer Zeit. Bei meinem letzten Einsatz durfte ich offiziell nicht joggen, aber momentan tut mir nichts weh. Pures Adrenalin und der Drang, Ellie zu erreichen, treiben mich voran.

Ich hatte ein Bauchgefühl, dass etwas nicht in Ordnung war. Wenn dieser Hundesohn Hadley an jenem Tag wehgetan hat, bringe ich ihn um. Ich darf nicht weiter in diese Richtung denken, denn ich muss jetzt bereits den Zorn niederringen, weil er Ellie verletzt hat.

Während ich über das nasse Gras laufe, denke ich an jene Nacht. Ich weiß noch, wie sie sich in meinen Armen sicher gefühlt hat. Diese Erinnerung bewahre ich schon so lange, dass die Vorstellung, dass das alles war, was wir je haben werden, mich umbringt. Ellie bedeutet mir etwas, und sie war wie ein Talisman für mich, ob sie meine Gefühle erwidert oder nicht.

Ich habe so oft von ihr geträumt und dann die Erinnerung an jene Nacht wieder abgespult, nur, um ihr erneut nahe zu sein.

Ich habe mir hundert verschiedene Szenarien dafür ausgedacht, was hätte sein können, wenn ich nur früher aufgewacht wäre. Wie dann die letzten acht Jahre meines Lebens verlaufen wären.

Mein Herz rast, als vor mir die Lichter ihres Hauses aus dem Dunkel auftauchen. Ich renne noch schneller, denn ich weiß, dass mit jeder Sekunde, die vergeht, alles Mögliche passieren kann.

Ich ziehe die Waffe und halte sie tief an meiner Seite, während ich mich bewege. Das Haus ist einstöckig, sodass ich leicht in der Lage sein sollte, mir durch ein Fenster Zugang zu verschaffen, wenn ich muss. Vor der Front befindet sich eine kleine Veranda, und hinter dem Erkerfenster brennt Licht. Höchstwahrscheinlich sind sie da drinnen. Rasch mustere ich das Haus und versuche zu entscheiden, wo ich am besten hineinkomme. Es ist unheimlich still, und über mir scheint der Mond so hell, dass ich genug erkennen kann, ohne selbst gesehen zu werden.

Ich trete näher heran und sehe, wie sich der Vorhang hinter dem Fenster bewegt.

Ich hoffe, der Sheriff ist bald da, doch das hier ist Sugarloaf, daher mache ich mir nicht allzu viel Hoffnung. Aber ich werde auf keinen Fall auf die Polizei warten, um hineinzugehen.

»Kevin.« Durch das Fenster höre ich ein leises Murmeln. »Tu das nicht.« Ellies Stimme klingt gebrochen und krächzend. Völlig anders als vorhin, als sie wunderschön, liebreizend und fast wie Musik war.

»Glaubst du, ich will, dass meine Frau mich verlässt? Ich

bin der Mann, der dich unterstützt, geliebt und Geld für dich verdient hat. Und dann wache ich auf und stelle fest, dass du mir meine Tochter wegnehmen willst?«

Ich werfe einen Blick durch das Fenster und sehe, dass sie vor dem Kamin am Boden liegt, während er im Zimmer umhermarschiert. Ich mache mir ein Bild von der Verteilung der Räume und entscheide, dass ich am besten die Haustür benutze, um sie schnell herauszuholen.

»Ich wollte sie an einen sicheren Ort bringen«, versucht sie zu schreien, aber sie hält den Arm schützend vor die Brust, und es sieht aus, als bekäme sie nicht richtig Luft. »Du hast mich zum letzten Mal geschlagen.«

Der Bastard hat sie verprügelt.

Ich sehe rot, und all meine ausgeklügelten Pläne lösen sich in Luft auf.

Ich bewege mich zur Vorderseite des Hauses, stecke mir den Revolver in den Hosenbund und trete die Tür so heftig ein, dass das Holz splittert. Ich stürme herein, und mir ist alles egal. Ich kann nur an den Mistkerl denken, der seine Hand gegen eine Frau erhoben hat.

»Was zur Hölle …?« Er taumelt rückwärts und kommt dann auf mich zu. »Willst du etwa deine Hure retten?«

»Ich habe Geräusche gehört und wollte nachsehen, ob etwas nicht stimmt.«

Er schüttelt den Kopf. Wir wissen beide, dass ich eine Meile weiter an der Straße lebe und rein gar nichts gehört habe, doch tatsächlich ist mir scheißegal, was er glaubt. Ich will nur für die Frau einstehen, die am Boden liegt, und das kleine Mädchen in meinem Haus, das zu Tode verängstigt ist.

Wegen dieses Drecksacks.

»Raus aus meinem Haus.«

»Würde ich liebend gern, aber ich habe eine strikte Regel zu Männern, die Leute schlagen, die kleiner sind als sie.« Ich trete auf ihn zu, balle eine Hand zur Faust und öffne sie wieder. »Verstehst du, ein richtiger Mann würde sich mit jemandem anlegen, der so groß ist wie er.«

»Verpiss dich.«

»Wie wäre es, wenn du dich mir stellst wie ein Mann? Ich wette, du würdest dich männlicher fühlen als dabei, eine Frau zu schlagen.«

Ich umkreise ihn, lauere meiner Beute auf und bin bereit, mich in der Sekunde auf ihn zu stürzen, in der Ellie außerhalb seiner Reichweite ist.

Doch dann erfüllt flackerndes blaues und rotes Licht den Raum, und ich sehe die Panik in seinem Blick.

Kevin bewegt sich nach links, als wolle er die Diele entlangstürzen und wahrscheinlich aus einer Hintertür flüchten, aber ich springe ihn an. Ich schlinge die Arme um seinen Körper und lasse dann zu, dass mein Schwung und die Schwerkraft uns zu Boden ziehen. Er schafft es, mir von der Seite ins Gesicht zu boxen, und ich schlage zurück. Ein lautes Krachen hallt um mich herum wider.

Zu mehr habe ich keine Zeit, denn Hände reißen mich zurück.

»Lass ihn los, Sohn. Jetzt übernehme ich«, sagt Sheriff Mendoza.

Er packt Kevin, und ich stürze zu Ellie, die zusammengesackt auf dem Boden kauert.

»Geht's dir gut?«

Sie schüttelt den Kopf.

»Wir müssen dich ins Krankenhaus bringen.«

»Hadley?«

»Sie ist in Sicherheit«, sage ich rasch. »Bei mir zu Hause.«

»Ich muss zu ihr.« Ellie versucht aufzustehen, schreit aber auf.

»Ellie?«

»Meine Rippen. Mein Bauch …«

Ich beiße die Zähne zusammen, um nichts zu tun, was mich ins Gefängnis bringen würde. Sie ist verletzt und hat Gott-weiß-was hinter sich. Um ihretwillen darf ich nichts tun, was sie an den Mann erinnert, den sie gerade vor sich gesehen hat.

»Kannst du laufen?«

Ihre Unterlippe zittert, und sie versucht, sich abzuwenden, um den blauen Fleck zu verstecken, der sich auf ihrer Wange bildet. Ich hebe die Hand, sie fährt zurück.

»Tut mir leid.«

»Nein.« Sie bemüht sich, mich aufzuhalten. »Ich muss zu Hadley, und ich muss von hier verschwinden.«

»Ich werde dir nichts tun.«

»Ist sie in Sicherheit?«

»Sie ist in meinem Haus«, antworte ich.

Sie sieht mir in die Augen, und ihre Tränen fließen. »Danke, dass du mir zu Hilfe gekommen bist.«

Wenn sie nur wüsste, was mich immer wieder vom Abgrund zurückgeholt hat. Das war unsere gemeinsame Nacht, das Lächeln, die Begeisterung und alles, was sie mir bei diesem einen Mal geschenkt hat. Ich fühlte mich lebendig, würdig. Als könnte ich für jemanden ein Held sein. Ich wäre an jedem Tag meines Lebens erschienen, um sie zu retten, selbst wenn ich wüsste, dass wir nie zusammen sein könnten.

»Ich bin froh, dass ich rechtzeitig aufgetaucht bin.«

Sie schlingt die Arme um ihren Bauch und keucht auf.

»Ellie?«

»Es tut nur weh.«

Am liebsten würde ich dem Kerl die Arme abreißen. Wie kann er es wagen, seiner Familie das anzutun? Seine Frau und seine Tochter sollten das Wichtigste für ihn sein, und stattdessen hat er sie beide heute Nacht gebrochen.

Ich werfe ihm einen Blick zu. Mit hinter dem Rücken gefesselten Armen steht er da, und ich hoffe, dass die metallenen Handschellen so eng sitzen, dass sie ihm ins Fleisch einschneiden. Er beobachtet mich, und ich trete so zur Seite, dass er sie nicht sehen kann. Er hat es nicht verdient, sie anzuschauen.

Sie stößt noch einen Laut hervor, aber ich weiß nicht, wie ich ihr helfen soll. Noch nie bin ich mir so nutzlos vorgekommen. »Was kann ich tun?«

Die Tränen, die ihr in den Augen gestanden haben, rollen jetzt, und mir wird das Herz schwer. »Bring mich einfach zu Hadley.«

Ich nicke, und dann lenkt Sheriff Mendoza unsere Aufmerksamkeit auf sich.

»Ich muss Ihnen ein paar Fragen stellen, Ellie.«

»Okay. Aber ich muss zu Hadley.«

Das Beben in ihrer Stimme verrät mir, dass sie kurz vor dem Zusammenbruch steht. Sie muss ihre Tochter sehen.

»Wäre es nicht möglich, dass sie ihre Aussage in meinem Haus macht, wo beide in Sicherheit sind?«, erkundige ich mich.

Mendoza wirft ihr einen Blick zu und nickt. »Natürlich. Deputy McCabe soll Kevin aufs Revier bringen, und ich fahre Sie beide.«

Ellie sieht aus, als stehe sie kurz davor, in Ohnmacht zu fallen. Ihre Finger zittern, und wenn sie sich bewegt, saugt sie scharf den Atem ein.

»Kannst du stehen?«, frage ich sie leise.

»Hilfst du mir?« Ich strecke die Hände aus, da ich nicht weiß, wo ich sie anfassen darf, aber sie kann sich kaum rühren, um meine Hilfe anzunehmen.

Verdammt soll das alles sein. Ich beuge mich vor und nehme sie so rücksichtsvoll, wie ich kann, auf die Arme. »Tut mir leid«, sage ich, als ich höre, wie sie leise aufschreit.

»Entschuldige dich nicht. Danke, ich glaube nicht, dass ich laufen könnte.«

Ich hebe sie hoch und berge sie so behutsam wie möglich an meiner Brust. »Ich lasse dich schon nicht fallen.«

Und so wahr mir Gott helfe, ich werde nicht zulassen, dass er ihr noch einmal wehtut.

Zehn

Ellie

Die Sonne geht langsam auf. Ich sitze, eine Decke über den Schultern und eine heiß dampfende Tasse Tee in der Hand, auf Connors Verandaschaukel. Ich fühle mich wie betäubt und kann das alles noch nicht verarbeiten. Alles fühlt sich irreal an. Fast, als wäre ich in eine Art Trancezustand verfallen und hätte bei dem, was passiert ist, nur zugeschaut und es nicht selbst erlebt.

Obwohl ich weiß, dass es wahr ist. Der stechende Schmerz, der mir bei jedem Atemzug durch die Brust fährt, ist der Beweis dafür.

Was ich sonst noch empfinde, ist ein Gefühl von Sicherheit. Jedenfalls so viel Sicherheit wie möglich. Connor ist jeden Augenblick an meiner Seite gewesen oder dort, wo ich ihn sehen konnte, um sich zu vergewissern, dass ich beschützt bin, und meine Tochter auch. Er war dabei, als ich mich geweigert habe, einen Krankenwagen zu rufen, weil ich wusste, dass ich Hadley nicht allein lassen konnte und nicht zulassen würde, dass sie mich im Krankenhaus sah.

Er saß mit mir auf der Rückbank des Polizeiwagens, während mir stille Tränen übers Gesicht liefen. Ich hatte Schmerzen, ja, aber vor allem war ich … innerlich gebrochen. Als wir den Anfang der Einfahrt erreichten, drückte er mir sanft die Hand, um mich zu beruhigen. Ich wischte mir die Augen und schob meine Traurigkeit beiseite, denn jetzt musste ich wieder stark sein. Für Hadley.

Nichts hätte mich von ihr fernhalten können, daher half er mir, aus dem Wagen zu steigen und aufrecht zu stehen, und öffnete dann die Tür. Sie stürzte nach draußen, und ihre angstverzerrte Miene schlug in Erleichterung um.

Ich konnte nur die Hand an ihr Gesicht legen und ihr versichern, mir gehe es gut. Ob sie es weiß oder nicht, sie ist der tapferste Mensch, den ich je gekannt habe. Meine Tochter hat mir das Leben gerettet, und das werde ich mir nie verzeihen können.

Ich tröstete Hadley, so gut ich konnte. Dann machte ich meine Aussage und gestattete der Polizei, meine Verletzungen zu fotografieren. Anschließend bandagierte Connor mir die Rippen und erklärte, die Fotos würden für die Gerichtsverhandlung gebraucht. Während er arbeitete, erfuhr ich auch, dass er bei der Navy Sanitäter gewesen war, weswegen er Sydney, der Rettungsassistentin, nicht erlaubte, mich anzufassen.

Das war auf einer ganz neuen Ebene demütigend, aber ich war dankbar dafür, dass ich in der Lage war, mich in mich selbst zurückzuziehen und taub für alles zu werden. Ich ließ Connor tun, was er konnte, und bildete mir ein, mich weit fort an einem Strand zu befinden. Ich hielt einfach meine Tochter in den Armen und vergaß den Schmerz, während sie einschlummerte.

Knarrend öffnet sich die Tür, und ich fahre zusammen.

Aber Connor hebt sofort beide Hände. »Ich bin's nur. Ich wollte nach dir sehen.«

Ich gebe mir große Mühe, mich auf der Schaukel entspannt zurückzulehnen. »Ich bin … hier.«

»Wie hältst du dich?«

Ich zucke die Schultern. »Ich bin mir nicht wirklich sicher. Ich muss noch alles verarbeiten.«

»Du hast dich bei Sheriff Mendoza gut geschlagen.«

Innerlich lache ich auf. Ich habe überhaupt nichts gut gemacht. Mein ganzes Leben war eine Abfolge von Fehlern, und mein Fluchtversuch von gestern war der größte. Letzte Nacht habe ich hier gesessen und ihm und dem Sheriff die Geschichte erzählt. Habe mich gehasst und mich beschimpft, während mir die Tränen übers Gesicht liefen.

Daran war gar nichts großartig.

»Da bin ich mir nicht sicher. Ich war ein Wrack.«

»Du hast nicht gelogen, und du hast ihm alles erzählt, obwohl du nicht gemusst hättest. Ich habe schon ... Menschen erlebt, die Missbrauch vertuschen, weil das einfacher ist. Du warst tapfer. Vielleicht fühlst du dich nicht so, und du hattest zweifelsohne deine Gründe, ihn nicht früher zu verlassen. Aber du warst mutig, und ich bin fest davon überzeugt, dass Hadley das auch so sehen wird.«

Ich schaue auf den Sonnenaufgang hinaus und wünschte, ich könnte ein wenig Trost darin finden, dass ich überlebt habe und die Sonne wiedersehe, doch ich kann nicht. Ich bin voller Reue, und in mir wohnt kein Funke Tapferkeit. »Wenn ich mutig gewesen wäre, hätte ich nie zugelassen, dass es so weit kommt. Ich wäre gegangen, nachdem er mir zum ersten Mal das Gefühl gegeben hat, schwach und klein zu sein. Ich wünschte, so vieles wäre nicht passiert ... Hätte ich ihn nur verlassen, nachdem er zum ersten Mal die Hand gegen mich erhoben hat. Meine Tochter hätte nie einen blauen Fleck an ihrer Mutter gesehen oder nie erlebt, wie ich eine Träne vergießen musste, weil er mir wehgetan hatte.«

»Es ist leicht, das so zu betrachten. Sich selbst die Schuld zu geben oder Was-wäre-wenn zu spielen. Aber wir treffen die Entscheidungen, die wir zu dem Zeitpunkt für richtig halten. Wir alle bereuen etwas.«

Das kann er unmöglich ernst meinen. Menschen, die sich nicht in dieser Lage befinden, sehen das unterschiedlich. Ich habe gehört, wie Leute über andere geredet haben, die in schlechten Beziehungen waren. Wie sie dies und das nicht tun würden. Niemand, der noch nie in dieser Situation war, kann einem erzählen, wie er handeln würde.

Ich hätte nie gedacht, einmal in einer Beziehung missbraucht zu werden, aber so ist es.

Als ich jünger war, da war ich dieses kluge Mädchen, das dachte, sie würde einen Mann finden, der sie gut behandelt. Und wenn nicht, würde sie gehen. Dann habe ich Kevin kennengelernt und war plötzlich in dieser stürmischen Beziehung, in der er zu meiner ganzen Welt wurde und ich nur noch eine unbeteiligte Zuschauerin bei meiner eigenen Geschichte war.

Ich bin schuld.

»Ich weiß das zu schätzen, aber ich bin anderer Meinung. Ich wusste, ich sollte ihn verlassen. Doch ich habe mich zum Bleiben entschieden und gehofft, dass er sich ändern würde. Das wird für immer meine Verantwortung bleiben, weil ich zu viel Angst hatte, um einzusehen, dass er sich nie ändern würde.«

Connor trinkt einen Schluck von seinem Kaffee und lächelt mir betrübt zu. »Das finde ich überhaupt nicht.«

Ich lache leise und zucke zusammen.

»Geht's dir auch gut? Ich wünschte wirklich, du hättest dich von einem Arzt untersuchen lassen«, sagt Connor.

Sydney, die Sanitäterin, hat mich angeschaut, und das habe ich nur zugelassen, um sie davon zu überzeugen, dass ich nicht in Lebensgefahr schwebte. Aber meine Flanke schmerzt so heftig, dass es mich nicht wundern würde, wenn er mir eine Rippe gebrochen hätte.

»Ich gehe morgen, wenn Hadley in der Schule ist.«

»Ich muss wenigstens die Schnittwunde unter deinem Auge versorgen.«

»Ich weiß zu schätzen, dass du helfen willst«, sage ich leise. »Aber ich komme bestimmt zurecht.«

Connor lehnt sich ans Geländer und verschränkt die muskulösen Arme vor der Brust, als könne er die ganze Welt zurückschlagen, falls sie es auf ihn abgesehen hätte. »Ich verstehe ja, dass dir das lieber wäre. Nur lass mich wenigstens deine Rippen untersuchen. Ich bin mir sicher, dass sie gebrochen sind, und ich will mich vergewissern, dass du keine Anzeichen für etwas Schlimmeres zeigst, vor allem, da du den Arztbesuch aufschiebst.«

»Okay«, erkläre ich, denn ich weiß, dass ich nicht in der Lage bin, meine Seite anzusehen oder dort etwas anzufassen. Zum Teufel, ich kann ja kaum atmen, ohne fast in Tränen auszubrechen. »Ich kann immer noch nicht glauben, dass das letzte Nacht passiert ist. Ich bin so … müde, aber ich denke nicht, dass ich schlafen kann. Ich sehe nur immer wieder sein Gesicht vor mir und spüre den Schmerz, als er mich getreten hat.«

Wir verstummen beide. Keine Ahnung, warum ich ihm das alles gestehe.

Ein paar Minuten lang herrscht ein entspanntes Schweigen, dann räuspert sich Connor. »Ellie, hat dein Mann Hadley jemals geschlagen?«, fragt er ohne eine Spur von Herablassung. Er ist nur neugierig.

»Nicht, dass ich wüsste. Er hat gedroht … Deswegen wollte

ich ihn gestern Nacht verlassen. Er hat gesagt, wenn ich zu gehen versuche, würde er uns beide umbringen, und ich habe ihm geglaubt. Ich wusste, dass ich verschwinden musste. Ich wusste, dass eine weitere Nacht eine zu viel sein würde, und es war mir egal, dass ich noch keinen Plan hatte, oder dass wir kein Geld und keine Zuflucht haben. Ich hätte keine Minute länger bleiben können. Ich glaube, wenn du nicht gekommen wärest, hätte er mich wirklich totgeschlagen.«

»Das hast du richtig gemacht. Missbrauch endet nie. Zum Teufel, manchmal spürt man die Nachwirkungen noch, obwohl der Täter tot ist.«

Ich sehe zu ihm auf und mustere ihn, als habe er vielleicht noch mehr zu sagen.

»Ich bin mir sicher, dass ich mich noch lange so fühlen werde.«

»Es wird besser werden, und ich schwöre dir, dass er dir nie wieder wehtun wird.«

»Ich weiß nicht, wie du das versprechen kannst.«

Connor stößt sich vom Geländer ab. »Weil er dir verdammt noch mal nichts tun kann, solange du in meinem Haus bist. Und wenn du beschließt, wieder heimzugehen, dann lassen wir uns eine Menge Methoden einfallen, wie du dich schützen kannst, wenn er aus dem Gefängnis kommt. So oder so bist du sicher bei mir, heute, morgen oder so lange, bis du bereit bist, zurückzugehen.«

Sicherheit. Dieses Wort habe ich so oft für selbstverständlich gehalten. Ich weiß noch, wie mein Vater mich, als ich klein war, immer umarmt und mir versprochen hat, für meine Sicherheit zu sorgen. Er hat Türen abgeschlossen und Vorsichtsmaßnahmen getroffen, aber eines Tages, als ich im College war, ist ein anderes Auto in die Spur geschleudert, auf der die zwei fuhren, und hat sie beide getötet. Der Fahrer des anderen Autos wurde nie geschnappt.

Nichts hat meine Eltern beschützt.

Als ich Kevin kennenlernte, hat er uns allen etwas vorgemacht. Meine Eltern liebten ihn. Sie hielten ihn für nett und wundervoll und haben mir erklärt, ich könne von Glück reden, im ersten Studienjahr am College einen Mann wie ihn gefunden zu haben. Einen Monat vor Ende des ersten Jahrs erbte er die Farm, und wir haben die beiden hierher eingeladen.

An diesem Abend waren sie so glücklich. Sie liebten das Land und die Stadt und hofften, ich würde vielleicht eines Tages hier leben. Dann sind sie gestorben, und ich fühlte mich wie ausgehöhlt. Ich dachte, er würde die Lücke füllen, die ich nach dem Verlust meiner Eltern spürte. Ich war so allein. So traurig, und ich wünschte mir etwas, das alles ein wenig besser machen würde. Kevin war da und versprach mir, für mich zu sorgen und mir Liebe und ein Leben zu schenken. Ich bin darauf hereingefallen und habe ihm alles abgenommen, bis er mich unter seiner Knute hatte.

Jetzt fühle ich mich vollkommen leer und wie ein Fisch auf dem Trockenen.

»Ich bin dir dankbar, aber sicher bin ich nirgendwo. Können wir vielleicht nicht darüber reden? Mein Kopf ist … Also, ich kann im Moment einfach nicht denken.«

»Natürlich. Darf ich mich zu dir setzen?«

Ich rutsche zur Seite und mache ihm Platz, und er lässt sich auf der Schaukel neben mir nieder.

»Tut mir leid. Ich hätte dich nicht zum Reden drängen sollen.«

»Nein, das hast du nicht. Ich bin völlig erledigt und ein Wrack, aber du hast nichts falsch gemacht.«

»Du bist kein Wrack«, erklärt Connor und spricht dann schnell weiter. »Erzähl mir, wie Hadley als Baby war.«

Zum hundertsten Mal schaue ich durch das Fenster nach drinnen. Immer wieder sehe ich nach, um sicherzugehen, dass sie tatsächlich da ist und ich mich nicht in einer Parallelwelt befinde, die ich in meinem Kopf erschaffen habe. Momentan verlasse ich mich auf nichts, weil ich mir nicht wirklich sicher bin, am Leben zu sein und nicht in einer Vorhölle zu schweben.

Aber da ist der Schmerz. Wenn man tot ist, hat man doch bestimmt keine Schmerzen mehr, und Hadley wäre auch nicht da.

»Hadley war schon immer ein ganz zauberhaftes Mädchen. Als Baby hat sie nie viel geschrien und direkt durchgeschlafen. Es war, als habe sie das Babybuch befolgt, das ich gelesen hatte, denn sie hat jeden Entwicklungsfortschritt genau zur vorhergesehenen Zeit erreicht.«

Er lächelt. »Sie scheint ein liebes Kind zu sein.«

»Ja, das ist sie. Ich hatte solches Glück mit ihr. Ich hatte nie wirklich Gelegenheit, dir dafür zu danken, wie du dich um sie gekümmert hast, als sie sich am Arm verletzt hat. Deine Fürsorge bedeutet mir viel. Ich weiß ehrlich zu schätzen, dass du sie gefunden und nach Hause gebracht hast.«

Sanft stößt Connor die Schaukel an. »Ich hätte sie nie allein gehen lassen. Sie ist das Einzige an meiner Rückkehr an diesen Ort, das nicht schlecht war. Diese Stadt ist nicht gerade mein liebster Platz auf der Welt.«

»Wieso denn das?«

Er zuckt die Schultern. »Eine Menge Erinnerungen. Viele, die ich zu vergessen versucht habe, obwohl sie sich nicht wirklich abschütteln lassen. Weißt du, meine Mutter pflegte das jeden Morgen zu tun.« Ich sehe ihn an und frage mich, was er meint. »Jeden Morgen setzte sie sich auf diese Schaukel und betrachtete den Sonnenaufgang. Ich weiß noch, wie ich mich bemüht habe, früh wach zu werden, um hier draußen bei ihr zu sitzen. Sie sagte, dies sei ihre Zeit, in der ihr nichts etwas anhaben konnte.«

Ich bin durch die Hölle gegangen, doch ich lächle. Ich stelle mir ihn als Jungen vor, wie er aus dem Haus kommt, um bei ihr zu sitzen.

»Ich finde, es ist wichtig für Kinder, solche Zeiten mit ihren Eltern zu haben. Hadley und ich haben unser Einschlafritual, das ich liebe. Ich hoffe so sehr, dass sie es nie vergisst.«

»Mom hat mit jedem von uns etwas Besonderes unternommen. Ihr Ziel war, uns glücklich zu machen. Sie ist gestorben, als ich ungefähr so alt war wie Hadley heute.«

Ich berühre seine Hand. »Es tut mir so leid, dass du sie verloren hast. Deinem Vater bin ich ein paarmal begegnet, aber ich kannte ihn nicht sehr gut. Ich wünschte, ich hätte sie kennengelernt, es scheint, als sei sie ein wundervoller Mensch gewesen.«

»Meine Mutter war eine Heilige. Viel weiß ich nicht mehr, doch die Erinnerungen, die ich habe … bedeuten mir alles. Ich wollte, ich könnte ihr Gesicht klarer vor mir sehen.«

»Ich weiß, was du meinst. Ich habe ebenfalls meine Mutter verloren, daher weiß ich, wie schwer das ist. Sie wäre unheimlich stolz auf den Mann, zu dem du geworden bist. Ich weiß, wir kennen einander nicht wirklich, aber alles, was ich bisher erlebt habe, spricht dafür, dass du ein guter Mensch bist.«

Keine Ahnung, wie ich das erklären soll, doch seit Connor wieder Teil meines Lebens ist, hat sich alles verändert. Vielleicht ist es nichts, oder das Universum sagt mir, dass ich es in jener Nacht vermasselt habe, als ich ihn schlafend in einem Hotelzimmer zurückgelassen habe, und dass ich jetzt auf es hören soll. Oder meine Eltern geben mir von oben ein Zeichen. Was immer es ist, Connor hat mir in der letzten Woche mehr geholfen als jeder andere, seit ich in diese Stadt gezogen bin.

Er hat zuerst meine Tochter und dann mich gerettet. Er war freundlich und hat mich nicht von oben herab behandelt. Sogar jetzt nimmt er mich nicht ins Verhör oder zwingt mich zum Reden, sondern bringt mich auf andere Gedanken und lässt mich erzählen.

So lange habe ich mich gefragt, wer er ist, und nun ist er hier. Wenn ich ihn am meisten brauche.

Connor sieht mich kurz an, und sein Blick wirkt gehetzt. »Das hoffe ich wirklich. Meine Brüder und ich haben versucht, so zu leben, dass sie stolz auf uns wäre.«

»Erzähl mir von ihr«, bitte ich ihn. Ich möchte lieber über sie reden als über meine eigenen Eltern und das, was ihnen zugestoßen ist.

»Sie hat den besten gedeckten Obstkuchen gebacken. Zu unseren Geburtstagen hat sie immer unseren Lieblingskuchen gemacht. Solange sie Kuchen backte, brauchten wir keine Geschenke und nichts.«

»Was war deine Lieblingssorte?«

»Apfel.«

»Genau wie bei Hadley«, sage ich und sehe wieder zum Fenster. »Dieses Mädchen schafft einen Apfelkuchen ganz allein. Meiner schmeckt bestimmt nicht so gut wie der von deiner Mom, allerdings …«

»Ich bin mir sicher, er ist perfekt, Ellie.«

Ich beiße mir auf die Unterlippe, damit sie nicht bebt, aber es ist zu viel. Ich kann das Zittern nicht unterdrücken. »Gott, Connor, ich hätte sterben können. Und wer hätte ihr dann Kuchen gebacken? Was wäre aus ihr geworden, wenn … wenn du nicht gekommen wärest? Wie hätte ich mir je verzeihen können, ihre Welt zerstört zu haben?«

»Du bist aber nicht tot, und du bist hier.«

Bin ich das? Schuldgefühle und Schmerz überfallen mich und nehmen mir den Atem. Ich habe mir so große Mühe gegeben, alles von mir fernzuhalten, doch ich bin ein Wrack. Alles ist ein einziges Chaos.

»Ich hätte letzte Nacht nicht versuchen sollen davonzulaufen. Wenn ich klüger gewesen wäre und gewartet hätte …«

»Was? Was glaubst du, was dann passiert wäre, Ellie? Männern, die ihre Fäuste gebrauchen, ist der Zeitpunkt gleichgültig. Männer, die ihre Macht einsetzen, um andere zu unterwerfen, scheren sich nicht um die Situation oder die andere Person. Es geht immer nur um sie. Du hast das Richtige getan.«

Ich schüttle den Kopf und wische mir die Tränen aus dem Gesicht. »Gar nichts habe ich richtig gemacht.«

Kurz wirkt er in sich gekehrt und schaut dann wieder mich an. »Du hast das Richtige für sie getan. Du hast nicht zugelassen, dass er ihr wehtut. Du hast Hadley an die erste Stelle gesetzt, damit sie Kuchen haben kann, wann sie will.«

Mir schmerzt der Brustkorb, und nicht nur von meinen verletzten Rippen. Ich fühle mich hilflos, als würde ich mit dem Morgennebel davontreiben und mich in nichts auflösen. Ich hatte solche Angst davor, dass er seine Drohung wahr machen würde, dass ich ihm den Vorwand dazu geliefert habe.

»Ich habe mir geschworen, dass ich gehen würde, wenn er Hadley jemals etwas tun würde. Ich habe geschworen, niemals zuzulassen, dass jemand ihr wehtut, und sieh doch …« Aus tränennassen Augen schaue ich das kleine Mädchen an, das auf dem Sofa schläft. Sie ist gut zugedeckt, und ein Sonnenstrahl erhellt ihr Gesicht. »Ich habe mein Wort gebrochen und sie enttäuscht.«

Aber ich werde alles tun, um nie wieder ein Versprechen zu brechen.

Elf

Connor

»Wir leisten einander einen Schwur«, erklärt Declan.

Wir stehen im Kreis und halten uns an den Handgelenken.

»Wir schwören, niemals wie er zu werden. Wir werden schützen, was wir lieben, und niemals heiraten oder Kinder bekommen. Einverstanden?«

Sean nickt rasch. »Ja, wir werden niemals lieben, weil wir vielleicht wie er sind.«

Jacob drückt mein Handgelenk. »Wir werden die Fäuste nie im Zorn erheben, sondern nur zu unserer Verteidigung.«

Ich umschlinge Declans und Jacobs Knöchel fester, während ich meinen Schwur ablege. »Und wir werden niemals Kinder haben oder hierher zurückkehren.«

Im Einklang schütteln wir uns die Hände. Die Arrowood-Brüder brechen keine Versprechen, die sie einander gegeben haben.

Ich habe mich felsenfest an den Eid gehalten, den wir vier uns an jenem Abend geschworen hatten. Nie habe ich mir erlaubt, jemanden zu lieben oder ein Kind zu haben. Nicht, weil ich glaube, meinem Vater auch nur entfernt ähnlich zu sein, sondern weil mein Wort gegenüber meinen Brüdern mir alles bedeutet. An jenem Tag haben wir den Teufelskreis durchbrochen. Wir haben gelobt, einander zu schützen, indem wir dafür sorgen, dass wir nichts haben, das sich zu verlieren lohnt. Nichts, was uns dazu bringen könnte, mit dem Trinken anzufangen.

Ein Mann ist nur so stark wie sein Wort, und meins ist in Stahl gegossen.

Doch als ich jetzt hier bei ihr sitze, ist mir klar, dass all meine Versprechungen nichts wert sind. Für sie würde ich jedes einzelne davon brechen, und das jagt mir grauenvolle Angst ein.

Ich kann ihr nicht klarmachen, dass sie nichts falsch gemacht hat. Ihr Herz und ihr Kopf sind voll mit Überzeugungen, an denen sie festhalten wird. Das kenne ich alles nur zu gut.

Doch ich fühle mich überwältigt von dem Bedürfnis, sie zu trösten.

Ein Schauer überläuft sie, und ich möchte sie am liebsten in die Arme ziehen, um sie vor der Kälte und allem, was sie verfolgt, zu behüten. Ich will ihr nicht zu nahe treten, aber mein Drang, sie zu schützen, ist so stark, dass ich mich nicht zurückhalten kann. »Darf ich dich umarmen?«, frage ich und bin bereit, jede Antwort hinzunehmen.

Langsam blickt sie auf, und ihre Augen erinnern an ein verwundetes Tier. Ich hasse es, dass ihr jemand das angetan hat. Ich will diesen Mann in Stücke hacken, weil er ihr Angst eingejagt hat. Sie hätte geliebt, beschützt und geschätzt werden sollen.

»Würdest du das tun?«

Ich würde verdammt noch mal alles für sie tun.

Ich hebe den Arm und lade sie ein, zu mir zu kommen.

Sie bewegt sich ganz langsam und stößt leise Töne aus, wenn es schmerzt, aber ich halte vollkommen still. Sie schmiegt sich an meine Seite und legt den Kopf an meine Schulter, und dann schlinge ich die Decken um uns beide.

Keiner von uns sagt etwas. Ich glaube nicht, dass Worte nötig sind. Jetzt gerade könnte ich nicht einmal sprechen, wenn ich müsste.

Sie ist bei mir. In meinen Armen, und sie erlaubt mir, ihr Trost zu spenden. Mir geht auf, wie viel Vertrauen sie mir schenkt. Die letzten sechs Stunden sind die Hölle für sie gewesen, und sie zeigt einmal mehr, wie tapfer sie ist.

Während die Sonne weiter aufgeht, den Himmel erhellt und es warm wird, wiegen wir uns zusammen. Ihre Tränen durchnässen mein Shirt, doch ich sage nichts dazu. Wenn sie das Bedürfnis hat, mir hundert Shirts durchzuweinen, dann lasse ich sie. Wenn sie will, dass ich sie tagelang so festhalte, werde ich mich nicht rühren. In jener Nacht mag sie vor mir geflüchtet sein, und unser Leben ist vielleicht kompliziert. Aber eines ist sicher: Ellie soll sich nie wieder klein oder gebrochen fühlen. Ich werde alles tun, um dafür zu sorgen, dass sie sich von heute an beschützt fühlt.

»Du brauchst mich wirklich nicht zu fahren«, erklärt sie zum zehnten Mal, als wir unterwegs zur Vorverhandlung ihres Mannes sind. »Du hast schon so viel für uns getan. Ich hätte zu Fuß gehen können.«

Klar, als würde ich sie die zwölf Meilen zum Gerichtsgebäude laufen lassen. Wegen der Medikamente, die sie nimmt, brauchte sie jemanden, der sie fährt, und ich bin anscheinend nicht in der Lage, sie länger als eine Stunde aus den Augen zu lassen. Dass ich sie fahre, tue ich also ebenso für mich wie für sie.

»Du brauchst das nicht immer wieder zu sagen. Wenn ich nicht bei dir sein wollte, wäre ich nicht hier. Ich weiß, dass du das nicht verstehst, Ellie, aber ich muss jetzt gerade bei dir sein.«

»Du musst?«

»Ja. Ich lasse dich nicht allein ins Gericht gehen. Wenn du willst, dass ich mitkomme, mache ich das. Wenn du willst, dass ich draußen warte, auch. Ich werde tun, was du von mir brauchst. Okay?«

»Okay.«

Gestern Nacht sind Hadley und sie bei mir geblieben, hauptsächlich, weil ich ihr klarmachen konnte, dass sie jemanden braucht, der ihr hilft, sich im Haus zu bewegen, da sie kaum aufrecht gehen kann. Der Arzt hat festgestellt, dass sie drei gebrochene Rippen und umfangreiche Prellungen hat. Auf ihrem Arm prangt sein Handabdruck, und seine Ohrfeige hat einen violetten Bluterguss auf ihrer Wange hinterlassen, aber sie musste nicht genäht werden.

Ich werde ihr auf keinen Fall von der Seite weichen. Nicht, weil ich sie kontrollieren will, sondern um sie zu beschützen. Daher fällt es mir auch schwer, mich zu beherrschen. Ellie hatte keine andere Wahl und keine Möglichkeit, ihn zu verlassen, und das hat ihr das Gefühl gegeben, hilflos zu sein. Da kann ich nicht einfach einschreiten und ihr vorschreiben, was sie zu tun hat.

Ich will nicht, dass Ellie noch einmal von einem Mann ausgenutzt wird. Also schlucke ich sämtliche Reaktionen hinunter und verzichte darauf, sie in die Enge zu treiben, damit sie tut, was ich will. Wenn sie sich anders entscheidet, was bis jetzt noch nicht passiert ist, muss ich mir eben etwas anderes ausdenken.

Sheriff Mendoza hat erklärt, heute würde entschieden, ob Kevin bis zur Verhandlung im Gefängnis bleibt oder eine Kaution stellen und freigelassen werden kann.

Keine Ahnung, wie ich reagieren werde, wenn er auf freien

Fuß gesetzt wird, und ich weiß nicht, ob Ellie einen Plan für diesen Fall hat.

Ich parke den Wagen, und Ellie greift nach dem Hebel, macht aber keine Anstalten, die Tür zu öffnen.

»Ich kann das nicht.«

»Doch, du kannst.«

»Nein«, sagt sie stockend. »Ich kann nicht. Ich kann ihn nicht sehen.«

Ich steige aus, laufe zur Beifahrerseite, öffne die Tür und gehe in die Hocke, sodass wir auf Augenhöhe sind. »Er kann dir nichts anhaben. Dazu müsste er erst einmal an mir vorbei.«

Sie hebt die Hand und berührt kurz meine Wange. »Du schuldest mir nichts, Connor.«

Ich weiß nicht genau, was sie damit meint. »Ich bin nicht hier, weil ich mich verpflichtet dazu fühle. Wie kommst du auf die Idee?«

»Keine Ahnung, aber ich weiß auch nicht, warum du das tust.«

»Weil du mir wichtig bist.«

»Ich bin dir wichtig?«

Wieso versteht sie das nicht? »Ihr seid mir wichtig, du und Hadley. Du hast ja keine Ahnung, wie viele Nächte ich von dir geträumt habe, Ellie. Ich wusste weder deinen Namen noch sonst etwas, ich kannte nur dein Gesicht und wusste, dass du mich in jener Nacht gerettet hast. Dein Lächeln, deine Augen, die Art, wie du mir Vertrauen und Hoffnung geschenkt hast, als ich keine hatte … Das alles hat mich am Leben gehalten. Jede Nacht habe ich es in meinem Kopf ablaufen lassen und von meinem Engel geträumt, der vom Himmel herabgestiegen war und in mir den Wunsch erweckt hat, weiterzukämpfen. Also bin ich dir vielleicht nichts schuldig, aber du bist mir wichtig. Ich tue das, weil ich mir nichts anderes vorstellen kann, als für dich einzustehen. Ich tue das, weil du verdammt tapfer und stark bist und kein Mensch auf der Welt verdient, was dir angetan wurde. Du hast Hadley genommen und bist gegangen. Du wusstest, dass du dich für deine Tochter entscheiden musstest, und das hast du getan. Und jetzt musst du es wieder tun. Du musst kämpfen und mit hocherhobenem Kopf dort hineingehen. Ich werde an deiner Seite sein.«

Schwer stößt sie den Atem aus, und ihr innerer Aufruhr zeichnet sich auf ihrem Gesicht ab. »Du sagst mir diese Dinge …« Ihre Stimme bricht, und sie muss sich räuspern. »Ich bin nicht mutig, aber ich möchte es sein. Ich habe dir so viel zu sagen, doch in meinem Kopf herrscht nichts als Chaos.«

»Ich verlange gar nichts von dir. Du sollst nur wissen, dass du nicht allein bist.«

»Ich möchte die Frau sein, die du in mir siehst.«

Ich stehe auf und strecke ihr die Hand entgegen. »Dann zeig es mir.«

Zwölf

Ellie

Ich lege die Hand in seine und steige aus dem Wagen. Mit jedem Schritt, den ich tue, nehme ich Mut von ihm auf. Er hält mich für tapfer. Er sieht mich nicht an wie ein dummes Mädchen, das zu schwach war, um zu gehen. Connor sieht in mir eine Frau, die ihr Kind an die erste Stelle gesetzt hat und geflüchtet ist, als die Sicherheit ihrer Tochter bedroht war.

Jetzt muss ich diese Kraft noch einmal aufbringen. Ich muss stark sein, obwohl ich mich am liebsten im Auto verkriechen und Kevin nie wiedersehen würde.

Als wir die Türen des Gerichtsgebäudes erreichen, steht dort der Bezirksstaatsanwalt, der einst gut mit Kevin befreundet war.

»Ellie«, sagt Nathan Hicks und hebt die Hand.

Ich lege die Hand auf Connors Unterarm und halte ihn, während wir auf ihn zutreten. »Hi, Nate.«

Er sieht mich an, mustert die Prellungen und Schnittwunden, die ich nicht verstecken kann, und knirscht sichtlich mit den Zähnen. Doch dann wendet er seine Aufmerksamkeit dem Mann neben mir zu, und seine Augen weiten sich. »Connor? Connor Arrowood?«

»Lange her, Nate.« Connor streckt die Hand aus, um die von Nate zu schütteln.

»Jahre. Du hast die Stadt verlassen, und niemand hat je wieder von dir gehört. Gut, dich zu sehen. Gott, ich kann kaum glauben, dass du es wirklich bist.«

Connor wirkt nicht besonders froh, ihn zu treffen, aber Nate ist auch bekannt dafür, ein Mistkerl zu sein.

»Dann gehe ich davon aus, dass du der Staatsanwalt bist?«, fragt er.

Ich beginne leicht zu zittern, doch Connor legt die andere Hand auf meine und drückt sie.

»Ja. Ich hatte keine Ahnung, dass du Ellie kennst ...«

»Wir sind Nachbarn, und ... Also, du hast ja sicher gelesen, dass Connor bei dem Vorfall eine große Hilfe war.«

»Ja, natürlich. Aber ich habe eins und eins nicht zusammengezählt«, räumt Nate ein. »Jedenfalls bin ich froh, dass ihr beide hier seid. Dies hier ist die Vorverhandlung, bei der festgestellt wird, ob der Richter Kevin in Haft behalten wird ...«

Ich umfasse Connors Arm fester, denn Nate könnte den Ausgang der Verhandlung beeinflussen. Was, wenn er nicht auf meiner Seite ist?

Connor sieht mir in die Augen und schreitet dann ein. »Du meinst Mr Walcott? Den Mann, der seine Frau geschlagen, ihr drei Rippen gebrochen und ihr diese Prellung auf der Wange zugefügt hat, nicht wahr?«

Nate wirkt empört und räuspert sich. »Ja, entschuldige, Ellie. Aber das ist alles ein wenig seltsam. Ich weiß, dass ihr gestritten habt, Kevin und du, doch ich wusste nicht, dass er dich körperlich misshandelt hat. Wir werden das Gericht bitten, ihn zu deiner und Hadleys Sicherheit bis zur Verhandlung in Haft zu behalten. Das Urteil wird wahrscheinlich von Sheriff Mendozas Bericht und deinen Aussagen heute abhängen.«

»Was für Aussagen?«

»Ich durchschaue das alles nicht …«, gestehe ich. »Ich weiß, dass Sheriff Mendoza mir das Ganze erklärt hat, aber es überwältigt mich ehrlich gesagt völlig. Es … tut … mir leid. Ich dürfte nicht so verwirrt sein.«

»Das braucht dir nicht leidzutun. Du hast viel durchgemacht, und ich erkläre es dir gern. Die heutige Verhandlung ist dazu da, dem Richter klarzumachen, dass wir genug Indizien für einen Prozess haben. Wenn er nicht der Ansicht ist, dass meine Beweise ausreichen, was aber hundertprozentig der Fall ist, könnte er die Klage abweisen. Deswegen war es so wichtig, dass du gekommen bist.«

Das alles lähmt mich vollkommen. Mir dreht sich immer noch der Kopf, doch jetzt soll ich auch noch vor den Richter treten und den Mann ansehen, der mich verletzt hat. Ich muss vor Publikum alles noch einmal durchleben, und das ist nur die Vorverhandlung. Wenn es zum Prozess kommt, muss ich das abermals tun.

Connor nickt, und sein Kiefer wirkt verkrampft. »Was wirst du verlangen, Nate?«

Nate atmet tief ein, dehnt seinen Brustkorb und wendet sich an mich. »Was willst du, Ellie? Ich kann mich dafür einsetzen, dass er in Haft bleibt, oder gibt es jemanden, der ihm eine Kaution stellen würde?«

»Ich will nicht, dass er freigelassen wird, falls das deine Frage ist.«

Sie dürfen ihn nicht laufen lassen. Wenn sie das tun … wird er Hadley und mich umbringen.

Er wird uns auf keinen Fall entkommen lassen.

Mein Herz schlägt schneller, und ich zittere so heftig, dass ich fürchte, mir die Zähne auszuschlagen. Ich war davon ausgegangen, dass sie ihn auf keinen Fall freilassen würden, weil er seine Frau geschlagen hat. Wo soll ich hingehen? Wo sollen Hadley und ich uns vor ihm verstecken?

»Ellie?« Connor tritt vor mich hin und schiebt mich ein paar Schritte zurück. »Beruhige dich, Ellie.«

Meine Brust schmerzt, aber ich kann mich nicht zusammennehmen. Ich sehe seine Augen, als er auf mich zukommt, und habe das Gefühl, dass mein Körper sich nie von Kevins Tritten erholen wird. Ich habe das Gefühl, alles noch einmal zu erleben.

Ich stoße Connor zurück und will einfach nur losrennen.

Ich muss Hadley holen und von hier verschwinden. Ich war so dumm. Ich hätte schon früher weglaufen sollen.

»Hör mir zu, Ellie«, sagt Connor, hebt die Hände und bewegt sich langsam. »Wir müssen jetzt dort hineingehen und dem Richter sagen, warum er nicht freigelassen werden darf, okay? Wenn du das nicht tust, haben wir noch einen anderen Plan. Er wird *nicht* an dich oder an Hadley herankommen. Hörst du mich? Er wird nicht einmal einen Schritt in deine Richtung tun können. Ich werde direkt an deiner Seite sein.«

Er begreift nicht, dass ich das nicht kann. »Ich muss weg.«

»Wenn du wegläufst, kommt er womöglich frei«, sagt Nate so eindringlich, wie ich ihn noch nie gehört habe. »Ich weiß, dass du gerade vollkommen panisch bist. Aber ich werde eine himmelhohe Kaution verlangen, die in bar gestellt werden muss. Das bedeutet, dass er nicht freikommen kann, außer er hat das Geld bei sich oder jemand ist bereit, es für ihn zu zahlen.«

Ich lache auf und schüttle den Kopf. »Du verstehst nicht. Ich habe keine Ahnung, was für Geld er hat, Nate. Ich habe keinen Zugang zu unseren Konten. Ich weiß nicht, ob er ein Konto bei einer Bank hat, die das Geld sofort schicken könnte, wenn das Gericht es erlaubt. Ich habe Haushaltsgeld zum Einkaufen bekommen, aber mehr habe ich nie gesehen. Er könnte Millionen haben, und ich wüsste nichts davon. Er hat erwähnt, dass die Farm in den letzten paar Jahren Gewinn gemacht hat. Er hat nicht nur die Farm geerbt, sondern auch andere Vermögenswerte. Ich habe keine *Ahnung*! Ich weiß nicht einmal, was er besitzt!«

Bei diesem Geständnis über mein Leben wird mir übel, doch so ist es nun einmal, und ich kann nicht so tun, als wäre es nicht wahr. Kevin könnte im Geld schwimmen, und ich hätte keine Ahnung. Er könnte dem Gericht heute einen Scheck schreiben und nach Hause zurückkehren, und was dann?

Nate saugt hörbar Luft durch die Zähne. »Er müsste das Geld in bar bei sich führen, Ellie.«

»Er kann es sich nicht überweisen lassen oder anders darüber verfügen?«, schaltet sich Connor ein.

»Nein, aber das heißt nicht, dass nicht jemand die Kaution für ihn bezahlen kann.«

Wenn er weiß, dass ich ihn verlasse, kann ich nicht in dieser Stadt bleiben. Er wird Jagd auf mich machen, und das ist dann mein Ende. Da spielt es keine Rolle, dass Connor glaubt, uns beschützen zu können, wenn er in unserer Nähe ist.

»Du hast keine Kontrolle darüber, wie das ausgeht.« Sanft legt Connor die Hände um meine Wangen, sodass ich ihn ansehen muss. In seinen grünen Augen liegen Verständnis und Verheißung. »Du kannst nur einen Schritt nach dem anderen tun. Hadley ist in Sicherheit. Sie ist in der Schule, und dort passt der Deputy auf sie auf. Jetzt musst du in den Zeugenstand treten und erklären, warum Kevin nicht freigelassen werden darf. Tust du das nicht und läufst davon, wirst du für immer auf der Flucht sein, Ellie. Glaub mir, wenn du dich dem nicht stellst, nimmt es nie ein Ende. Du kannst das, für dich und für Hadley.«

Ich versuche, ruhig zu atmen, und konzentriere mich auf ihn. Er hat recht. Ich muss es tun. Ich muss für mich selbst und für Hadley einstehen. Auf sie kommt es an, und ich muss zeigen, warum das, was ich getan habe, notwendig war.

»Okay«, sage ich mit zittriger Stimme.

Nate tritt näher heran. »Ich werde tun, was ich kann, um das Ergebnis zu erreichen, das wir uns wünschen.«

»Danke.«

Ich schüttle den Kopf, um die Tränen zu vertreiben. Schließlich trete ich mit Connor und Nate, die mich flankieren, ins Gerichtsgebäude und bete, dass ich das schaffe.

Angewidert sitze ich da und höre zu, wie zuerst Sheriff Mendoza und dann Connor in den Zeugenstand treten und die Ereignisse jener Nacht in ihren eigenen Worten schildern. Es klingt wie ein Horrorfilm, aber alles ist wahr. Das ist mein Leben. Ich bin die junge Frau, die in ihrer Geschichte zusammengeschlagen am Boden lag, als sie eintrafen.

Nate nimmt sich Zeit, um dem Richter zu zeigen, wie schlimm es war, und sie wiederholen die Aussagen, die sie gemacht haben. Dann erklärt er kurz, was ich ihm draußen über Kevins kontrollierende Art erzählt habe, und weist darauf hin, dass wir nicht wissen, wie viel Geld er zur Verfügung hat.

Connor sitzt neben mir. Er berührt mich nicht, aber er ist … da.

»Bitte rufen Sie die Klägerin in den Zeugenstand.«

»Er kann dir nichts anhaben, Ellie. Sei einfach stark und sag die Wahrheit«, dringt Connors tiefe Stimme an mein Ohr.

Ich schlucke meine Angst hinunter und richte den Blick nach vorn. Dort steht Nate, also sehe ich ihn an. Er war heute engagiert und unnachgiebig. Jetzt mache ich mir keine Sorgen mehr, weil er Kevins Freund ist. Heute tritt er für mich ein, und die Verteidigung war nicht in der Lage, Sheriff Mendozas oder Connors Aussagen zu erschüttern.

Ich bin die Letzte.

Ich bete zu Gott, dass mir nicht schlecht wird oder ich durchdrehe.

Als ich in den Zeugenstand trete, wiederhole ich die Formeln, die der Gerichtsdiener mir vorspricht, und setze mich dann.

Nate befragt mich als Erster. »Mrs Walcott, könnten Sie bitte schildern, was vorgestern Nacht vorgefallen ist?«

Ich verschlinge die Finger ineinander, schließe die Augen und beginne. Ich erzähle ihnen alles. Ich gebe jedes Wort und jede Drohung wieder und berichte von all den Malen, die er mich an den Haaren gerissen und getreten hat. Wie er mich hochgezogen und herumgestoßen hat wie eine Puppe. Während ich spreche, fließen meine Tränen, aber ich schweige nicht. Nicht einmal, als ich zu zittern beginne. Ich rede einfach. »Ich glaubte, ich würde sterben. Als ich meiner Tochter befohlen habe, davonzulaufen und nicht wiederzukommen, dachte ich, ich hätte sie zum letzten Mal gesehen. Es hat so wehgetan, als er mich geschlagen und getreten hat.«

Ich habe das Gefühl, innerlich vollkommen leer zu sein. Alle Kraft, die ich zusammengekratzt hatte, ist aus mir herausgeronnen, aber schließlich zwinge ich mich, Nate anzusehen.

Seine Lippen zittern. Doch dann beherrscht er sich und reicht mir ein Papiertaschentuch. »Danke, Mrs Walcott.«

Dann wendet er sich an den Richter. »Euer Ehren, auf Grundlage dieser Aussage und der Beweisstücke, die ich vorgelegt habe, bitten wir darum, dass Mr Walcott inhaftiert bleibt ohne die Möglichkeit, eine Kaution zu stellen, da er das Leben von Mrs Walcott und ihrer Tochter bedroht hat.«

Der Richter nickt. »Die Verteidigung ist an der Reihe, und dann fälle ich mein Urteil.«

Der Anwalt steht auf, knöpft seine Anzugjacke zu und tritt auf mich zu. »Sie haben da ein ziemliches Trauma erlebt.«

»Ja.«

»Nachdem so etwas wie in jener Nacht noch nie vorgekommen ist, scheint mir. Habe ich recht?«

Ich schüttle den Kopf. »Nein, so etwas ist schon früher passiert.«

»Wirklich? Wann denn?«

Ich befeuchte meine Lippen und fühle mich zutiefst angeekelt, denn ich weiß, worauf er hinauswill. »Ich habe ihn nie angezeigt, denn das ist ja wohl Ihre Frage. Mein Mann hat mich bei zahlreichen anderen Gelegenheiten geschlagen.«

»Ach ja? Oder ist das ein komplizierter Plan, den Sie mit Ihrem Liebhaber ausgeheckt haben, um gemeinsam wegzulaufen?«

Ich öffne den Mund und ziehe scharf Luft ein. »Wie bitte?«

»Mr Arrowood und Sie haben doch eine Beziehung, oder?«

»Nein. Er ist erst kürzlich hergezogen.«

Connors Blick und meiner treffen sich, und er beißt die Zähne zusammen. Das ist das verrückte Gerede, das Kevin in jener Nacht von sich gegeben hat.

Kevins Anwalt nickt. »Verstehe. Und in dieser kurzen Zeit verliert der Mann, mit dem sie seit acht Jahren verheiratet sind … einfach so die Beherrschung? Nachdem er so etwas noch nie getan hat. Denn im Gegensatz zu Ihren Worten, Mrs Walcott, gibt es keinen Beweis für weitere Vorfälle. Sie können sicher nachvollziehen, dass manche Menschen dieses Timing merkwürdig finden. Sie verlassen mitten in der Nacht plötzlich Ihr Haus, und ausgerechnet der Mann ›rettet‹ Sie, mit dem Ihr Mann Ihnen – Ihrer Behauptung nach – eine Affäre unterstellt?« Er malt Anführungszeichen in die Luft.

Ich werde nicht zulassen, dass dieser Mann mich verunsichert. Ich muss meine Stellung halten, und nicht nur, weil ich die Wahrheit sage. Wenn sie ihn freilassen, müssen Hadley und ich wieder fliehen. Wir müssen fort sein, bevor Kevin aus dem Gefängnis kommt, das wird mir niemand ausreden. Mir ist sogar gleichgültig, ob er dann straflos davonkommt, weil ich frei von ihm sein werde. Ich werde einen Weg finden.

Statt den Kopf einzuziehen, wie die Verteidigung es will, setze ich mich ein wenig gerader auf und stoße einen tiefen Atemzug aus, der in meiner Seite schmerzt. »Mein Mann hat mich schon früher geschlagen. Er hat mich geboxt, er hat mich grob gepackt, er hat mir an den Haaren gezogen und mich zu Boden geworfen. Mein Ehemann hat mich kontrolliert und von anderen isoliert. Er hat mich in jedem Aspekt meines Lebens in die Falle gelockt und dann gedroht, unsere Tochter und mich zu töten. Ich habe keine Ahnung, was er denkt oder welche Ausreden er sich im Lauf der Jahre zurechtgelegt hat, aber *alles*, was ich heute ausgesagt habe, ist die Wahrheit. Mein Nachbar hat mir das Leben gerettet, nachdem meine Tochter Hilfe bei ihm gesucht und den Notruf angerufen hat. Ich stehe in keinerlei romantischer Beziehung zu ihm. Mr Arrowood hat als Freund gehandelt, als ich in Gefahr war, nichts weiter.«

»Tja, das werden wir noch sehen.« Der Anwalt geht davon und setzt sich neben Kevin.

»Sie dürfen den Zeugenstand verlassen, Mrs Walcott.«

Meine Knie fühlen sich wie Gelee an, als ich zu meinem Platz zurückkehre.

»Will die Verteidigung eine Aussage machen?«, fragt der Richter.

Ich sitze da, zittere am ganzen Körper und bin ein einziges Nervenbündel. Ich habe es geschafft, das durchzustehen, aber das jetzt ist wirklich der schlimmste Teil. Nun kann niemand von uns noch etwas ändern. Sheriff Mendoza tritt wieder in den Gerichtssaal und setzt sich neben mich, sodass ich von zwei Männern flankiert werde, die mich demonstrativ unterstützen und beschützen.

»Zurzeit verzichten wir auf eine Aussage und wünschen, den Prozess abzuwarten.«

Der Richter wirkt nicht erstaunt, aber ich bin es.

Mendoza beugt sich zu mir herüber. »Sie wissen, dass wir so viele Beweise haben, dass die Klage nicht abgewiesen werden wird«, flüstert er. »Er ist am besten daran, wenn er auf das Verfahren wartet, damit er nicht etwas, was er jetzt sagt, zurücknehmen muss.«

Natürlich, Gott bewahre, dass er sich selbst belasten würde. Das gleiche Recht sollte jedoch auch für die Zeugen und für mich gelten – das Opfer.

Wie unfair ist das alles?

Der Richter beugt sich vor, legt die Arme auf den Schreibtisch vor sich und sieht zuerst die Verteidigung und dann den Staatsanwalt an.

»Ich sitze öfter in solchen Verhandlungen, als mir lieb ist. Eine Familie wird auseinandergerissen, und die Verteidigung bringt grundsätzlich irgendwelche weit hergeholten Ausreden vor. Als hätten die Frau oder das Kind darum gebeten, so behandelt zu werden. Keine Ahnung, warum wir als Richter das in der Vergangenheit für legitim gehalten haben. Aber heute ist das nicht mehr so. Mr Walcott, ich habe die medizinischen Unterlagen Ihrer Frau studiert, ihre Zeugenaussage gehört und vernommen, dass Sie nicht ausgesagt haben. Ich habe die Berichte über diese Nacht gehört und die Bilder gesehen, die die Staatsanwaltschaft vorgelegt hat, und erfahren, dass Ihre siebenjährige Tochter Hilfe gesucht hat, weil sie glaubte, ihre Mutter werde sterben. Dies ist zwar noch nicht der Prozess, doch es geht darum, ob Sie bis zur Verhandlung auf freien Fuß kommen, und wenn ja, unter welchen Auflagen. Normalerweise setzt das Gericht eine Kaution von einhunderttausend Dollar fest und lässt es gut sein. Aber ich fühle mich an einen vergleichbaren Fall erinnert, und ich fürchte, wenn ich dieses Mal nicht meinem Bauchgefühl folge, wird er ganz ähnlich ausgehen wie der andere. Daher lehne ich die Stellung einer Kaution ab.«

Dreizehn

Ellie

So wunderbare Erleichterung erfüllt mich, dass ich kaum an mich halten kann. Wir sind auf dem Rückweg zu Connor, damit ich Hadleys und meine Sachen holen und nach Hause zurückkehren kann.

Connors Haus ist … seltsam. Es ist sauber, mit dem einzigen Sofa und dem altmodischen Fernseher allerdings sehr steril. In jedem Zimmer stehen ein breites Bett und eine Kommode, und das ist schon alles.

Es ist ein Haus, aber kein Heim.

Mein eigenes Haus ist nicht überwältigend, doch wenigstens behaglich.

Ich lege den Kopf zurück und atme durch die Nase aus. »Ich kann nicht glauben, dass sie ihn in Haft behalten haben.«

»Ich ehrlich gesagt auch nicht.«

Ich werfe ihm einen Blick zu. »Du hast gedacht, sie würden ihn freilassen?«

Connor neigt den Kopf zur Seite. »Ja. Normalerweise verhängen sie eine Kaution, und ich hatte gehofft, dass Nate dagegenhalten könnte. Ich war aber schon darauf vorbereitet, wenn das nicht klappt …«

»Wenn nicht, was hättest du dann getan?«

Er erwidert meinen Blick und sieht dann wieder auf die Straße. »Ich war mir nicht sicher, was ich tun würde.«

»Du hattest doch bestimmt einen Plan.«

Connor lacht. »Ein paar verrückte Ideen hatte ich, so viel ist sicher.«

Das kann ich mir vorstellen. Als wir das Ende der Einfahrt erreichen, hält Connor das Auto an.

»Alles in Ordnung?«, erkundige ich mich, als wir dort stehen.

Er blickt zu dem Schild hoch, auf dem sein Familienname steht, und schaut dann mich an. »Meine Mutter … Sie war in jeder Hinsicht sentimental. Sie wollte, dass wir Traditionen haben, um sie an unsere Kinder weiterzugeben. Immer, wenn wir an die Einfahrt kamen, hielt sie das Auto an und ließ uns eine Frage beantworten. Jeder von uns hatte eine andere Antwort, die darauf beruhte, was wir ihrer Meinung nach brauchten.«

»Das ist reizend.«

Meine Mutter war genauso. Sie hat ständig versucht, Feiertage besonders zu gestalten und Dinge zu tun, die ich immer noch weiterführe. Jedes Jahr an meinem Geburtstag kam meine Mutter mit einem Kuchen in den Händen in mein Zimmer, und dann haben wir ihn zum Frühstück gegessen. Ich setze diese Tradition bei meiner Tochter fort, die sie für das Beste auf der Welt hält.

»Es war gleichgültig, dass nach ihrem Tod niemand die Frage mehr laut gestellt hat. Meine Brüder und ich halten immer noch an, sehen zu dem Schild hoch und überlegen, wie unser Leben verlaufen wäre, wäre sie nicht gestorben.«

Offensichtlich hat sie einen stärkeren Einfluss auf ihre Söhne ausgeübt, als sie ahnen konnte. »Wie lautete die Frage?«

»Was ist eine Wahrheit über einen Pfeil?«

Ich berühre seinen Arm, und er nimmt ihn vom Lenkrad

fort. Ich lasse meine Hand zu seiner gleiten und umschlinge seine Finger. »Erzähl mir, was deine Wahrheit ist«, sage ich leise, um den magischen Moment nicht zu stören.

»Man kann erst schießen, wenn man seinen Bogen zerbricht.«

»Was bedeutet das?«

Connor bewegt die Hand so, dass sie meine vollkommen bedeckt. »Es heißt, dass man den Bogen zurückziehen und mit aller Macht gegen die Anspannung in seinem Arm ankämpfen muss, während man das, was man will, anvisiert. Es bedeutet, wenn man den Bogen nicht zerbricht, erreicht man sein Ziel nicht.«

Mein Herz beginnt in der Brust zu pochen. Wir atmen beide flach und blicken einander an. Die Worte besitzen gerade eine solche Bedeutung für mein Leben. Ich hatte riesige Angst davor, was kommen würde, dass ich mich nie gewehrt habe. Aber wenn ich jetzt nicht aufstehe und mein Leben verändere, werde ich nie etwas erreichen.

»Ich sehe, welch starken Einfluss deine Mutter auf dich hatte. Außerdem hast du den Bogen zerbrochen, Connor. Du hast diesen Ort an jenem Morgen verlassen und bist ein SEAL und ein Held geworden. Und als du zurückgekehrt bist, bist du auch für Hadley und mich zum Helden geworden. Danke, dass du mir davon erzählt hast.«

Er öffnet den Mund, um etwas zu sagen, bleibt aber stumm, bis er schließlich ein »Gern geschehen!« hervorbringt.

Ich sehe auf unsere Hände hinunter, und wir ziehen sie beide zurück.

»Es tut mir leid. Ich sollte … Ich bin offensichtlich ein Wrack, und du bist so nett zu mir. Die letzten paar Tage waren schwer, und ich …«

»Hör auf, Ellie. Du brauchst mir nichts zu erklären. Du hast nichts falsch gemacht. Und hör auf zu sagen, dass du ein Wrack bist, okay?«

»Aber das stimmt!«

»Das sind wir alle. Glaub mir, dir komme ich vielleicht wie ein Held vor, doch das bin ich nicht. Ich habe Fehler begangen und mit den Folgen gelebt. Ich denke an dich und daran, dass jene Nacht, wenn alles anders gekommen wäre …«

»Ich denke auch daran.«

Er lehnt sich auf dem Fahrersitz zurück und wendet sich dann mir zu. »Ich war vollkommen durch den Wind, als ich dich zum ersten Mal gesehen habe, nachdem ich Hadley gefunden hatte. Ich musste mir eine Million Mal sagen, dass du verheiratet bist und meine Gefühle lächerlich sind. Meine Freunde haben mich sogar gewarnt und gemeint, ich müsse gegen den Wunsch ankämpfen, in deiner Nähe zu sein, weil das nicht richtig sei.«

Ich kämpfe auch damit. Mit der Sehnsucht, in seiner Nähe zu sein.

Schwer zu beschreiben, warum Connor dieses Gefühl in mir auslöst, doch so ist es. Wir fühlen uns unbestreitbar voneinander angezogen, und dann war da diese eine Nacht.

Wieder bei ihm zu sein, macht es verwirrend und schwierig, meine Gefühle zu deuten.

Ich lächle, denn ich weiß, dass ich ihm antworten muss, nur kann ich noch nicht die Wahrheit sagen. »Okay. Ich bin einfach nur so müde und überwältigt.«

»Das verstehe ich, aber du bist kein Wrack. Sicher, die Lage ist schwierig, das heißt allerdings nicht, dass du keinen Weg finden kannst, mit ihr fertigzuwerden.«

Meine Augenlider flattern und wollen sich schließen, und

ich kämpfe darum, sie offen zu halten. »Ich glaube, die Medikamente entfalten jetzt richtig ihre Wirkung.«

Er nickt und legt den Gang ein. »Lass uns zurück zum Haus fahren, damit du dich ausruhen kannst.«

Ich gähne. »Ausruhen wäre schön.«

Auf der langen Auffahrt denke ich an alles Mögliche. Es ist so viel passiert, dass mir mein Leben wie eine Reihe Videoclips vorkommt, die ich mir nicht auf einmal ansehen kann. Es sind zu viele.

Als wir anhalten, berührt Connor mein Gesicht, und ich sehe, dass er mich eindringlich anschaut. »Wir sind da.«

»Ich habe nicht geschlafen.«

»Nein?«

Vielleicht – was? – eine oder zwei Sekunden.

Ich hole tief Luft und öffne die Tür, bevor er aussteigen kann. Ich bewege mich langsam und vorsichtig, um meine Rippen nicht allzu sehr zu belasten. Nach der Fahrt, der Anhörung und zwei schlaflosen Nächten nicke ich fast im Stehen ein. Mit aller Kraft und Entschlossenheit steige ich aus dem Wagen. Doch als ich zögerlich einen Fuß vor den anderen setze, beginne ich, zu Boden zu sinken. Starke Arme umschlingen mich, und seine wunderschönen grünen Augen blicken in meine.

»Ellie?«

Er hebt mich hoch, und ich lehne den Kopf an seine Schulter, während er aufs Haus zugeht. »Müde. Ich bin so schrecklich müde. Aber ich kann laufen.«

»Du hast Schmerzen und stehst unter Medikamenten. Du musst dich ausruhen.«

Ich muss zurück nach Hause und mein Leben in Ordnung bringen. »Nach Hause.«

»Schlaf ein wenig, und dann können wir darüber reden. Ich bin hier, wenn Hadley zurückkommt.«

Am liebsten möchte ich den Mund öffnen und ihm alles erzählen, was ich mich frage, seit er in mein Leben zurückgekehrt ist. Doch die Erschöpfung überwältigt mich, und ich schlummere ein.

»So spielt man Quartett aber nicht.« Hadleys Stimme hallt durch das kleine Farmhaus, und ich lächle.

»Doch! Man braucht zwei Karten in derselben Farbe.«

»*Neiiin*«, schimpft sie. »Du brauchst zwei mit derselben *Zahl.*«

»Ich glaube, du denkst dir das aus«, gibt Connor lachend zurück. »Ich kenne Quartett, und das sind die Regeln.«

»Du schummelst.«

»Ich? Schummeln?« Er klingt schockiert, aber ich höre ihm an, dass er scherzt.

»Ja, weil ich zweimal hintereinander gewonnen habe.«

Ich liege da, versuche immer noch, wach zu werden, und höre den beiden zu.

»Ich glaube, *du* schummelst, Hadley.«

Ich höre, wie sie leise seufzt. »Du bist bloß ein schlechter Spieler. Aber du bist mein Lieblingsheld.«

Er lacht, und ich lächle automatisch. »Freut mich, dass ich dein Favorit bin. Du bist meine liebste siebenjährige Schummlerin.«

»Du wirst mir fehlen«, sagt sie wehmütig.

»Dir fehlen? Wieso? Gehst du irgendwohin?«

Langsam setze ich mich auf die Bettkante. Keine Ahnung, wohin dieses Gespräch führt, doch ich muss es hören.

»In der Nacht wollten Mommy und ich weglaufen. Wenn

wir weggehen, weiß ich nicht, ob ich dich je wiedersehe.« Am Ende versagt ihr die Stimme, und auch mir bricht das Herz.

Das hier ist ihr Zuhause. Der einzige Ort, den sie je gekannt hat. Ihr Schutz ist das Wichtigste, aber sie soll sich auch sicher fühlen. Falls sie Schaden genommen hat, muss ich das in Ordnung bringen.

Als Erstes werde ich zurück in dieses Haus gehen und tun, was ich kann, um es wieder bewohnbar zu machen.

Ich muss ihr begreiflich machen, dass für uns alles gut werden wird und ich stark bin. Immer noch habe ich Angst, dorthin zurückzukehren. Kevin sitzt zwar im Gefängnis, doch das Haus steckt immer noch voller Erinnerungen, die ich vergessen will. Trotzdem will ich Hadley den Mut schenken, sich Dingen zu stellen, die ihr Angst machen, und ihr beweisen, dass sie sie überwinden kann.

»Tja, wenn das passiert, müssen wir halt eine Möglichkeit finden, in Verbindung zu bleiben.«

»Aber ich habe kein Handy.«

»Stimmt, du weißt allerdings, wo ich wohne.«

Hadley unterbricht sich, und ich gehe vorsichtig zur Tür und betrachte die beiden. Connor und Hadley sitzen einander am Couchtisch gegenüber auf dem Boden, und die Karten liegen zwischen ihnen. Allein ihr Anblick macht meine Welt ein wenig heller.

Ich kann mich nicht erinnern, dass Kevin jemals etwas so Einfaches mit ihr getan hätte. Während ich geschlafen habe, haben die beiden Zeit miteinander verbracht und eine Verbindung zueinander aufgebaut, die mir die Tränen in die Augen treibt.

»Was ist, wenn du umziehst?«

»Tja, ich bin nur ein halbes Jahr hier, aber ich sorge dafür, dass deine Mom weiß, wie sie mich erreichen kann.«

»Versprochen?«

Er hebt die Hand zu einer Art Salut. »Klar.«

Hadley stürzt sich auf ihn und schlingt die Arme um seinen Hals. Er kann sich gerade noch abfangen, bevor sie ihn auf den Rücken wirft. »Du bist mein bester Freund, Connor.«

Er lächelt über ihren Kopf hinweg und erwidert ihre Umarmung. »Dann bin ich ein glücklicher Mann.«

Er könnte mehr sein. So viel mehr. Ich bin es ihm und Hadley schuldig, das herauszufinden.

Ich trete in den Raum, und unsere Blicke treffen sich.

»Du bist aufgewacht.«

»Ja. Wie lange habe ich geschlafen?«

»Mommy!« Hadley rennt auf mich zu. Schnell strecke ich die Hand aus, damit sie nicht gegen mich kracht, und sie bremst ab. »Tut mir leid.«

»Nein, nein. Ich will schon in den Arm genommen werden, nur nicht so wild.«

Ich wünsche mir eine Million Umarmungen von ihr, die eine Ewigkeit dauern, in der ich sie an mich drücken kann.

»Warst du brav bei Connor?«

Sie nickt. »Wir sind zur Scheune gegangen, damit ich all die Kühe sehen konnte. Er hat viele Kühe, aber …«, jetzt flüstert sie, »er weiß nicht, was er mit ihnen anfangen soll.«

Ich lache leise. »Hast du ihm gesagt, dass er sie melken soll?«

»Habe ich versucht, aber er hört nicht auf mich. Dann sind wir zu meinem Lieblingsbaum gegangen.«

Connor tritt heran und zaust ihr das Haar. »Ich dachte mir, dass du Ruhe brauchst, daher haben wir uns draußen beschäftigt. Als uns kalt wurde, sind wir hineingegangen, um uns aufzuwärmen. Haben wir dich geweckt?«

»Nein.« Ich lächle ihm zu und bin ganz überwältigt vor Dankbarkeit. »Absolut nicht. Danke, dass du so gut auf sie aufgepasst hast.«

»Keine Ursache. Hadley und ich sind Freunde. Es war lustig, eine Weile zusammen abzuhängen.«

Sie sieht ihn breit grinsend an.

»Tja, ich finde, Hadley und ich sollten wieder nach Hause gehen.«

»Nein!«, schreit sie. »Nein! Ich will nicht. Bitte! Bitte, Mommy! Zwing mich nicht, wieder dorthin zu gehen!«

Ich sinke auf die Knie und nehme ihre Hände. »Es ist okay, Hadley.«

»Ich will nicht nach Hause!« Tränen treten ihr in die Augen, und sie schüttelt energisch den Kopf. »Ich will hierbleiben – bei Connor!«

»Wir können nicht, Schatz. Wir müssen zurück. Niemand wird uns dort etwas tun.«

Ihre Tränen laufen jetzt in Strömen, und ihr Schniefen zerreißt mir das Herz. Ich sehe, dass sie echte Angst hat. Aber ich kann ihr nicht sagen, dass ich genauso empfinde. Bei der Vorstellung, in dieses Haus zurückzukehren, wird mir buchstäblich übel.

»Ich habe Angst, Mommy.«

Connor kniet sich zu uns. »Du brauchst keine Angst zu haben. Ich kann hinfahren und mich vergewissern, dass niemand außer euch dort ist und du sicher bist.«

Sie schüttelt den Kopf. »Ich will nicht! Ihr könnt mich nicht zwingen!«

Hadley entreißt mir ihre Hände, rappelt sich auf die Füße und rennt aus der Tür.

»Hadley!«, schreie ich ihr nach und versuche aufzustehen,

zucke aber zusammen, als meine Rippen schmerzhaft protestieren.

»Ganz ruhig, ich gehe sie holen«, erklärt Connor, während er mir beim Aufstehen hilft.

»Ich gehe. Sie ist meine Tochter. Ich brauche nur einen Moment Zeit.«

»Warum lassen wir ihr nicht ein wenig Zeit? Wahrscheinlich muss sie Dampf ablassen, und ich weiß, wo sie hin ist.«

Wie macht er das bloß? Wie kann er so einfach wissen, was Hadley braucht? Es ist, als könne er mühelos bis in unsere Herzen sehen. Als Connor und ich uns begegnet sind, hatten wir diese Verbindung, aber jetzt hat er diese Intuition auch bei Hadley entwickelt. Er hat erkannt, dass sie Abstand benötigt, obwohl ich das nicht gesehen habe. Das muss doch etwas bedeuten, oder?

»Du hast recht. Tut mir leid. Ich dachte, sie möchte wieder nach Hause. Außerdem müssen wir.«

»Wieso müsst ihr?«

Ich seufze und ärgere mich, weil ich überhaupt etwas gesagt habe. »Weil es ihr Zuhause ist und wir nicht ewig hierbleiben können. Du kannst es bestimmt nicht gebrauchen, dass wir beide dich wahnsinnig machen.«

»Ihr macht mich nicht verrückt, und ihr braucht nicht zurückzugehen, wenn ihr nicht wollt.«

»Wir können nicht hierbleiben.«

»Wieso nicht?«

»Wieso nicht?«, wiederhole ich. »Weil … du Junggeselle bist und diese Farm in Ordnung bringen musst, und ich glaube nicht, dass du es gebrauchen kannst, noch ein Wrack zu reparieren.«

Außerdem macht das Zusammensein mit ihm es schwer,

die Ähnlichkeiten zwischen ihm und Hadley nicht zu sehen. Es ist falsch von mir, für mich zu behalten, dass er ihr leiblicher Vater sein könnte. Er hat es verdient, Bescheid zu wissen. Was mich davon abhält, es zu sagen, ist dieses Gefühl, das ich in seiner Nähe habe. Ich möchte ihm nahe sein, mich auf ihn verlassen, und das sind gefährliche Gefühle für mich. Es ist unpraktisch, und ich mache mir Sorgen, ich könnte eine Bindung zu einem Mann aufbauen, von dem ich weiß, dass er fortgehen wird.

Wenn das zwischen Hadley und ihm nicht schon passiert ist.

Aber was, wenn sie sein Kind ist?

Wenn alle Zeichen, die darauf hinweisen, echt sind?

Ich muss es ihm sagen.

Langsam schüttelt er den Kopf. »Ich bin ausgezeichnet in der Lage, diese Farm in Ordnung zu bringen, während ihr beide hier lebt. Und ich finde, es ist wichtiger, dass ihr euch sicher fühlt, du und Hadley, als der Umstand, dass ich Junggeselle bin. Fühlst du dich denn sicher bei mir?«

Das ist das Verrückteste. Ich habe mich nie sicherer gefühlt als in seiner Nähe. Er ist stark und unerschütterlich und ist für mich eingetreten, als ich ihn am dringendsten brauchte. Ich vertraue ihm, und dabei kenne ich ihn kaum.

Jetzt oder nie.

Ich nehme allen Mut zusammen, den ich habe, um etwas zu gestehen, dass beider Leben für immer verändern könnte. »Ich fühle mich sicher bei dir, und nur deswegen kann ich das erzählen. Ich muss dir etwas sagen, Connor … Dir gestehen, dass mir etwas nicht aus dem Kopf geht.«

Sie bedeutet mir die Welt, und er hat es verdient, sich ebenfalls um sie zu drehen – falls sich herausstellt, dass er ihr Vater ist.

»Du kannst mir alles sagen.«

Ich hoffe nur, dass das stimmt, denn dieses Gespräch könnte sich nicht so entwickeln, wie ich mir das vorstelle.

»Ich habe einen Monat nach meiner Hochzeit festgestellt, dass ich schwanger mit Hadley war. Ich habe mich immer gefragt … ob sie vielleicht …« Ich verstumme, denn ich habe Angst, es laut auszusprechen. »Es ist möglich, dass Hadley nicht Kevins Tochter ist.«

Schnell blickt er auf, sieht zu der Tür, durch die sie hinausgerannt ist, und schaut dann wieder mich an. »Du glaubst, sie könnte mein Kind sein?«

»Ich weiß es nicht, aber sie hat deine Augen«, gestehe ich, und eine Träne löst sich von meinen Wimpern.

Vierzehn

Connor

Hadley könnte meine Tochter sein?

Das ist nicht … Es kann nicht … möglich sein. Oder?

Wir haben uns in jener Nacht so oft geliebt, dass ich mich kaum erinnern kann, ob wir jedes Mal aufgepasst haben. Doch, haben wir. Ich weiß, dass ich vorsichtig war.

»Das war eine einzige Nacht«, sage ich. »Ich habe ein Kondom getragen.«

»Ja. Aber das macht es nicht unmöglich. Vielleicht ist es nur Wunschdenken, weil sie so wunderbar ist, und diese Nacht …«

Keine Ahnung, was ich sagen oder denken soll. Wenn sie meine Tochter ist, muss ich das wissen.

»Wie lange fragst du dich das schon?«

»Seit dem Tag, an dem ich herausgefunden habe, dass ich schwanger bin.«

Herrgott. Ich könnte ein Dad sein. Die ganze Zeit war Hadley um mich herum, und ich hatte keine Ahnung, dass ich ihr Vater sein könnte.

Ich lehne mich zurück und versuche, das alles zu verdauen.

Was wäre passiert, wenn ich nicht zurückgekommen wäre? Hätte ich es dann erfahren? Warum habe ich diese Möglichkeit nicht in Betracht gezogen, als wir uns getroffen haben? Ich bin ein Idiot, und trotzdem hoffe ich tief im Inneren, dass sie mein Kind ist.

»Wieso hast du nicht versucht, mich zu finden?«

Ellies Unterlippe zittert. »Wie denn? Ich wusste weder deinen Namen noch, wo du herkommst. Erst vor etwas über einem Monat habe ich dich wiedergesehen. An dem Tag, nachdem wir miteinander geschlafen hatten, habe ich Kevin geheiratet, ich konnte mir also nicht sicher sein.«

Aha. Geheiratet und … Ja, es war eine einzige Nacht ohne Namen oder Erwartungen.

»Moment mal, am Tag danach?«

Sie nickt und wirkt nervös, beinahe beschämt.

Aber Tatsache ist, dass ich seit sieben Jahren ein Kind haben könnte und das vollkommen verpasst habe.

»Ahnt sie etwas?«

»Nein, nein. *Gott*, nein. Tut mir leid, Connor. Ich hätte es dir gleich sagen sollen, als du zurückgekommen bist, doch ich konnte nicht riskieren, dass Kevin Verdacht schöpft.«

Ellie wischt sich eine Träne weg, und ich muss unbedingt etwas tun. Ich habe sie zum Weinen gebracht, und das an einem Abend, an dem sie sich nichts als sicher fühlen sollte. Ich rücke näher an sie heran. »Nicht weinen, Ellie.«

»Es ist … Ich wusste es nicht. Eigentlich weiß ich es nicht, und vielleicht ist sie ja nicht dein Kind. Aber ein Teil von mir hat stets gehofft, sie wäre es. Weil … du freundlich zu mir bist und jene Nacht mir etwas bedeutet.«

»Diese Nacht bedeutet mir alles.«

Sie sieht mich an, und in ihrem Blick liegt immer noch diese enorme Verletzlichkeit. »Du hast gesagt, du hättest von mir geträumt?«

Ich nicke. »Ja. Die ganze Zeit. Ich habe diese Nacht andauernd wieder im Kopf ablaufen lassen. Habe mich gefragt, wer du bist, wo du sein könntest und ob du glücklich bist.«

»Das war ich nicht.«

»Jetzt weiß ich das auch.«

Wir sehen uns an, und mir dreht sich der Kopf von den Geständnissen, die wir einander gerade gemacht haben. Keine Ahnung, ob ich ihr Angst einjage oder ob sie die gleiche Verbundenheit spürt wie ich.

Das Donnergrollen in der Luft reißt mich aus meinen Gedanken. Wir blinzeln beide, und uns wird klar, dass Hadley noch da draußen ist und sich wahrscheinlich auf einem Baum versteckt, während ein Gewitter aufzieht.

»Ich gehe sie holen«, erkläre ich, bevor Ellie etwas sagen kann.

»Connor …«

»Wir reden weiter, wenn ich zurück bin. Aber ich möchte, dass ihr wenigstens heute über Nacht bleibt, um Hadleys willen.«

Und meinetwegen, doch diesen Teil spreche ich nicht laut aus.

»Wir reden, wenn du wieder da bist.«

Ich nicke, und als in der Ferne der Donner rollt, spüre ich es bis in meine Seele.

Ich nähere mich dem Baum, wo ich sie wahrscheinlich finden werde, und tatsächlich, ich höre ein Schaben auf Holz.

Dieses Mal fällt es mir schwer, mir nicht einzubilden, dass es eine Art Zeichen oder ein Akt des Schicksals ist, dass Hadley hergekommen ist. Wie groß ist die Chance, dass Ellies Tochter von ganz allein den Weg auf meine Farm und zu dem Baum gefunden hat, der mir alles bedeutet?

Und hat sie wirklich meine Augen?

Ich versuche, mir das vorzustellen, aber ich kann nicht.

Ist sie mein Kind? Und wenn ja, was heißt das? Darf ich Zeit mit ihr verbringen? Will sie das überhaupt? Kommt es letztlich darauf an, wenn ich sie mag und die beiden schon als Teil meines Lebens betrachte, den ich nie wieder loslassen will?

Ich tadle mich selbst, denn jetzt gerade darf ich mich nicht in einen Haufen Spekulationen und Möglichkeiten verrennen, denn da ist noch ein kleines Mädchen, das in die Hölle gestürzt ist und sich mühsam seinen Weg zurück sucht.

Ich habe das selbst erlebt.

Zu oft.

Ich klettere die hölzernen Sprossen hinauf, stecke meinen Kopf in den Baum und lächle ihr zu. »Wenn du nicht willst, dass ich dich finde, solltest du dir vielleicht ein anderes Versteck suchen. Aber ich verstehe ja, wie schwer es ist, nicht zu diesem Baum zu gehen, wenn man weiß, dass er magische Kräfte hat, die einen beschützen.«

Ihre Lippen zittern. »Ich will nicht wieder zurück. Ich will nicht wieder in das Haus. Ich will hierbleiben – bei dir.«

»Tja, wenn du wegläufst, änderst du auch nichts an der Entscheidung deiner Mom.«

Hadley verzieht das Gesicht noch stärker. »Ich habe Angst.«

Das kann ich ihr nicht verübeln.

»Du weißt doch, dass deine Mutter nicht wollen würde, dass ihr zurückgeht, wenn es nicht sicher wäre. Wahrscheinlich hat sie ebenfalls ein wenig Angst.«

»Mommys und Daddys haben vor nichts Angst.«

»Aber klar. Erwachsene fürchten sich ständig vor allem Möglichen.«

Hadley verschränkt die Arme vor der Brust und starrt mich an. »Nein.«

Ich lache leise. »Ich kriege auch Angst.«

»Das kann gar nicht sein! Du bist der stärkste Mann der Welt. Das sagst du bloß so.«

Ich liebe es, dass sie solch eine hohe Meinung von mir hat. Ich möchte der Held sein, als den sie mich sieht, aber Helden fallen immer am tiefsten, wenn sie sich ihrer Verantwortung nicht stellen. Davon hat sie schon genug erlebt.

»Wenn du vom Baum herunterkommst, erzähle ich dir alles über meine.«

Hadley scheint darüber nachzugrübeln und seufzt dann. »Du wirst mich nur zurückbringen und zwingen, nach Hause zu gehen.«

Ich weiß, wie sie sich fühlt. Als früher Declan oder Sean kamen, um mich hier abzuholen, habe ich immer getrödelt. Es ist schrecklich, an einen Ort zurückzukehren, von dem man ganz genau weiß, dass man erneut von dort weglaufen wird. Hätte ich auf diesem Baum wohnen können, hätte ich es getan. Mein Vater hatte keine Ahnung, dass ich da oben war, und ich konnte endlich aufatmen.

Doch das Eine, was ich immer respektiert habe, war, dass meine Brüder nie gelogen haben, wenn es darauf ankam. Sie haben mir erklärt, was wir zu tun hatten, und wir haben einander beschützt, so wie ich es mit Hadley tun werde.

»Ich bringe dich zurück, aber ich verspreche, dass alles gut wird, ganz gleich, was passiert.«

Es ist schwer, ein Kind zu sein, und noch schwerer, wenn man das Gefühl hat, dass um einen herum die Welt in Trümmer fällt. Alles, was ich über sie weiß, hat gezeigt, dass sie niemandem offen trotzen wird. Sie liebt ihre Mutter, aber ich kann mir vorstellen, dass sie sich verloren fühlt.

»Warum können wir nicht bei dir wohnen?«, fragt sie und beginnt, sich auf mich zuzubewegen.

»Weil du tun musst, was deine Mutter sagt.«

»Ich würde lieber hier oben bleiben.«

Ich lache leise vor mich hin. Dann donnert es wieder, und ich werfe ihr einen vielsagenden Blick zu. »Du weißt aber schon, dass ich schnell zurück ins Haus laufen muss, wenn es blitzt?«

Schnell fährt ihr Kopf herum. »Du lässt mich hier … ganz allein im Gewitter?«

Nein, doch ich muss sie dazu bewegen herunterzukommen, weil der Baum bei einem Gewitter kein sicheres Versteck ist. In der Ferne kann ich bereits Blitze erkennen.

Ich seufze dramatisch. »Ich habe Angst vor Blitzen … Deswegen kann ich nicht bleiben. Also kommst du entweder herunter, und ich erzähle dir auf dem Rückweg zum Haus alles über meine Ängste, oder du bleibst trotz des Gewitters hier – deine Entscheidung.«

Hadley rutscht auf den Rand zu. »Schön. Ich gehe mit dir. Aber *nur*, weil du dich fürchtest.«

Ich lächle und ziehe den Kopf ein, bevor sie es sieht. »Dann treffen wir uns unten.«

Sobald sie sicher auf dem Boden steht, betrachte ich sie ein wenig genauer. Ihre Augen haben die gleiche Farbe wie meine und die meiner Brüder: grün mit kleinen Goldflecken. Früher wurden wir dafür geschlagen, weil sie Dad an unsere Mutter erinnerten. Wir hatten ihre Augen.

Als ich Hadley jetzt anschaue, sehe ich es.

Oder vielleicht wünsche ich mir bloß, es wäre wahr, weil sie dann meine Tochter wäre. Ich werde nie wieder zulassen, dass dieser verfluchte Bastard sie oder ihre Mutter anrührt. Das würde ich allerdings auch nicht, wenn Hadley nicht mein Kind wäre.

Trotzdem habe ich mir noch nie im Leben etwas so sehr gewünscht.

Irgendwelche Schwüre, die ich in der Vergangenheit abgelegt habe, sind mir egal, denn ich würde lieber sterben als zulassen, dass Hadley oder Ellie etwas zustößt. Das wusste ich von dem Moment an, in dem ich vor acht Jahren Ellie zum ersten Mal gesehen hatte, aber jetzt gilt das auch für Hadley.

Mein Herz gehört für immer diesem kleinen Mädchen, ganz gleich, wessen Blut in seinen Adern fließt.

Wir setzen uns in Bewegung, und ihre Haltung tut mir in der Seele weh. Ihre Schultern sind niedergeschlagen nach vorn gesackt, und sie plappert nicht vor sich hin, wie ich es inzwischen von ihr kenne. Es ist, als gingen wir auf ein schreckliches Schicksal zu. Ich wünschte, ich könnte ihr die Last abnehmen und beide bei mir behalten, wo ich sie in Sicherheit weiß. Andererseits will ich ihrer Mutter nichts von ihrer Entscheidungsfreiheit wegnehmen.

»Connor?«, fragt Hadley, als wir über das Feld gehen.

»Ja?«

»Wovor hast du Angst?«

Da fällt mir so vieles ein, und alles dreht sich um Menschen, die ich liebe. »Als ich klein war, hatte ich schreckliche Angst vor Gewittern. Einmal habe ich bei einem schweren Unwetter auf diesem Baum festgesessen, während um mich herum die Blitze in den Boden einschlugen. Es war so schlimm, dass sich sogar die Kühe gefürchtet haben. Ich hatte solche Angst, dass meine großen Brüder kommen mussten, um mich herunterzuholen.«

»Und jetzt?«, fragt sie.

Und jetzt habe ich Angst, dass sie meine Tochter sein könnte und ich sie nicht verdient habe. Ich habe Angst, sie könnte nicht meine Tochter sein, und dass der Teil von mir, der diese winzige Hoffnung hegt, sich nie von dem Verlust dessen erholen wird, was niemals mir gehört hat. Aber größtenteils fürchte ich, sie oder Ellie nicht beschützen zu können.

»Ach, ich weiß nicht. Ich mache mir vor allem Sorgen um die Menschen, die mir etwas bedeuten.«

»Um mich auch?«

Grinsend nicke ich. »Darauf kannst du wetten. Wir sind schließlich Freunde.«

»Ich habe Angst vor meinem Dad.«

Mir kommt die Galle hoch, und Schuldgefühle steigen in mir auf. Hätte ich nur geahnt, dass sie existiert, hätte ich sie vor alldem bewahren können. Wir gehen beide langsamer, und ich lege ihr eine Hand auf die Schulter. »Jetzt kann dein Dad dir nichts mehr anhaben«, versichere ich ihr.

Sie wendet den Blick ab und sieht mich dann wieder an. »Er hat meiner Mom wehgetan und uns immer angeschrien.«

Dieses Kind hätte ein Leben voller Märchen, Sonnenschein und Teepartys haben sollen. Ihr Vater hätte ihr Hoffnung schenken und ein Mann sein sollen, zu dem sie aufschaut. Das hat er ihr gestohlen, und dafür würde ich ihn am liebsten umbringen.

Ich gebe mir die größte Mühe, ihre Sorgen zu lindern. »Bei diesem Unwetter habe ich auf dem Baum gesessen, weil mein Dad oft wütend war. Er hat geschrien und meine Brüder und mich manchmal geschlagen.«

»Aber du bist so stark.«

»Jetzt schon, damals allerdings nicht. Ich weiß noch, dass ich oft Angst hatte, als ich jünger war. Erst als ich erwachsen war und zum Militär gegangen bin, habe ich endlich erkannt, dass ich keine Angst mehr zu haben brauche.«

Ich möchte nicht, dass sie so lange warten muss, doch es ist immerhin eine Hoffnung.

»Ich möchte erwachsen sein.«

Ich lache. »Das ist nicht so toll, wie man es sich vorstellt, Krümel.«

Das Haus kommt in Sicht, und Hadley seufzt. »Wenn ich erwachsen bin, kann ich machen, was ich will, und brauche nirgendwo hinzugehen, wo ich nicht hinwill.«

Die Ahnungslosigkeit der Jugend. Ich will verdammt auch nicht in Sugarloaf sein oder eine Farm in Ordnung bringen müssen, die ich nie wiedersehen wollte. Ich wollte auch die Navy nicht verlassen, aber mir blieb nichts anderes übrig. Doch jetzt hat meine Rückkehr mir etwas geschenkt, von dem ich nie geahnt habe, dass ich es bekommen würde … eine zweite Chance.

Fünfzehn

Ellie

»Sie ist gut zugedeckt und schläft fest«, erkläre ich, als ich ins Wohnzimmer trete, wo Connor sitzt und irgendeine Liste aufstellt.

Lächelnd blickt er auf. »Gut. Wahrscheinlich ist sie erschöpft.«

Das gilt für uns alle. Da Hadley und Connor beide darauf bestanden, habe ich beschlossen, noch einmal hier zu übernachten. Letztendlich habe ich mich zum Bleiben entschieden, weil Connor und ich noch viel zu besprechen haben. Ein weiterer Grund für mich war mein Wunsch, dass Hadley sich wohlfühlt, auch wenn das heißt, dass dieses Gespräch alles andere als angenehm für mich wird.

»Ja … Meinst du, wir könnten reden?«

Er legt das Blatt weg und nickt. »Das ist wahrscheinlich eine gute Idee.«

»Wie wär's, wenn wir uns auf die Veranda setzen? Dann hört sie uns nicht, falls sie aufwacht.«

»Klingt gut.«

Ich atme lange durch die Nase aus und folge ihm nach draußen. Wir nehmen auf der Verandaschaukel Platz, und ich zittere ein wenig, weil es kühl geworden ist. Aber ich habe so viel zu sagen, dass ich keine Sekunde daran denke.

»Ich will dir erzählen, warum ich ehrlich keine Ahnung

habe, ob das möglich ist. Ich würde es dir gern erklären, wenn ich darf.«

»Natürlich.«

Ich habe vor, meine Seele zu entblößen, und hoffe, dass ich dieses Gespräch überstehe, ohne zusammenzubrechen.

»Ich habe dich am Abend vor meiner Hochzeit mit Kevin getroffen. Irgendwo tief in mir wusste ich, dass ich ihn nicht liebte und ihn nicht heiraten sollte, aber ich hatte das Gefühl ... ich müsste. Ich habe aufrichtig geglaubt, dass er mich liebte und mich nur beschützen wollte – obwohl er vielleicht ein wenig eifersüchtig und unsicher war. Es lag daran, wie er mit mir oder über mich geredet hat, verstehst du? Ich habe mir vorgemacht, sobald unsere Beziehung sich gefestigt hätte, würde er ruhiger werden. Ich habe mich geirrt. Tief in meinem Herzen wusste ich, dass es keine Rolle spielen würde und ich es nicht tun sollte. In die Bar bin ich an diesem Abend gegangen, weil ich mich verloren fühlte und weil meine Eltern zuletzt in dieser Stadt gewesen waren. Sie hatten mir alles bedeutet, und sie ... sie waren eine Woche zuvor in der Nähe der Bar bei einem Unfall mit Fahrerflucht gestorben, und seit ihrem Tod war ich ein Wrack. Meine ganze Welt war auf einmal zerstört, und ich dachte, wenn ich sie dort spüren könnte, würde ich wissen, was ich zu tun hatte. Aber dann hast du mich angesprochen, und ich fühlte mich so verloren. Es brauchte nur ein Wort von dir, und ich hatte das Gefühl, mein ganzes Leben wäre wieder in Ordnung. Du warst so wundervoll und hast mich angeschaut, als wäre ich etwas Besonderes und wunderschön. Wir haben in dieser Bar getanzt, und ich habe mir eine Nacht gewünscht, wie jedes Mädchen sie sich erträumt. Obwohl es nur diese einzige Nacht sein konnte. Obwohl es so falsch war.«

»Aber es hätte nicht bei dem einen Mal zu bleiben brauchen.«

Er hat recht. Wenn ich nicht verschwunden wäre, bevor er aufgewacht war, hätte ich Kevin vielleicht nie geheiratet. Auch wenn Connor trotzdem fortgegangen wäre, hätte ich womöglich den Mut gefunden, mich von ihm zu trennen, nachdem ich einmal erlebt hatte, was hätte sein können. Ich war schrecklich naiv und wollte nicht, dass die Morgensonne unsere gemeinsame dunkle Nacht auslöschte. Statt mich meinen Optionen zu stellen, habe ich mich auf das eingelassen, was ich für meine einzige Wahl hielt.

Ich hatte nicht wirklich geglaubt, dass Connor mehr wollte, weil er genauso zufrieden wie ich damit gewesen war, in dieser Nacht anonym zu bleiben.

»Ich schätze, wenn wir das behaupten, würden wir beide lügen. Wenn ich mich recht erinnere, warst du ebenfalls auf der Flucht vor etwas.«

Wir haben einander benutzt, um der Realität unseres Lebens zu entkommen. So gern ich auch glauben möchte, dass mehr daraus hätte werden können, stimmt das nicht. Und ich habe mir oft genug etwas vorgemacht, um den Unterschied zu kennen.

Er sieht zum Horizont und legt die Hände um den Sitz der Schaukel. »Ja.«

»Du bist nicht verheiratet. Das kann also nicht der Grund gewesen sein«, sage ich scherzhaft, um das Gespräch ein wenig aufzulockern.

Das hat offensichtlich nicht funktioniert, denn er wirkt so, als sähe er einen Geist.

»An dem Abend, als wir uns begegnet sind …« Er verstummt.

Ich strecke die Hand aus und lege sie auf seine, und er bedeckt sie mit der anderen. Der Schauer, der mich jetzt überläuft, hat nichts mit der kühlen Luft zu tun. »Der Abend, an dem wir uns begegnet sind?« Es fällt mir nicht leicht, meine Stimme gleichmütig klingen zu lassen.

Connors Miene zeigt keine Emotionen, aber die Luft um uns herum fühlt sich plötzlich schwer an. Merkwürdig, und doch erinnere ich mich daran, dass ich an dem Abend, an dem wir uns kennengelernt haben, genau das gleiche Gefühl hatte. Es war, als berühre er mich so tief, dass ich nie wieder die Alte sein würde. Unsere Herzen verschmolzen miteinander, als wir uns auf Arten, von denen ich nie wusste, dass es sie gibt, voreinander entblößten.

»Es war so viel mehr …«

»Ich weiß, was du meinst.«

Er schüttelt den Kopf und zerreißt damit diese merkwürdige Verbindung zwischen uns. »Mein Vater war ein Säufer, der meine Brüder und mich misshandelt und halb totgeschlagen hat.«

Bei diesem einen Satz zerspringt ein Teil von mir. »Connor …«

»Nein. Es fällt mir schwer, darüber zu reden, also lass mich versuchen, es dir zu erzählen.«

Ich presse die Lippen fest zusammen und schenke ihm das Schweigen, um das er mich bittet.

»Als meine Mutter starb, wurde er ein vollkommen anderer Mensch. Er hat ständig getrunken, und als der Alkohol seinen Schmerz nicht mehr betäuben konnte, hat er beschlossen, ihn anderen zuzufügen. Meine Brüder haben getan, was sie konnten, um mich zu beschützen, da ich der Jüngste und bei Weitem der Kleinste war.«

Mein Brustkorb schmerzt, aber ich bringe keinen Laut hervor, während er weiterspricht.

»Als sie weggezogen sind, wurde es viel schwieriger, mich von ihm fernzuhalten. Ich habe gelernt, dass Weglaufen alles nur schlimmer macht. Wenn ich zurückkam, habe ich den Preis dafür bezahlt.«

Ich umschlinge seine Finger und unterstütze ihn, so gut ich kann. Ich kann mir kaum vorstellen, wie verraten er sich gefühlt haben muss, als der eine Mensch, den er am stärksten brauchte, ihn zerbrochen hat. Er hat mich so standhaft unterstützt und mir gegeben, was ich brauchte, ohne dass ich darum bitten musste. Aber ich habe keine Ahnung, ob ihn das geschmerzt hat.

Hat er erneut durchlebt, was er erdulden musste?

Schaut er mich an und sieht eine schwache Frau, obwohl er mir ständig erklärt, wie stark ich bin?

»Das tut mir so leid. Das hattest du nicht verdient. Von niemandem, und schon gar nicht vom eigenen Vater.«

»Niemand verdient, geschlagen zu werden, Ellie. Kein Mensch. Ganz gleich, von wessen Hand – es ist falsch und unverzeihlich. Ich habe geschworen, nie wie er zu werden, und ich möchte, dass du begreifst, wie ernst mir das ist. Nie würde ich jemanden im Zorn schlagen, höchstens, um etwas zu beschützen, das mir etwas bedeutet.«

Ich hebe die andere Hand und berühre behutsam seine Wange. »Davon brauchst du mich nicht zu überzeugen. Ich sehe, wer du bist. Du trägst keine Spur von diesem Mann in dir.«

Er legt die Finger um mein Handgelenk und zieht es hinunter. »Ich habe auch verdammt hart dafür gearbeitet. Meine Brüder ebenfalls. An dem Abend, an dem wir uns begegnet sind, habe ich mich wahrscheinlich so mies wie noch nie gefühlt. Mein Vater war in den Monaten vor meinem Schulabschluss in einem fürchterlichen Zustand gewesen. Er trank mehr und fand Möglichkeiten, mich zu überrumpeln. Ich wusste, dass ich von hier verschwinden musste. Aber ich war nicht klug wie Declan oder Jacob, also würde ich keine Stipendien bekommen. Ich habe nicht Baseball gespielt wie Sean, also war Sport auch keine Option. Mir war klar, dass ich im Gefängnis enden oder zum Militär gehen konnte, daher habe ich mich in der Oberstufe verpflichtet, aber ihm nichts davon erzählt. An diesem Abend habe ich ihm mitgeteilt, dass ich fortgehen würde, und er ist vollkommen ausgerastet. Er ist über mich hergefallen, hat gebrüllt und Dinge gesagt, die ich nie vergessen werde. Er hat mich geschlagen, und ich habe zurückgeboxt. Wir haben gekämpft, Mann gegen Mann, und ich habe mich zum ersten und letzten Mal von meinen Gefühlen überwältigen lassen.«

»Du kannst doch nicht eine Minute glauben, das wäre deine Schuld gewesen. Du hast dich nur gewehrt.«

Er fährt sich mit der Hand übers Gesicht. »Ich habe mich mit meinem Vater geschlagen, als er sternhagelvoll war. Ich gebe mir keine Schuld, aber glaub nicht, dass ich nicht wütend war. In mir hatte sich der Zorn aus zehn Jahren aufgestaut, in denen er uns geschlagen und durch die Hölle geschickt hat.«

Es ist anders. Ich weiß, er wird es wahrscheinlich nicht so sehen, aber es ist nicht das Gleiche. Er hat den Kampf nicht gesucht, sondern auf das reagiert, was auf ihn zukam.

»Und wenn ich einen Baseballschläger genommen und ihn Kevin über den Kopf gezogen hätte, was hättest du zu mir gesagt?«

»Gut gemacht.«

»Aber dass du deinen Angreifer abgewehrt hast, ist etwas anderes?«

Connor ballt die Hände zusammen und reibt sich das Bein, das ihn anscheinend schmerzt. Ich verstehe ihn auf eine Art, wie das möglicherweise niemand anderer kann. Ich habe damit gelebt, habe mit den Schuldgefühlen gekämpft und jahrelang geglaubt, dass ich alles vielleicht auf gewisse Art verdient hatte, weil man mir das erzählt hat. Seit dem ersten Mal habe ich jeden Tag mit der Entscheidung gerungen, auch nur eine Sekunde länger zu bleiben.

Man wird nicht plötzlich zum Opfer, sondern es verfolgt einen jede Sekunde. Ich erkenne dieses Gefühl und hasse den Umstand, dass es uns verbindet, weil wir es gemeinsam haben. Gleichzeitig bin ich dankbar dafür, nicht allein zu sein.

»Egal«, beginnt Connor wieder. »Ein paar Stunden, nachdem ich ohne dich aufgewacht war, saß ich in einem Bus, der zur Grundausbildung fuhr, und bin erst zurückgekehrt, als er vor einigen Wochen gestorben ist.«

So viele Fragen gehen mir durch den Kopf. Wenn Connor zurückgekommen wäre, nur ein einziges Mal, wäre dann alles anders gekommen? Wenn ich ihm begegnet wäre, hätte ich etwas gefühlt, und vielleicht hätte er um mich gekämpft. Eine Million Was-wäre-Wenns, aber nur eine Wahrheit, und das ist dieser Moment.

»Ich habe mich oft gefragt, ob ich für diese Nacht bestraft werde …«

Er springt so schnell hoch, dass ich aufkeuche, doch dann legt er die Hände auf die Lehne der Schaukel und hält sie an. »Sag das nie. Was wir miteinander geteilt haben, ist nichts, wofür jemand bestraft werden könnte. Wie wäre das möglich?«

»Weil es falsch von mir war! Ich wollte am nächsten Tag

heiraten. Ich habe es bis heute nicht bereut, aber trotzdem hätte ich nicht mit dir auf dieses Zimmer gehen dürfen.«

»Das verstehe ich nicht.«

»Ich habe ihn geheiratet. Ich habe das durchgezogen, doch die ganze Zeit habe ich …« Ich kann es nicht aussprechen. Das wäre ein Fehler. Doch dann blicke ich auf und sehe den Ausdruck in seinen Augen, begreife, dass er mich stumm anfleht, ihm die Wahrheit zu sagen, und Gott, ich will es. »Ich habe mir gewünscht, du hättest das sein können. Der Mann, der mir so zärtlich und liebevoll zugelächelt hat wie sonst niemand. Du hast mich angeschaut, als bräuchtest du mich. Und ich weiß, dass es verkehrt war, aber ich brauchte dich.«

Als er sich erneut setzt, schlägt er kurz die Hände vors Gesicht und wendet sich dann wieder mir zu. »Ich habe dich wirklich gebraucht.«

»Aber wir hatten kein Recht aufeinander.«

»Nein, wahrscheinlich nicht.«

Ich lehne mich zurück, drehe mich so weit zur Seite, dass ich ihn noch ansehen kann, und frage mich, ob dieser Moment, den wir jetzt teilen, unser Alltag hätte sein können. Würden wir abends auf der Veranda sitzen, uns unterhalten und so ehrlich zueinander sein, wie ich das bisher nie für möglich gehalten habe?

»Wenn in jener Nacht alles anders gekommen wäre, wenn ich mutiger gewesen und geblieben wäre, glaubst du, aus uns hätte mehr werden können?«

Connor schiebt sich hoch und legt den Arm auf die Lehne der Schaukel. Ich sehe, wie leicht ich mich an ihn schmiegen könnte, als wäre es mir bestimmt, doch ich bleibe, wo ich bin, weil wir noch über Hadley reden müssen.

»Ich weiß nicht. Manchmal, wenn ich mir vorgestellt habe,

wie es mit uns weitergegangen wäre, dann war das sehr viel mehr, aber ich glaube, das waren nur Fantasien. Als wir uns begegnet sind, war ich vollkommen kaputt und musste mit Gefühlen umgehen, für die ich noch nicht reif genug war. In der Nacht habe ich Frieden gefunden, doch am nächsten Morgen war er fort … genau wie du.«

»Ich war nie fort, nur verloren.«

»Und jetzt?«

Ich wende den Blick ab und lasse seine Frage auf mich wirken. »Ich würde gern behaupten, dass ich dabei bin, meinen Weg zu gehen. Ich bin nicht verloren, doch habe ich mich auch noch nicht gefunden. Ich … hoffe, dass ich so werden kann, wie ich sein sollte.«

Connor nimmt meine Hände. »Das tun wir alle, Ellie.«

»Aber manche besser als andere.«

Er lacht einmal auf, und es hallt um uns herum wider. »Ich bin der ewige Junggeselle und habe geschworen, niemals eine Familie oder eine richtige Beziehung zu haben. Ich stoße alle zurück. Ich mache verdammt nichts besser als alle anderen.«

Jetzt sitze ich hier und frage mich, ob er böse werden wird, falls ich ihm das sagen werde. »Und wenn Hadley deine Tochter ist?«

»Dann werde ich der Vater sein, den ich niemals hatte, und dieses Mädchen braucht nie wieder Angst um dich oder sich selbst zu haben.«

Sechzehn

Connor

»Connor, Connor, Connor!«, schreit Hadley und kommt in Richtung Scheune gerannt.

Seit sie zur Schule aufgebrochen ist, habe ich nonstop gearbeitet. Vor ungefähr einer Stunde bin ich mit meiner Überraschung für sie fertig geworden und hergekommen, um einen Teil der Arbeit, die ich eigentlich für die Farm hätte tun sollen, zu erledigen.

»Hey! Wie war die Schule?«

»Gut. Ich durfte vor der ganzen Klasse erzählen, wie ein Navy-SEAL mich gerettet hat, als ich mir den Arm gestoßen hatte.«

Mit einem strahlenden Lächeln, bei dem mein Herz ins Stottern gerät, geht Ellie langsam hinter ihr her. Gott, sie ist wunderschön.

Die Sonne fällt von der Seite auf sie, und der Rock ihres Kleides wird leicht um ihre Beine geweht. Sie trägt ein Tuch über den Schultern, und ihr langes braunes Haar ist offen. Sie sieht atemberaubend aus.

»Hey«, sage ich, und meine Stimme stockt ein wenig.

»Hey.« Ellie kommt näher, und ihre Augen leuchten auf.

»Wie war die Schule bei dir?«

Ellie zuckt die Schultern. »Gut, aber ich kann es kaum abwarten, dass Hadley dir alles über ihren Tag erzählt.«

Ich schaue auf das Mädchen hinunter, und sie grinst so heftig, dass ich mir schon Sorgen mache, sie könnte sich die Wangen verstauchen.

»Du hast also von mir gesprochen?«

»Ja! Ja! Und jetzt kommst du mit mir in die Schule!«

»Uhhh …«, stammle ich. »Was mache ich?«

Sie reißt die Augen auf und legt in ihrer normalen Geschwindigkeit von Mach zehn oder zwanzig los, jedenfalls so schnell, dass kein Mensch mithalten kann. »Ich habe erzählt, wie du mich in dem Baum entdeckt hast, obwohl ich nicht wirklich gefunden werden wollte, aber dass du so klug bist und mich gerettet hast. Ich habe ihnen erklärt, wie du mich auf einem Arm getragen hast, weil du so stark wie Herkules bist. Dann habe ich es mir anders überlegt, weil du sogar noch besser bist, weil du beim Militär warst und mit einer Waffe umgehen kannst. Dann habe ich gesagt, dass du mir noch mal geholfen hast, als ich Ärger hatte, und dass du ein Held bist *und* im Krieg gekämpft hast *und* dass du vor nichts Angst hast, nur vor Gewittern, als du klein warst.« Sie holt tief Luft und plappert weiter. »Dann habe ich gesagt, ich würde dich zum Referat mitbringen, weil alle dich kennenlernen wollen, weil du mein bester Freund bist. Außerdem hat niemand einen Erwachsenen als besten Freund, so wie ich. Sie haben es nicht geglaubt, aber das stimmt, und Mom sagt, ich darf den Leuten nicht sagen, dass du in die Schule kommst, und dass ich dich fragen muss. Kommst du mit mir in die Schule, Connor?«

Als sie endlich fertig ist, lächelt sie und wirkt zufrieden mit sich selbst.

Ich stehe nur unter Schock. »Also, ich weiß nicht.«

»Du musst. Du willst doch nicht, dass ich durchfalle, oder? Ich kriege Noten für das Referat.«

Will ich nicht. Ich meine, das ist zwar die richtige Antwort, nur ist es auch das absolut Letzte, was ich tun möchte. Was zur Hölle soll ich denn da erzählen?

»Nein, ich will nicht, dass du durchfällst, aber wir können uns bestimmt etwas noch Besseres ausdenken.«

»Du musst mitkommen. Ich habe sogar einen Aufsatz über dich geschrieben, damit Mrs Flannigan einverstanden ist, und dabei ist sie gemein. Sie kann Kinder nicht leiden, doch sie lassen sie trotzdem als Lehrerin arbeiten.«

Oh, herrje.

»Okay, aber ich bin mir nicht wirklich sicher, ob mich jemand kennenlernen will.«

»Du bist der Coolste. Meine Freundinnen werden dich lieben!« Hadleys Stimmchen klingt, als sei sie von diesem Punkt sehr überzeugt.

Ich muss mich aus dieser Geschichte herauswinden – und zwar schnell. »Bestimmt existieren eine Million andere Dinge, die viel cooler und besser sind.«

Sie zieht einen Schmollmund. »Aber ich will *dich* mitnehmen.«

Ich werfe Ellie einen Hilfe suchenden Blick zu, doch sie lehnt am Türrahmen und lächelt wissend. Ich kann diesem Kind einfach nichts abschlagen. Vor allem nicht, wenn sie das mit den Lippen macht und mich aus großen Augen unschuldig anschaut. Verdammt.

»Schön, für zehn Minuten.«

Hadley springt quietschend in die Höhe. »Du bist der Beste!«

Nein, sie ist die Beste, und sie wickelt mich vollkommen um den Finger. Wenn sie meine Tochter ist, stecke ich in noch größeren Schwierigkeiten, als ich dachte. Dann kann ich sie auf keinen Fall loslassen. Für jeden Tag, den ich mit ihr verbringe, habe ich Hunderte verpasst, die ich wieder gutmachen will. Ich habe sieben Jahre mit ihr verloren, und wenn sie meine Tochter ist, werde ich sichergehen, dass kein einziger Tag mehr dazukommt.

»Ich glaube, du überschätzt, wie viele Leute mich kennenlernen wollen.«

Hadley zuckt die Schultern. »Mein bester Freund ist der Coolste. Alle werden so neidisch sein. Kannst du deine Uniform anziehen?«

Ellie lacht und kaschiert es dann mit einem Husten. »Jetzt reicht es aber, Hadley. Connor hat viel Arbeit, und wir müssen uns um deine Hausaufgaben kümmern.«

»Zuerst …«, erkläre ich ein wenig zu eifrig, »muss ich dir etwas zeigen.«

»Ja?«

Ich nicke Hadley zu. »Jepp. Lass uns ein Stück gehen.«

»Kann Mom auch mitkommen?«

»Natürlich, wir können alle gehen – wenn sie will.«

Wir werfen beide einen Blick zurück zu Ellie, die die Schultern hochzieht und auf uns zukommt. »Ich glaube, ein wenig frische Luft tut uns allen gut.«

Zu dritt verlassen wir die Scheune und gehen mit Hadley zwischen uns zu dem Baum. Ich überlege, wie wir in diesem Moment aussehen müssen. Wie eine Familie mit Mutter und Vater, die das Kind zwischen sich über alles lieben. In vielerlei Hinsicht wäre das die Geschichte des Bildes, denn ich bete Hadley an und mag ihre Mutter sehr gern. Auf mancherlei Art liebe ich sie, was verrückt ist, aber so ist es.

Ellie war fast mein ganzes Erwachsenenleben lang die Frau, die ich leidenschaftlich begehrt, geliebt und nach der ich mich gesehnt habe.

Ich weiß, dass sie nicht bereit für mehr ist. Zum Teufel, sie ist noch verheiratet und muss sich bald mit dem Prozess gegen ihren Mann auseinandersetzen, aber ... es ist, als wäre für mich keine Zeit vergangen. Die ganze Zeit war sie mein, und jetzt muss ich warten, bis sie bereit für mich ist – noch einmal.

»Wir treffen uns dort!« Hadley rennt voraus und lässt uns beide hinter sich.

»Und, wie ist die Reparatur der Scheune gelaufen?«, fragt Ellie nach ein paar Sekunden und verschränkt die Hände vor dem Körper.

»Allzu viel habe ich eigentlich nicht geschafft. Ich habe an etwas anderem gearbeitet ...«

»Ach ja?«

»Etwas für Hadley.«

Ellie sieht mir in die Augen, und in ihrem Blick liegen unendlich viele Fragen. »Das war aber nicht nötig ...«

»Ich weiß. Hör mal, ich weiß, was wir gestern Abend besprochen haben, doch ich möchte wissen, ob sie meine leibliche Tochter ist. Wenn nicht, werde ich mir die verdammt größte Mühe geben, um zu respektieren, dass sie sein Kind ist. Aber ich hoffe, du verstehst, dass der Test, ganz gleich, wie er ausfällt, nichts daran ändert, wie gern ich sie mag. Sie ist ein gutes Kind, und sie ist ... also, sie ...«

»Dir liegt etwas an ihr.«

Grinsend blicke ich auf. »Ja. Und an ihrer Mutter auch.«

»Wir können dich beide auch ganz gut leiden«, gibt Ellie grinsend zurück. »Ein klein wenig.«

»Und ihr beide könnt bei mir bleiben, bis ihr ein sicheres Gefühl dabei habt, wieder nach Hause zu gehen.«

Ellie atmet durch die Nase aus und streicht mit den Fingern über das hohe Gras, das auf dem Feld wächst. »Hadley würde für immer bei dir bleiben. Ich weiß nicht, ob sie sich je wieder sicher in dem Haus fühlen wird, und ich kann es ihr nicht verübeln, aber … du kannst keine zwei lästigen Weiber gebrauchen.«

Ich will ihr nicht sagen, dass ich genau das brauche, dass mir ihr Aufenthalt das Leben in diesem Haus leichter gemacht hat. Wenn sie da sind, verblassen die Erinnerungen, und wenn ich einen Raum betrete, sehe ich viel lieber ihre Gesichter als den Geist meines Vaters.

Stattdessen versuche ich, ihr einen Teil dieser Wahrheit zu sagen. »Du fällst mir überhaupt nicht zur Last. Und wenn Hadley …«

»Dein Kind ist«, beendet sie meinen Satz.

»Wenn es so ist, dann bin ich aufrichtig dankbar für die Zeit mit ihr, die ich jetzt habe.«

Ellies Finger streifen meine. Keine Ahnung, ob sie das mit Absicht getan hat, aber ich bin kein Mann, der sich solch einen Moment entgehen lässt. Ich nehme ihre Hand und halte sie fest. Sie sieht mich an, und ich erwidere ihren Blick und warte auf ein Zeichen dafür, was sie will.

»Und wenn sie es nicht ist?«

»Dann habe ich eine ziemlich coole beste Freundin.«

Als sie lächelt, überschlägt sich mein Herz in der Brust. Ich wünsche mir, sie würde mich jeden Tag so anschauen. Ich will der Mann sein, der seinem Engel das Gefühl gibt, fliegen zu können. Man hat ihr vielleicht vor Jahren die Flügel gebrochen, aber ich bin wirklich gut darin, alles Mögliche zu reparieren.

Wir gehen zum Baum und sagen beide kein Wort. Doch als wir Hadleys Schrei hören, zieht Ellie ihre Hand weg.

»Wow! Das ist das Tollste auf der Welt!«

Ich mustere das komplett ausgestattete Baumhaus, an dem ich stundenlang gewerkelt habe, und sehe dann die beiden an. Ellie beobachtet mit feuchten Augen, wie Hadley schon die Leiter hinaufklettert.

»Das hast du gebaut?«

»Jedes Kind sollte einen Platz haben, an dem es sich sicher fühlt.«

Ellie wendet sich mir zu. Ihre Lippen sind halb geöffnet, und die sinkende Sonne wirft einen sanften Schein über ihr Gesicht. Ihre Stimme klingt weich. »Du hast den ganzen Tag gearbeitet, um das für sie zu tun? Connor …«

Ich stecke die Hände in die Taschen, damit ich ihr Gesicht nicht berühre. Sie ist so verdammt schön. »Zu diesem Baum bin ich gelaufen, wenn ich vor meinem Vater geflüchtet bin. Hier habe ich Hadley gefunden, und es braucht bei ihr nicht die gleichen Erinnerungen zu erwecken wie bei mir. Ich habe es für uns beide getan, und auch für dich.«

»Für mich?«

Ja, für sie. Während ich das Haus gebaut habe, dachte ich an meine Mutter. Es war, als wäre sie bei mir und sagte mir lächelnd, wie stolz sie auf mich sei.

»Ich kann keinen Pfeil abschießen, wenn ich den Bogen nicht breche, Ellie. Aber ich bin stark genug, um den Pfeil festzuhalten, bis du bereit bist.«

Ihre Augen weiten sich, und ihr Atem stockt.

Es ist alles wert gewesen.

Den Schweiß, die Frustration und den immer wieder geänderten Plan, um diesen Blick zu sehen. Vor Jahren haben wir vielleicht unsere Chance vertan, aber jetzt bin ich kein Kind mehr und habe mir mein Ziel gesetzt. Jetzt warte ich darauf, dass die Sterne günstig stehen.

Siebzehn

Ellie

»Ich weiß zu schätzen, dass Sie sich hier mit mir treffen«, sage ich zu Nates Freundin Sydney, mit der ich im Lehrerzimmer sitze.

»Gar kein Problem, ehrlich.«

Sydney war als freiwillige Sanitäterin am Tatort, aber sie ist auch die Anwältin, die ich engagiert habe, um meine Scheidungspapiere aufzusetzen.

»Ich weiß, das ist komisch …«

»Wieso?«

»Nur, dass Sie dort waren, und dann haben Connor und Sie gestritten.«

Sie schnaubt. »Connor und ich zanken uns … na ja, immer schon. Er hatte Glück, dass ich ihm keine verpasst habe, weil er versucht hat, mich wegzuschieben. Dieser Mann scheint zu glauben, er braucht bloß wieder aufzutauchen und kann sich aufspielen. Aber nein. Er hat seine Wahl getroffen und glaubt vielleicht, ein neuer Mensch zu sein. Doch er kann mich mal, wenn er denkt, mich herumkommandieren zu können.«

Ein Anflug von Eifersucht trifft mich wie ein Schlag in die Magengrube, und ich gebe mir die größte Mühe, ihn zu ignorieren. Es ist klar, dass die beiden irgendeine Art Beziehung haben. Ich frage mich, ob er sie liebt oder ob sie ihn noch liebt.

Sydney ist auf eine Art schön, die ich klassisch nennen würde. Sie wirkt wie der majestätische Typ Frau, den man in New York oder London erwarten würde, aber nicht in Sugarloaf. Das goldblonde Haar hat sie zu einem tief sitzenden Knoten zurückfrisiert, aus dem sich kleine Strähnen lösen. Sie trägt einen schwarzen Hosenanzug und dazu die schönsten roten High Heels, die ich je gesehen habe. Alles an ihr strahlt Selbstvertrauen aus und vermittelt mir das Gefühl, klein und unbedeutend zu sein.

»Das wusste ich nicht …«

»Was denn?«

Ich fühle mich verlegen, aber offensichtlich haben die beiden eine gemeinsame Geschichte. »Dass Sie mal ein Paar waren.«

Sydney fährt zurück und öffnet den Mund halb, verzieht ihn dann jedoch zu einem amüsierten Lächeln. »Oh nein, nichts dergleichen. Connor ist für mich wie ein kleiner Bruder. Ich war mit seinem idiotischen älteren Bruder Declan zusammen, seit ich dreizehn war, bis der Mistkerl die Stadt verlassen hat, um nie wiederzukommen. Aber sie sind schon alle gleich. Tyrannisch, beschützend und attraktiv. Ach, und Dummheit liegt ihnen im Blut.«

Mein Körper entspannt sich erleichtert. Keine Ahnung, warum, da Connor und ich nur Freunde sind, die möglicherweise ein gemeinsames Kind haben. Aber trotzdem.

»Tut mir leid, wenn ich voreilige Schlüsse gezogen habe.«

»Das braucht es nicht.« Sie lächelt, um mich zu beruhigen. »Ist es in Ordnung für Sie, mit mir darüber zu reden? Ich möchte, dass Sie sich wohlfühlen. Falls Sie sich Sorgen machen, ich könnte Ihr Vertrauen missbrauchen, weil ich Connor kenne, dann lassen Sie sich versichern, dass das nicht nur gesetzwidrig wäre und mich meine Zulassung kosten würde. Aber auch ohne diese Drohung würde ich nie jemandem verraten, worüber wir gesprochen haben. Ganz zu schweigen davon, dass ihn das ohne Ende ärgern wird und ich viel zu viel Spaß daran haben werde.«

Ich fühle mich nicht wohl dabei, überhaupt mit jemandem zu reden, doch Sydney wirkt freundlich, und sie war in jener Nacht dabei. Sie sieht mich nicht an, als verurteile sie mich, und mehr kann ich nicht verlangen. »Nein, das ist es nicht, ich dachte nicht, dass Sie etwas weitererzählen würden. Aber Sie können sich bestimmt vorstellen, dass das demütigend ist, und ich ...«

»Bei mir brauchen Sie dieses Gefühl nicht zu haben.«

Wenn es doch nur so einfach wäre. Ich wünschte, all das wäre ein Albtraum, aus dem ich gleich aufwachen werde.

»Mir geht's gut. Ich will nur, dass es vorbei ist.«

»Das verstehe ich. Ich weiß, dass Sie viel durchgemacht haben, und das hier wird nicht anders werden. Momentan haben wir eine einstweilige Anordnung für Sie und Hadley erwirkt, die uns wiederum in die Lage versetzt, nach einer Frist von neunzig Tagen die Scheidung einzureichen. Ich glaube nicht, dass wir Probleme damit haben werden, seine Schuld zu beweisen, da wir Fotos und die Zeugenaussage eines Polizisten darüber haben, dass Ihr Mann Ihnen gegenüber gewalttätig war. Wenn Ihnen das so recht ist.«

Meine Hände beginnen zu zittern, und mir ist übel. Deswegen schweigen so viele Frauen. Sie haben Angst, die Wahrheit zu sagen und auf taube Ohren zu stoßen. Was, wenn ich vor den Richter trete und ihm alles erzähle und er der Ansicht ist, dass es nicht reicht, und ihn freilässt? Sicher, er hat den Antrag auf Kaution abgelehnt, was mich hoffen lässt, dass die Gerichte zu meinen Gunsten urteilen werden. Aber sogar Nate hat gemeint, wir hätten Glück gehabt, einen Richter zugeteilt zu bekommen, der auf einer persönlichen Mission war. Was, wenn ich einen kriege, der anderer Meinung bezüglich der Scheidung ist? Wenn Kevin nicht verurteilt wird, könnte er Einspruch gegen die Scheidung einlegen und das als ein weiteres Mittel benutzen, um mich zu kontrollieren.

»Sie meinen, dass mir das Gericht vielleicht trotzdem nicht glaubt? Dass die Leute denken könnten, ich würde lügen, was seine Gewalt gegen mich angeht? Obwohl es Augenzeugen und alles gibt?«

Sydney lässt den Stift los und legt die Hand auf meine. »Es kommt nicht darauf an, ob sich der Fall wie geplant entwickelt, Ellie. Wir wissen, was passiert ist, und ich glaube Ihnen. Sie sind nicht allein. Sie haben nichts falsch gemacht, und ganz gleich, was geschieht, ich werde Ihnen helfen, so schnell wie möglich aus der Sache herauszukommen.«

»Ich will nicht, dass er uns wieder wehtut.«

»Ich weiß, und ich werde tun, was ich kann, um das zu verhindern.«

Ich stoße einen tiefen Atemzug aus und lasse den Kopf hängen. »Ich hätte das bereits vor Jahren tun sollen«, erkläre ich.

»Sie sind stark, es überhaupt zu tun. Ich versichere Ihnen, dass es mir leidtut.« Sie drückt meine Hand. »Sie leben schon lange hier, und keiner von uns hat je den Kontakt zu Ihnen gesucht. Ich bin immer davon ausgegangen, sie wollten kein Teil der Gemeinschaft sein.«

Ich schüttle den Kopf, und das Gefühl von Einsamkeit steigt stärker denn je wieder auf. »Ich durfte mich nicht wirklich an etwas beteiligen.«

»Jetzt verstehe ich das auch.«

»Außerdem fällt es schwer, Freundschaften zu pflegen, wenn man blaue Flecke verstecken muss.«

Sydney zieht die Hand weg, und ihre Schultern sacken nach vorn. »Ich hoffe, Sie wissen, dass Sie jetzt nichts mehr verbergen müssen, Ellie. Ich möchte wirklich gern Ihre Freundin sein, wenn Sie meine sein wollen.«

Eine Freundin. Solch ein einfaches Wort, und doch bedeutet es viel. Ich hatte so lange keine Freunde, dass ich nicht einmal weiß, was das heißt. Aber Sydney ist nett und macht mir ein Freundschaftsangebot, das ich früher niemals angenommen hätte. »Sehr gern.«

Sie lächelt. »Gut. Jetzt lass uns die Einzelheiten durchgehen und unsere Informationen vorbereiten, damit wir die Scheidung in der Sekunde, in der wir dürfen, einreichen können, okay?«

Ich werde tun, was ich kann, um das alles hinter mir zu lassen, und dies ist der erste Schritt.

»Mommy?«, fragt Hadley, als wir über das Feld zu unserem Haus gehen, um uns Kleidung und ein paar Dinge, die wir benötigen, zu holen.

Eine Woche haben wir uns beholfen, aber jetzt geht es nicht länger. Wenn wir bei Connor bleiben wollen, brauchen wir mehr anzuziehen und anderes.

»Ja?«

»Warum hat Daddy dich geschlagen?«

Die Frage überrumpelt mich, und ich fasse ihre Hand ein wenig fester. Ich bin mir nicht sicher, was ich ihr antworten soll. Hadley ist erst sieben, aber sie ist klug und sieht viel. Sie ist nicht klein und naiv.

Das ist meine Chance, ihr vorzuleben, dass sie nicht die

gleichen Fehler machen soll wie ich. Ich will ihr klarmachen, dass so etwas nicht in Ordnung ist. Niemand sollte je die Hand gegen sie erheben, vor allem nicht im Zorn. Ich bin zu lange geblieben, habe zu viele Ausreden gefunden, aber damit ist jetzt Schluss.

Ich richte mich ein wenig gerader auf und gebe mir Mühe, meine Stimme selbstbewusst klingen zu lassen. »Er hat mich geschlagen, weil er zornig war und sich nicht beherrschen konnte. Das ist niemals in Ordnung, das verstehst du doch, oder? Es war falsch von ihm.«

»Tut es ihm leid?«

Nein, das bezweifle ich.

»Das will ich hoffen.«

»Hat er uns lieb?«

Oh, mir bricht das Herz.

»Ich glaube, er hat dich sehr lieb.«

Hadley ist natürlich schlau genug, um zu bemerken, dass ich mich selbst ausgelassen habe. »Hat er dich lieb, Mommy?«

»Ich denke, dass er sich wirklich große Mühe gibt, allerdings ...« Jetzt werde ich ihre Welt zerstören. »Aber wenn man jemanden liebt, will man ihm auf keinen Fall wehtun. Was er getan hat, ist auf keinen Fall in Ordnung, und es ist keine Art, jemandem zu zeigen, dass man ihn mag. Verstehst du das?«

Sie sieht zu mir auf, und ich bete, dass sie aufnimmt, was ich sage. »Ich glaube schon.«

Ich hocke mich in dem Heufeld hin und bete darum, dass dieses kleine Mädchen niemandem erlauben wird, ihr wehzutun.

»Es ist egal, ob das ein Daddy, ein Ehemann, ein Freund oder jemand ist, den du nicht kennst. Niemand sollte dir je wehtun dürfen. Wenn so etwas passiert, sag sofort jemandem

Bescheid. Und hab keine Angst, dass es deine Schuld ist, denn das ist es nicht.«

Hadley nickt, sieht mir aber fest in die Augen. »Ich hab dich lieb, Mommy.«

»Ich hab dich auch lieb, Süße. Du sollst wissen, dass so etwas nie wieder passieren wird. Wir werden nicht mehr bei Daddy leben.«

»Warum nicht?«

Bis jetzt habe ich sie nur immer vor der Wahrheit beschützt. Ich will nicht, dass sie ihn hasst, doch ich möchte, dass sie mich als stark erlebt. Sie soll verstehen, dass ich mir diese Entscheidung nicht leicht mache, aber dass sie richtig ist. Ich kann nicht mit ihm verheiratet bleiben. Hadley soll nicht mit ihm zusammenleben und glauben, dass so etwas eine gute Ehe ist.

»Weil ich nicht mehr mit ihm verheiratet bleiben werde. Wir werden aus diesem Haus ausziehen, und alles wird gut.«

Eine Träne rollt über ihr Gesicht, und ich wünschte, ich könnte sie ihr ersparen. »Habe ich etwas verkehrt gemacht?«

»Nein, Baby. Du hast nichts falsch gemacht, und ich auch nicht. Ich tue das, um uns zu schützen. Ich weiß, das ist beängstigend und macht dir große Sorgen, doch du sollst wissen, dass ich dich sehr liebe und alles tun werde, was ich muss, damit wir in Sicherheit sind.«

»Aber hat er mich denn nicht lieb?«

»Wer könnte dich nicht lieb haben?«, frage ich sie.

»Wenn er mich lieb hätte, würde er nicht wollen, dass wir weggehen.«

Deswegen hatte ich Angst, es ihr zu sagen. Hadley darf auf keinen Fall glauben, es sei ihre Schuld.

»Magst du es denn, wenn Daddy uns anschreit?«

Sie schüttelt den Kopf.

»Ich auch nicht. Ich will, dass wir beide keine Angst mehr zu haben brauchen. Wir sind starke Mädchen, du und ich, und niemand wird uns je wieder beschimpfen. Du bist die beste kleine Tochter, die sich eine Mutter wünschen kann, und es gehört zu meinen Aufgaben, dich zu beschützen.«

»Wird er uns holen kommen?«

»Nein, er wird nicht mehr in unserer Nähe sein.« Dieses Versprechen werde ich halten, ganz gleich, was ich dafür tun muss. »Wir ziehen an einen neuen Ort, den wir beide lieben.«

»Können wir nicht bei Connor wohnen?«

Ich lächle leise. Es freut mich in der Seele, dass er ihr inzwischen so viel bedeutet.

»Nein, Schatz. Connor bleibt nicht lange in Sugarloaf. Er ist zwar sehr gut zu uns, aber er hat seine Farm, auf der er arbeiten muss.«

Und im Moment mag ich mir nicht einmal vorstellen, dass er fortgeht.

»Ich glaube, er mag dich.«

»Ich glaube, er mag *dich*!«, gebe ich kichernd zurück. »Du hast ein Baumhaus auf seiner Farm, und er begleitet dich in die Schule.«

Und er ist vielleicht dein Dad.

»Wenn er weggeht, bin ich traurig.«

Ich auch. Ich werde vermissen, wie er mich ansieht, und mir werden ebenso seine unerschütterliche Kraft, sein Verständnis und seine Unterstützung fehlen.

»Dann müssen wir eben die nächsten Monate zu einer ganz besonderen Zeit machen. Komm, lass uns weitergehen.«

Wir laufen über das Feld, und sie erzählt mir von ihrem Tag. Sie wirkt ein bisschen stiller als sonst, weniger lebhaft, und ich hasse es, dass dieses Gespräch sie betrübt hat. Aber ich weiß, wenn ich jetzt nicht für mich einstehe, werde ich es nie tun.

Als das Haus in Sicht kommt, trifft mich eine Welle der Übelkeit wie ein Schlag in die Magengrube. Alles ist wieder da, und ich höre abermals jedes Geräusch. Am lautesten das Rasseln des Atems in meinen Lungen, als er auf mich eingetreten hat.

All das ist gleich hier passiert – in meinem Zuhause.

Hadley atmet schneller, und ich drücke ihre Hand fest. »Es ist gut, wir holen nur unsere Sachen und gehen dann zurück. Aber niemand kann uns etwas tun, okay?«

Ich bin mir nicht sicher, ob ich sie oder mich selbst zu beruhigen versuche. Vielleicht müssen wir das beide hören.

»Er ist nicht hier?«

»Nein, Baby, er ist nicht hier.«

Ich hasse es, dass mein Kind solche Angst hat, daher sage ich mir, dass sie mich als stark sehen muss, und tue einen Schritt nach vorn. Mit purer Entschlossenheit schiebe ich mich an das Haus heran, das erst vor einer Woche solchen Horror ausgelöst hat. Ich klammere mich an den Gedanken, dass ich Hadley beschützen muss. Ich erinnere mich an jedes Mal, bei dem Kevin mir etwas genommen hat, und weigere mich, ihm noch mehr von mir zu überlassen.

Ich fasse ihre kleine Hand fester, um ihr zu zeigen, dass wir vielleicht ganz unten sind, aber es von hier aus nur noch aufwärtsgehen kann.

Als wir vor der Haustür stehen, überfällt mich ein neues Grauen. Ich habe keine Ahnung, wie es im Haus aussieht. Hadley hat immer nur ein perfektes Zuhause gekannt. Ich habe peinlich genau dafür gesorgt, dass alles sauber und aufgeräumt war, um Kevin keine Ausrede zu liefern, mich zu schlagen.

Als ich das Haus in jener Nacht verlassen habe, ist bestimmt allerhand umgeworfen worden.

Mist.

Ich öffne die Tür, die offensichtlich neu eingesetzt ist, und hoffe, dass es nicht so schlimm kommt, wie ich fürchte.

Dann bleibe ich wie vom Donner gerührt stehen.

Alles ist an seinem Platz.

Das Foto, das er quer durchs Zimmer geschleudert hat, steht wieder auf dem Sofatisch, als wäre es nie angerührt worden. Die Lampe, mit der Kevin gedroht hat, mir den Schädel einzuschlagen, liegt nicht auf dem Boden, wo er sie fallen gelassen hat. Sie befindet sich auf dem Beistelltischchen.

Das begreife ich nicht. Wie ist das möglich? Wer war hier und hat aufgeräumt?

Als Hadley in der Ecke ihre geliebte Puppe entdeckt, lässt sie meine Hand los. »Phoebe!« Wie der Blitz rennt sie los, nimmt sie auf den Arm und drückt sie fest. »Kann ich sie mit zu Connor nehmen?«

»Er hat bestimmt nichts dagegen.«

Ich lächle leise, bin erleichtert darüber, dass sie ihre Ängste überwunden hat, und dankbar dafür, dass jemand hier aufgeräumt hat, damit Hadley die Zerstörung nicht zu sehen brauchte.

Achtzehn

Ellie

Als wir – jede mit einer Tasche voller Kleidung – wieder vor Connors Haus stehen, parkt neben seinem Wagen ein sehr teurer SUV.

»Wem gehört der, Mommy?«, fragt Hadley.

»Das weiß ich nicht.«

Wir treten auf das Auto zu, als sich die Fahrertür öffnet und ein Paar roter High Heels auf die Erde gesetzt wird. Ich lächle.

»Hi, Sydney«, sage ich und gehe auf sie zu.

»Ich hatte gehofft, dich hier anzutreffen.«

»Das ist Miss Sydney, Hadley.«

Sydney streckt die Hand aus. »Schön, dich kennenzulernen.«

Sie schütteln sich die Hände, und Hadley blickt zum Haus auf. »Ich finde es auch nett, Sie kennenzulernen. Sie haben sehr, sehr hübsche Schuhe.«

»Danke.« In Sydneys Stimme schwingt ein Lächeln mit. »Und du hast sehr schöne Augen.«

Mir bleibt fast das Herz stehen, und ich frage mich, ob sie es sieht. Wenn Sydney die Brüder so gut kennt, wie sie sagt, wird sie dann so scharfsinnig sein, es zu erkennen?

»Danke, Miss Sydney. Mommy, kann ich Connor suchen gehen?«

»Ich glaube nicht …«

»Bitte! Ich muss ihm mit der Scheune helfen. Bestimmt ist er dort. Er hat einmal gesagt, ich könnte ihm nach der Schule helfen, weil er mich braucht. Gestern hat er die Hühner aus dem falschen Tor gelassen, und ich musste sie jagen, um sie zurückzubringen. Man kann doch die Hühner nicht zwischen den Kühen herumrennen lassen.« Hadley schnaubt empört, als wisse das jeder. »Ich habe ihm das erklärt, aber er hat gesagt, dass er versucht voranzukommen, damit er das Haus weiter renovieren kann. Dann hatten wir ein anderes Problem mit dem Zaun, und er hat sich geärgert.«

»Tja, findest du dann nicht auch, dass er viel zu tun hat und du ihm im Weg stehen würdest?«, frage ich und hoffe, dass sie ihn in Ruhe lässt.

Sydney lacht. »Ich finde, du solltest ihn suchen und ihm erzählen, was sonst noch kaputt ist.«

»Du kennst Connor?« Sie klingt eindeutig misstrauisch.

»Ja. Ich kannte ihn schon als kleinen Jungen, der mir nachgelaufen ist und gefragt hat, ob er meine Pferde reiten darf.«

»Wirklich?«

»Jepp.«

Hadley runzelt die Stirn und mustert Sydney von oben bis unten. »Wusstest du, dass er mein bester Freund ist und ich für ihn die Größte bin?«

»Ja? Dann hat er aber Glück.« Sydneys Stimme klingt munter und spielerisch. »Ich wünschte, ich hätte eine beste Freundin wie dich, allerdings … hat er dich zuerst gefunden.«

Sie nickt einmal. »Ja. Und er nennt mich Krümel.«

Sydneys Lächeln wird breiter. »Er hat einen Spitznamen für dich?«

»Ja.«

»Wow. Connor liebt nämlich Spitznamen. Als wir klein

waren, habe ich ihm einen ganz tollen gegeben, und da du seine beste Freundin bist, finde ich, du solltest ihn kennen.«

Hadley quietscht und klatscht in die Hände. »Wirklich?«

»Unbedingt! Du solltest ihn Duckie nennen. Den Namen hat er so geliebt, und er kann sich bestimmt vor Lachen kaum halten, wenn er ihn wieder hört!« Sydneys Lächeln verrät mir, dass er nicht erfreut sein wird.

»Okay! Darf ich gehen, Mom?«

»Schätze, ja, aber wenn du ihn in der Scheune nicht antriffst, komm bitte sofort zurück.«

»Ja!«, schreit Hadley über die Schulter, denn sie ist schon losgerannt.

Sydney lacht leise. »Sie ist entzückend.«

Ich sehe zu, wie sie in vollem Tempo rennt und ihr Haar hin- und herschwingt, und mein Herz fühlt sich leichter an. Sie wirkt vollkommen sorglos, und das sollte sie auch. Ich versuche, mich daran zu erinnern, ob ich sie schon einmal so gesehen habe, doch mir fällt nichts ein.

Sicher, sie ist in den letzten sieben Jahren glücklich gewesen, aber das jetzt ist anders. Ich sehe, dass sie, ohne zu zögern, einfach Kind sein kann. Es ist, als hätte sie wirklich ein Gefühl von Sicherheit gefunden, das ihr erlaubt … frei zu sein.

»Sie ist das Wichtigste in meinem Leben.«

»Und anscheinend ist sie hin und weg von Connor.«

Ich nicke. »Die beiden haben sich sofort gut verstanden.«

Sydney strafft erneut die Schultern, und sie rutscht ein wenig verlegen herum. Nach ihrer Bemerkung über Hadleys Augen weiß ich, was sie denkt. Wenn Sydney mit seinem ältesten Bruder zusammen war, hat sie die Ähnlichkeit bestimmt bemerkt.

»Connor ist ein guter Mensch.«

»Ja.«

»Er hat viel durchgemacht. Das haben sie alle, und … Kanntet ihr euch früher schon, Connor und du?«

»Connor und ich haben vor acht Jahren ein Mal miteinander geschlafen, und ja, ich weiß, dass Hadley seine Augen hat … und sein Lächeln.«

Sie stößt die Luft aus. »Ich wollte nicht neugierig sein, aber es war … unmöglich, das nicht zu sehen. Jedenfalls für mich, weil ich mich schon als kleines Mädchen in diese Augen verliebt habe.«

Wenn Sydney das so leicht erraten hat, dann muss ich mich fragen, ob es Connors Vater je aufgefallen ist. Er pflegte Hadley stets ein wenig verwirrt anzusehen, doch er hat nie etwas gesagt, nicht einmal eine Anspielung gemacht. Vielleicht wusste er ja Bescheid? Vielleicht war er deswegen immer so nett zu uns. Ich hatte vermutet, dass er einsam war, aber was, wenn er die Ähnlichkeit gesehen hat?

»Sollen wir uns setzen?«, frage ich. »Es ist eine lange Geschichte.«

Sydney und ich gehen auf die Veranda, und ich bemerke ihr Unbehagen. »Dieses Haus birgt für mich viele Erinnerungen. Seit der Nacht, in der Declan fortgegangen ist, war ich nicht mehr hier.« Sie stößt ein ironisches Lachen aus. »Ich dachte, wenn ich es lange genug meide, würde es nicht wehtun, aber …«

»Häuser behalten Wahrheiten, die nie vergehen.«

Sie sieht zu mir auf und zuckt die Schultern. »Gut möglich, Liebe tut das auf jeden Fall.«

Damit hat sie recht, oder?

Wir setzen uns, und ich erzähle ihr die Geschichte, wie Connor und ich uns getroffen haben, und von allem, was danach geschah. Dieses Mal, Sydney gegenüber, fällt es mir leichter. Ich kann alles zusammenhängend schildern, und sie hört einfach zu.

»Wow«, sagt sie, als ich fertig bin.

»Ja.«

»Und er weiß, dass du Zweifel hast?«

»Ja«, antworte ich ein wenig zögernd.

Er hat es nicht wirklich angesprochen. Ich warte immer noch darauf, dass er um einen Vaterschaftstest bittet, aber noch ist das nicht passiert. Ich hätte gedacht, dass das sein erster Wunsch sein würde. Außer, er will es nicht wissen.

Was angesichts seiner Persönlichkeit keinen Sinn ergibt.

Connor ist ein Mensch, der seine Familie mit aller Kraft beschützt. Das wird deutlich, wenn er von seinen Brüdern oder seiner Mutter spricht. Ich hätte gedacht, dass er sich bei Hadley nicht anders verhalten würde, vor allem, da er sie jetzt schon gernzuhaben scheint.

»Tja, das ist ja eine ziemliche Enthüllung.«

»Wird das für die Scheidung etwas ändern?«

Sydney schüttelt den Kopf. »Nein. Wenn überhaupt, macht es dir alles einfacher, weil wir nicht um Kindesunterhalt oder Besuchsrechte zu kämpfen brauchen. Habt ihr schon einen Test gemacht?«

»Nein, wir … Es ist nicht wirklich … Ich habe darauf gewartet, dass er … darum bittet. Ich will ihn nicht drängen. Es ist viel zu verarbeiten, vor allem, da sich jene Nacht nicht wiederholen soll. Bis vor ein paar Wochen wusste ich nicht einmal, wie er heißt.«

Sie lacht, und ein ungläubiger Ausdruck tritt in ihre Augen. »Du nimmst mich auf den Arm.«

»Nein.«

»Ich weiß nicht, ob ich voller Bewunderung oder schockiert sein soll. Das ist wie in diesen Geschichten, die man so hört und in denen Menschen nach fünfzig Jahren wieder zusammenkommen, aber das hier ist noch viel erstaunlicher.«

Was mich angeht, ist es einfach so passiert. Connor hat mich gerettet, und nicht nur vor Kevin. Hätte ich diese eine Nacht mit ihm nie erlebt, hätte ich nicht gewusst, dass es mehr gab als das, was ich hatte, dann hätte ich schon vor langer Zeit aufgegeben.

»Tja, das ist alles.«

Sydney lehnt sich auf ihrem Platz zurück. »Das ist vollkommen verrückt und doch typisch Connor.«

»Was ist typisch Connor?« Seine tiefe Stimme lässt mich zusammenfahren.

»Hey. Hi. Wir haben gerade von dir gesprochen.«

Hadley und er wechseln einen Blick und kommen dann die Verandatreppe herauf. »Das dachte ich mir. Nett, dich zu sehen, Syd. Kann ich etwas für dich tun?«

Sie steht auf, stemmt eine Hand in die Hüfte und hält den Kopf schief. »Du kannst damit anfangen, dass du mir erzählst, wie sehr ich dir gefehlt habe.«

»Das würde ich ja, du Gans, aber anscheinend nennt meine Freundin Hadley mich jetzt Duckie. Irgendeine Ahnung, wie sie auf die Idee kommt?«

Sie lächelt strahlend und prustet dann vor Lachen. »Gott, das war der beste Abend meines Lebens.« Sie wendet sich wieder an mich. »Verstehst du, die Arrowood-Brüder sind von Grund auf böse, jedenfalls zueinander. Nichts ist tabu, und wenn sie deine Schwächen kennen, nutzen sie das aus. Connor hatte Angst vor diesem Teich auf meiner Farm. Könnte daran gelegen haben, dass Declan, Jacob und Sean ihm erzählt haben, wenn man die Zehen hineinsteckte, würden sie einem abfallen, aber nur, wenn dein Name mit ›C‹ anfing.«

Connor kommt die Stufen hinauf. »Lass dir nichts vormachen, sie ist hier alles andere als unschuldig. Syd war die Schwester, die ich mir nie gewünscht hatte.«

»Bitte, ich war immer nett zu dir«, wehrt sie ab.

»Von wegen!«

»Jedenfalls …«, beginnt Sydney, nachdem sie die Augen in seine Richtung verdreht hat, »haben wir Connor erklärt, wir wollten ›Fischer, Fischer, wie tief ist das Wasser‹ spielen, aber dazu müsste er sich unbedingt wie eine Ente benehmen.«

Ich kann mir schon vorstellen, wie das gelaufen ist. Connor starrt sie aufgebracht an, doch hinter seiner Barschheit nehme ich so etwas wie brüderliche Zuneigung wahr.

»Im Wasser.«

»In dem Teich an meinem Haus«, fährt Sydney fort. »Dann haben seine Brüder ihn hineingeworfen und gezwungen, die Ente zu spielen. Oh, du hättest ihn sehen sollen. Er hatte panische Angst, seine Zehen würden abfallen, aber hat dabei gequakt wie eine Ente. Unbezahlbar.«

Sydney schlingt lachend die Arme um den Körper. Ich kann nicht anders und stimme mit ein, denn seine Miene ist auch unbezahlbar. Es ist, als wäre er immer noch nicht darüber hinweg und hasse es, dass sie Geschichten erzählt, die ich seiner Ansicht nach lieber nicht wissen soll.

»Hat er einen von euch gefangen?«, frage ich.

»Nein, er ist quakend davongerannt.«

Er tritt näher an mich heran. »Ja, ihr könnt alle so stolz darauf sein, einen Sechsjährigen gequält zu haben. Jetzt hast du gut lachen, aber als meine Mutter aufgetaucht ist, hat keiner von euch Eseln gelacht.«

Wieder verdreht Sydney die Augen. »Deinetwegen haben wir alle einen Monat Hausarrest gekriegt.«

»Verdienterweise.«

»Bitte, das Wasser war einen halben Meter tief, du Riesenbaby.«

»Verstehst du jetzt, warum ich diese Stadt verlassen habe?«, fragt Connor mich. »Sie ist voller grauenhaft gemeiner Menschen ohne Gewissen.«

Ich zucke die Schultern. »Ich finde, du hast es ganz gut überstanden.«

Er schüttelt den Kopf und wendet sich dann an Sydney. »Was hast du überhaupt hier zu suchen? Eingeladen habe ich dich nicht, so viel ist sicher.«

»Tja ...« Sydney tritt zu mir und legt mir eine Hand auf die Schulter. »Ellie und ich sind jetzt beste Freundinnen, Duckie. Das musst du akzeptieren und dich damit abfinden, dass du es, wenn du in ihrer Nähe sein willst, auch manchmal mit mir zu tun kriegst.«

Er grinst, als mache ihm das nicht das Geringste aus. »Alles gut, Syd. Ich weiß genau, wie ich mit dir fertigwerde.«

Oh Gott. Das klingt mysteriös. Doch ich hatte seit Jahren nicht mehr so viel Spaß wie bei diesem Schlagabtausch. Diese beiden beten einander offensichtlich an, haben aber kein Problem damit, sich gegenseitig hart anzugehen. Ich hatte mir immer vorgestellt, dass es so sein müsste, einen Bruder oder eine Schwester zu haben.

»Und wie genau hast du das vor?«, fragt sie.

Sein Grinsen wird breiter, und seine Augen blitzen spitzbübisch. »Ich rufe Declan an.«

Und da wird mir klar, dass Sydney und ich vielleicht beide unser Herz an einen Arrowood verloren haben.

»Hey«, sagt Connor und tritt entspannt lächelnd ins Wohnzimmer, wo ich Tests korrigiere.

Heute Abend hatte ich wahnsinnig viel zu tun, und ich habe immer noch viel nachzuholen, was sich aufgestaut hat, als ich nicht arbeiten konnte, nachdem Kevin mich verprügelt hatte.

»He ...« Als ich aufschaue und einen Blick auf ihn erhasche, verliere ich die Fähigkeit, vollständige Worte zu bilden.

Er muss gerade geduscht haben, weil er Sportshorts trägt und mit nacktem Oberkörper und feuchtem Haar dasteht. Ein paar Wassertropfen laufen über seine Brust.

Als ich ihn mustere, wird mir der Hals trocken. Ich kann jeden einzelnen Muskel ganz klar erkennen, als wäre er mit einer hochauflösenden Kamera aufgenommen. Er hat sich das nasse Haar zurückgestrichen, und es juckt mich in den Fingern, es zu berühren. Er reibt sich mit der Hand über die glatte Haut seiner Brust und dann hinauf zum Hals. Ich habe ihn schon mit freiem Oberkörper gesehen, zum Teufel, sogar nackt, aber das ... dieser Körper ist eine ganz neue, aufregende Welt.

Ich wende mich ab, um nicht ohnmächtig vom Stuhl zu fallen.

»Arbeitest du?«, fragt er, während er hinter mich tritt und über meine Schulter liest.

Oh mein Gott. Reiß dich zusammen, Ellie.

Aber ich kann nicht, weil ich die Hitze spüre, die von seiner Brust abstrahlt, und den Moschusduft der Seife rieche, die er benutzt hat.

Er streckt den Arm zu meiner Rechten aus, setzt die Hand auf den Tisch und stützt sich darauf ab.

»Oh ... oh.« Ich erstarre vollkommen, denn ich fürchte, wenn ich mich bewege, könnte ich ihn zufällig berühren, was dazu führen könnte, dass ich etwas unglaublich Dummes sage oder tue. Mit jedem Tag, den ich hier verbringe, scheint es mir schwererzufallen, dagegen anzukämpfen.

Ich kann nur daran denken, ihn zu küssen.

In meinen Fantasien frage ich mich, ob wir so zusammenpassen würden wie damals vor vielen Jahren.

Das ist gefährliches Terrain, und ich könnte verletzt werden, aber vielleicht ist es das wert.

»Brauchst du Hilfe?«

Ich schüttle den Kopf und versuche, mich auf die ausgesprochen unerotischen Englischtests über Zeichensetzung zu konzentrieren, die ich bewerten sollte.

»Ellie?«

Ich wende den Kopf zur Seite, um in sein Gesicht zu sehen, da ich hoffe, dass es vielleicht besser ist, als seine Armmuskeln anzuschauen, die mir so nahe sind. »Ja?«

Er grinst, wobei sich Lachfältchen um seine Augen bilden, und mir wird klar, dass ich einen großen Fehler gemacht habe. Sein Gesicht ist das wirklich Schöne an ihm, und wenn er lächelt, dann ist es, verdammt, fast unmöglich, sich nicht darin zu verlieren.

Aber ich kann es nicht gebrauchen, mich zu verlieren.

Ich muss einen klaren Kopf behalten, mich scheiden lassen und dann dringend von hier verschwinden.

»Hast du vor, noch lange aufzubleiben?«

Nein, ich werde sogar sofort auf mein Zimmer gehen, damit ich nichts tue, was ich bereuen würde.

»Ich bin fertig.«

»Ich wollte fragen, weil ich morgen früh aufstehen muss. Ich will am Haupthaus arbeiten statt an der Scheune. Ich würde gern eine Runde durchs Haus machen und abschließen. Normalerweise warte ich damit, bis du im Bett bist.«

»Ja, alles fertig. Kein Ding. Haupthaus ist gut. Abschließen und alles«, stammle ich wie eine Idiotin.

»Geht's dir auch gut?«

»Großartig«, gebe ich viel zu schnell zurück und staple die Tests sinnlos zusammen, weil ich etwas mit den Händen anfangen muss. »Ich bin nur müde, du weißt schon, von der Arbeit und allem anderen. Außerdem hat Sydney die Scheidungspapiere inzwischen aufgesetzt, und wir mussten viel durchsehen.«

»Dann ziehst du das durch?«

Ich sehe auf und drücke die Papiere an die Brust wie eine Art Schutzbarriere. »Natürlich.«

»Du hast nichts weiter davon gesagt.«

Ich hatte nicht gewusst, was ich ihm erzählen sollte. Die Scheidung gehört zu den Themen, über die ich nicht wirklich reden will. Aber andererseits haben Connor und ich die letzten zwei Wochen praktisch zusammengelebt, was seltsam ist.

»Tut mir leid, ich habe irgendwie … gewartet, da wir ihm die Unterlagen noch eine Weile nicht zustellen können.«

Er schüttelt den Kopf. »Du brauchst dich nicht zu rechtfertigen. Du bist mir keine Erklärung schuldig.«

Nein, das vielleicht nicht, aber ich hätte es erwähnen können. Doch dann denke ich über unsere letzten paar Gespräche nach und erkenne, dass es dabei um seine Arbeit hier oder um meinen Job ging. Wir haben es fast völlig vermieden, über persönliche Angelegenheiten zu reden.

Keine Ahnung, warum, aber es geht mir schon seit ein paar Tagen im Kopf herum.

»Kann ich dich etwas fragen, Connor?«, sage ich, bevor ich mich stoppen kann.

»Natürlich.«

Ich schlucke meine Nervosität herunter, denn jetzt ist es zu spät. »Möchtest du herausfinden, ob Hadley deine Tochter ist?«

Er sieht mir in die Augen, und mein Herz rast. Ich warte darauf, dass er etwas sagt – egal was.

»Mehr als alles andere.«

»Warum hast du dann nichts gesagt?«

Er tritt auf mich zu, nimmt mir die Papiere aus den Händen und legt sie auf den Tisch. »Weil du durch die Hölle gegangen bist, und sie auch. Ich will wissen, ob sie meine Tochter ist, und wünsche mir das mehr als alles andere in meinem bisherigen Leben, aber ich möchte auch nicht egoistisch sein und verlangen, dass es jetzt sofort passiert. Ich kann warten, Ellie. Ich kann warten, bis du bereit bist.«

»Bereit wofür?«

Er hebt die Hand und streicht mir das Haar aus dem Gesicht. Seine Stimme klingt sanft und behutsam, doch darin schwingt auch Zuversicht. »Mich.«

Neunzehn

Connor

»Und, wie läuft es?«, fragt Sean, nachdem er meine Anrufe zwei Wochen lang ignoriert hat.

»Als ob dich das einen Dreck interessiert.«

Ich verstehe ja, dass mein Bruder ein mordsmäßig berühmter Baseballspieler ist, aber es ist verdammt ätzend, wenn er glaubt, seine Zeit sei kostbarer als die aller anderen. Declan versucht mit Hilfe eines seiner Kunden, der mit Immobilien zu tun hat, den Wert des Landes zu berechnen, und Jacob … Nur Gott weiß, was er tut. Doch Sean sollte sich mit einem Typen namens Zach Hennington in Verbindung setzen, mit dem er früher Baseball gespielt hat, um herauszukriegen, was wir mit den verdammten Kühen anfangen sollen, da er eine Rinderfarm hat.

In diesem Punkt bin ich nutzlos. Ich habe keine Ahnung, was ich mit den Tieren anstellen soll, abgesehen von dem, was mir eine entzückende Siebenjährige anweist. Ich weiß allerdings nicht, ob sie überhaupt richtigliegt, aber es ist besser als das, was ich bisher fertiggebracht habe. Ellies Farmarbeiter unterstützen mich ein wenig, wenn ich Fragen habe, doch sie haben mit ihrer eigenen Farm zu tun.

Obwohl ich mit den Tieren groß geworden bin, habe ich nie wirklich gelernt, mit ihnen zu arbeiten. Ich habe meine Aufgaben erledigt, die meist daraus bestanden, Zäune zu reparieren oder Zimmermannsarbeiten zu übernehmen, und meine Brüder haben sich mit den Tieren beschäftigt.

»Hör mal, ich habe zu tun«, erklärt er. »Ich habe mir Mühe gegeben, aber hier ist verdammt viel los.«

»Und ich habe nichts zu tun, oder wie?«, gebe ich zurück. »Ich habe nicht die geringste Ahnung von Rindern, Sean. Um diesen Teil solltest du dich kümmern.«

»Ich habe Dec seine Nummer gegeben.«

Ich schnaube und fluche unterdrückt. Declan ist in letzter Zeit genauso nachlässig mit seinen Rückrufen. Eigentlich können mich alle drei kreuzweise. Ich bin seit einem Monat hier und schufte bis zum Umfallen, und abgesehen davon, dass Declan mir Geld geschickt hat – weswegen ich ihn zehnmal anrufen musste –, hat mich keiner von ihnen unterstützt. Alle führen ihr eigenes Leben und interessieren sich nicht die Bohne dafür, womit ich mich auseinandersetze.

»Das bringt mir aber nichts, Mistkerl. Ich brauche Hilfe. Angeblich solltet ihr alle einen Teil übernehmen, und stattdessen stehe ich allein da – wie immer.«

»Was ist dir denn über die Leber gelaufen? Du bist ja noch mieser drauf als sonst.«

Ich sitze auf dem Heuballen und reibe mir über die Stirn. Ich könnte ihm alles anvertrauen. Ein Teil von mir will das, und Sean ist der einzige meiner Brüder, der von meinem Engel weiß. Aber wenn ich ihm auch nur einen Teil erzähle, werde ich zu viele Fragen beantworten müssen.

Andererseits sind meine Brüder alles, was ich je hatte.

Sie sind meine Familie.

Sie haben mich noch nie im Stich gelassen, und um ehrlich zu sein, habe ich momentan das Gefühl zu ertrinken.

»Connor?«

»Ich habe sie gefunden«, erkläre ich, bevor ich eine Chance habe, es mir anders zu überlegen.

»Wen gefunden?«

»Sie.«

Eine Sekunde lang verstummt Sean und stößt dann ein heiseres Lachen aus. »Ohne Scheiß?«

»Sie ist hier … im verdammten Sugarloaf, und das ist noch nicht mal alles …«

Ich erzähle ihm alles. Ich rede und rede und sage in diesem einen Gespräch wahrscheinlich mehr zu meinem Bruder als in den letzten zehn Jahren. Er sagt kein Wort, während ich alles über die letzten paar Wochen und all die Enthüllungen heraussprudle. Ich gehe sogar in Einzelheiten, die ich am liebsten vergessen möchte, aber an die ich mich anscheinend erinnern muss.

Ich erzähle ihm von Ellie, von Hadley, dem Baum, dem Haus, den Misshandlungen, und dass die beiden jetzt hier wohnen.

Als ich fertig bin, habe ich das Gefühl, ein Work-out hinter mich gebracht zu haben, und kriege kaum noch Luft. Mein Herz tut weh, mein Kopf pocht, und ich bin außer Atem.

»Tja, da hattest du ja alle Hände voll zu tun, kleiner Bruder.«

»Mehr hast du nicht zu sagen?«

»Mehr fällt mir dazu gerade wirklich nicht ein.«

Eine schöne Hilfe ist er.

»Danke, Sean.«

»Hör mal, du hast mir soeben erzählt, dass die Frau, von der du die letzten acht Jahre geträumt hast und die anscheinend ein ätherisches Wesen ist, das übers Wasser gehen kann, bei dir wohnt, weil sie gerade einen Ehemann, der sie misshandelt, verlassen hat. Außerdem könnte es sein, dass du ein Kind mit besagter Frau hast? Lass mir eine verdammte Sekunde Zeit, das alles zu verdauen.«

Ich atme schwer durch die Nase aus und blicke zur Decke hoch. Was für ein verfluchtes Chaos. »Ich bin mir nicht sicher, was ich tun soll.«

»Tun?«

»Wegen Ellie. Ich blicke einfach nicht durch. Ich sehe sie an, und mein Herz rast. Ich denke an sie und kämpfe gegen den Drang, zu ihr zu gehen. Es ist lächerlich. Und dazu kommt noch, dass ich immer mehr will.«

Ich habe versucht, meine immer stärker werdenden Gefühle zu verleugnen. Ellie ist noch nicht so weit, dass sie auch nur daran denken würde, etwas mit mir anzufangen. Ich habe so lange auf sie gewartet, da ist es das Letzte, was ich will, dass alles den Bach hinuntergeht, weil ich ihr zu großen Druck gemacht habe. Sie soll mich wollen, und nicht wegen ihres Ex.

»Sag mir, dass du nicht ...«

»Was?«

Er zögert, was ihm gar nicht ähnlich sieht. »Du hast doch ... nichts mit ihr angefangen ... also, nach dem Angriff?«

Wenn er vor mir stünde, würde ich ihm den Kopf abreißen. »Wenn deine Frage ist, ob ich wieder mit Ellie geschlafen habe, lautet die Antwort Nein. Nein, ich bin kein egoistischer Scheißkerl, der eine Frau ausnutzt, die gerade durch die Hölle geht.«

»So habe ich das nicht gemeint. Reg dich verdammt noch mal ab. Ich sage ja nur, dass diese Situation ziemlich verrückt ist, und ich weiß auch, wie es ist, etwas zu empfinden, obwohl es falsch ist.«

Sean ist seit zwölf Jahren verliebt in seine beste Freundin.

Das Problem ist, dass sie mit einem anderen zusammen ist. Das einzig Gute ist, dass sie hier lebt und er sie nicht mehr zu sehen braucht.

»Ich habe nicht behauptet, keine Gefühle zu haben.«

»Dachte ich mir. Und dann ist da noch die Kleine.«

Ja, Hadley.

»Wenn sie mein Kind ist …«

»Du musst es herausfinden.«

Ich stoße einen tiefen Atemzug aus und stehe auf. »Gut möglich, dass sie es nicht ist.«

»Okay, aber vielleicht ist sie es auch. Du hast gesagt, sie hätte die Arrowood-Augen, oder?«

»Sogar Syd ist das aufgefallen«, erkläre ich ihm.

Sean bricht in Gelächter aus. »Sydney … also Declans Sydney?«

»Genau die.«

»Wie zum Teufel kommst du allein mit alldem klar, Connor? Du bist zurück in Sugarloaf, was schlimm genug ist, aber jetzt hast du diese Frau, vielleicht eine Tochter und Sydney am Hals. Zur Hölle, als Nächstes erzählst du mir noch, dass Devney und ihr Freund zum Essen vorbeischauen.«

Ich grinse hämisch. »Das ist deine Baustelle, Bruder.«

»Tja, nun, ich schätze, wir haben alle unser Päckchen zu tragen, was?«

»Manche mehr, manche weniger.«

An diesem Punkt bin ich mir nicht sicher, was ich empfinde. Mehr als alles andere will ich wissen, ob Hadley mein Kind ist, aber sobald das klar ist, könnte viel passieren. Im Moment bin ich nicht ihr Vater. Ich brauche sie nicht zu erziehen, sondern genieße einfach meine Zeit mit ihr.

Dann sind da diese unerklärlichen Gefühle für Ellie.

Ich liebe sie.

Das weiß ich. Ich weiß aber auch, dass das das Letzte ist, was sie jetzt von mir gebrauchen kann.

Sie braucht nicht zu hören, dass sie die einzige Frau ist, die ich will, und dass ich eine Ewigkeit warten werde, wenn das nötig ist, um sie mir zu verdienen.

Möglich, dass sie genauso lange braucht, um über die Hölle hinwegzukommen, die sie erlebt hat. Aber wenn ich erfahre, dass Hadley mein Kind ist, weiß ich nicht, ob ich mich zurückhalten kann.

Dann will ich, dass die beiden zu mir gehören.

»Ich habe das Gefühl, dass der alte Bastard das alles gewusst hat …«, gestehe ich etwas, das mir durch den Kopf gegangen ist.

»Dad?«

Mein Vater war ein Mistkerl, aber es hätte ihm nicht ähnlichgesehen, unsinnige Klauseln in sein Testament zu schreiben. Warum war es ihm wichtig, dass wir hier leben? Was zum Teufel hätte es ihn geschert, ob wir die Farm noch zwei Jahre behalten oder nicht? Außer, er hatte auch einen Verdacht. Es gibt einen Grund, aus dem er wollte, dass wir alle hierher zurückkehren, und das war ganz bestimmt kein nostalgischer Mist.

»Warum hätte er uns sonst hier haben wollen?«

Sean verstummt eine Sekunde lang und schnaubt dann. »Weißt du, zutrauen würde ich es ihm.«

»Declan hat ungelöste Probleme mit Syd. Du liebst Devney, hast aber nie das Rückgrat gehabt, es ihr zu sagen. Ich habe vielleicht eine Tochter, und wer weiß, was zur Hölle wir noch über Jacob herausfinden.«

»Ich liebe Devney nicht.« Er versucht, überzeugend zu klingen.

»Sicher nicht.«

»Sie wird heiraten.«

»Und sie würde diesen Idioten nicht nehmen, wenn sie auch nur eine Chance sähe, dich zu kriegen. Das wissen wir beide.«

Seans Stimme klingt leise und frustriert. »Außerdem haben wir uns etwas geschworen.«

Ja, aber da waren wir noch Kinder. Offensichtlich hat sich allerhand geändert.

»Tja, ich habe vielleicht eine Tochter, und wenn, dann ist der Schwur hinfällig.«

Noch so ein Punkt, mit dem ich ringe. Mein Wort gegenüber meinen Brüdern bedeutet mir alles, doch wenn ich Ellie und Hadley haben kann, bin ich bereit, mich ihrem Zorn zu stellen.

Zwanzig

Ellie

Es ist spät, und ich kann nicht schlafen. Ich wälze mich in einem großen, leeren Bett herum, und meine Gedanken gehen in eine Million Richtungen. Ich habe eines der alten Zimmer seiner Brüder bezogen, und Connor schläft auf der anderen Seite der Wand. Wir drei haben im Lauf der letzten drei Wochen eine merkwürdige Routine entwickelt.

Jeden Tag gehe ich mit Hadley zu unserem Haus, erledige irgendeine alltägliche Aufgabe und versuche, jeden Tag ein wenig länger zu bleiben als am vorhergehenden.

Heute hat sie mehr als sonst mit sich gekämpft. Hadley war nervös und blickte sich ständig um. Als ein Buch mit einem lauten Knall aus meiner Tasche fiel, ist sie aus dem Haus gerannt. Ich weiß nicht, wie wir wieder hier leben sollen, wenn sie so ängstlich ist.

Dann überlege ich, dass ich es anscheinend auch nicht eilig damit habe, nach Hause zurückzukehren. Connor war nichts als nett und rücksichtsvoll. Ständig unternimmt er kleine Dinge mit Hadley oder vergewissert sich, dass es mir gut geht. Dann ist da die Art, wie er mich ansieht und Hitze und Begehren in seinen Augen stehen, die ein Prickeln durch meinen Körper laufen lassen. Die Chemie, die bei unserem ersten Zusammentreffen zwischen uns herrschte, hat nicht nachgelassen.

Ich überlege, dass er auf der anderen Seite der Wand schläft.

Wie es wohl wäre, abends durch seine Zimmertür zu treten statt durch meine?

So etwas sollte ich gar nicht denken.

Ärgerlich stehe ich auf, ziehe ein schulterfreies Sweatshirt an und gehe in die Küche. Vielleicht beruhige ich mich ja, wenn ich mich ein paar Minuten bewege, und kann dann schlafen.

Ich trete an den Kühlschrank, nehme die Milch und schenke mir ein Glas ein. Dann stehe ich, die Hände auf die Arbeitsfläche gestützt, da und überlege, wie es in meinem Leben so weit gekommen ist.

Als ich mich umdrehe und eine Silhouette im dunklen Türrahmen sehe, lasse ich fast die Milch fallen. Die Angst drückt mir so stark die Brust zusammen, dass ich keine Luft bekomme. Ich öffne den Mund, um zu schreien, doch die Stimme lässt mich innehalten.

»Ich bin's bloß«, sagt Connor schnell und hebt die Hände. »Alles gut.«

»Herrgott, ich hatte fast einen Herzanfall.«

Ich dachte, das sei Kevin, der auf mich wartet, mich beobachtet und auf dem Sprung steht, mich zurück nach Hause zu zerren, um zu beenden, was er angefangen hat.

Vielleicht ist Hadley nicht die Einzige, der es immer noch nicht gut geht.

»Tut mir leid. Ich hatte etwas gehört und wollte nachsehen.« Er tritt in den Raum.

Mein Herz rast so schnell, dass ich die Milchflasche umklammere und versuche, zu Atem zu kommen. »Ich hatte Durst, und ich dachte, ich wäre leise gewesen.«

Langsam kommt er auf mich zu, bis er vor mir steht und mir behutsam die Milch aus den verkrampften Händen zieht.

»Ich höre alles. Wahrscheinlich ist das Militär schuld, weil ich jahrelang keine Nacht durchschlafen konnte. Ich wollte dich nicht erschrecken.«

Ich wünschte, ich könnte sagen, dass er mir keine Angst einjagt, aber in vielerlei Hinsicht tut er das. Er ist der Mann, an den ich den Tag über denke. Der Kerl, bei dem meine Tochter sein will. Und wenn ich ganz ehrlich bin, mit dem ich auch zusammen sein will.

Noch nie habe ich eine so starke Verbindung zu jemandem gespürt. Es ist, als wären wir in der Zeit, in der wir getrennt waren, nur noch stärker zusammengewachsen.

Was verrückt ist.

Können zwei Menschen zusammengehören, ohne je wirklich ein Paar gewesen zu sein? Kann man jemanden lieben, ohne ihn zu kennen? Ich habe immer an Seelenverwandtschaft geglaubt, und als ich jetzt vor ihm stehe, kann ich nicht abstreiten, dass zwischen uns … mehr ist.

»Ich konnte nicht schlafen«, sage ich, statt auf seine Erklärung zu reagieren.

»Wieso nicht?«

Weil ich im Bett gelegen und an dich gedacht habe und daran, warum ich anscheinend nicht fortgehen kann.

»Mir geht einfach viel durch den Kopf.«

Meist denke ich an ihn, aber oft auch an Kevin. Heute habe ich den Gerichtstermin bekommen, und ich habe damit gerungen. Ich bin noch nicht bereit, wieder darüber zu reden, was passiert ist. Endlich habe ich das Gefühl, an einem Punkt zu sein, an dem ich nicht jeden Tag alles wieder durchlebe, daher schüchtert mich der Gedanke ein, all diese Gefühle vor Gericht wieder aufzurühren. Nicht, weil ich nicht will, dass Kevin für seine Taten ins Gefängnis kommt, sondern weil ich mich nicht wieder so fühlen will wie in den Tagen nach seiner Verhaftung.

»Weil wir eine Verabredung haben?«

Eine Verabredung? Wir haben ein Date? Meine Brust schnürt sich zusammen, und ich zermartere mir das Hirn, um darauf zu kommen, wann ich dem zugestimmt habe. »Ja?«

»Ja, vor Gericht. Das Datum für die Verhandlung steht endlich.«

Innerlich schlage ich mir vor die Stirn. Natürlich hat er die verdammte Verhandlung gemeint und nicht uns. Wir daten nicht, wir … ignorieren den Umstand, dass wir Gefühle füreinander hegen. Ich bin gerade kein Aushängeschild für geistige Gesundheit.

»Ja, ich weiß, was du gemeint hast. Es ist nur spät, und ich bin müde, aber das mit dem Verhandlungstermin ist gut. Ich meine … dass wir einen haben und er in fünf Monaten ist. Ich kann es kaum abwarten, dass das alles zu Ende ist, und …«

Und deine Lippen sind so nahe.

Du stehst so dicht vor mir, dass ich deine Körperwärme spüre.

Connors Eau de Cologne erfüllt die Luft um uns herum, und ich atme ein und lasse mich davon überwältigen.

»Ellie?«

»Huch.« Ich starre weiter auf seine Lippen und präge mir die Art ein, wie sie sich bewegen, wenn er meinen Namen sagt.

Langsam schaue ich zu ihm auf. Ich sehe das Begehren in seinen Augen. Ich will ihn so sehr. Keine Ahnung, ob es daran liegt, dass wir im Dunkeln stehen und nur der silbrige Mondschein den Raum um uns herum erhellt. Oder es liegt daran, dass er so verdammt gut riecht. Ein Grund könnte auch sein, dass ich mich einsam fühle, wenn ich nicht in seiner Nähe bin.

»Connor?«, wispere ich, und es klingt wie ein Flüstern im Wind.

»Ja?«

Mein Herz rast, und ich ringe mit dem, was ich tun will. Jede Sekunde fühlt sich an, als würden Jahre vergehen, bis ich mir erlaube, mit dem Denken aufzuhören. Ich habe so viel gegrübelt, und es ist nie gut für mich ausgegangen.

Ich will handeln.

Ich will sein.

Ich will leben.

Ich trete so schnell auf ihn zu, dass er keine Zeit zum Reagieren hat, und presse die Lippen auf seinen Mund. Er braucht keine Sekunde, um darauf einzugehen. Er schlingt die Arme um meine Taille und zieht mich an sich. Unsere Lippen bewegen sich behutsam miteinander, aber die Leidenschaft ist so intensiv, dass ich das Gefühl habe, zerschmelzen zu können.

Mit dem Daumen streiche ich über die Bartstoppeln an seinem Kinn und schwelge in der kribbelnden Empfindung, die die winzigen Härchen auf meiner Haut auslösen. Er stößt einen Laut aus, der tief aus seiner Kehle aufsteigt, und ich nehme ihn auf und lasse zu, dass er den Kuss intensiver werden lässt.

Ich habe den Kuss vielleicht initiiert, aber Connor übernimmt die Führung. Seine starken Arme umschlingen mich fester, und er beugt mich leicht zurück und taucht tiefer in meinen Mund ein.

Die Erinnerungen, an die ich mich geklammert habe, sind viel stärker verblasst, als ich dachte, denn der Kuss mit Connor ist ganz anders. Es ist, als hätte ich in Schwarz-Weiß gelebt und wäre jetzt in eine bunte und lebendige Welt eingetreten, die mich beinahe blendet.

Fast scheint es mir, als wäre es nicht real und ich würde

gleich in meinem Bett aufwachen. Wenn das ein Traum ist, dann bete ich darum, für immer weiterzuschlafen.

Langsam löse ich die Hände von seinem Gesicht und lasse sie zu seinem Hals gleiten.

Er streicht mit den Lippen an meinem Kiefer entlang. »Gott, Ellie.« Connors Stimme klingt tief und erregt.

»Küss mich.«

Er zieht sich zurück und mustert mich, als wäre ihm gerade klar geworden, wer er ist und was wir tun. »Ist das ein Traum?«

Ich weiß, wie er sich fühlt. »Nein, ich bin real. Wir sind beide real.«

Er legt die Nase an meine, und ich erschauere über das Knurren, das tief aus seiner Brust aufsteigt. »Ich will dich zu nichts drängen. Ich kann warten. Ich *werde* warten, und wenn es eine Ewigkeit dauert.«

Das weiß ich mehr zu schätzen, als er ahnt. Er dreht meinen Kopf so, dass er mein Gesicht besser erkennen kann.

»Ich will nicht, dass du mit dem Küssen wartest.«

Er schließt die Augen und küsst mich behutsam. Sanft berührt er meine Lippen mit seinem weichen Mund, und unser Atem vermischt sich, denn keiner von uns rührt sich. Ich fühle mich schwindlig und atemlos und habe fast das Gefühl, dass ich schwebe und verzweifelt darauf warte, dass er mich an der Erde festbindet.

Ich kann nicht widerstehen und rücke auf ihn zu, doch dann höre ich das Einzige, was mich aufhalten kann.

»Mommy? Bist du dadrin?«

Ich trete so schnell zurück, dass ich fast ins Stolpern gerate, und sehe aus aufgerissenen Augen zur Küchentür. »Hi, Süße. Was ist los? Kannst du nicht schlafen? Willst du Wasser trinken?«

»Connor!« Sie wird munter, als ihr klar wird, dass er sich ebenfalls im Raum befindet. »Ich hatte ja keine Ahnung, dass du auch hier bist!«

»Hey, Krümel.«

Sie blickt zwischen uns beiden hin und her.

»Besorgen wir dir etwas zu trinken, und dann geht's zurück ins Bett.«

Wenn ich sie schnell genug hier hinausbugsiere, stellt sie vielleicht keine Fragen.

»Warum steht ihr zwei im Dunkeln?«

Das war's dann mit dieser Idee.

Connor lacht und nimmt sie auf den Arm. »Weil das Licht zu hell ist. Gehen wir wieder ins Bett, bevor die Sonne aufgeht und wir alle schmelzen.«

Hadley kichert. »Man schmilzt nicht in der Sonne.«

»Nicht?«

»Nein!« Ihre Stimme klingt hell und amüsiert. »Leute schmelzen nicht, Connor.«

»Na, so was. Wieder etwas dazugelernt. Jetzt kann Mommy dir etwas zu trinken bringen, und dann decke ich dich fest zu.«

Über die Schulter wirft er mir einen Blick zu, zwinkert und geht hinaus.

Ich stehe wie benommen da, berühre meine Lippen, erinnere mich an unseren Kuss und wünschte, er würde mich ebenfalls ins Bett bringen.

Ich stecke in ganz, ganz großen Schwierigkeiten.

Nates Kanzlei sieht genau so aus, wie ich sie mir vorgestellt habe, denn sie ist das exakte Gegenteil von Sydneys Büro.

Ihres ist weiß gestrichen mit grauen Möbeln, moderner Ausstattung und überhaupt nicht überwältigend und anwaltsmäßig. Ihre Kanzlei vermittelt das Gefühl eines einladenden, frischen Orts, an dem ihre Klienten zur Ruhe kommen und sich öffnen sollen.

In Nates Büro dagegen schreit alles: »Seht mich an!« Sein Schreibtisch nimmt ein Drittel des Raumes ein, und an der Rückwand stehen Bücherregale. Er sitzt in einem großen, mit dunklem Leder bezogenen und dick gepolsterten Ohrensessel. An den Wänden hängen keine Bilder, sondern nur seine Diplome und ein paar Fotos, die ihn mit dem Bürgermeister und anderen wichtigen Persönlichkeiten aus dem Bezirk zeigen.

»Habt ihr noch Fragen?«, erkundigt sich Nate und dreht sich auf seinem Sessel so, dass er mich ansieht.

Sydney tippt mit ihrem Stift auf den Tisch und schaut dann Nate an. »Welche Sicherheitsmaßnahmen sind für Hadley bei der Verlesung des Urteils getroffen worden?«

Er schüttelt den Kopf und mustert sie mit zusammengekniffenen Augen, als hätte sie etwas Albernes gesagt. »Echt jetzt, Syd?«

»Komm mir nicht mit ›Syd‹. Glaubst du wirklich, er wird die beiden in Ruhe lassen, wenn er für unschuldig befunden oder bis zur Urteilsverkündung freigelassen wird?«

Der Stein, der in meiner Magengrube sitzt, überschlägt sich und setzt eine neue Welle der Angst frei. Ich wünschte wirklich, Connor wäre bei mir. Doch da er auch Zeuge ist, darf er nicht zur selben Zeit wie ich mit dem Staatsanwalt reden.

Als ob wir keinen Coup planen könnten, wenn wir wollten. Schließlich leben wir im selben Haus, aber egal.

Nate rutscht auf seinem Platz herum und schlägt dann die Augen nieder. »Keine Ahnung. Schätze, wir könnten einen Deputy für die Schule abstellen.«

»Das wäre mir sehr lieb«, sage ich und lächle leise. »Ich

weiß, das ist schwer für alle. Die Stadt ist klein, und wir kennen einander alle.«

»Das spielt keine Rolle«, schneidet mir Sydney das Wort ab. »Ist mir gleichgültig, ob ich ihn oder dich kenne oder sonst etwas. Was ich in jener Nacht gesehen habe, Ellie … Also, ich möchte sichergehen, dass dir so etwas nie wieder passiert.«

Mir ist kalt, und ich bewege die Hände auf und ab, um das Gefühl zu verscheuchen. Auch ich möchte das nie wieder erleben. Die Sicherheit und Geborgenheit, an die ich mich zu gewöhnen begonnen hatte, werden verschwunden sein, wenn er nicht schuldig gesprochen wird.

Außerdem hat mir jemand erzählt, dass seine Untersuchungshaft auf seine Strafe angerechnet werden kann. Kevin hat keine Vorstrafen, und man betrachtet ihn nicht als gefährlich. Dass er überhaupt verhaftet wurde, scheint Nate und Sydney Rätsel aufzugeben.

»Das kann niemand kontrollieren, Syd. Meine größte Sorge ist die Anhörung«, räume ich ein.

Nate setzt sich auf. »Was genau macht dir Sorgen?«

Die einfachere Frage wäre gewesen, worüber ich mir *keine* Sorgen mache. An diesem Prozess ist nichts einfach. Ich habe keine Ahnung, was mich erwartet. Sicher, die beiden sind Szenarien durchgegangen, aber nichts ist in Stein gemeißelt.

Wenn Kevin freigelassen wird, wird er die Sache niemals auf sich beruhen lassen. Er wird mich als diejenige betrachten, die sein Leben ruiniert hat, also muss ich bezahlen. Er wird sich nicht vor mir auf den Boden werfen und um Verzeihung bitten. Wir haben die Scheidung beantragt, und ich lebe weder in seinem kostbaren Haus, noch halte ich es so in Ordnung, wie er es wollte. Ganz zu schweigen davon, dass ich nicht einmal auf der Farm nach dem Rechten gesehen habe.

Im Prinzip könnten die Farmarbeiter die Rinder stehlen, und es wäre mir egal.

Was mir nicht gleichgültig ist, ist Hadleys und meine Sicherheit.

»Alles. Was ist, wenn die Jury den Beweisen nicht glaubt?«

Nate und Sydney wechseln einen Blick, und dann ergreift Nathan das Wort. »Ich kann nicht kontrollieren, wie das abläuft. Gott weiß, dass ich es mir wünschte. Ich kann nur nach bestem Wissen und Gewissen die Wahrheit darlegen. Das Bild zeichnen und hoffen, dass die Geschworenen es erkennen. Deswegen werden wir viele solche Gespräche führen und vieles wieder aufrühren müssen. Ich habe vier Monate Zeit, das Beweismaterial zusammenzutragen.«

»Das heißt aber nicht unbedingt, dass sie mir glauben werden.«

Sydney nimmt meine Hand und unterbricht ihn. »Der Ausgang ändert nichts an deiner Geschichte. Wir können nur die Wahrheit sagen, Ellie. Du bist eine starke, schöne Frau, die durch die Hölle gegangen ist. Um Hadleys willen hast du getan, was du tun musstest. Du hast ihr gezeigt, wie Kraft und Mut aussehen. Daran ändert das Urteil nichts. Wir haben ein paar Monate Zeit, um uns auf alles vorzubereiten. Falls er freigesprochen wird, werden wir einen Plan haben, um euch zu schützen.«

Eine Träne rollt mir übers Gesicht, weil ihre Worte mir alles bedeuten. Aber ich habe keine Ahnung, ob ich ihr richtig glauben kann. So lange Zeit habe ich gedacht, meine Wahrheit sei gleichgültig. Ich habe mich selbst als schwach und dumm betrachtet. Egal, was andere über mich gesagt haben, ich war überzeugt davon, es zu verdienen.

Ich hätte nicht so töricht sein sollen, ihn zu heiraten.

Zum Teufel, ich habe in der Nacht vor meiner Hochzeit mit einem anderen geschlafen, weil ein Teil von mir einen Ausweg suchte. Ich war nur zu schwach, diesen anderen Pfad einzuschlagen.

Ich bin aufgestanden, habe mich angezogen und bin gegangen, ohne Connor eine Chance zu geben.

Und siehe da, was mir das eingebracht hat.

Ich wische die Tränen weg, die immer noch rinnen. »Ich habe solche Angst.«

»Ich weiß, aber du bist auch sehr mutig.«

»Das ist es nicht allein … Er konnte mich so lange machen lassen, was er wollte. Es ist, als spiele er ein perverses Spiel, damit ich mir dumm und verletzlich vorkomme. Und was, wenn er an dem Tag freigelassen wird?«, verlange ich zu wissen. »Was dann?«

Besorgnis, aber auch Entschlossenheit stehen in Sydneys Blick. »Dann werden wir uns alle um dich scharen und dafür sorgen, dass du in Sicherheit bist. Dabei brauchst du dir eigentlich keine Gedanken zu machen, denn Connor wird jeden umbringen, der versucht, dir oder Hadley etwas zu tun.«

Ich blicke auf, und mir schnürt solche Angst den Hals zu, dass mir das Atmen wehtut. »Genau davor fürchte ich mich. Das Leben von jemand anderem zu zerstören, weil ich meins ruiniert habe.«

Einundzwanzig

Ellie

Tautropfen hängen sich an meine Beine, als ich durch das Gras gehe und mich meinem Ziel nähere. Ich bin früh aufgewacht, und da Connor und Hadley schon an der Scheune arbeiteten, dachte ich, es wäre Zeit, mir dringend benötigten Rat bei den Menschen zu holen, die ich am meisten liebe.

Seit Jahren bin ich nicht mehr hier gewesen und habe in dieser Zeit versucht, mein zerbrochenes Leben zusammenzusetzen, so gut ich konnte. Als die Tage vergingen, die Zeit verrann und meine Welt komplizierter wurde, als ich es je erwartet hätte, hielt ich immer an einer Überzeugung fest. Ich liebe diese Menschen, und ich weiß, dass sie mich geliebt haben.

Ich halte den Strauß aus weißen Gänseblümchen fest, den ich unterwegs gepflückt habe, und je näher ich komme, umso stärker zittert meine Hand. Ich bin umgeben von frischer Morgenluft, in der ein Duft von Gras und der leichte, aber unvermeidliche Geruch nach Rindern liegt.

Ich fühle mich an den Tag vor acht Jahren zurückversetzt, als ich die beiden begraben habe.

An diesem Tag stand ich allein und traurig hier und hatte das Gefühl, dass nichts wieder wie vorher sein würde. Und so kam es auch. Die Nacht, in der sie starben, hat mein Leben für immer verändert.

Diese Person hat mir meine Familie und meine Zukunft gestohlen.

Doch jetzt werde ich alles zurückbekommen.

Nur noch ein paar Schritte, dann kann ich die Gedenktafeln sehen, in die ihre Namen eingraviert sind. Sie sind klein und schlicht und bezeichnen die Ruhestätte der zwei Menschen, die mir die Liebsten waren.

Ich bleibe stehen und blicke zu Boden, und mein Herz rast.

Das Gras ist so gewuchert, dass ich die Namen kaum erkennen kann, aber ein vertrockneter Blumenstrauß liegt noch hier.

»Hi, Mom«, sage ich, hocke mich hin und reiße die Grashalme aus, um offenzulegen, was nie hätte vergessen werden dürfen. »Ich weiß, es ist eine Weile her, und … nun ja … es ist viel passiert. Ich hoffe, du siehst von oben zu und weißt, dass du die Grandma eines wundervollen Mädchens bist. Sie heißt Hadley, weil …« Ich verstumme und ziehe mit dem Finger die Buchstaben nach, die den Namen meiner Mutter bilden, Hadley Joanne Cody. »Warum, kannst du dir wahrscheinlich denken. Ich brauchte dich weiter an meiner Seite. Sie erinnert mich an dich. Sie ist klug, witzig und hat ein strahlendes Lächeln. Dad würde sie auch lieben; sie ist genauso neugierig und intelligent, wie er war. Du hättest sie vergöttert. Ihr beide hättet das. Ich bin mir allerdings nicht sicher, ob ihr besonders stolz auf mich wärt«, gestehe ich. »Versteht ihr, ich habe mich von allem abgewandt, was ihr mir über Familien und Respekt beigebracht habt. Ich glaube, deswegen bin ich so lange nicht mehr hergekommen. Ich war mir sicher, dass ihr mich für töricht halten würdet. Die Entscheidungen, die ich getroffen hatte, haben mir das Herz gebrochen, und dieser Ort war der letzte, an den ich gehen konnte, aber das war dumm von mir,

Mom. Du hättest mich nicht verurteilt, sondern mir geholfen.«

Meine Mutter war der beste Mensch der Welt. Ich war ihr Ein und Alles. Ich habe mir so große Mühe gegeben, es bei Hadley genauso zu halten. Sie zu lieben, als wäre heute mein letzter Tag auf Erden. So oft habe ich gefürchtet, er könne es tatsächlich sein, und gehofft, dass ihr Wissen um meine tiefe Zuneigung zu ihr stark genug sein würde, um sie alles überstehen zu lassen.

Meine eigene Mutter hat mich so sehr geliebt.

Und trotzdem habe ich nicht so gehandelt, wie sie es mich gelehrt hat.

»Es tut mir leid, Mom. Ich bereue es, nicht so stark gewesen zu sein wie du.« Ich werfe einen Blick zu dem Grab, in dem mein Vater ruht. »Es tut mir leid, dass ich mir keinen Mann wie dich gesucht habe, Daddy.«

Eine Träne läuft mir über die Wange. »Es tut mir leid, dass ich Angst hatte und glauben wollte, ich könnte jemanden ändern. Und es tut mir leid, dass ich die Person, die euch umgebracht hat, laufen gelassen habe. Ich habe keine Ahnung, wer diesen Wagen gefahren hat, aber ihr sollt wissen, dass ich das nie vergessen habe.«

Eine Zeit lang hatte ich mir Hoffnungen gemacht. Doch als die Polizei sagte, sie hätten keinerlei Informationen oder Berichte über einen Schaden, der zu dem Unfall passen würde, blieb der Fall ungelöst.

Und mein Herz gefror.

»Ich habe euch so viel zu erzählen.« Meine Stimme zittert. »Eine Art Geständnis gegenüber den Menschen, die mich dazu erzogen hatten, es besser zu machen. Ich habe Kevin geheiratet, obwohl ich euch gesagt hatte, ich würde es wahrscheinlich nicht tun. Ich dachte, er würde so sein, wie ihr gehofft hattet, aber das war nicht so. Ich glaube, sogar im College wusste ich schon, dass etwas Dunkles in ihm lauerte. Jetzt … also … jetzt ändere ich etwas. Dinge, auf die ihr stolz wärt.«

Ich versuche, darüber nachzudenken, was ich sagen würde, wenn Hadley in meiner Lage wäre. Ich weiß, meine Mutter würde meine Hand umfassen und liebevoll drücken. Sie würde mir erklären, ich sei klug und wisse, was ich tun müsse. Und jetzt solle ich es einfach tun.

»Ich habe die Scheidung von Kevin eingereicht, nachdem er …« Mir zittert die Stimme, und eine Träne tritt mir ins Auge. »Er hat mich geschlagen. Er hätte mich umgebracht, aber dazu kam es nicht, wegen Connor. Ich habe euch bei meinem letzten Besuch von ihm erzählt, nur, dass ich damals seinen Namen nicht kannte. Ich wette, ihr habt gedacht, ich würde ihn heiraten, weil ich so viel von ihm geredet habe. Außerdem ist es möglich, dass er Hadleys Vater ist – noch einmal ein ganz anderes Thema.«

Nachdem ich Connor in jener Nacht verlassen hatte, war ich hergekommen. Ich hatte meinen Eltern mein Herz ausgeschüttet, weil ich wusste, dass ich nie einer Seele meine Gefühle offenbaren könnte. Ich habe mich geschämt, doch ich war auch voller Hoffnung. Ich habe ihnen geschildert, wie er mich in den Armen gehalten und mich behütet hat, und dass jetzt alles gut werden würde.

»Er ist zurück, und ich habe keine Ahnung, was das alles zu bedeuten hat, aber ich kann nicht aufhören, an ihn zu denken. Ich möchte in seiner Nähe sein. Tagsüber träume ich von ihm, und nachts kann ich nicht schlafen, weil ich ihn wieder küssen will. Ich habe Angst, dass es zu früh für solche Gefühle ist.«

Ich streiche über das kühle Metall und frage mich, ob ich

verrückt geworden bin. Connor und ich kennen uns noch nicht lange, und doch ist es, als hätte mich niemand auf der Welt je besser gekannt. Er ist geduldig, fürsorglich und freundlich. Ich weiß, dass er mich begehrt – ich sehe es in seinen Augen, doch er kämpft dagegen an.

Das tun wir beide.

»Er ist mir wichtig, Mom. Ich weiß, dass er mich mag, aber was, wenn ich mich in ihm irre? Was, wenn er uns nicht mehr will, wenn Hadley nicht sein Kind ist? Und wenn er herausfindet, dass Hadley seine Tochter ist, und eine Familie gründen will, ich jedoch innerlich zu zerbrochen bin? Es ist zu viel, und ich habe Angst. Gott, ich fürchte mich so davor, die gleichen Fehler noch einmal zu machen, aber … Ich weiß nicht, wie lange ich ihm noch widerstehen kann. Und das macht mir die größte Angst. Wenn du nur hier wärest, um mir zu sagen, was ich tun soll, Mom.«

»Gehst du mir eigentlich aus dem Weg?« Ich stehe da und sehe den Mond an, und Connors tiefe Stimme lässt mich zusammenfahren.

Sobald mein Herz nicht länger rast, schüttle ich den Kopf. »Nicht mehr als du mir.«

Hadley ist vor zwei Stunden ins Bett gegangen, und ich habe Tests korrigiert, während Connor draußen auf der Farm gearbeitet hat. Seit dem Kuss von gestern Abend haben wir einander im Vorbeigehen gesehen, aber es war, als umkreisten wir einander, ohne in der Lage zu sein, die Drehung zu stoppen. Ich wollte mit ihm reden, doch wir hatten entweder keine Zeit, oder Hadley war in der Nähe.

Ich hatte gehofft, dass er mich hier draußen entdeckt, damit wir herausfinden können, was das zwischen uns ist.

»Ah, aber da irrst du dich. Ich tue nichts dergleichen, Engel. Ich arbeite bloß und versuche, diese verdammte Scheune zu reparieren, damit wir die Kühe bewegen können. Dein Vorarbeiter hat gesagt, ich müsse das bis Ende der Woche erledigen.«

Ein Windstoß weht mir das Haar vors Gesicht, und ich ziehe die Decke, die ich mir über die Schultern gelegt habe, ein wenig enger um mich. Bald wird es schneien, da macht es Sinn, das Vieh auf eine Weide zu verlegen, die näher am Haus ist.

»Wie kommt's, dass du in einem Milchbetrieb aufgewachsen bist und komplett vergessen hast, wie er bewirtschaftet wird?«

Connor zuckt mit dieser Lässigkeit, nach der ich inzwischen Ausschau halte, die Schultern. »Ich hatte nie die Absicht, je auf einer zu leben oder sie zu betreiben, daher war ich an diesen Informationen nicht interessiert.«

Ist wahrscheinlich logisch. »Magst du mir von deiner Kindheit erzählen?«

»Da gibt es nicht viel zu sagen.«

Wie von selbst neige ich den Kopf zur Seite. Das nehme ich ihm keine Minute lang ab. »Du bist hier mit drei älteren Brüdern aufgewachsen. Da muss es doch etwas zu erzählen geben.«

Er tritt näher heran und sieht auf die Felder vor uns hinaus. »Siehst du diesen Baum da draußen?«

»Ja.«

»Dort hat mein Bruder mir eingeredet, ich wäre ein Nachkomme von Superman und das Fliegen läge mir im Blut. Er hat mir auch erklärt, dass er ein Fläschchen Kryptonit hätte, und wenn ich es nicht mit dem Fliegen versuchte, würde ich sterben.«

Ich lache auf und schlage mir die Decke vor den Mund. »Und, bist du geflogen?«

Er schnaubt verächtlich. »Nein, ich habe mir die Nase und zwei Rippen gebrochen. Aber …«, Connors Grinsen wird breiter, »die Prügel, die Sean dafür bezogen hat, waren es beinahe wert. Ich schwöre, er konnte drei Tage nicht sitzen.«

»Jungs«, schnaube ich.

»Du hast ja keine Ahnung. Wir waren die Rabauken der Stadt. Meine Mutter lief ständig herum, entschuldigte sich und schwor, uns besser erzogen zu haben. Aber vier Jungs mit zu viel Zeit und einer lebhaften Fantasie, das war eine Mischung, mit der sie nicht fertigwurde.«

Ich liebe es, diese Art von Geschichten zu hören.

»Ich wünschte, ich hätte Geschwister.«

»Ich wünschte, ich hätte keine.«

»Da wärest du aber auf dieser riesigen Farm sehr einsam gewesen, ohne jemanden, mit dem du etwas anstellen konntest.«

Connor legt den Kopf schief. »Vielleicht hast du recht. Als meine Brüder fortgegangen sind, war das schwer für mich. Ich saß hier fest – allein – und habe es gehasst. Aber womöglich wäre es nicht so gekommen, wenn Mom noch gelebt hätte.«

»Woran ist sie gestorben?«, frage ich und wünsche mir sofort, ich könnte es zurücknehmen.

Ich erinnere mich an den Schmerz in Connors Augen, als er von seiner Mutter gesprochen hatte, und ich weiß, wie weh es mir tut, an meine zu denken. Es ist schwer, einen Elternteil zu verlieren. Die Eltern haben einen geschaffen, einen zu dem Menschen gemacht, der man ist; und wenn sie nicht mehr da sind, ist es, als fehle einem ein Teil seines Lebens. Ich habe damit gerungen, dass ich meine in einem einzigen Moment verloren habe. Kein Abschied, keine Chance, einander zu sagen, was gesagt werden musste. Ich habe nicht damit abschließen können, und ich hoffe, dass Connor sich verabschieden konnte, obwohl das wahrscheinlich kein Trost ist.

»Krebs. Es war schnell und niederschmetternd. Es kommt mir vor, als hätte ich nur einmal geblinzelt, nachdem wir es herausgefunden hatten, und sie war nicht mehr da. Meine Brüder und ich waren … totale Wracks, aber mein Vater …« Seine Stimme ist leise und schmerzerfüllt. »An diesem Tag haben wir ihn an ihrer Seite begraben, nur dass wir seinen Körper nicht in die Erde gelegt haben. Er ist nie wieder der Alte geworden, und unser Leben, wie wir es kannten, existierte nicht mehr.«

Ich nehme seine Hand. »Ich weiß nicht, ob irgendjemand nach einer Tragödie zu dem Leben zurückkehrt, das er zu haben glaubte. Jemand oder etwas reißt es einem weg, und dann treibt man dahin.«

Er sieht mir so tief in die Augen, dass mein Magen sich zusammenzieht. »Treibst du denn immer noch dahin, Ellie?«

Ich schüttle den Kopf. »Nein, ich glaube nicht.«

»Warum nicht?«

»Weil du es nicht zulässt.«

Er hebt die Hand, legt sie auf meine Wange und sieht auf mich hinunter. »Darf ich dich noch einmal küssen?«

Diesen Augenblick habe ich herbeigesehnt und bin ihm doch ausgewichen. Ich bin gleichermaßen zwischen Begehren und Angst hin- und hergerissen. Ich wünsche mir, ihn wieder zu küssen, seine Lippen auf meinen zu spüren und mich dem Moment zu ergeben. Dann wieder sorge ich mich, ich könnte mir Hoffnungen auf mehr machen und ihn verlieren, und dass mich das noch mehr zerstört, als ich es jetzt schon bin.

Aber meine Entschlossenheit ist nicht so stark.

Widerstand gegen ihn ist vergeblich, und ich lüge mir nur

selbst etwas vor, wenn ich behaupte, standhaft bleiben zu wollen. Ich wünsche mir nichts mehr, als mit ihm zusammen zu sein.

Also kämpfe ich meine Angst nieder und stelle die einzige Frage, auf die es noch ankommt. »Wirst du mir wehtun, Connor?«

»Niemals.«

Und ich glaube ihm.

»Dann ja, du darfst mich küssen.«

Zweiundzwanzig

Connor

Ich warte einen Moment, für den Fall, dass sie es sich anders überlegt. Dieser erste Kuss hat mir alles bedeutet, aber ich habe mich aus Furcht zurückgehalten und eisern beherrscht. Doch ich glaube, dieses Mal kann ich mich nicht bremsen, auch wenn ich es versuchen werde.

Sie ist alles, was ich mir wünsche und brauche, und sie ist hier. Ich will sie in die Arme nehmen und küssen, bis sie alles Schlimme, das ihr je zugestoßen ist, vergisst. Ihr neue Erinnerungen schenken, die von allem erfüllt sind, was sie hätte haben sollen.

Ich will alles, und ich will es zusammen mit ihr.

Langsam hebe ich die andere Hand und lege beide um ihr Gesicht. Die Prellungen, die ihre Haut vor einem Monat verunziert haben, sind verschwunden, und übrig sind nur ihre wunderbaren blauen Augen, in denen keine Spur von Angst steht. Jeden Tag gesundet sie ein wenig mehr, und ich hoffe, dass ich ihr jeden Tag zeige, was für ein Mann ich bin.

Ich werde ihr nicht wehtun. Niemals werde ich nehmen, was sie mir nicht freiwillig gibt. Ich werde sie nur in Ehren halten, weil sie ein verdammter Engel ist.

Unsere Lippen nähern sich einander, und wir genießen jeden Atemzug. Sie lehnt sich zu mir, und ich spüre ihre Körperwärme.

»Du bist alles, an das ich mich erinnere, und nichts, worauf ich vorbereitet war«, sage ich kurz, bevor ich sie küsse.

Zuerst mache ich langsam, sodass sich nur unsere Lippen berühren, denn ich will sie nicht mit der überwältigenden Begierde, die in mir lodert, erschrecken. Ich beherrsche mich, indem ich jedes bisschen Training einsetze, das ich je erduldet habe. Was sie braucht, ist Geduld, und das ist das letzte Gefühl, das ich habe, wenn ich ihr so nahe bin.

Sie lässt die Hände an meinem Rücken hinaufgleiten, sodass die Decke von ihren Schultern rutscht. Und dann küsse ich sie so, wie ich es mir gewünscht habe. Meine Zunge gleitet an ihrer entlang, und sie schmeckt so, dass ich am liebsten sterben würde.

Ich bin verdammt noch mal im Himmel.

Deswegen ist sie ein Engel, der zu mir auf die Erde geschickt wurde. Alles an ihr ist vollkommen.

Ich kann ein Aufstöhnen nicht unterdrücken, als ich Ellie so küsse, wie ich es mir so lange erträumt habe. Unsere Zungen bewegen sich miteinander, als ich sie in mich aufnehme. Sie hat keine Ahnung, was sie in mir auslöst, und auf manche Art hoffe ich, dass sie es nie erfährt.

Ellie beherrscht meine Gedanken und Träume. Ein einziges Lächeln von ihr kann meine ganze Welt in Flammen aufgehen lassen. Sie bringt mich um den Verstand, und ich habe nicht die leiseste Ahnung, wie das passiert ist. Ich war hier, in dieser verfluchten Stadt, die ich hasse, war von den Geistern der Vergangenheit umgeben, und im nächsten Moment hatte ich nicht einmal mehr Lust, mein Haus zu verlassen, weil sie und Hadley sich darin befanden.

Sie weicht zurück und legt die Stirn an meine. »Wenn du mich so küsst, kann ich nicht denken.«

»Du sollst auch nicht denken, du sollst fühlen.«

Sie sieht mich aus ihren blauen Augen an, und die Verletzlichkeit in ihrem Blick beschämt mich. »Das war immer mein Untergang. Hätte ich meinen Kopf mehr benutzt, wäre ich nie in die Lage geraten, in der ich jetzt bin.«

Ellie tritt zurück, und ich gebe sie frei, obwohl ich sie in den Armen halten möchte. Wir haben beide unsere Dämonen, und ich weiß, wie schwer es ist, sie zum Schweigen zu bringen, wenn sie einmal erwacht sind.

»Ich will dir nicht deine Optionen nehmen.«

Rasch dreht sie sich um. »Ich glaube nicht, dass du das tust. Aber ich darf nicht noch einmal die gleichen Fehler begehen, Connor. Ich habe mich Hals über Kopf in die Beziehung zu einem Mann gestürzt, von dem ich wusste, dass er nicht der Richtige für mich war. Ich habe ihm erlaubt, mich ... zu verletzen. Ich habe ihm Macht über mich gegeben, obwohl ich das nie hätte tun sollen. Er hat mich innerlich zerbrochen und mein Vertrauen so missbraucht, dass ich nicht weiß, ob ich es je wiederfinde. Ich werde nie wieder unversehrt sein, sondern eine Frau, die gebrochen ist.«

Ich trete auf sie zu, weil ich nicht zurückbleiben kann, aber ich beherrsche mich, um sie nicht zu berühren. »Es ist mir gleichgültig, ob Teile von dir beschädigt sind. Mir ist egal, ob jeder Quadratzentimeter an dir Narben trägt. Glaub mir, manche Stellen an mir sind so verdammt entstellt, dass es ein Wunder brauchen würde, um sie wieder hinzubekommen. Es geht nicht um Vollkommenheit oder darum, unversehrt zu sein – sondern darum, dass du *du* bist.«

Ellie wendet den Blick ab und streicht sich das Haar hinters Ohr zurück. »Wenn du so etwas sagst, muss ich aufpassen, dass ich nicht in Ohnmacht falle.«

»Wenn du fällst, fange ich dich auf.«

»Was, wenn ich dich mit herunterreiße?«

»Dann schütze ich dich, damit du nicht verletzt wirst.«

»Und wenn du dabei verwundet wirst?« Ellies Stimme ist kaum hörbar.

»Damit kann ich umgehen.« Ich rücke näher heran, hebe die Hand und streiche ihr die andere Seite ihres Haares hinter die Ohren. »Womit ich nicht fertigwerde, ist, dir oder Hadley Schmerz zu bereiten. Ich will dich glücklich machen, Engel, nicht zum Weinen bringen.«

Ich lege die Hand unter ihr Kinn, und sie schlingt die Finger um mein Handgelenk. Aber sie weist meine Berührung nicht zurück.

»Es ist nur, wenn du mich küsst, vergesse ich mich. Das darf ich nicht zulassen.«

Ich lege die Lippen an ihre Stirn und versuche, mir etwas einfallen zu lassen, um sie zu beruhigen. Ich will nicht, dass sie sich selbst vergisst, nur alles andere um sich herum. Ich will ihr Kraft und Freiheit schenken.

Als ich bereits den Mund öffnen will, hebt sie den Kopf und spricht. »Ich will dich, Connor. Ich glaube, ich wollte dich immer schon, aber ich habe dich nicht bekommen. In jener Nacht bin ich fortgegangen, und wir können nicht so tun, als wären die letzten acht Jahre nicht passiert. Ich weiß, du machst dir Sorgen, dass du dich nicht mehr zurückziehen kannst, sobald du herausfindest, dass Hadley dein Kind ist. Und ich mache mir Sorgen, dass ich mit meinem Leben nicht weiterkomme, wenn wir es nicht tun.«

Das Herz pocht bis zum Zerspringen. »Es kommt mir nicht darauf an, ob sie es ist oder nicht.«

»Mir aber.«

Davor fürchte ich mich auch. Wird Ellie fortgehen, wenn sie herausfindet, dass Kevin Hadleys Vater ist? Wird sie Angst davor haben, dass er Hadley will, und weglaufen? Wird sie flüchten und niemandem etwas davon sagen, um sie beide zu schützen? Wenn, dann weiß ich nicht, wie ich damit umgehen soll. Ich will, dass sie unser Kind ist. Ich wünsche mir, dass wir in jener Nacht etwas so Vollkommenes erschaffen haben, dass es jetzt unter uns lebt. Aber wenn es ihr wichtig ist, will ich ihr die Antworten geben, die sie verlangt, und zum Teufel mit den Konsequenzen.

»Ist es das, was du brauchst?«, frage ich.

»Ich glaube schon.«

»Dann … mache ich morgen den Test, wenn du dich dann glücklich und sicher fühlst.«

»Ja. Ich will es wissen, so oder so.«

»Für dich tue ich alles, Ellie.«

Sie stürzt auf mich zu und schlingt die Arme um meinen Hals, und ich wahre unser Gleichgewicht und halte sie in den Armen. Einen Moment später liegen ihre Lippen auf meinen, und all meine Sorgen lösen sich in Luft auf.

Vielleicht hat sie ja recht, und wir können mit unserem Leben nicht weiterkommen, wenn wir uns unserer Vergangenheit nicht stellen. Gott, wenn das wahr ist, dann werde ich mich mit allerhand emotionalem Gepäck auseinandersetzen müssen.

Dreiundzwanzig

Ellie

Ich bin so verflucht müde. Heute war ein verrückter Arbeitstag. Ich habe versucht, meine Komfortzone zu verlassen und auf die anderen Lehrerinnen zuzugehen, aber meine Sozialkompetenz ist grauenhaft. Wenn die anderen keine Kinder haben, weiß ich nichts zur Unterhaltung beizutragen. Heute haben sie übers Shoppen geredet, und ich habe es versucht. Wirklich. Aber ich habe versagt. Ich habe Magenschmerzen vorgeschützt und mich zum Essen in meinem Klassenraum versteckt.

»Connor?«, rufe ich, als ich ins Haus trete. »Hadley?«

Keine Antwort.

Vielleicht arbeiten die beiden ja wieder an dem Traktor. Gestern Abend ist Connor mit der Scheune fertig geworden und hat gesagt, als Nächstes müsse er die Maschinen in Gang bringen. So viel muss repariert werden, dass ich keine Ahnung habe, wie seine Brüder von ihm erwarten können, auch nur die Hälfte davon zu erledigen, bis er seine sechs Monate abgesessen hat.

Inzwischen sind es nicht einmal mehr sechs Monate.

Kevins Angriff ist jetzt fast zwei Monate her. Die Zeit vergeht so schnell, ohne dass ich es bemerke. Was wird sein, wenn sie vorüber ist? Wird er bleiben oder fortgehen? Eine andere Frage ist, ob ich bleibe oder fortgehe. Ich weiß keine Antwort, auf beide Fragen.

Ich stoße einen Seufzer aus, weil ich gerade nicht in der Lage bin, mich dem allen zu stellen. Ich nehme die Post von der Küchentheke und werfe die Rechnungen und meinen Auszug für das Konto, dessen Adresse ich nie geändert habe, beiseite. Dann erstarre ich und schiebe den letzten Umschlag zur Seite.

Das Ergebnis des DNA-Tests.

Ich nehme das Kuvert und laufe in mein Zimmer. Doch ich kann ihn nicht ohne Connor öffnen. Aber ich kann auch nicht hier sitzen und nicht hineinsehen. Hadley ist meine Tochter, und das ist sie ihr ganzes Leben. Nur was, wenn das Ergebnis nicht das ist, das ich mir erhoffe?

Ich wusste, dass das eine Möglichkeit sein würde, Mist wäre das trotzdem. Nun ist der Brief da. Ich dachte, ich könnte mit jedem Ergebnis umgehen, doch … vielleicht habe ich mich geirrt. Bin ich bereit dafür, dass Connor ihr Vater ist? Wäre es in Ordnung für mich, wenn ich erfahre, dass … Kevin … ein Teil von ihr ist und wir ihn nie wieder loswerden? Hier steht so viel auf dem Spiel.

Ich erlaube mir nicht, diese Gedankenkette zu verfolgen. Stattdessen zwinge ich mich, mich zusammenzureißen. Connor ist ein guter Mann und wird mich zu nichts drängen, da bin ich mir ganz sicher. Er würde niemals etwas tun, um Hadley oder mich zu verletzen. Ich muss darauf vertrauen, dass ich meinen Weg kenne, ganz gleich, was bei diesem Test herauskommt.

Ich werde mich scheiden lassen und anfangen, das Leben zu führen, das ich verdiene. Gleichgültig, ob das heißt, dass Connor ein Teil davon wird. Ich spare mein Geld, ich arbeite in einem Job, den ich liebe, und lebe praktisch mit dem Mann zusammen, der vielleicht ihr Daddy ist, weil mein eigenes

Haus meiner Tochter zu viel Angst macht, um länger als zehn Minuten darin zu verbringen. Ja, allerdings, ich habe mein Leben vollkommen im Griff.

Ich sitze auf dem Bett, drehe mein Gesicht zur Decke und stoße bedrückt den Atem aus. Ich habe das unter Kontrolle. Ich muss einen Schritt nach dem anderen tun. Als Erstes muss ich meine Tochter und Connor suchen, ihn von ihr weglocken und ihn das Ergebnis öffnen lassen. Dann kann ich ausflippen.

Doch statt irgendetwas davon zu tun, lege ich die Hand aufs Bett und spüre nicht die Bettdecke, sondern Satin. Huch?

Als ich aufstehe und hinuntersehe, liegt darauf mein schwarzes Satinkleid, das in meinem Haus im Kleiderschrank gehangen hat. Es ist das einzige schöne Kleid, das ich besitze, und ich habe es nur bei ganz besonderen Gelegenheiten getragen. Kevin wollte nicht, dass ich mich hübsch anzog, da es vielleicht Aufmerksamkeit auf mich gelenkt hätte.

»Was ist das denn?«, frage ich in die Stille und greife nach dem Zettel.

Ellie,
triff mich um acht Uhr abends in der Bar, in der wir uns begegnet sind. Hadley übernachtet bei Syd. Alles ist gut. Wir haben ein wenig Zeit verdient … nur für uns beide.
Connor

»Was genau hast du vor, Connor Arrowood?«, frage ich laut und drücke die Nachricht an die Brust. Ganz gleich, was das bedeutet, so etwas hat noch nie jemand für mich getan.

Nicht einmal versucht.

Ich bin ein Nervenbündel, als ich aus der schwarzen Limousine steige, die wie zufällig vor dem Haus wartete, als ich herauskam. Das war ziemlich beeindruckend und sehr aufmerksam. Ich streiche mein Kleid glatt und schiebe mein Haar zurück. Ich hatte es eilig, mich fertig zu machen, da ich die Nachricht erst um halb acht gefunden hatte und wusste, dass die Fahrt etwa zwanzig Minuten dauern würde.

Doch trotz meiner Hast bin ich ungefähr eine Viertelstunde zu spät dran. Der Umschlag mit dem Ergebnis des DNA-Tests steckt in meiner Handtasche, und ich mache mir Sorgen darum, den richtigen Moment zu finden, um das Thema anzusprechen.

Ich trete auf die Bordsteinkante und habe das Gefühl, in die Vergangenheit zurückversetzt zu werden. Alles ist genau wie in meiner Erinnerung. Die Bar ist alt, und ihr Neonschild ist immer noch nur teilweise beleuchtet, sodass da »AR« statt »BAR« steht. Die alten Fensterläden müssten unbedingt repariert werden, und die leise Musik besteht aus Countryklängen, die die Melancholie der Menschen, die herkommen, widerspiegeln.

Doch im Inneren wartet keine Traurigkeit auf mich – sondern Connor.

Ich stoße die Tür auf, weil ich ihn mit einem Mal unbedingt sehen muss, und als ich in den Gastraum schaue, verschlägt es mir den Atem.

Connor ist die einzige Person im Inneren. Ich entdecke keine anderen Gäste, nicht einmal einen Barkeeper. Der schäbige Raum ist geputzt worden, und hinter dem Duft der Kerzen, die überall in dem Lokal brennen, nehme ich einen schwachen Geruch nach Fichtennadel und Zitrone war. In der Mitte der Tanzfläche steht ein kleiner Tisch mit einem Tischtuch, Gedecken für zwei und einem Rosenstrauß. Connor hat lässig die Hand auf die Stuhllehne gelegt und sieht mir lächelnd entgegen.

»Du bist spät dran.«

Ich erwidere sein Lächeln. »Ich bin nicht früh genug vorgewarnt worden.«

Er tritt auf mich zu – nicht hastig, aber auch nicht übermäßig langsam. Seine Schritte wirken selbstbewusst, als habe er gewusst, dass ich kommen würde, auch wenn ich etwas länger brauche.

»Du siehst wunderschön aus.«

»Du auch. Also, attraktiv. Du siehst sehr gut aus«, verbessere ich mich.

Alle Sorgen, die mich geplagt haben, sind verschwunden. Connor verjagt sie alle nur durch seine Nähe.

»Ich wollte, dass wir ein richtiges Date haben.«

»Das sehe ich. Normalerweise fragt man das Mädchen aber vorher, oder?«

Er zuckt die Schultern und bleibt vor mir stehen. »Ich glaube nicht, dass bei uns etwas typisch ist, Engel.«

Da hat er auch wieder recht.

Connor streicht mit der Hand an meinem Arm hinauf und hinterlässt eine Spur von Gänsehaut, dann fährt er mit dem Daumen an meinem Kiefer entlang. »Pass auf, dass du nicht die Beherrschung verlierst.« Seine leise Stimme klingt warnend. »Ich werde dich küssen, und einer von uns muss ein gewisses Maß an Kontrolle behalten.«

Mein Atem geht schnell, und ich komme nicht ganz mit. Kontrolle? Küssen?

Bevor ich allzu lange darüber nachdenken kann, liegen seine Lippen auf meinen. Zuerst küsst er mich sanft, zärtlich und gemächlich, sodass sich meine Zehen einrollen. Ich halte mich an seinen Schultern fest, denn ich brauche die Stütze, weil ich schwören könnte, dass ich zerschmelze.

Dann wird der Kuss tiefer, und ich bin mir nicht einmal mehr sicher, auf welchem Planeten ich mich befinde. Ich fühle mich gewichtslos und schwebe in ein Meer aus Begehren, in dem nichts außer ihm existiert.

Die Musik ist verschwunden, die Bar versinkt, und es gibt nur noch uns beide.

Unsere Münder bewegen sich miteinander; nicht grob oder drängend, aber forschend – als hätten wir nur diesen Moment. Es ist magisch und wunderbar, und ich möchte, dass es niemals aufhört. Mein Herzschlag dröhnt mir in den Ohren, als ich ihm die Lippen öffne. Seine Zunge scheint mit meiner zu verschmelzen, und ich stöhne auf.

Gott, so zu küssen sollte verboten sein.

Er neigt meinen Kopf zur Seite und bittet mich so, ihm besseren Zugang zu gewähren, und ich lasse ihn freimütig zu. Ich würde alles dafür tun, dass dieser Kuss ewig dauert.

Ich grabe die Finger in seine Schultern, als er jetzt meinen Hals küsst.

»Du solltest doch bei Verstand bleiben«, sagt er an meiner Haut und drückt mir dann noch einen zarten Kuss in die Halsgrube.

»Du weißt aber schon, was es mit mir macht, wenn du mich küsst?«

Er richtet sich auf. Ein triumphierendes Lächeln liegt auf seiner selbstbewussten Miene. »Ja, und mir gefällt das Ergebnis.«

Grinsend trete ich zurück, wobei ich ein wenig schwanke, was sein Lächeln noch breiter werden lässt. »Pass bloß auf.«

»Ja, pass selbst auf. Du bist nicht so unbeeindruckt, wie du tust.«

Connor lacht leise, ein tiefer, kehliger Ton, der in mir den Wunsch erweckt, ihn noch einmal zu küssen.

»Das habe ich nie behauptet. Bei dir kann ich mich nicht beherrschen, Ellie.«

»Ich glaube, du beherrschst dich viel stärker, als du zugeben magst.«

Er zieht eine Augenbraue hoch. »Wie denn das?«

»Na ja, ich lebe jetzt schon zwei Monate in deinem Haus, und bisher hast du nichts getan, außer mich zu küssen.« Nachdem ich die Worte ausgesprochen habe, möchte ich mich am liebsten ohrfeigen.

»Willst du denn mehr?«

Ja. Nein. Ich weiß nicht.

»Ich sollte das nicht, und deswegen bin ich froh, dass du nicht mehr verlangt hast. Theoretisch bin ich noch verheiratet, und ein Teil von mir will deshalb nicht, dass wir weiter gehen als bisher.«

Andererseits hätte nach allem, was ich hinter mir habe, jeder Gott im Himmel Verständnis dafür. Trotzdem glaube ich, dass es eher darum geht, dass ich mir einen Neuanfang wünsche. Ich möchte, dass meine Beziehung zu Connor von nichts belastet wird.

Wir hatten jene Nacht vor Jahren, und das hätte ich nie tun dürfen.

»Nein, es ist …« Ich schlage die Hände vors Gesicht. »Ich bin nicht gut in so etwas, also vergiss einfach, dass ich das gesagt habe.«

»Erklär es mir bitte«, drängt er mich, als wir uns setzen.

»Wenn wir das nächste Mal zusammenkommen, möchte

ich, dass alles stimmt. Kein Ehemann, keine Geheimnisse, nichts, was über unseren Köpfen hängt. Ich will, dass wir beide alles sind.«

Er streckt die Hand über den Tisch, und ich lege meine hinein.

»Ich habe dir erklärt, dass ich ewig auf dich warten würde, und das ist mein Ernst. Ich habe das Gefühl, die letzten acht Jahre dafür trainiert zu haben.«

Ich versuche zu lächeln, komme mir aber dumm vor. »Tut mir leid.«

»Was denn?«

»Dass ich dir im Grunde erkläre, dass wir warten sollen, bis meine Scheidung abgeschlossen ist.«

»Sag mir, darf ich dich denn küssen?«

»Ja.«

»Kann ich dich in die Arme nehmen?«

Ich nicke. »Natürlich.«

»Können wir Dates haben?«

»Das hoffe ich.«

Connor lächelt. »Dann machen wir genau das, bis du bereit für mehr bist. Ich habe es nicht eilig.«

»Und was ist, wenn deine sechs Monate vorbei sind?«, frage ich.

»Dann lassen wir uns etwas einfallen.«

Keine Ahnung, warum ich auf eine andere Antwort gehofft habe. Es ist unfair von mir, von ihm zu erwarten, dass er mir mehr verspricht, und eigentlich bin ich dankbar dafür, dass er es nicht tut. Connor sagt mir die Wahrheit – immer. Er ist ehrlich zu mir, weil er weiß, dass ich Spielchen nicht leiden kann.

»Okay, wir denken uns etwas aus«, erkläre ich zustimmend.

»Und nun, da dies unser erstes offizielles Date ist, habe ich vor, dir nach allen Regeln der Kunst den Hof zu machen.«

Ich lehne mich zurück und strecke ihm die Hand entgegen. »Dann nur zu.«

Das Essen verläuft großartig. Connor und ich lachen, erzählen uns noch mehr Geschichten aus unserer Kindheit und reden über gute Zeiten. Wir gehen schwierigen Themen aus dem Weg und genießen unser Zusammensein. Er hat Teller von zu Hause mitgebracht und lässt die Bar Mozzarella-Sticks als Vorspeise und Cheeseburger mit Pommes frites als Beilage als Hauptgang servieren. Er ist nett, aufmerksam und absolut perfekt.

»Erzähl mir von deinen Eltern«, sagt Connor, als wir dasitzen und auf das Dessert warten.

»Ich bin mir nicht sicher, was ich sagen soll. Sie waren wunderbar, wirklich großartige Menschen. Sie sind bei einem tragischen Unfall gestorben, und was tatsächlich passiert ist, ist immer noch rätselhaft.«

»Rätselhaft?«

Ich nicke. »Das Auto, das sie gerammt hat, wurde nie gefunden, daher wurde der Fall nie gelöst.«

»Das tut mir schrecklich leid.« Seine Stimme ist voller Mitgefühl.

Zum ersten Mal fühle ich mich nicht ganz so traurig. Merkwürdig, wie man gar nicht merkt, dass man darüber hinwegkommt. Früher hätte es mich deprimiert, über sie zu reden. Aber in diesem Moment möchte ich mich an das Gute und nicht an das Schlechte erinnern. Ich bin es leid, immer nur von ihrem Tod zu erzählen.

»Ich stecke jetzt schon so lange in dieser Phase fest und … ich weiß nicht. Wahrscheinlich habe ich vergessen, wie sehr meine Eltern sich geliebt haben. Manchmal war es beinahe schockierend, ihnen zuzusehen. Mein Vater hat sie ständig geküsst.« Ich lache auf. »Ich weiß noch, wie ich einmal in die Küche gekommen bin, und er hat sie an die Wand gedrückt. Ich war sechzehn, also wusste ich genau, was sie taten.«

Connor lächelte. »So etwas habe ich glücklicherweise nie gesehen. Soweit ich weiß, ist meine Mutter als wiedergeborene Jungfrau gestorben.«

Manchmal kann er so dumm sein.

»Nach dem, was du mir von der unsterblichen Liebe deines Vaters zu ihr erzählt hast, vermute ich mal, das stimmt nicht. Außerdem hat sie in fünf Jahren vier Söhne zur Welt gebracht. Das ist eine Menge Sex.«

Er verzieht das Gesicht. »Nein, das bedeutet ein Mal für jeden von uns, und dann haben sie einander vielleicht nie wieder angerührt.«

»Würdest du dir das wünschen, wenn wir zusammen wären?« Ich streiche mit den Fingern über seine Handfläche.

Er räuspert sich. »Nein. Wenn ich dich ein Mal habe, Ellie, wirst du dir auch wünschen, öfter mit mir zusammen zu sein.«

»Ist das so?«

Aber ich zweifle nicht im Geringsten daran. Ich begehre ihn jetzt schon. Ihn zu berühren, ihn zu küssen ist wie eine Droge, von der ich nicht loskomme. Ich kann mir nicht vorstellen, wie es sein wird, wenn wir endlich wieder Liebe machen.

»Ganz entschieden.«

»Ich freue mich auf die Herausforderung.«

Connor steht auf und tritt um den Tisch herum. »Die Leute sagen, Tanzen sei wie Sex, nur im angezogenen Zustand.«

»Ach ja?«

»Ja. Tanzt du mit mir?«

»Jetzt? Aber wir haben keine Musik.«

Grinsend streckt er die Hand aus. »Wir brauchen keine.«

Ich lege die Hand in seine, und wir gehen ein Stück vom Tisch weg, der den größten Teil der Tanzfläche einnimmt. Connor bleibt stehen, und ich trete in seine Umarmung. Gemeinsam, die Wangen aneinandergeschmiegt, wiegen wir uns und halten einander fest. Er hatte recht. Wir brauchen keine Musik.

Ich schließe die Augen und präge mir diesen Moment ein. Hier sind wir, in der Bar, in der wir uns vor so vielen Jahren begegnet sind, und tanzen genau wie in jener Nacht.

Ich spüre alles; seine Körperwärme, die starken Muskeln, die mir ein Gefühl von Sicherheit geben, und die Art, wie ich perfekt an ihn zu passen scheine.

Connor weicht ein wenig zurück, sodass sich unsere Blicke treffen. »Ich könnte ewig so mit dir tanzen.«

»Und ich mit dir.«

Das will ich wirklich. Wenn ich bei ihm bin, ist die Welt sicher und voller Möglichkeiten.

»Sag mir, was du denkst«, bittet Connor.

Ich möchte es ihm alles gestehen, weil er wissen soll, was ich fühle. »Wenn ich bei dir bin, bin ich nicht die gebrochene Frau, als die ich mich manchmal wahrnehme. Du siehst mich an, wie ich es nur im Traum für möglich gehalten habe. Das macht mir Angst, ja, aber es macht mich auch demütig. Ich denke daran, wie sehr ich mir mehr von dir wünsche, obwohl ich das Gefühl habe, das ist alles viel zu früh.«

Er streicht mir mit dem Daumen über die Wange. »Ich glaube, das wäre es auch, wären wir jemand anderes. Aber du gehörst schon seit dem Abend, an dem wir uns in dieser Bar begegnet sind, zu mir. Wir haben das nicht geplant, doch wir haben uns einander geschenkt. Ich kenne dich, Ellie. Ich sehe deine ganze Person, und ich glaube, vielleicht beginnst du gerade erst, dich selbst wahrzunehmen.«

Er ist der Mann, der für mich gegen Drachen kämpfen würde und die Kraft hat, es zu tun. Ich fürchte mich nicht davor, ihm Dinge zu erzählen. Er ist die Ruhe in dem Sturm, der um mich herumtobt.

Ich schüttle den Kopf und schlage den Blick nieder. »Ich verdiene dich nicht.«

Mit dem Daumen hebt er mein Kinn, sodass wir uns wieder in die Augen sehen.

»Ich bin derjenige, der dich nicht verdient hat, Engel, aber ich will verdammt sein, wenn ich dich aufgebe.«

So verharren wir und bewegen uns nur zum Schlag unserer Herzen. Wir machen unsere eigene Musik.

Nach ein paar Takten blicke ich zu ihm auf und hoffe, dass das, was ich sagen werde, nicht den perfekten Abend zerstören wird, den wir genießen. »Ich hatte heute etwas in der Post.«

»Wegen der Gerichtsverhandlung? Ich habe heute auch meine Vorladung bekommen.«

»Nein, nicht deswegen.« Nervös kaue ich auf meiner Unterlippe.

»Ellie.« Connors Stimme klingt besorgt. »Ich schwöre, dass alles gut wird. Ich werde an deiner Seite sein, und so, wie der Richter beim letzten Mal entschieden hat, bin ich mir sicher, dass es so ausgeht, wie du es dir wünschst.«

»Ja, ich weiß. Das ist es nicht. Ich weiß, dass du nicht zulassen wirst, dass er uns etwas tut«, erkläre ich. »Ich habe allerdings etwas anderes – das Testergebnis.« Ich versuche, den Anflug von Furcht in seinem Blick zu ignorieren, und trete zu meiner Handtasche. Ich ziehe den Umschlag hervor und halte ihn in der Hand. »Ich habe ihn nicht geöffnet. Eigentlich wollte ich es wissen, aber ich fand, wir sollten das zusammen tun – das heißt, wenn du willst. Oder ich mache ihn auf und sage es dir.«

Connor tritt heran, und als er den Umschlag nimmt, streift er meine Finger mit seinen. Er mustert das einfache braune Kuvert mit dem Namen des Labors und dem Adressaufkleber und sieht dann wieder zu mir auf. »Wir tun es gemeinsam.«

Ich nicke, denn ich könnte meine Stimme nicht benutzen, selbst wenn ich wollte. Mir wird klar, was für ein bedeutender Moment das ist, und ich habe das Gefühl, als schnüre mir etwas den Hals zu.

Wir werden herausfinden, ob sie sein Kind ist.

Meine Hände zittern, und auch seine beben, als er das Blatt aus dem Umschlag zieht.

Noch einmal schaut Connor mich an. »Das ist mein Ernst, Ellie. Dies hier ändert nichts an meinen Gefühlen. Ich liebe Hadley, und das, was zwischen uns ist, wird deswegen nicht zu Ende sein. Wenn sie meine Tochter ist, dann schwöre ich auf der Stelle, dass ich sie mit meinem Leben beschützen werde. Wie wir damit umgehen, das überlasse ich dir, denn sie ist hier das Wichtigste. Wenn ich nicht ihr Vater bin, dann hat sie es nie anders gekannt. Doch ganz gleich, ob ich es bin oder nicht, sie braucht nie wieder Angst vor diesem Mann zu haben. Ihr beide nicht.«

»Aber verstehst du denn nicht, dass das alles verändern würde?«

Er schüttelt den Kopf. »Nein, wird es nicht.«

»Wenn sie dein Kind ist, wirst du dir wünschen, die viele verlorene Zeit aufzuholen. Du wirst Bedürfnisse haben, weil das als Elternteil eben so ist. Du wirst sie auf eine Art lieben, die du nie vollkommen verstehen wirst. Sie wird deine Welt werden, wie es auch sein soll, aber das wird eine große Veränderung für uns alle sein. Auch wenn du das nicht glaubst … es wird so kommen. Lass uns wenigstens das zugeben.«

Connor legt das Blatt auf den Tisch, zieht mich in die Arme und sieht mir forschend in die Augen. »Seit der Nacht, in der wir uns begegnet sind, habe ich an dich gedacht. Seit acht Jahren begehre ich dich, sehne mich nach dir und liebe dich. Was sich verändern wird, ist nur, dass die Familie, von der ich geglaubt habe, ich würde sie niemals haben, jetzt vor mir steht. Die Frau, von der ich dachte, ich hätte sie mir vielleicht eingebildet, ist real, und wir haben immer noch eine Chance, uns etwas aufzubauen. Möglicherweise wird sich etwas ändern, aber meine Gefühle über uns und das, was wir tun, werden dieselben bleiben.«

Ich berühre seine Lippen und wünschte, ich könnte seine Worte in mich aufsaugen, denn nie hat jemand etwas Schöneres zu mir gesagt.

»Für mich auch.«

»Gut.«

Ich küsse ihn einmal, weil er mir nahe ist und ich anscheinend nichts dagegen tun kann. Dann löse ich mich aus seiner Umarmung und greife nach dem Brief.

Mit zitternden Händen entfalte ich ihn, und dann, nachdem ich die erste Zeile gelesen habe, lassen Tränen mein Blickfeld verschwimmen.

Vierundzwanzig

Connor

Ich habe eine Tochter.

Ich habe ein kleines Mädchen. Ellie und ich haben ein Kind. Das geht mir in einer Endlosschleife immer wieder durch den Kopf. Es ist, als warte ich darauf, dass die Tinte vor mir ihre Form verändert und mir verkündet, es sei nicht real. Hadley ist meine Tochter.

Ellie lässt das Blatt los, und ich schaue in ihre blauen Augen.

»Sie ist mein Kind.«

»Ja.«

Ich möchte noch mehr sagen, doch nichts erscheint mir angemessen. Ich habe mir das so sehr gewünscht, habe aber nicht zu hoffen gewagt, dass es wirklich wahr sein könnte. Hadley und ich haben uns gleich so gut verstanden, und in den letzten paar Monaten ist sie für mich so viel mehr geworden als das Mädchen, das ich auf dem Baum gefunden habe.

»Ich weiß nicht, was ich sagen soll«, gestehe ich, als ich die Worte immer wieder lese.

Ellie wischt sich die Augen, und ich nehme mich zusammen.

»Geht's dir auch gut?«

Schnell nickt sie. »Ich habe mir dieses Ergebnis gewünscht. Gott, ich war schon praktisch überzeugt davon, dass es so sein musste, aber … ich habe mir solche Sorgen gemacht, sie wäre es nicht. Es war nur eine Nacht, und wir haben aufgepasst – jedenfalls dachte ich das, doch das Timing, und ich …«

»Ich bin so verflucht glücklich.«

Ellie lacht trotz ihrer Tränen. »Ich auch. Ich habe mir gewünscht, dass du es bist.«

Ich ziehe sie wieder an mich und küsse sie stürmisch. Ich bin überglücklich. Ich war mir nicht wirklich sicher, ob ich so empfinden würde. Natürlich habe ich mir seit dem Moment, in dem Ellie davon gesprochen hat, gewünscht, sie wäre meine Tochter. Aber ich hatte ja keine Ahnung, wie es sich anfühlen würde, wenn ich mir sicher wäre.

Ich hatte mich so lange damit abgefunden, Single zu bleiben und nie Kinder zu haben.

Jetzt stehe ich vor einer Frau, die ich liebe, und habe gerade herausgefunden, dass ich eine Tochter habe.

Mein Herz rast, und ich bin mir nicht sicher, ob ich schreien oder lachen soll, oder beides gleichzeitig. »Es ist, als wolle alles in mir platzen. Ich kann das nicht erklären. Ich wünschte, vieles wäre anders gekommen, aber …«

Ellie wendet den Blick ab, und ihr Atem geht schneller. »Es tut mir leid, Connor. So, so leid.«

»Leid?«

Ich habe keine Ahnung, was ihr leidtun soll.

»Dass ich nicht nach dir gesucht habe. Dass ich diesen furchtbaren Mann geheiratet und ihm erlaubt habe, sie großzuziehen. So leid, dass sie nie erfahren hat, wie ein Leben mit dir hätte aussehen können!«, schluchzt Ellie, und ich ziehe sie an die Brust.

Sie weint, und ich halte sie fest.

»Es tut mir leid, dass ich nicht mehr für sie getan habe! Es tut mir leid!«

Ich kann mir kaum vorstellen, wie sie sich fühlt, denn wenn ihre Gefühle so heftig sind wie meine, dann ist sie überwältigt.

Ich habe ein kleines Mädchen, dessen Kindheit ich verpasst habe, doch ich gebe Ellie keine Schuld. Wie in aller Welt hätte sie mich finden sollen? Durch eine Stadt laufen, in der ich nicht wohnte, und nach einem Mann fragen, dessen Namen sie nicht kannte? Sicher, es wäre anders gekommen, wenn sie geahnt hätte, dass ich ein Arrowood bin, aber sie wusste ja nicht einmal das.

»Du hast getan, was du konntest. Bis jetzt hast du ja nicht einmal gewusst, dass sie mein Kind ist. Du hast sie beschützt, Ellie.«

Sie hebt den Kopf, und ich wische die Tränen unter ihren Augen ab. »Sie hätte meinen Schutz nie brauchen sollen.«

»Wir können nichts an den Fehlern ändern, die wir begangen haben. Gott weiß, dass ich versucht habe, für meine zu büßen.«

Wenn sie wüsste, was ich alles getan habe, um die Dinge, die ich vergessen will, auszulöschen, läuft sie vielleicht davon. An dem Tag, an dem ich diese Stadt verlassen habe, habe ich mein altes Ich abgeschüttelt. Genau wie all meine Brüder. Als wir hier gewohnt haben, wurde uns ein Leben aufgezwungen, das wir nicht wollten. Mein Vater hat uns gebrochen, und ich habe getan, was ich konnte, um mich wieder aufzubauen. Ich habe meinem Land gedient und versucht, das Richtige zu tun. Nie habe ich zugelassen, dass der Mist, der mir zugestoßen ist, Auswirkungen darauf hat, wer ich heute bin.

»Ich habe das Gefühl, dass ich das bei ihr oder dir nie mehr gutmachen kann. Sie hätte dich kennen sollen. Sieh doch, wie sehr sie dich jetzt schon liebt.«

»Und ich werde den Rest meines Lebens für sie da sein.«

»Du weißt, was das bedeutet? Alles, über das ich mir wegen der Scheidung Sorgen gemacht habe, spielt dann keine Rolle mehr. Kevin wird nie wieder an sie herankommen. Er ist nicht ihr Vater und hat kein Recht auf sie«, erklärt sie, und Erleichterung tritt in ihren Blick.

Nein, Ellies Ex wird nie wieder in ihre oder Hadleys Nähe kommen.

»Dazu müssen wir es ihr aber sagen.«

Sie geht einen Schritt zurück und dreht sich dann um. »Ich weiß.«

»Möchtest du das nicht?«

Ellie fährt herum. »Doch. Nur können wir sie nicht einfach damit überfallen. Hadley hat keine Ahnung, dass wir uns schon früher begegnet sind. Kevin ist der einzige Vater, den sie je gekannt hat. Ich glaube zwar nicht, dass sie negativ reagieren wird, aber ich schätze, sie wird verwirrt sein.«

Ich nicke. Das Letzte, was ich will, ist, es den beiden noch schwerer zu machen. Und auch wenn man von einem Elternteil missbraucht wird, liebt man ihn und will von ihm geliebt werden – vielleicht sogar stärker, als das bei einem hingebungsvollen Elternteil der Fall wäre. Ich pflegte zu Gott zu beten, er möge meinen Vater erkennen lassen, dass wir gute Kinder waren. Ich habe mir gewünscht, er wäre stolz auf uns, und habe oft Dinge getan, um seine Anerkennung zu gewinnen.

Das ist nie passiert, und ich wurde nur noch stärker enttäuscht, bis ich schließlich aufgehört habe, mir etwas daraus zu machen.

»Und wir werden beide für sie da sein, um ihr dabei zu helfen.«

Ellie schenkt mir ein sanftes Lächeln. »Wir haben eine Tochter.«

Ich trete auf sie zu. »Ja. Und bald hoffe ich, auch dich zu haben.«

Fünfundzwanzig

Ellie

»Schau doch, Mom!«, schreit Hadley aus dem Autoreifen heraus, den Connor ihr zum Schaukeln an das Baumhaus gehängt hat.

Mindestens eine Stunde täglich hat er daran gearbeitet und etwas Besonderes geschaffen, von dem sie nicht einmal geträumt hat. In der letzten Woche war sie ständig hier, bis einer von uns kam, um sie nach Hause zu schleppen.

»Hadley, es wird kalt, und du hast noch Hausaufgaben.«

»Aber ich bin so gern hier!«

»Ich weiß, doch du musst auch deine Aufgaben machen. Außerdem müssen wir noch zum Haus, um ein paar Sachen zu holen.«

Widerstrebend schlurft sie auf mich zu. »Kannst du nicht allein gehen?«, murmelt sie halblaut.

Seit Monaten geht das jetzt so, und so langsam glaube ich, dass sie sich nicht mehr wirklich fürchtet, sondern einfach gern auf Connors Farm ist.

»Nein, wir müssen beide da hin.«

Hauptsächlich, weil es nach der Scheidung nicht mehr mein Haus sein wird, also müssen wir alles holen. Kevin gehört das ganze Land und auch das Haus darauf. Ich weiß nichts darüber, denn es war das Haus seiner Familie, nicht meins, daher habe ich kein Recht darauf, selbst wenn ich wollte.

»Ich hasse es dort.«

»Du weißt aber, dass uns dort nichts passieren kann, oder?«

Aus ihren aufgerissenen grünen Augen sieht Hadley vertrauensvoll zu mir auf. »Ich weiß. Daddy ist im Gefängnis.«

Und das ist schrecklich traurig. Sie fühlt sich nur sicher, weil Kevin im Gefängnis sitzt.

So oft stand ich kurz davor, ihr zu offenbaren, dass Connor ihr Daddy ist. Ich habe mir gewünscht, damit herauszuplatzen, statt jedes Wort, was ich sage, quälend abzuwägen. Es war schwer, die Wahrheit zu wissen und sie ihr vorzuenthalten, aber Connor und ich haben beschlossen, noch zu warten. Ich will, dass Kevin die Scheidungspapiere erhält, was diese Woche der Fall sein wird. Diese Woche werde ich auch die Aberkennung der Vaterschaft beantragen, da der DNA-Test bewiesen hat, dass Kevin nicht ihr Vater ist.

Sydney konnte Kevin überreden, sich mit einem DNA-Test einverstanden zu erklären, und sie ist im Besitz der Ergebnisse, um sie im Prozess zu verwenden.

Das ist alles verworren und unschön, aber jeder dieser Schritte war notwendig, um ihn aus meinem Leben zu entfernen.

»Na schön. Wie wär's, wenn du ins Haus läufst und mit den Hausaufgaben anfängst, und ich komme dann gleich?«

Hadley grinst und rennt davon.

Ich setze mich wieder in Bewegung, in Richtung Haus. Ich habe es nicht eilig, denn ich genieße die frische Herbstluft. Sie erinnert mich an meine Mutter. Sie liebte diese Jahreszeit. Unser Haus duftete dann nach Äpfeln, Kürbis und Gewürzen. Sie hatte viel Freude am Backen, und mein Vater liebte Grusel aller Art, daher war Halloween sein liebster Feiertag.

Ich schreite durch das hohe Gras und atme einfach nur,

ohne mir Sorgen zu machen. Mein Leben hat sich vollkommen verändert. Ich mache mir keine Gedanken darüber, das Abendessen pünktlich auf den Tisch zu bringen oder dafür zu sorgen, dass das Haus makellos ist. Als Dank an Connor koche ich und putze, aber er erwartet das nicht von mir und weiß es vor allem zu schätzen.

Und er besteht darauf, dass derjenige, der kocht, nicht auch aufräumt. Also kann ich nach dem Essen dasitzen und … nichts tun.

Als ich auf das Haus zugehe, sehe ich seine hochgewachsene Gestalt mit der Sonne im Rücken.

Gott, er sieht atemberaubend aus. Er hat die Baseball-Kappe verkehrt herum aufgesetzt, sodass sie das Haar verbirgt, durch das ich so gern mit den Fingern fahre, und unter dem weißen Shirt wölben sich seine Muskeln, als er jetzt einen Heuballen hochhievt. Anscheinend macht Landwirtschaft verdammt sexy. Ich stehe einen oder zwei Meter von ihm entfernt, kaue auf meinem Daumen herum und lasse seinen Anblick auf mich wirken. Er wirft den Ballen mit Leichtigkeit, und ich seufze leise.

Unsere Blicke treffen sich, und er schenkt mir sein entspanntes Lächeln. »Hi.«

»Selber hi.«

»Gefällt dir, was du siehst?«

Und ob. Aber statt ihm die Befriedigung durch meine Antwort zu gönnen, zucke ich die Schultern. »Ist okay, schätze ich …«

Seine Stimme klingt belustigt. »Du schätzt?«

»Ja, ich meine, du bist okay.«

Dann stürzt er sich auf mich. Ich laufe im Kreis und renne weg, aber ich habe nicht die geringste Chance. Connor packt mich und zieht mich in die Arme. Ich trete um mich, und dann kommt Hadley nach draußen gerannt.

»Connor!«, schreit sie, und dann läuft er mit mir in den Armen davon.

»Du kannst uns nicht fangen!«

Ich schlinge die Arme um seinen Hals, und er rennt im Kreis, während Hadley uns folgt. »Du hast meine Mom!«

»Ja, und wenn du sie zurückhaben willst, musst du uns fangen!«

Ich lache, als er sich duckt und ihr ausweicht. Hysterisch kichernd setzt sie ihm nach, und in diesem Moment bin ich so glücklich wie noch nie.

Nichts belastet mich.

In seinen Armen über dieses Feld zu rennen, mit unserer Tochter, die Jagd auf uns macht – ich strahle, und es fühlt sich an, als lächle die Welt mit mir.

»Die Scheidung ist offiziell eingereicht. Der Richter wird den Fall überprüfen und eine Entscheidung treffen, ob Kevin unterschreibt oder nicht, da er im Gefängnis auf seine Verhandlung wartet.«

Ich weiß nicht einmal, was ich sagen soll. Wir haben monatelang auf den Ablauf der dummen Frist gewartet, und Sydney hat jeden einzelnen Tag gezählt, bis sie zuschlagen konnte.

»Und die Vaterschaftsklage?«

Sie zieht die Kopie hervor. »Er hat sie gleichzeitig mit dem Ergebnis seines Tests zugestellt bekommen. Willst du es sehen?«

Ich nicke. Ich weiß, dass Hadley nicht sein Kind ist, aber es wäre schön, das mit eigenen Augen zu sehen. »Hast du nachgeschaut?«

»Nein, ich fand, das stand mir nicht zu.«

Ich lächle. Sydney ist mir eine vertraute Freundin geworden – etwas, das ich noch nie zuvor hatte. Hadley mag sie unheimlich gern, und sie liebt es, Connor aufzuziehen. Es macht Spaß, Zeit mit ihr zu verbringen.

»Danke, Syd.«

»Keine Ursache. Aber mach bitte das verdammte Ding auf, um mich von meiner inneren Anspannung zu erlösen.«

Ich tue, worum sie mich gebeten hat, und lächle, als ich das Ergebnis lese.

»Ich gehe mal davon aus, dass er nicht ihr Vater ist?«

»Nein«, sage ich unter Freudentränen. »Nein, aber das wussten wir schon. Das … bestätigt es nur noch einmal.«

»Also … Connor?«

»Ja, er ist ihr Vater.«

Sydney lehnt sich auf ihrem Stuhl zurück. Ihre erstaunte Miene ist offensichtlich. »Das dachte ich mir. Ich meine, Hadley hat die Arrowood-Augen, aber ich wusste nicht, wie das möglich sein sollte.«

»Ich habe immer darauf gehofft.«

Sie lächelt. »Das habe ich auch einmal getan. Hör zu«, spricht Sydney ohne Pause weiter. »Ich will dich warnen, als Freundin. Die Arrowood-Brüder haben eine Menge … emotionales Gepäck. Ich war gefühlt mein ganzes Leben mit Declan zusammen. Er hat mich geküsst, als ich acht war, und mir erklärt, wir würden heiraten, und das war es. Ich habe ihn von ganzem Herzen geliebt und aufrichtig geglaubt, er wäre meine Zukunft, aber er hat sich verändert. Tag für Tag ist der Junge, den ich kannte, weiter verschwunden, und sein Vater war schuld daran. Man konnte es kaum mit ansehen, wir hatten allerdings einen Plan. Nur ist er dann fortgegangen und nie zurückgekehrt. Es fällt leicht, diese Jungs zu lieben, sie jedoch zu verlieren … Also, man kommt nie wirklich darüber hinweg.«

Meine erste instinktive Reaktion ist, Connor zu verteidigen; ein Drang, den ich niederringe. Sydney erzählt mir das nicht, um mir wehzutun, sie ist meine Freundin. Ich nehme auch den Schmerz in ihrer Stimme wahr. Ganz offensichtlich hat sie Declans Verlust nie verwunden.

»Ich weiß, dass sie eine schwere Kindheit hatten.«

Sie schnaubt wegwerfend. »Ellie, was immer er dir erzählt hat … Es war nicht mal die Hälfte. Diese Jungs sind durch die Hölle gegangen, und es war grauenhaft, das mit anzusehen. Connor hat mehr davon abbekommen, als wir wahrscheinlich ahnen, weil er als Letzter noch zu Hause gewohnt hat. Declan ist als Erster fortgegangen, während ich schon auf dem College war, und wir haben zusammen studiert. Uns ging es gut, eigentlich sogar großartig. Wir haben Schulen besucht, die nicht weit voneinander entfernt lagen, aber dann, als Connor ins Bootcamp gegangen ist, wollte Declan nichts mehr von mir wissen. Als er fort war, war ich deprimiert und habe mich isoliert.«

»Tut mir leid, dass er dich verletzt hat.«

»Mir auch. Das Traurige ist, dass ich mit ihm gegangen wäre. Ich wäre diesem Mann bis ans Ende der Welt gefolgt, aber er hat mir gesagt, ich solle bleiben, wo ich bin, und er wolle nichts mehr mit mir zu tun haben. Er wollte neu anfangen, und das hieß, dass mit uns beiden Schluss war.«

Sydney gibt sich wahrscheinlich die größte Mühe, den Schmerz in ihrer Stimme zu verbergen, doch ich höre ihn in jeder Silbe. Ich nehme auch wahr, dass sie ihn immer noch liebt. Aber Connor ist nicht Declan, und ich bin nicht sie. Wir haben über vieles gesprochen, und ich muss nach allem, was ich durchgemacht habe, einfach daran glauben, dass Connor mir kein tiefes dunkles Geheimnis vorenthält, das ihn wieder in die Flucht schlagen wird. Diesen Teil haben wir schon aus der Welt geschafft.

»Ich weiß, dass du mit seinem Bruder Probleme hattest, aber wir sind weder jung, noch gehen wir diese Sache blindlings an. Connor kennt meine Dämonen und hat mir von seinen erzählt. Ich weiß zu schätzen, dass du mir helfen willst, und ich verstehe auch, was du mir sagen möchtest, wirklich. Aber zwischen uns ist etwas. Wir haben ein gemeinsames Kind, und … ich weiß nicht, Sydney, es ist nur so …«

»Leicht, ihn zu lieben?«

Wie gern würde ich den Kopf schütteln und es abstreiten. Ich liebe ihn nicht, jedenfalls noch nicht so. Ich weiß, dass ich es könnte. Ich weiß, dass mein Herz den Sprung tun möchte, aber ich halte meinen Kopf im Zaum. Liebe ist mächtig und kann gegen einen verwendet werden, wenn ihr Gegenstand keine guten Absichten hat, und ich weigere mich, mich noch einmal hineinzustürzen, ohne zu wissen, worauf ich mich einlasse.

»Zumindest fällt es mir leicht, mir das zu wünschen.«

Syd streckt die Hand aus und legt sie auf meine. »Ich sage ja nicht, du sollst dich von ihm fernhalten oder so etwas, ich will nur, dass du vorsichtig bist. Wenn ich zusehen müsste, wie dir oder Hadley auch nur halb so wehgetan würde wie mir … Ich würde fast alles tun, um das zu verhindern.«

»Das weiß ich zu schätzen.«

Sie lächelt. »Aber jetzt lass uns deine bevorstehende Scheidung feiern und essen gehen!«

Mit einem strahlenden Lächeln greife ich nach meiner Handtasche. »Ja. Auf geht's.«

Der heutige Tag ist von Verheißungen und Freude erfüllt, und ich habe vor, beides zu genießen. Aber eine leise Stimme in meinem Hinterkopf flüstert mir zu, dass ich es noch nicht geschafft habe.

Keine Ahnung, warum ich hergekommen bin.

Jeder Instinkt und jedes Warnlicht in meinem Inneren spielen verrückt und verlangen von mir, dass ich umkehre.

Aber hier bin ich, im Gefängnis von Luzerne County, und befinde mich vor einer Glaswand, die mich von einem leeren Raum trennt.

Meine Hände kribbeln, weil die Nerven unter Hochspannung stehen. Ich weiß, dass er mir an diesem Punkt nichts tun kann, mich nicht anrühren oder sonst etwas. Doch allein bei dem Gedanken, dass ich Kevin sehen werde, wird mir übel.

Trotzdem muss ich diese Worte aussprechen. Ich muss ihm gegenübertreten und ihn wissen lassen, dass ich keine Angst habe.

Schön, ich fürchte mich, aber ich werde es mir nicht anmerken lassen.

Auf der anderen Seite der gläsernen Trennwand tritt im Gänsemarsch eine Kolonne Häftlinge ein, alle in ihren orangefarbenen Overalls. Unter dem Tisch verschlinge ich die Hände im Schoß.

Er geht langsam und sieht mir erst in die Augen, als er sich setzt.

Dieser Mann hat mir so verdammt lange Angst eingejagt, mich gequält, mich nicht in Ruhe gelassen. Aber als ich ihn jetzt ansehe, kommt er mir so klein vor.

Im Sitzen nimmt Kevin den Telefonhörer von der Wand, und ich tue es ihm auf meiner Seite nach.

»Bist du gekommen, um nachzutreten, wenn ich am Boden bin?« Seine tiefe Stimme klingt im Hörer kratzig.

»Das wäre auch nichts anderes als das, was du bei mir getan hast.«

Er schließt die Augen und lässt den Kopf nach vorn sinken, hält sich jedoch weiter das Telefon ans Ohr.

»Dazu bin ich nicht hier. Ich bin gekommen, weil ... Ach, eigentlich weiß ich das gar nicht so genau. Aber ich hatte das Gefühl, einen Abschluss finden zu müssen, ganz gleich, wie der Prozess ausgeht.«

Er lacht auf. »Abschluss. Du bist meine verdammte Frau, Ellie. Du hast mich betrogen, und jetzt willst du einen Schlussstrich. Wie zum *Teufel*«, stößt er mit zusammengebissenen Zähnen hervor, »konntest du mir sieben Jahre lang vorlügen, sie sei meine Tochter? Warst du so verzweifelt auf der Suche nach Liebe, dass du mich die ganze Zeit manipuliert hast? Ich habe dir alles gegeben, und jetzt erfahre ich *das*?«

»Mir alles gegeben? Du hast mich verprügelt, Kevin. Wenn du mich nicht kontrollieren konntest, hast du zugeschlagen. Du hast mich fett, hässlich und wertlos genannt. Du hast mir Liebe und Zuneigung vorenthalten und Sex als Waffe eingesetzt. Du hast mich körperlich und emotional misshandelt. Ich hatte keine Ahnung, ob Hadley dein Kind war, und ich habe dich nicht an der Nase herumgeführt. Ehrlich gesagt, war es weitaus wahrscheinlicher, dass du der Vater bist, als dass ich bei dem einzigen Mal mit einem anderen schwanger geworden bin – *bevor* wir geheiratet haben.«

Er schlägt mit der Hand auf den Tisch, und ich zucke zusammen. »Ein einziges Mal? Du bist eine verfluchte Lügnerin und Betrügerin. Du willst die Scheidung? Schön! Ich bin nur froh, euch beide loszuwerden!«

Mein Brustkorb zieht sich zusammen, und Tränen drohen, mir in die Augen zu treten. Es ist mir egal, ob er froh ist, mich los zu sein, wirklich. Doch ich dachte, dass er vielleicht wenigstens etwas Zuneigung für Hadley empfindet. Keine Ahnung, warum, da er in jeder Hinsicht ein Mistkerl ist, aber sie hat ihn angebetet.

»So wenig hat sie dir bedeutet?«

Kevin schüttelt den Kopf, was mich daran erinnert, wie kaltschnäuzig er wirklich ist. »Was willst du hier? Wolltest du, dass ich dir in die Augen sehe und dir – was? – sage? Ich habe deine verdammten Papiere unterschrieben. Ich will nicht mit einer Frau verheiratet bleiben, die nur hinter meinem Geld her ist und mit anderen Männern schläft. Du willst die Scheidung, also nur zu. Nimm deinen kleinen Bastard und verschwinde.«

»Ich bin gekommen, weil ein Teil von mir sich deinetwegen schlecht gefühlt hat. Wie dumm von mir. Ich dachte, dass ich dir vielleicht wirklich wehgetan habe und du Erklärungen wolltest.«

Als Kevin sich vorbeugt, steht Wut in seinem Blick. »Du hast mich ins Gefängnis gebracht, willst dich von mir scheiden lassen, und dann erzählst du mir, dass das Gör, das ich sieben Jahre lang großgezogen habe, nicht einmal von mir ist. Schlecht fühlen? Ich bin verflucht erleichtert, dich los zu sein. Und wenn der Richter hört, was für eine Hure du bist, werde ich nach dem Prozess bestimmt nicht mehr hier sitzen. An deiner Stelle, Ellie, würde ich alles tun, um mir nicht noch einmal über den Weg zu laufen – nie wieder.« Mit diesen Worten hängt er den Hörer auf und erhebt sich.

Ich sehe den Mann an, den ich einmal geliebt habe und glücklich machen wollte und der heute ein Fremder für mich ist. Ich bin hergekommen, um einen Schlussstrich zu ziehen, und genau den habe ich wahrscheinlich bekommen. Zwischen uns war niemals Liebe. Es ging nur um Besitz und Kontrolle. Das war alles, was wir ihm die ganze Zeit bedeutet haben: Eigentum, das ersetzbar ist, nichts weiter.

Sechsundzwanzig

Connor

»Was meinst du damit, dass du ein Kind hast?«, fragt Declan, nachdem ich ihm die Ereignisse der letzten Woche geschildert habe.

Ich habe seine Anrufe nicht angenommen und ihm erklärt, ich hätte kein Netz. Stattdessen habe ich ihn per Textnachricht auf dem Laufenden gehalten. Ich brauche keine Moralpredigt und keine Erinnerung an den Schwur, den meine Brüder und ich einander geleistet haben. Nichts davon spielt noch eine Rolle. Wir sind erwachsen, und wenn einer von ihnen das nicht begreift, kann er geradewegs zur Hölle fahren.

»Ich habe eine Tochter.«

Am anderen Ende der Leitung herrscht Schweigen. »Wie lange bist du jetzt dort, fast vier Monate? Wie zum Teufel hast du es geschafft, in so kurzer Zeit ein Kind zu zeugen?«

Ich seufze und erzähle ihm alles von Ellie und Hadley. Bisher habe ich das für mich behalten. Es gab keinen Grund, es jemandem zu verraten, weil es nur mich anging. Als ich Declan jetzt alles schildere, komme ich mir wie ein Idiot vor. Er ist mir immer eher ein Vater gewesen als alles andere, und er leidet am stärksten an dem schlechten Gewissen und der Enttäuschung wegen dem, was wir ertragen und was wir getan haben.

»Herrgott, Connor.«

Ich sehe meinen Bruder in seinem Büro in einem Wolkenkratzer vor mir, wie er sich auf seinen Stuhl sinken lässt und eine Hand vors Gesicht schlägt.

»Hör mal, ich weiß, dass du wahrscheinlich sauer auf mich bist, aber ich bin glücklich. Ich liebe dieses kleine Mädchen, und ich bin dabei, mich heftig in Ellie zu verlieben. Ich kann es nicht erklären, doch es ist, als wäre sie meine perfekte zweite Hälfte. Ich bitte dich nicht um Erlaubnis und will nichts anderes von dir als dein Verständnis.«

Declan stößt einen leisen, lang gezogenen Seufzer aus. »Ich verstehe das besser als jeder andere, Bruder. Ich habe diese Art von Liebe erlebt.«

»Da wir gerade von Syd reden, sie ist Ellies beste Freundin.«

»Du hast sie getroffen?« Seine Stimme klingt plötzlich auf eine ganz andere Art lebhaft.

Allen anderen kann er etwas vormachen, aber mir nicht. Er liebt sie. Er hat sie immer schon geliebt, und deswegen wird mein Bruder auch nie glücklich werden.

»Sie war neulich abends hier.«

»Verdammt. Ich kann sie unmöglich sehen.«

»Da bleibt dir wohl nichts anderes übrig, wenn du wieder in Sugarloaf bist und deine sechs Monate absitzt«, rufe ich ihm ins Gedächtnis.

Mein Bruder mag ja in New York City ein hohes Tier sein, aber Sydney wird ihn in die Knie zwingen.

»Und was hast du mit deiner neu entdeckten Familie vor? Ziehst du um? Suchst du dir einen Job? Hast du etwas anderes vor?«

Das ist mein Hauptgrund für diesen Anruf. Er wird sich furchtbar aufregen, aber bei meinen anderen Brüdern wird es schlimmer werden. Falls ich eine Chance haben will, ihnen diese Idee zu verkaufen, muss ich Declan auf meine Seite ziehen.

»Ich will eine Parzelle auf dem Land kaufen.«

»Wie bitte, *was*?« Er erstickt fast an den Worten.

»Hadley war immer nur in Sugarloaf zu Hause, und wir haben genug Fläche, um einen Teil davon abzugeben. Auf dem Besitz liegt keine Hypothek, daher möchte ich einen Teil kaufen.«

»Bist du vollkommen übergeschnappt? Du willst verdammt noch mal in Sugarloaf bleiben? Weißt du noch, warum wir fortgegangen sind, Connor? Von allem verfluchten Mist, den ich dachte, mir anhören zu müssen, muss es direkt das Idiotischste sein!«

Jetzt brülle ich auch. »Ja, ich bin verdammt übergeschnappt, weil ich meinem Kind ein Vater sein will! Ich will ihr geben, was wir nicht erlebt haben – Stabilität. Du magst ja vor allem, was du liebst, davonlaufen, Declan, aber so bin ich nicht. Ich habe die Frau gefunden, von der ich buchstäblich acht Jahre lang geträumt habe, und ich werde sie nicht gehen lassen. Wenn sie möchte, dass ich hier lebe und auf diesem Land begraben werde, dann werde ich es tun.«

Er schnaubt und sagt nichts. Wir sind beide wütend und bekannt dafür, dass unser Temperament mit uns durchgeht. Außerdem lieben wir es, einander Wortgefechte zu liefern, daher bezweifle ich, dass etwas von dem, was wir uns an den Kopf werfen, eine anhaltende Wirkung haben wird.

»Und was willst du arbeiten? Mit welchem Geld hast du vor, dieses Land zu kaufen?«

»Ich bin kein Idiot. Ich kann mir einen Job suchen.«

Dazu bin ich allerdings noch nicht gekommen, weil ich damit beschäftigt war, meine Zeit hier abzusitzen, doch mir fällt schon etwas ein. Ich habe bei der Navy meinen College-Abschluss gemacht. Die Milchwirtschaft ist nicht wirklich das, was ich mir vorgestellt hatte, aber vielleicht käme ich mit einer kleineren Herde gut zurecht.

»Du denkst nicht nach.«

»Nein, du hörst nicht zu. Ich habe dich angerufen, um dir von deiner Nichte zu erzählen, die wunderbar ist, und davon, dass es mir wirklich gut geht und ich glücklich bin. Aber du bist ein viel zu egoistischer Esel, um das zu hören.«

»Typisch, du denkst nur an dich. Was ist mit Sean und Jacob? Wie sollen wir dich alle für einen Teil des Landes zahlen lassen, das du ohnehin geerbt hättest? Komm schon. Ich will weder die verdammte Farm noch etwas von dem Land, aber wir haben uns alle geschworen, nie zurückzukehren!«

Und genau dieser Schwur hat mich daran gehindert, mit ihm darüber zu reden. Meine Brüder waren das Einzige auf der Welt, das mir etwas wert war, und ich liebe sie, doch ich kann mein Leben nicht so verbringen.

»Gerade du solltest wissen, dass Dinge sich verändern, Dec. Wir sind nicht mehr die Jungs, die wir waren.«

Er antwortet nicht sofort, und ich sehe auf mein Handy, um festzustellen, ob er aufgelegt hat.

»Nein«, bricht er das Schweigen, »wahrscheinlich nicht. Erzähl mir von Hadley.«

Da fällt mir wieder ein, dass mein Bruder kein schlechter Kerl ist. Er will mich nur beschützen.

Hadley kommt zur Scheune gerannt. Ihr braunes Haar ist zu einem Pferdeschwanz gebunden, und durch die Kälte ist ihre Nase knallrot. »Wo ist Mom?«

»Sie besucht Sydney. Bestimmt werden die beiden stundenlang reden. Gib mir mal den Schraubenschlüssel«, weise ich sie an, während ich an diesem blöden Traktor arbeite.

Das verfluchte Teil startet einfach nicht. Egal, was ich daran repariere, austausche oder herumtüftle. Am liebsten würde ich es in Brand setzen und mir einen neuen Traktor besorgen, aber er ist erst drei Jahre alt und müsste funktionieren. Inzwischen geht es nur noch darum, wer sturer ist, und ich weigere mich aufzugeben.

»Geben die braunen Kühe Schokoladenmilch?«, fragt Hadley ins Blaue hinein.

»Ähm, nein.«

»Echt jetzt? Weil Nilpferde nämlich rosa Milch haben, was komisch ist. Ich frage mich, ob sie nach Erdbeeren schmeckt. Früher mochte ich Erdbeeren gern, aber einmal habe ich zu viele gegessen, und mir ist schlecht geworden.«

Ihre Geschichten sind mir vorher vielleicht albern vorgekommen, doch jetzt will ich alles über sie wissen. Ich habe mir verdammt große Mühe gegeben, Hadley nicht anders anzusehen oder sie zu fest zu drücken. Dabei wünsche ich mir nur, ihr die Wahrheit zu sagen, sie in den Arm zu nehmen und ihr die Welt zu versprechen.

Ich will die Zeit nachholen, die wir verpasst haben, obwohl das nicht möglich ist.

»Ich liebe Erdbeeren.«

»Ich könnte mich wieder an sie gewöhnen«, sagt sie schnell.

Ich lächle. Ich liebe dieses Kind wirklich.

»Was magst du sonst nicht?«

»Enten.«

Rasch drehe ich den Kopf und starre sie an. »Enten?«

Sie nickt. »Sydney hat gesagt, wir hätten beide Anatidaephobie. Ich weiß, das ist ein langes Wort.«

Sydney ist eingeweiht? Toll.

»Und was genau hat Sydney gesagt?«

»Also, sie hat mich gefragt, ob ich Enten mag, und ich habe geantwortet, sie sind okay, aber sie haben komische Augen. Und sie fand das auch und hat mir erzählt, dass du Enten auch nicht leiden kannst, deswegen habe ich beschlossen, dass Enten wirklich dumm sind. Als ich das Sydney erzählt habe, hat sie gesagt, du hättest Anatidaephobie. Ich hab das nachgeschlagen und entschieden, dass wir das beide haben, weil ich nicht mag, wie sie mich ansehen, und du auch nicht. Wir haben viel gemeinsam.«

Ich bin mir nicht sicher, ob ich mich amüsieren oder zu Sydneys Haus fahren und ihr hundert Gummispinnen ins Bett legen soll, um zu sehen, wer dann lacht. Aber dann betrachte ich meine Tochter, die dreinschaut, als hätte unser gemeinsamer Hass auf Enten ihr einen festen Platz in meiner Welt geschaffen, und es macht mir nichts aus.

»Ja, genau.«

Ihr strahlendes Lächeln wird noch breiter. »Weißt du, wovor ich sonst noch Angst habe?«

»Nein, wovor?«

»Der Zahnfee.«

Ich lache leise. »Wirklich?«

»Sie ist so gruselig! Wer kommt schon in dein Zimmer, wenn du schläfst, und nimmt deine Zähne mit? Das ist überhaupt nicht cool. Ich würde wahrscheinlich lieber der Weihnachtsmann sein, weil der Geschenke bringt und die Leute glücklich macht. Ich mache gern Leute glücklich. Mache ich dich glücklich, Connor?«

Ich lege den Schraubenschlüssel weg, setze mich neben sie, gebe ihr ihre Wasserflasche und greife nach meiner. Ellie macht sie uns zurecht, bevor wir zum Arbeiten in die Scheune gehen. »Du machst mich wirklich glücklich, Krümel. Dass ich dich in diesem Baumhaus gefunden habe, war das Beste, was mir seit Langem passiert ist.«

»Wirklich?« Ihre grünen Augen leuchten auf.

»Wirklich.«

»Ich hab dich lieb!«, ruft sie und schlingt die Arme um mich. Ich bin wie vom Donner gerührt.

Ich umarme sie und drücke sie. Meine selbst auferlegten Regeln sind mir gerade egal. »Ich hab dich auch lieb, Kleine. Ich hab dich auch lieb.«

Siebenundzwanzig

Ellie

»Willst du einen Film anschauen?«, frage ich, als ich zurück ins Wohnzimmer gehe.

Ich habe gerade Hadley ins Bett gebracht und tue alles, was ich kann, um mich von dem, was heute passiert ist, abzulenken. Ich bin erschöpft und nervös und muss auf andere Gedanken kommen.

»Jepp. Ich brauche ihn bloß noch zu starten.«

»Du hast schon einen ausgesucht?«

Er nickt. »Klar.«

»Das beunruhigt mich jetzt.«

»So sollte es auch sein, Engel, aber da du mich für heute Abend um ein Date gebeten hast, ist es nur fair, wenn ich aussuchen darf.«

Ich bin mir nicht sicher, ob ich seiner Logik folgen kann, doch ich bin bereit, ihn gewinnen zu lassen, weil ich keine Energie für eine Diskussion habe.

»Dann darf ich die Snacks aussuchen.«

Größtenteils ernährt sich Connor gesund. Beim Frühstück und Mittagessen richtet er sich strikt nach den Makronährstoffen und noch etwas anderem, und seine Vorstellung von einem guten Snack beschränkt sich auf Möhren oder Paprikaschoten. Aber ich habe das Gefühl, heute Abend sind Oreos und Milch angebracht.

Seine Augen funkeln amüsiert, als könne er meine Gedanken lesen, und er weiß, dass er in Schwierigkeiten steckt. »Ich bin mir nicht sicher, ob ich diesen Kompromiss eingehen will.«

»Was kann ich tun, um dich zu überreden?«

»Du könntest mich küssen.«

Ich trete näher heran und bleibe vor ihm stehen. Er sitzt auf der Sofakante. Es gefällt mir, so über ihm aufzuragen.

»Ich glaube, den Gefallen könnte ich dir tun.«

Ich beuge mich vor, sodass mein Haar einen Vorhang um uns bildet. Connor hat mich zwar gebeten, ihn zu küssen, doch als sich unsere Lippen berühren, übernimmt er die Kontrolle. Er lässt eine Hand in mein Haar gleiten und hält mich da fest, wo er mich haben will. Aber ich möchte ihm näher sein, daher schiebe ich ihn ins Sofa zurück und setze mich rittlings auf ihn.

Ich grinse über seinen verblüfften Blick, doch das dauert nicht lange, denn ich brauche seinen Kuss.

Ich will mich in seiner Berührung, Wärme und Zuneigung verlieren.

Er schlingt die Arme um meinen Körper, und ich küsse ihn rückhaltlos. Unsere Zungen bewegen sich miteinander, ich fahre ihm mit den Fingern durchs Haar und reibe mich an ihm. Ich weiß nicht, ob ich mich so verzweifelt nach ihm sehne, weil all das heute passiert ist. Ich will nur, dass die ganze Welt verblasst, und nur Connor kann mir dieses Gefühl geben.

»Immer mit der Ruhe, Engel«, murmelt er, als ich ihn wieder küsse.

»Ich brauche dich.«

Er legt die Hände um mein Gesicht und betrachtet mich. »Ich bin ja hier.«

Schuldgefühle überfallen mich, weil es nicht richtig ist, ihn so zu benutzen. Ich hatte nicht vor, ihm zu erzählen, dass ich Kevin besucht habe. Eigentlich wollte ich es niemandem sagen, aber er verdient die Wahrheit, koste es, was es wolle.

»Ich war heute im Gefängnis.«

»Bitte sag mir, dass ein entfernter Verwandter von dir dort einsitzt.«

»Ich habe mit Kevin geredet.«

Er verkrampft sich am ganzen Körper, und ich zucke zusammen und warte darauf, dass er zornig wird. Grauen steigt in mir auf.

»Dachtest du, ich würde dir wehtun?«

Ich will aufstehen, denn ich brauche Abstand, doch Connor umfasst meine Hüften, sodass ich sitzen bleiben muss.

»Ich werde dir nie im Zorn etwas antun, Ellie.«

»Ich weiß …«

»Ich werde dir das immer wieder sagen, bis du es endlich glaubst. War ich gerade ärgerlich? Ja. Nicht, weil du dort warst, sondern weil ich die Vorstellung hasse, dass dieser Mistkerl auch nur in deine Nähe kommt. Wenn du mir Bescheid gesagt hättest, wäre ich mitgegangen. Alles, was ich will – was ich mir je wünschen werde –, ist, dass ihr in Sicherheit seid, du und Hadley, und alles, was euch in Gefahr bringt, macht mich unruhig.«

»Ich war sicher. Dort kann er mir nichts tun.«

Connor atmet durch die Nase aus. »Warum bist du dann so nervös? Was hat er zu dir gesagt?«

Das muss das unangenehmste Gespräch meines Lebens in der unbequemsten Haltung sein. Ich sitze auf dem Schoß des Mannes, bei dem ich eingezogen bin und in den ich mich langsam verliebe, und rede über den Mann, von dem ich mich gerade scheiden lasse.

»Er hat gesagt, ich sei wertlos, und dass er die Scheidungspapiere unterschrieben hat. Er will mich loswerden und nichts mit meinem Bastard-Kind zu tun haben. Im Prinzip hat er mir mitgeteilt, dass ihm das überhaupt nichts ausmacht und ich eine Hure bin.«

»Ich bringe ihn verdammt noch mal um«, stößt Connor zwischen zusammengebissenen Zähnen hervor.

Ich lege eine Hand an seine Wange. »Und was dann? Soll ich dich noch einmal verlieren? Du könntest nicht für Hadley da sein. Das ist er nicht wert.«

Er schließt die Augen, lässt sich einen Moment Zeit und öffnet sie dann. »Dieser Mann wird nie wieder mit dir reden, verstanden? Ich kann damit verdammt noch mal nicht umgehen. Er wird nie wieder in Hadleys Nähe kommen, und ich schwöre bei Gott, Ellie, du darfst nicht mehr allein mit ihm sein.«

»Das habe ich auch nicht vor.«

Von heute an gibt es nichts mehr zu sagen. Er hat die Papiere unterschrieben, also werden wir geschieden werden. Und angesichts der Anklage und dem, was sich der Richter über den Vorfall notiert hat, wird das Gericht dem Antrag stattgeben, statt uns einen Vermittlungsversuch nahezulegen. Sydney hat jede Menge Aufzeichnungen und Beweise vorgelegt, um den Missbrauchsvorwurf zu unterstützen, darunter auch Fotos. Nachdem jetzt alles klar ist, will er nichts mehr mit Hadley zu tun haben, was es einfacher macht.

»Allein der Gedanke, dich in seiner Nähe zu wissen …«

Ich sehe, wie aufgebracht er ist, und ich hasse es, dass ich die Ursache bin. »Ich musste das tun. Es hat allerdings nur bestätigt, was ich schon wusste …«

Er sieht mir mitfühlend in die Augen. »Das verstehe ich.«

»Dein Vater?«, vermute ich.

Er stößt den Atem aus und streicht mir dann eine Haarsträhne hinters Ohr zurück. Eine ganz einfache Geste, aber die Zärtlichkeit, die er mir selbst im Zorn erweist, sagt mehr als Worte. Er beschimpft mich nicht oder schreit. Er zeigt Verständnis.

»Ich habe ihn öfter, als ich zählen mag, zur Rede gestellt. Nie konnte ich zu ihm durchdringen, und er hat keine Reue dafür gezeigt, was wir seinetwegen durchgemacht haben. Deswegen bin ich fortgegangen und nie zurückgekehrt. Man kann Monster nicht zur Vernunft bringen, Engel. Man kann ihnen keinen besseren Weg aufzeigen, weil die Finsternis nach ihnen ruft.«

Wieder rutsche ich auf seinem Schoß herum, und ich fühle mich ein wenig verlegen, weil wir dies zum ersten Mal tun und ich seine Nähe nur gesucht habe, um zu vergessen.

»Connor«, sage ich leise und fahre mit den Händen durch sein Haar.

»Ja?«

»Können wir den Abend noch einmal neu beginnen? Kann ich dich küssen, weil du mir heute Abend etwas geschenkt hast, von dem ich nicht wusste, dass ich es brauchte? Darf ich in deinen Armen liegen, während wir uns einen Film ansehen, und genießen, dass so etwas überhaupt möglich ist?«

Er hebt die Hände an mein Gesicht, legt sie behutsam um meine Wangen und drückt den Mund auf meine Lippen. Dieser Kuss geht ganz allein von ihm aus. Von den Empfindungen und Gefühlen, die seine Lippen zu übertragen scheinen, schwimmt mir der Kopf. Ich spüre seine Liebe, und mehr noch … ich fühle mich behütet und geschätzt.

Wir lassen unsere Küsse tiefer werden und wissen nicht, wo

der eine beginnt und der andere endet. Ich lege die Finger an seine Brust und genieße, wie sich seine Muskeln unter der Berührung straffen.

Dann streicht er mit den Händen an meinem Hals hinunter, lässt sie auf meinen Rücken gleiten und seitlich an meinen Brüsten entlang, bevor sie auf meinem Hintern landen. Er umfasst mich und zieht mich ein wenig höher auf sich, bis ich seine wachsende Erektion spüre.

»Connor.« Ich spreche seinen Namen wie ein Gebet.

»Ich begehre dich so sehr.«

»Ich will dich auch.« Und das stimmt, erst recht, wenn wir uns küssen. Wenn ich alles, was herrlich und vollkommen an ihm ist, schmecken, riechen und atmen kann. »Das fühlt sich so gut an.«

»Übernimm du die Führung, Ellie. Ich werde nichts tun, worum du mich nicht bittest.« Er küsst mich wieder und zieht sich dann zurück, sodass ich aufseufze. »Sag's mir, Baby. Was immer du willst.«

Mein Herz schlägt so heftig, dass mir schwindlig wird. »Küss mich.«

Das tut er. Er küsst mich, als wäre er nur dazu erschaffen. Wieder und wieder treffen unsere Zungen aufeinander, und es macht mich fast wahnsinnig. Ich brauche mehr. Ich will mehr. Ich will, dass er mich berührt und mich liebt.

»Fass mich an.« Ich bringe die Worte kaum heraus und wende mich gleich wieder seinen Lippen zu.

Er ist der einzige Mann, bei dem ich je so empfunden habe. Nie im Leben hat mich jemand so intensiv geküsst wie Connor. Ich spüre es überall, und jetzt gerade will mein Körper mehr.

Er hat mich schon einmal geliebt.

Ich habe ihn in mir gespürt.

Und ich will das alles noch einmal erleben.

Connor lässt die Hände an meinem Rücken hinauf- und wieder herunterfahren. Er unterbricht den Kuss, und wir sehen einander an, während er mit den Händen zu meiner Brust wandert. Ich weiß, dass er meine Reaktion abschätzt, daher reiße ich mein Shirt hinunter und enthülle ihm meine Brüste, und dann fasse ich seine Handgelenke, damit ich ihn führen kann.

In seinem Blick liegt so viel Hitze, dass ich schmelze, und ich lasse den Kopf zurücksinken, als er mit den Daumen über meine Nippel reibt und meine Brüste knetet. Ich schwöre, ich könnte schon allein davon kommen. Ich hebe erneut den Kopf, und seine Berührung, sein Blick, die Macht, die er mir über sich gibt, überwältigen mich.

»Du bist so perfekt. Du bist alles für mich, Ellie. Sag mir, was du willst.«

»Mehr.«

Er grinst zufrieden, schüttelt aber den Kopf, und sein warmer Atem streicht zärtlich über meine nackte Haut. »Sei genauer. Willst du meinen Mund auf deinen herrlichen Brüsten spüren? Soll ich dich noch einmal auf die Lippen küssen? Was willst du, Engel?«

Ich war noch nie jemand, der im Bett redet. Eigentlich hat Kevin mich immer gezwungen, still zu sein und zu gehorchen. Keine Ahnung, wie ich das anstellen soll, aber hier ist dieser große, starke Mann, der sich mir ergibt, und ich glaube, das hat er noch nie bei jemandem getan. Seinetwegen will ich mutig sein.

»Ich will deinen Mund auf meinen Brüsten spüren.«

Hitze blitzt in seinen grünen Augen auf, und dann umkreist

er, ohne mich loszulassen, mit der Zunge meinen Nippel, was das Erregendste ist, was ich je gesehen habe. Ich lasse die Finger in sein Haar gleiten, während er mir geradezu huldigt. Er küsst, saugt und streichelt meine Haut und widmet sich dann der anderen Seite. Es ist Himmel und Hölle zugleich.

Ich beginne, meine Hüften zu wiegen, denn ich brauche mehr.

»Genau, Engel, nimm dir, was du willst. Benutze mich. Reite mich und nimm, was du brauchst.«

Seine Worte sollten mich in Verlegenheit bringen, doch das ist nicht der Fall, und ich tue, was er sagt, und hole mir die Reibung, nach der ich mich so verzweifelt sehne. Wir fallen übereinander her wie ahnungslose Teenager, aber es ist trotzdem vollkommen.

Meine Erregung wächst. Connors Mund liebkost meine Brüste, und sein Schwanz wölbt seine Jeans in genau dem Winkel, den ich brauche. Mit pochendem Herzen und angespanntem Körper suche ich nach meiner Erlösung.

»Lass los, Ellie. Lass dich fallen, dann fange ich dich schon auf. Ich halte dich in den Armen und lasse dich nicht los.«

Ich bewege mich heftiger und schneller, und er stöhnt. Mit der Zunge umkreist er meinen Nippel und beißt ganz leicht hinein, und dann … fliege ich.

Ich schließe die Augen und lasse den Kopf zurücksinken, und er ist dicht bei mir und küsst meine Haut, während ich den wahrscheinlich besten Orgasmus meines Lebens erfahre.

Als ich wieder zu Atem komme, fühle ich mich schrecklich verlegen.

Connor sieht zu mir auf. »Das war so sexy, wie ich es noch nie erlebt habe. Es war wundervoll, dabei zuzusehen, wie du losgelassen hast.«

Ich verändere meine Haltung ein wenig, und er zuckt zusammen.

»Aber du …«

Er legt die Hände um mein Gesicht, küsst mich zärtlich und zieht dann meine Stirn an seine. »Ich habe alles, was ich wollte, ich muss nur …«, er bewegt sich, »kurz ins Bad. Wenn ich zurück bin, nehme ich dich in den Arm und zwinge dich, einen Film anzusehen. Geh nirgendwohin, ja?«

Keine Ahnung, ob meine Beine mich tragen würden, selbst wenn ich es versuchte.

»Okay.«

»Danke.«

»Wofür?«

Connor schenkt mir ein Lächeln, bei dem meine Scham verfliegt. »Für dein Vertrauen.«

Ich küsse ihn noch einmal. »Danke, dass du ein Mann bist, dem ich trauen kann. Ich …« Ich unterbreche mich.

Es ist zu früh, um ihm zu gestehen, dass ich dabei bin, mich in ihn zu verlieben. Ich bin mir nicht einmal sicher, ob ich ihn lieben sollte, aber ich habe das hoffnungslose Gefühl, dass ich dabei nichts mitzureden habe. Ich liebe ihn. Vielleicht habe ich mich ja schon in jener Nacht vor acht Jahren in ihn verliebt und erlaube mir erst jetzt, es zu erkennen.

»Was wolltest du sagen?«

»Ich wollte sagen, dass mir das viel bedeutet.«

»Du bedeutest mir viel, Ellie.«

»Und ich empfinde genauso für dich.«

Er nimmt meine Hand und küsst mir die Handfläche. »Ich bin gleich wieder da.«

Ich stehe auf und sehe ihm auf seinem Weg zum Bad nach. Ich habe ein schlechtes Gewissen, weil er unbefriedigt geblieben ist, aber dann dreht er sich um und zwinkert mir zu. Er ist wahrhaftig der beste Mann der Welt, und einstweilen gehört er mir.

Nach ein paar Minuten kommt er zurück. Ich bin erfüllt und zufrieden. Connor umarmt mich, und wir kuscheln uns auf die Couch. Er startet den Film, und ich lache laut. Nur Connor würde *Die Schöne und das Biest* aussuchen.

Achtundzwanzig

Ellie

Heute ist der schönste Herbsttag, den ich je erlebt habe. Die kühle Luft ist sauber und frisch, und die Sonne scheint hell und lässt alle herrlichen Schattierungen des Laubs leuchten. Ich stehe mit einer Tasse Kaffee auf der Veranda und schaue auf diesen Überfluss von Rot- und Orangetönen hinaus, die meine Seele zu besänftigen scheinen.

Connor, Hadley und ich werden heute auf Abenteuertour gehen. Keine Ahnung, was wir vorhaben, aber er hat mir gesagt, ich solle mich warm anziehen, weil wir im Freien sein werden.

Früher hielt ich nichts von Überraschungen, doch bei Connor mache ich mir nie Gedanken. Er ist außerordentlich rücksichtsvoll, und mit jedem Tag, den ich mit ihm verbringe, verliebe ich mich mehr in ihn.

Seit dem Abend auf der Couch vor einer Woche haben wir keine Zärtlichkeiten mehr ausgetauscht, aber ich kann an wenig anderes denken. Wenn er mich in der Diele streift, möchte ich ihn am liebsten schnappen und küssen. Er findet versteckte Möglichkeiten, mich zu berühren, ohne mich richtig anzufassen. Das treibt mich in den Wahnsinn.

»Mommy! Was glaubst du, wohin wir fahren?«, fragt Hadley und bricht die frühmorgendliche Stille, die ich genossen habe.

»Ich bin mir nicht sicher, Kleines. Was meinst du denn?«

»Ich glaube, wir gehen reiten.«

Ich neige den Kopf zur Seite und kneife die Augen zusammen. »Hat er denn ein Pferd?«

Um ehrlich zu sein, habe ich keine Ahnung, was Connor auf seiner Farm alles hat, außer einer Menge Arbeit. Seit wir hergekommen sind, arbeitet er an der Scheune und den ganzen Landmaschinen. Als er gestern den Traktor repariert hat, hätte man meinen können, er hätte im Lotto gewonnen. Er war so überglücklich, dass es schon fast komisch war.

»Nein …« Ich sehe, wie in ihrem Kopf die Zahnrädchen klicken. »Er glaubt doch sicher nicht, dass wir die Kühe reiten können, oder?«

Kichernd schüttle ich den Kopf. »Ich glaube, das weiß er besser.«

»Bist du dir sicher? Bei den Kühen weiß er nicht wirklich Bescheid.«

Da hat sie nicht unrecht. Glücklicherweise halten Joe, der Vorarbeiter, und die anderen Arbeiter von meiner alten Farm viel von mir und sind hergekommen, um Connor zu unterstützen. Sie haben Kevin gehasst und waren nur zu froh, sich von ihm zu trennen, besonders, nachdem sie herausgefunden hatten, dass er mich geschlagen hat.

Wir haben die Walcott-Kühe auf das Land der Arrowoods geschafft, damit ihnen nichts passiert, doch auf Kevins Farm wird nicht mehr gearbeitet.

»Falls er es versucht, können wir es ihm ja erklären«, sage ich in verschwörerischem Ton. »Aber er hat richtig aufgeregt gewirkt.«

»Mommy, ist es in Ordnung, wenn ich Connor lieb habe?«

Ihre Frage presst mir die Luft aus den Lungen. Die beiden

sind einander inzwischen sehr nahegekommen, und er hat unmissverständlich zum Ausdruck gebracht, dass er Hadley und mich in seinem Leben haben will.

»Ja, Baby, es ist vollkommen in Ordnung, dass du ihn lieb hast.«

»Gut, denn das tue ich wirklich.«

»Freut mich. Er hat dich auch lieb.«

Sie strahlt. »Ich weiß, er hat es mir gesagt. Meinst du, Daddy wird böse sein?«

Mist. Ich weiß nicht, was ich ihr sagen soll, aber ich will auch nicht lügen. In letzter Zeit hat sie nicht von Kevin gesprochen. Sie hat sogar einen großen Bogen um alles gemacht, was auch nur annähernd mit ihm zu tun hat. Wir haben ihr noch nicht gesagt, dass Kevin nicht ihr leiblicher Vater ist, und ich weiß, dass Connor seine Vorstellung davon hat, wie wir es ihr mitteilen sollen.

»Hadley«, sage ich, gehe in die Hocke und ergreife ihre Handgelenke, »weißt du noch, was ich dir über Liebe erklärt habe?«

Sie schürzt die Lippen und zuckt die Schultern. »Nein.«

Kinder …

»Na, ich habe dir erklärt, dass es ein Geschenk ist, jemanden zu lieben, und dass der andere immer dankbar dafür sein sollte. Wie würdest du es finden, wenn Connor ein Teil unseres Lebens wäre? Würdest du dir wünschen, dass er immer bei uns ist?«

»Wie ein Dad?«

Ich nicke. »Ja. Wenn wir Zeit mit ihm verbringen und ihn vielleicht von ganzem Herzen lieb haben würden.«

Ich bewege mich auf sehr dünnem Eis, aber ich möchte wenigstens ein Gefühl dafür bekommen, wie sie reagieren wird.

Sie ist ein enorm wichtiger Teil meiner Entscheidung. Wenn die Vorstellung sie ängstigt, werde ich mich zurückziehen. Nie wieder will ich sie in eine Lage bringen, in der sie Angst hat.

»Hast du Connor denn lieb?«

»Ja.«

Sie strahlt so breit, dass ich mir schon Sorgen mache, sie könnte sich das Gesicht verrenken. »Ich glaube, er liebt dich auch, Mommy«, flüstert sie leise.

»Wie kommst du denn darauf?«

»Er schaut dich an.«

»Schaut mich an?«

Hadley nickt. »Er starrt dich an, und ich glaube, er hat dich lieb und will dich küssen.«

Oh, mit dem Küssen hat sie recht. Aber offensichtlich gelingt es Connor und mir nicht besonders gut, unsere Gefühle zu verstecken.

In diesem Moment hält er mit großen Schritten aufs Haus zu, als wäre er direkt aus einem Roman von Jane Austen entsprungen. Er strebt durch das hohe Gras wie Mr Darcy, und die Sonne fällt hinter ihm ein. Er ist so verdammt atemberaubend, dass ich auf ihn zurennen würde, wenn ich nicht Hadley an der Hand hätte.

»Siehst du«, meint Hadley leise, »er schaut dich an.«

Grinsend werfe ich einen Blick zu ihr hinunter. »Ja, das tut er wohl.«

»Ich will bei Connor bleiben.«

Ich sage nichts, drücke aber leicht ihre Hand.

»Da sind ja meine Mädchen. Wie wär's, wenn wir zu unserem Abenteuer aufbrechen?«

Mit ihm würde ich überall hingehen.

Hadley lässt meine Hand los und springt ohne Vorwarnung von der Veranda auf ihn zu. Ich schreie beinahe auf, aber er reagiert blitzschnell und fängt sie auf.

»Wohin fahren wir?«, fragt sie und schlingt die Arme um seinen Hals.

»Das ist eine Überraschung.«

»Dann los!«, schreit Hadley.

Wir nehmen unsere Jacken und steigen in sein Auto. Hadley hat sich die Ohrhörer aufgesetzt, schaut sich eine Sendung an und nimmt gar nicht wahr, wohin wir fahren. Auf der ganzen Fahrt werfe ich ihm immer wieder verstohlene Blicke zu, und jedes Mal, wenn er mich ertappt, grinst er. Unauffällig legt er eine Hand auf die Mittelkonsole und schiebt sie näher an meine heran. Ich tue es ihm nach, bis wir die Fingerspitzen miteinander verschlingen.

Ich werfe einen Blick nach hinten, zu Hadley, die in ihre Sendung versunken ist.

»Sie hat heute nach uns gefragt.«

Er blickt auf, sieht in den Rückspiegel und wieder zurück zu mir. »Und?«

»Ich finde, wir sollten es ihr sagen.«

»Du weißt, was das bedeutet?«

Ja. Das heißt, dass das, was wir tun, real ist. Es bedeutet, er will, dass wir eine Familie werden, zu ihm ziehen und eine feste Beziehung eingehen.

Auch wenn in mir viel Angst vor dieser Entscheidung mitschwingt – sobald ich ihn ansehe, kann ich mir nichts anderes mit ihm vorstellen. Ich kann nicht von ihm fortgehen. Ich liebe ihn. Das ist vielleicht schnell gegangen, aber so empfinde ich tief im Herzen.

Connor ist selbstlos, und das habe ich noch nie erlebt.

»Ich will das alles, doch ich muss das langsam angehen.«

»Ich weiß.«

»Solange du das verstehst.«

Er bewegt die Hand und verflicht unsere Finger noch ein wenig enger. »Wir können es ihr sagen, und den Rest machst du in deinem Tempo. Du musst nur wissen, dass ich bei ihr vielleicht nicht auf die Bremse treten kann.«

Das ist vollkommen in Ordnung. Ich will, dass sie ihn lieb hat, und ich will, dass er sie mehr als alles andere auf der Welt liebt. Wir beide können uns ein wenig zurückhalten und brauchen keinen Zeitplan einzuhalten, aber ich will den beiden keine gemeinsame Zeit mehr stehlen.

»Geh behutsam mit ihr um … wenn sie dich lässt.«

Er lächelt. »Ich glaube, du weißt gar nicht, wie glücklich du mich machst.«

Meine Wangen glühen. Nichts wünsche ich mir mehr, und er hat keine Ahnung, was er für eine Wirkung auf mich ausübt. Jede Minute mit Connor ist ein Geschenk.

»Du mich auch.« Ich werfe einen Blick nach hinten, um sicherzugehen, dass sie nicht zuhört. »Ich hoffe nur, sie hasst uns danach nicht.«

»Wir werden behutsam vorgehen.«

Ich kann nicht anders, als deswegen nervös und ängstlich zu sein. Sie liebt Connor zwar, aber als Freund. Wenn er die Vaterrolle übernimmt, wird sich ihre Beziehung zu ihm verändern. Dann wird nicht mehr alles eitel Sonnenschein sein – er wird ihr Vater sein, und wenn er zum ersten Mal mit ihr schimpfen muss, wird das eine Herausforderung.

Und das berücksichtigt noch nicht einmal, wie sie finden wird, was ich getan habe. Sie wird wissen, dass ich gelogen habe, und ich hoffe, dass das ihr Vertrauen zu mir nicht schmälert.

Hoffentlich schaffen wir diesen Übergang ohne allzu viele Rückschläge, aber andererseits scheint in meinem Leben selten etwas reibungslos zu verlaufen.

Wir biegen auf eine unbefestigte Straße ab, und meine Neugier wächst. Wohin zum Teufel fährt er mit uns?

Hadley nimmt die Ohrhörer heraus. Sie drückt das Gesicht an die Scheibe. »Sind wir da?«

»Ja«, sagt Connor und steuert weiter den Weg entlang.

Mir platzt ein Lachen heraus, und Connor sieht mich an, als wäre ich verrückt geworden. »Sie glaubt, du gehst mit uns zum Kuh-Reiten, weil du dich anscheinend überhaupt nicht mit deinem Vieh auskennst.«

»Hey! Ich weiß immerhin, dass man Kühe höchstens bei einem Rodeo sattelt«, protestiert er scherzhaft.

»Das sind Stiere!«, schreit sie und hält sich dann die Augen zu.

»Ist das Gleiche. Ich weiß Bescheid.«

Sie lässt die Hand sinken und schüttelt den Kopf. »Du hast auch nicht gewusst, dass du die Kühe melken musst.«

»Weißt du, du *warst* mein Lieblingsmädchen, aber jetzt überlege ich mir noch einmal, ob ich dir Betsy, das neugeborene Kalb, schenken soll.«

»Äpfel!«, ruft Hadley, statt darauf einzugehen, und konzentriert sich ganz auf das, was sie durch ihr Fenster sieht. »Wir gehen Äpfel pflücken!«

Über die Schulter werfe ich Connor einen Blick zu.

Er nickt. »Na ja, wir lieben beide Apfelkuchen, und ich dachte, vielleicht sollten wir Äpfel besorgen und versuchen, deine Mom zu überreden, dass sie uns welchen backt.«

Sie kichert und zappelt wild mit den Beinen. »Heute ist der schönste Tag meines Lebens!«

Ich fahre jedes Jahr mit Hadley zum Apfelpflücken und Kürbisernten, aber Kevin ist nie mitgekommen. Er hatte immer zu viel zu tun – oder war zu zornig –, um etwas mit uns zu unternehmen. Connor ist nicht nur hier, sondern hat den Ausflug auch geplant. Er wollte Zeit mit uns verbringen. Er hat überlegt und Mühe in etwas gesteckt, von dem er nicht wissen konnte, ob wir es gern tun. Aber irgendwie hat er es geahnt.

Der Mann hat es geschafft, sich an eine flüchtige Bemerkung über Apfelkuchen zu erinnern – die ich in der schlimmsten Nacht meines Lebens gemacht habe – und daraus einen fröhlichen Anlass zu machen.

Er parkt den Wagen, und Hadley springt hinaus.

Ich wende mich ihm zu, und bevor ich mich stoppen kann, öffne ich die Lippen. »Ich liebe dich.«

Ein gerührter Ausdruck tritt in Connors schöne grüne Augen. »Ich liebe dich seit dem ersten Moment, in dem ich dich gesehen habe.«

»Ich glaube, mir geht das genauso, doch es ist noch so früh, und es gibt noch so viel, was wir noch herausfinden müssen.«

Er grinst und nimmt meine Hand. »Aber wenn wir etwas haben, dann Zeit. Jetzt lass uns Äpfel pflücken, und vielleicht können wir heute Abend einen Plan schmieden, wie wir aus diesem dysfunktionalen Trio eine Familie machen.«

Mit diesen Worten steigt er aus dem Wagen, und ich frage mich, wie ich seinem schrecklichen Vater dafür danken soll, dass er Connor Arrowood gezwungen hat zurückzukommen, damit er mich finden konnte.

Neunundzwanzig

Connor

»Wie viele Äpfel brauchen wir wirklich?«, frage ich, als Hadley noch zwei in den Karren legt.

Ja, wir haben einen Karren, weil dieses Mädchen die halbe Obstplantage leer gepflückt hat.

»Ich mag Äpfel. Sie sind gesund.«

Okay, da hat sie nicht unrecht, aber … wir brauchen keine fünfzig Stück.

»Na schön, allerdings glaube ich, wir haben genug.«

Hadley bleibt stehen, dreht sich zu mir um und stemmt die Hände in die Hüfte. »Wenn wir nicht genug Äpfel haben, kann Mommy keine Kuchen backen.«

Ich weiß nicht wirklich, was ich dagegen einwenden soll, aber ich kann sie ablenken. »Magst du eigentlich Kürbiskuchen?«

Sie zieht die Nase kraus. »Bääh.«

Jetzt bin ich mir doch nicht sicher, ob sie mein Kind ist. Wie kann sie Kürbiskuchen nicht mögen?

»Hast du ihn schon mal probiert?«

»Nein, weil das eklig ist. Kürbisse sind Gemüse.«

Neben mir seufzt Ellie. »Du hast ja keine Ahnung, wie lustig das werden kann.«

Ich weiß nicht, ob sie versteht, dass diese kleinen Streitereien für mich absolut keine Rolle spielen. Ich *wünsche* mir eine Million davon. Solange ich Zeit mit dem kleinen Mädchen neben mir verbringen kann, diskutiere ich über alles, was sie will.

»Ich glaube nicht, dass sie etwas tun kann, was ich nicht interessant finde.«

Ellie schüttelt den Kopf. »Oh, ich kann kaum abwarten, ob du das in einem Monat auch noch sagst.«

Ich auch nicht. Ich hoffe, dass sich dieses Gefühl nie abnutzt, obwohl ich es besser weiß. Meine Brüder haben mich wahrscheinlich irgendwann ebenfalls für niedlich und interessant gehalten. Aber mit zwei Jahren war ich ihre Verhandlungsmasse und ihr Sündenbock. Dass ich der Jüngste war, hieß, dass ich dumm war und auf sie gehört habe.

»Ich bin mir sicher, dass es in ungefähr fünf Jahren nichts Besonderes mehr ist.«

»Connor, Connor! Sieh doch, da ist ein riesiger Kürbis!« Sie zeigt auf einen, der der größte sein muss, den ich je gesehen habe. »Können wir den mitnehmen?«

»Ich bin stark, aber nicht so stark.«

Neben mir schnaubt Ellie. »Der passt nicht ins Auto, Hadley.«

Hadley sieht sich um und findet einen anderen, der nur wenig kleiner ist als der erste. »Können wir so einen großen mitnehmen?«

»Hast du den Traktor mitgebracht?«, frage ich.

»Läuft der denn?«, prustet Ellie.

Ich kneife die Augen zusammen. »Noch nicht. Anscheinend braucht er noch ein Ersatzteil.«

Hadley packt meine Hand und zieht mich näher zu dem Kürbis. »Dann können wir ihn nicht mitnehmen, weil der Traktor *immer noch* kaputt ist.«

Wie kriegt jemand, der erst sieben ist, dieses Niveau an Sarkasmus hin?

»Und wir können keinen Kürbis mitnehmen, der so groß wie das Auto ist.«

Hadley seufzt dramatisch. »Na schön. Können wir dann ein Pony kriegen?«

»Uh«, sage ich und begreife nicht, wie wir von dem Kürbis auf ein Pony gekommen sind.

Ellie steht grinsend da, als wäre das rasend komisch, und ihre Miene sagt *Mal sehen, wie Connor mit der Frage umgeht.*

»Das kann ich nicht versprechen, Krümel. Ich komme ja kaum mit den Kühen klar.«

Sie wendet den Blick ab und scheint darüber nachzudenken. »Okay.«

Das war leicht.

»Vielleicht bald«, setzt sie hinzu. Dann nimmt sie meine Hand, und ich sage nichts weiter. »Sehen wir uns die Kürbisse an – ihr wisst schon, die, die Connor hochheben kann, ohne einen Kran zu benutzen.«

Wir gehen zu einer Reihe Kürbisse, und sie mustert jeden einzelnen eindringlich.

»Kannst du den hochheben?«, fragt Hadley und greift nach einem, der so groß wie ihre Hand ist.

Ich werfe ihr einen betont scharfen Blick zu, und sie kichert. »Du nimmst mich bloß auf den Arm.«

»Ich dachte, du könntest alle Kürbisse stemmen.«

»Du musst mich für wirklich stark halten.«

Sie nickt. »Du hast dicke Muskeln, oder, Mommy?«

Ich grinse Ellie hinterlistig zu. »Ja, Mommy, habe ich dicke Muskeln?«

»Ein großes Ego hast du.«

Hadley kratzt sich den Kopf. »Was ist ein Ego?«

Ellie seufzt. »Das ist die Meinung, die man von sich selbst hat. Und anscheinend hält sich Connor für superstark und gut aussehend.«

»Er sieht gut aus. Das hast du Sydney erzählt«, erklärt Hadley uns.

Ellie öffnet den Mund, und ich kann nicht anders, als sie ein wenig aufzuziehen. Das macht viel zu viel Spaß. »Das hast du, ja?«

»Vielleicht habe ich das mal erwähnt – ein Mal.«

Hadley legt ihren Kürbis hin, kommt herüber und nimmt uns beide an die Hand. »Ich finde, du siehst gut aus.«

»Danke, Krümel«, sage ich und drücke ihre Hand. »Ich finde deine Mommy sehr hübsch.«

»Findest du mich hübsch?«

»Du bist wunderschön«, erkläre ich ihr. »Du bist das schönste Mädchen auf der ganzen Welt.«

Hadley strahlt über mein Lob und lässt dann Ellies Hand los. Sie schlingt die Arme um meine Beine und drückt sie. Ihre Umarmungen sind die besten. Sie kommen aus der Mitte ihres Körpers und fühlen sich an, als würde man von Tentakeln umschlungen.

»Du brauchst mir kein Pony zu schenken, Connor.«

Ich lache, weil ihre Gedanken so beliebig umherspringen.

»Gut.«

»Ich nehme stattdessen einen Hund.«

Ellie schnaubt amüsiert. »Lasst uns mit einem Kürbis anfangen und dann weitersehen.«

Dreißig

Connor

Der heutige Tag war perfekt. Alles ist sogar noch besser gelaufen, als ich hätte planen können. Hadley hatte Spaß, und wir haben eine Unmenge an Äpfeln, Kürbissen und ein paar komisch aussehenden Teilen, die laut Ellie Flaschenkürbisse sind.

Ellie räumt gerade die Äpfel weg, und Hadley wartet darauf, dass wir zum Baumhaus gehen. Wir haben nicht nur Kürbisse für uns, sondern auch für das Baumhaus geholt, da sie erklärt hat, alle Häuser müssten geschmückt werden.

Vielleicht richte ich ja auf einer der Weiden ein Kürbisfeld ein, damit dieses Kind immer glücklich ist.

»Fertig?«, fragt Ellie, als sie mit den beiden Kürbissen und einer Tischdecke herauskommt.

»Wofür ist das denn?«

»Vorhänge.«

»Vorhänge?«

»Hadley muss sich ein wenig gemütlicher einrichten, und Vorhänge machen ein Haus zu einem Heim.«

Ich hatte ja keine Ahnung, dass sie so wichtig sind. Ich sehe ins Haus zurück, in dem keine Vorhänge angebracht sind. Ich glaube, mein Vater hat einmal im Suff alle Vorhangstangen von den Wänden gerissen. Nicht, dass ich denke, Vorhänge hätten *dieses* Haus zu einem Heim gemacht. Das konnte nur dadurch passieren, dass mein Vater gestorben ist und nicht mehr hier ist.

»Ich finde, dafür sorgen die Menschen, die darin leben«, erkläre ich und ziehe sie an die Brust. »Ihr habt dieses Haus zu einem Heim gemacht.«

Ellie lächelt sanft und gibt mir einen schnellen Kuss. »Ich finde, wir sollten es ihr jetzt sagen.«

»Jetzt?«

Mein Herz rast, und meine Nerven flattern. Ich bin eigentlich kein Mann, der Furcht verspürt. In meiner Zeit beim Militär habe ich gelernt, die Angst wegzuatmen und nicht zuzulassen. Doch in diesem Moment komme ich nicht dagegen an. Sobald wir es Hadley sagen, wird sich ihre Welt verändern. Meine ist schon auf den Kopf gestellt worden, aber ich bin erwachsen. Sie ist ein Kind, und ich mache mir Gedanken darüber, wie sie es aufnehmen wird.

»Je länger wir warten, umso stärker habe ich das Gefühl, dass wir ihr das vorenthalten. Sie soll wissen, dass ihr Vater sie so gern mag, dass er ihr einen solchen Tag bereitet. Das will ich ihr schenken – dich als ihren Vater.«

Ich öffne den Mund, aber es kommen keine Worte heraus. Ich spüre, wie meine Handflächen feucht werden, und fühle mich wieder wie ein Kind, nicht wie mein erwachsenes Ich.

Es ist Nervosität und Aufregung, Adrenalin und Erwartung.

»Bist du nicht bereit?«

»Doch, ja«, gebe ich schnell zurück. Damit hat es nichts zu tun. Ich war noch nie so bereit zu etwas. »Ich bin mir sicher, und ich möchte es ihr sagen. Ich dachte nur nicht, dass du schon so weit bist.«

»Es ist Zeit.«

Sie hat recht. Es ist Zeit.

»Gehen wir zum Baumhaus.«

Hadley kommt mit einem Korb und ihrer Puppe nach draußen gerannt. »Ich habe Apfelsaft, Becher und Plätzchen mitgebracht.«

»Woher hast du die Kekse?«, fragt Ellie.

»Aus der Küche.«

»Natürlich, was frag ich auch.«

Ich unterdrücke ein Lachen, denn Hadley hat für eine Siebenjährige ein großartiges Timing. Zu dritt machen wir uns auf den Weg zu dem Baum, der mir inzwischen mehr bedeutet, als ich je ahnen konnte. Hier habe ich mich versteckt, wenn ich Angst hatte, und gefunden, was ich verloren hatte.

Und jetzt wird hier hoffentlich noch ein weiteres Stück meines Lebens an den richtigen Platz gerückt.

Schweigend gehen wir nebeneinanderher – jedenfalls Ellie und ich. Hadley plappert von Hundewelpen und Kürbissen, bis sie das Baumhaus sehen kann. Dann schießt sie davon wie ein Pfeil und klettert die Treppe hoch, die ich ihr gebaut habe. Es ist kein Baumhaus, wie ich es gehabt hätte. Es besitzt ein Dach, zwei Fenster und auf der Rückseite eine kleine Veranda, die ich diese Woche angebaut habe.

Ich will nicht, dass dieser Baum ein Versteck für sie ist. Er soll ihr etwas anderes bedeuten. Das Baumhaus soll ihr Freude schenken und ein Ort sein, an den sie sich später gern erinnert. Wenn ich fertig bin, werde ich ihr wahrscheinlich ein Bad und eine Küche errichtet und Strom und Wasser angeschlossen haben.

»Du hast eine Veranda gebaut?«, fragt Ellie.

»Keine Ahnung, wo die herkommt.«

Sie verdreht die Augen. »Du weißt genau, dass sie auch mit

der Sperrholzplatte glücklich gewesen wäre, solange du mit ihr hergekommen wärst.«

Eben deswegen habe ich bei diesem Baumhaus ja so übertrieben.

»Schon, aber sie soll alles haben, was ich ihr schenken kann. Dieses Kind ist durch die Hölle gegangen, und wenn ihr etwas ein Lächeln entlockt, dann tue ich es.«

Ellie nimmt meine Hände und sieht zu mir auf. Die Worte, die sie vorhin zu mir gesagt hat, hallen immer noch in meinem Herzen wider, und ich kann es nicht abwarten, sie noch einmal zu hören.

Wir nehmen beide nichts anderes wahr, bis wir neben uns Hadleys Stimme vernehmen. »Willst du meine Mom heiraten?«

Niemand könnte behaupten, dieses Kind wäre taktvoll.

»Irgendwann vielleicht, aber im Moment lassen wir jeden Tag auf uns zukommen.« Ich hoffe, das ist die richtige Antwort.

»Möchtest du denn, dass Connor für immer einen Platz in deinem Leben hat?«, fragt Ellie, und es ist klar, worauf sie mit diesem Gespräch hinauswill.

Ich kämpfe meine Nervosität nieder. Wenn Ellie geglaubt hätte, es würde Hadley bestürzen, dass ich ihr leiblicher Vater bin, dann wären wir jetzt nicht hier draußen.

»Ja! Ich hab ihn lieb, und er ist mein bester Freund. Außerdem ist er lustig und sieht gut aus, und er schenkt mir einen Hund.«

»Davon habe ich nichts gesagt.«

»Machst du aber. Du hast mich lieb, und ich bin entzückend.« Sie klimpert mit den Wimpern und kneift die Lippen zusammen.

Sie ist reizend, und wahrscheinlich hat sie recht. Ich würde ihr jeden Wunsch erfüllen, daher auch die Veranda an einem Baumhaus.

»Tja, wie dem auch sei …«, fällt Ellie schnell ein, die Hadley mit ihrem Charme sichtlich nicht beeindruckt. »Was, wenn ich dir erzähle, dass ich Connor schon früher gekannt habe, lange vor deiner Geburt?«

»Ihr habt euch gekannt?«

Hadley sieht zwischen uns hin und her, und ich nicke.

»Ja.«

»Wir haben uns ein Mal getroffen, und das war … also, etwas ganz Besonderes«, fährt Ellie fort. »Verstehst du? Nicht lange davor waren deine Grandma und dein Grandpa gestorben, und ich war sehr traurig. An diesem Tag hat Connor mir geholfen und mein Herz wieder froh gemacht.«

Lächelnd sieht sie mich an. »Genau wie bei mir?«

»Genau«, werfe ich ein. »Ich mag es zufällig, euch beide glücklich zu sehen.«

Ellie stößt stockend den Atem aus. »Was ich dir sagen will, ist … Nun ja, in dieser Nacht hat der liebe Gott mir ein Baby geschenkt.«

»Mich?«

Lächelnd nickt sie schnell. »Ja, dich. Mein wunderschönes, vollkommenes, liebes, kleines Mädchen. Connor und ich haben einen Test gemacht, und der hat uns verraten, dass er dein richtiger Dad ist.«

»Aber … ich habe schon einen Dad.«

Ich hocke mich neben sie. »Ja, doch wir beide haben das gleiche Blut.«

Ellie kniet nieder und nimmt Hadleys Hände. »Wir haben das erst vor ein paar Tagen erfahren, und dein Dad und ich haben direkt nach meiner Begegnung mit Connor geheiratet. Aber Connor ist dein *richtiger* Vater, nicht Kevin.«

Wir verharren beide vollkommen reglos und warten darauf, dass Hadley etwas sagt. Sie steht da und verdaut noch, was sie gerade herausgefunden hat.

»Daddy ist nicht mein Daddy?«, fragt sie mit leicht bebender Stimme.

Verdammt, das bricht mir das Herz, und ich will ihr nicht wehtun. Aber gleichzeitig bin ich froh darüber, dass wir es ihr sagen.

»Nein, Baby, doch du musst nicht aufhören, ihn lieb zu haben. Ich weiß zwar nicht, wann du ihn wiedersehen wirst, aber du darfst ihn immer in deinem Herzen bewahren.«

Ich denke daran, was er zu Ellie gesagt hat, und muss mich beherrschen, um nicht zu verlangen, dass Hadley ihm nicht einmal das zugesteht.

Sie ist freundlich und steht für alles, was auf der Welt gut ist, und er ist das pure Gift.

Ich bin froh, dass er so leicht auf die beiden verzichtet hat, denn ich bin mehr als bereit, die zwei zu behalten.

»Hadley«, sage ich, und das Herz pocht mir bis zum Hals, »ich will dich nicht verwirren oder traurig machen. Du brauchst mich nicht Dad oder so zu nennen, wenn du nicht willst, dann bin ich eben für immer Connor für dich. Hätte ich gewusst, dass du mein Kind bist, hätte ich sofort nach dir gesucht. Aber jetzt werde ich so viel Platz in deinem Leben einnehmen, wie du willst. Zwischen uns braucht sich nichts zu ändern, bis du bereit dafür bist.«

Verwirrt sieht sie zu mir auf. »Du bist mein Dad?«

»Ja, und ich bin sehr glücklich darüber, dass du meine Tochter bist.«

Hadley lässt Ellies Hand los und kommt zu mir herüber. Sie legt die Händchen um mein Gesicht und lächelt. »Ich habe mir gewünscht, du wärst mein Daddy.«

Bei diesen Worten verändert sich meine ganze Welt, und ich schwöre, ich könnte heulen.

»Ich bin nicht müde«, jammert Hadley.

»Wenn du jetzt nicht ins Bett gehst, kannst du morgen nicht rechtzeitig für die Schule aufstehen.« Ellie lässt ihr keinen Verhandlungsspielraum. »Geh dir die Zähne putzen.«

Ein Teil von mir möchte Ellie bitten, sie zu Hause bleiben zu lassen. Nach einem Tag, wie wir ihn erlebt haben, können wir doch sicher noch ein wenig so tun, als existiere die Welt um uns herum nicht.

»Lauf zu, Krümel«, sage ich und stärke Ellie den Rücken.

Ich mag mir ja wünschen, Hadley zu Hause zu halten, aber ich bin kein Idiot.

Ihre anerkennende Miene verrät mir, dass ich das gut gemacht habe, und ich möchte mich gut schlagen. Ich will der Partner sein, der sie unterstützt, und das heißt, dass ich nicht immer der Gute sein darf.

Wenn Dempsey und Miller mich jetzt sehen könnten …

Hier stehe ich, Mr Familienmensch, und bin verdammt überglücklich damit. Das hatte ich nie verstanden – wie ein Kind deine ganze Welt verändern kann. Ich habe miterlebt, wie Liam vom Junggesellen des Jahres buchstäblich innerhalb weniger Monate zum Familienvater geworden ist. Ich dachte, Natalie wäre vielleicht eine Granate im Bett oder so, aber ich war ein verdammter Trottel. Das war Liebe.

Der Grund war, einen anderen Menschen gefunden zu haben, der einem so wichtig war, dass man bereit gewesen ist, all seine dummen Regeln zu vergessen. Ellie ist der Teil meines Herzens, von dem ich nicht wusste, dass er mir gefehlt hat. Sie hat mich in die Knie gezwungen, und es ist mir egal, ob ich je wieder aufstehen kann.

Hadley geht schmollend ins Bad, und eine Sekunde später höre ich Wasser laufen. Sie macht sich bettfertig.

»Was denkst du?«, fragt Ellie, tritt hinter mich und umschlingt mich.

Solche Zuneigungsbekundungen gesteht sie sich normalerweise nur zu, wenn Hadley schläft.

»Dass ich dich liebe.«

Das bringt sie zum Lächeln, und Liebe und ein wenig Besorgnis treten in ihren Blick. Ich kann den Tag nicht abwarten, an dem ich Letzteres nicht mehr sehen werde. »Sag's noch einmal.«

»Ich liebe dich.«

Ich sage es schnell, und ich werde es noch eine Million Mal sagen, bis sie es glaubt. Sie hat ja keine Ahnung, was es mir bedeutet, dass sie es ausgesprochen hat, ohne dass ich sie dazu aufgefordert hätte.

Ellie stellt sich auf die Zehenspitzen und küsst mich sanft. »Ich liebe dich auch, Connor, und heute … also, das hat mir alles bedeutet. Sie hat es besser aufgenommen, als ich mir je hätte vorstellen können, und es fühlt sich an, als lächle die Welt auf uns hinunter.«

»Weil es so ist. Wir haben es verdient, glücklich zu sein, und ich glaube, wir haben beide genug Mist für ein ganzes Leben erfahren.«

»Finde ich auch, und hoffentlich …«, sie küsst mich noch einmal, und ihre Augen werden ein wenig dunkler, »werden wir heute Abend noch glücklicher sein.«

»Wie glücklich?«

Ellie zuckt die Schultern. »Wir werden sehen.«

Gott, diese Frau versucht, mich umzubringen. Ich würde gern sehr, sehr glücklich sein, aber bei ihr nehme ich alles, was ich kriegen kann. Ich bin ja geduldig, doch ich bin auch ein Mann, der unsagbar verliebt in die Frau in seinen Armen ist, und ich würde es ihr gern zeigen.

Sie macht sich los und streicht sich das Haar hinters Ohr.

Gerade da platzt Hadley ins Wohnzimmer. »Kann Connor mir heute Abend vorlesen?«

Ellie sieht mich an. Normalerweise liest sie Hadley vor, daher warte ich darauf, dass sie mir die Erlaubnis gibt.

»Natürlich«, sagt Ellie mit einem Lächeln, das ich nicht deuten kann.

»Bist du dir sicher?«

»Hundertprozentig.«

»Danke, Mommy!« Hadley rennt zu ihr, umarmt sie fest und springt dann auf mich zu.

»Fertig?«

»Fertig.«

Dann zerrt mich Hadley praktisch in das Zimmer, das jetzt ihr gehört. Das Bett ist ein Stück vom Fenster abgerückt worden, weil sie sich einmal vor etwas gefürchtet hat, das sie draußen gesehen hatte, und das Bettzeug ist rosa und nicht dunkelblau wie damals, als es Seans Bett war.

Merkwürdig, dass mein Vater uns so sehr hasste, dass er uns verprügelt hat, aber, nachdem wir fortgegangen waren, nichts von allem, was ihn an uns erinnert hatte, weggeworfen hat.

Alles war noch so wie früher, als wir hier lebten. Genau so, wie meine Mutter es zurückgelassen hatte. Bis wir es ausgeräumt haben und das emotionale Gepäck losgeworden sind.

Im Lauf der letzten paar Monate sind Gegenstände einfach … aufgetaucht. Eine Pflanze im Wohnzimmer, Blumen auf dem Tisch und diese Fußbodenmatten im Badezimmer.

Jeden Tag hat Ellie mehr aus diesem Haus gemacht. Jetzt werden wir eine Familie. Und das macht mich glücklich.

»Also, wie stellt deine Mom das sonst an?«

Hadley sitzt auf dem Bett und klopft auf die Decke. »Zuerst musst du ein Buch aussuchen. Ich mag die da drüben.«

»Okay, das Buch aussuchen.« Ich komme mir wie ein totaler Idiot vor. Das hätte ich wissen können. Ich trete an den Stapel und halte Ausschau nach einem, das zerlesener aussieht als die anderen, denn ich gehe davon aus, dass sie ein Lieblingsbuch hat. »Irgendwelche, die du lieber magst?«

Sie zuckt die Schultern. »Ich liebe sie *alle*.«

»*Grünes Ei mit Speck?*«, frage ich.

Wer liebt Dr. Seuss nicht? Meine Brüder und ich haben *Go, Dog. Go!* geliebt. Nicht überraschend. Darin ging es vor allem darum, schnell zu fahren und keine Mützen zu mögen.

Hadleys Augen leuchten auf. »Ich hasse *Grünes Ei mit Speck*.«

»Magst du's vielleicht hier und da?« Ich zwinkere ihr zu und trete ans Bett, obwohl ich mir nicht wirklich sicher bin, wo ich mich setzen soll.

Hadley rutscht zur Seite, und ich folge ihrer Anweisung. Ich lehne mich mit dem Rücken an die Wand, und sie tut es mir nach. Doch statt den Kopf zurückzulegen, schmiegt sie ihn an meinen Arm. Mit ihren kleinen Händen umfasst sie meinen Bizeps, und ich schwöre, sie hält stattdessen mein Herz in den Händen.

Ich sehe auf sie hinunter und frage mich, wieso Gott mich überhaupt für würdig gehalten hat, Vater zu werden. Nach all den schlimmen Dingen, die ich getan habe, verdiene ich sie nicht.

Trotzdem ist sie mein Kind, und in diesem Moment schwöre ich einen neuen Eid. Ich werde nie etwas tun, um sie zu beschämen. Ich werde ehrlich, ergeben und verlässlich sein.

»Liest du es jetzt?«, fragt sie und schaut zu mir auf.

»Ja«, antworte ich, aber nicht nur auf ihre Frage, sondern auch auf meinen lautlosen Schwur.

»Wie hast du eigentlich meine Mom getroffen?«, will sie wissen, nachdem ich die erste Seite gelesen habe.

Mist.

Das kann ich nicht beantworten, also muss ich mich vage ausdrücken. Ein guter Plan – glaube ich.

»Wir sind uns in einem Restaurant begegnet.«

Das ist nicht gelogen. In der Bar wird auch Essen serviert, und ich habe Ellie sogar letzte Woche dorthin eingeladen. Das reicht.

»Hast du sie geküsst?«

Oh Gott. Wo steckt Ellie nur?

»Ja, ich habe sie geküsst.«

Hadley lässt sich das durch den Kopf gehen. »Hast du sie geliebt?«

»Deine Mom ist sehr liebenswert.«

In meinem Kopf formt sich nur das Wort *Ausweichen*. Ich möchte jeder möglichen Frage ausweichen und endlich die Geschichte vorlesen. Also schlage ich das Buch wieder auf und fange an, aber Hadley will nichts davon wissen.

»Glaubst du, du heiratest sie?«

Vielleicht ist es ja das Beste, eine Frage mit einer anderen zu beantworten. »Soll ich das denn?«

Sie nickt. »Dann bist du richtig mein Dad.«

Hier muss ich wieder vorsichtig sein. Ich will ihr keine Angst damit einjagen, was all das wirklich für sie bedeutet. Aber gleichzeitig will ich sie beruhigen und ihr versichern, dass ich immer für sie da sein werde. Ich werde sie nie im Stich lassen.

»Ich bin jetzt schon dein richtiger Dad. Ich werde immer dein Vater sein, Hadley. Für alle Zeit. Wir beide sind verwandt, durch unser Blut und im Herzen.«

Nun lächelt sie. »Dann werde ich immer deine Tochter sein, ganz gleich, was passiert?«

»Immer.«

»Auch wenn ihr nicht heiratet, Mommy und du?«

»Sogar, wenn das nicht passiert.«

Hadleys Augen leuchten auf, und dann legt sie den Kopf auf meinen Arm. »Ich bin froh.«

»Ich auch, Krümel. Ich auch.«

»Jetzt kannst du vorlesen.«

Das tue ich. Nach zwanzig Minuten und zwei weiteren Geschichten – denn anscheinend kann ich ihr nichts abschlagen – trete ich wieder ins Wohnzimmer, wo ich hoffentlich eine glückliche Ellie vorfinden werde.

Sie liegt auf der Couch und liest ein Buch, und ich lehne mich an den Türrahmen und sehe sie an. Sie ist so schön. Sie hat das dunkelbraune Haar oben auf dem Kopf zusammengesteckt und trägt ihre Brille. Ihre Schönheit ist nicht das Resultat großer Mühen, sie ist einfach so. Sie kaut auf ihrer Unterlippe und blättert dann um.

Ich möchte sie am liebsten in die Arme ziehen und küssen, bis sie ohnmächtig wird.

»Interessante Lektüre?«, frage ich.

Ich kann mich keine Minute länger von ihr fernhalten.

Sie zuckt ein wenig zusammen und lächelt dann. »Eine Liebesgeschichte über zwei Menschen, die einander wiederfinden. Sie waren eine Zeit lang getrennt und haben sich beide gefragt, wie es dem anderen geht, aber es gab Hindernisse, die sie voneinander ferngehalten haben.«

»Also eine Autobiografie?«

»Kommt mir ein bisschen vor wie unsere Geschichte, nur weniger dramatisch.«

Grinsend trete ich auf sie zu. »Ich könnte auch weniger Drama gebrauchen.«

Ellie legt das Buch weg, und nachdem ich mich gesetzt habe, schmiegt sie sich in meine Arme. »Das Drama macht es aber realistisch. Das Leben besteht aus Höhen und Tiefen. Nur der Schmerz versetzt uns in die Lage, die guten Teile zu spüren. Hätte ich nie gewusst, wie traurig es ist, mit dem falschen Mann zusammen zu sein, wäre es nicht dasselbe gewesen, als du nach Sugarloaf zurückgekommen bist.«

Kann schon sein, aber das heißt nicht, dass es mir gefällt, dass Ellie diese Art Traurigkeit erleben musste.

»Ich hätte dich lieber glücklich mit ihm angetroffen als in der Hölle, in der du gelebt hast. Auch wenn das bedeutet hätte, dass ich nie mit dir zusammengekommen wäre.«

Sie kuschelt sich an meine Seite. »Ich möchte lieber dich. Ich glaube, im Herzen habe ich nie einen anderen geliebt. Ich bin genau da, wo ich hingehöre.«

»Ich hasse es trotzdem, dass du in der Zeit, die ich gebraucht habe, um dich wiederzufinden, so viel durchgemacht hast.«

Ellie hebt mir das Gesicht entgegen und lächelt sanft. »Jetzt ist ja alles vorbei. Meine Scheidung ist bald rechtskräftig, und Hadley ist unser Kind. Den Rest bringen wir auch noch in

Ordnung, und dann können wir beide unsere Vergangenheit hinter uns lassen.«

Ich will noch etwas sagen, aber da hämmert jemand an die Tür.

»Bleib hier«, befehle ich ihr.

Hier kommt nie jemand vorbei.

Ich trete an ein Regal, in dem sich ein versteckter Safe mit einer Waffe befindet. Er braucht eine Sekunde, um meinen Fingerabdruck zu scannen, aber dann öffnet sich die Front, und ich schnappe mir den Revolver.

Ellies Augen weiten sich, doch sie rührt sich nicht. Wahrscheinlich hätte ich erwähnen sollen, dass sich im Hause viele solcher Verstecke befinden. Es war mein Ernst, als ich versprochen habe, sie zu beschützen.

Ich richte die Waffe an meinem Bein entlang nach unten aus und mache mich bereit, jede Bedrohung abzuwehren.

Es klopft noch einmal.

»Was kann ich für Sie tun?«, frage ich und lege den Finger um den Abzug.

»Du kannst die verdammte Tür aufmachen, bevor ich mir hier den Hintern abfriere.«

Verflucht. Das kann ich heute Abend wirklich nicht gebrauchen.

Ich lege den Revolver auf den Beistelltisch, öffne die Tür und seufze, während ich den Mistkerl wütend anstarre, der auf der Veranda steht. Declan stattet mir einen Besuch ab, und ich frage mich, wieso.

»Was? Freust du dich etwa nicht, mich zu sehen? Kein ›Willkommen zu Hause, Bruder! Schön, dass du da bist!‹?«

»Ich habe dich nicht erwartet, Dec. Hatte keine Ahnung, dass du vorbeikommen würdest.«

»Ja, ich habe mit Jacob und Sean geredet und den Kürzeren gezogen. Ich soll mir ansehen, wie alles läuft, sichergehen, dass das Gespräch, das wir geführt haben, nicht das Resultat einer Gehirnerschütterung war, und dein Mädchen kennenlernen.«

Schön für ihn, aber ich will ihn nicht hierhaben. Ich war kurz davor, einen glücklichen Abend zu verbringen, und der hat sich gerade in Luft aufgelöst.

»Such dir ein Hotel«, sage ich und versuche, die Tür zu schließen.

»Connor?«, fragt Ellie von der anderen Seite aus. »Alles in Ordnung?«

Mein Bruder schiebt sich durch die Tür und strahlt so charmant wie immer. »Du musst Ellie sein. Ich bin Declan, der ältere und schickere Bruder dieses undankbaren Kerls.« Er schlägt mir auf die Schulter. »Ich wollte euren Abend nicht unterbrechen, aber ich hatte ein paar Tage keine Meetings und wollte herkommen.«

»Oh!« Sie stürzt herbei und streckt die Hand aus. »Es ist so schön, dich kennenzulernen. Ich bin Ellie, doch das weißt du ja schon. Ich habe so viel von dir gehört.« Ellies Stimme klingt sanft, und dann sieht sie an sich hinunter. »Ich sehe furchtbar aus. Bitte lass dich nicht von diesem Aufzug abschrecken.«

»Natürlich nicht. Es ist spät, und ich bin unangekündigt vorbeigekommen. Bitte beurteile mich nicht nach den nicht existenten Manieren meines Bruders, dann sind wir quitt.«

Sie lacht, und ich durchbohre seinen Hinterkopf mit Blicken. Was für ein Schwachkopf.

»Dec wollte sich gerade ein Hotel suchen.«

Ich schiebe mich neben Ellie. Keine Ahnung, warum mein Bruder hier ist. Aber ich glaube nicht, dass es ein Freundschaftsbesuch ist. Wenn ich raten müsste, ist er gekommen, um sich davon zu überzeugen, dass Ellie mich nicht manipuliert und ich das Land nicht kaufen will, weil ich von meinem Schwanz gelenkt werde. Gott bewahre, dass ich glücklich werde. Nur weil er zu feige ist, um sich um das zu bemühen, was er will, heißt das noch nicht, dass das auch für mich gilt.

»Ein Hotel?«, fragt Ellie.

Declan wirft mir einen Blick zu und schaut dann wieder Ellie an. »Gibt es in Sugarloaf überhaupt ein Hotel? Ich dachte, du würdest mir wenigstens ein Zimmer anbieten.«

Ellie schlägt mich auf die Brust. »Du kannst ihn doch nicht zwingen, in ein Hotel zu gehen!«

»Und ob.«

»Ich habe euch hoffentlich nicht an einem wichtigen Abend gestört, oder?«

Declans Grinsen erweckt in mir den Wunsch, ihm ins Gesicht zu boxen.

»Doch.«

»Nein«, antwortet Ellie gleichzeitig.

Er grinst mir selbstgefällig zu, als wisse er ganz genau, was er heute Abend ruiniert hat. Schön, er ist nicht der Einzige, der etwas gegen den anderen in der Hand hat. Declan vergisst nur, dass diese Stadt klein ist und wir nicht mehr in den Zeiten leben, bevor es Handys gab und man sich aus dem Haus schleichen musste, um jemanden zu treffen. Ich kann einem Mädchen, dem er aus dem Weg geht, im Handumdrehen eine Nachricht schicken.

»Wir haben nur gerade Hadley … unsere … meine …«

»Unsere Tochter«, werfe ich ein und erspare ihr die Überlegung, ob ich es ihm gesagt habe oder nicht.

Ihr Lächeln ist warmherzig, und ihr Gesicht strahlt vor Freude. »… unsere Tochter ins Bett gebracht. Ihr Jungs habt sicher viel zu besprechen, und es ist spät geworden. Ich gehe schlafen.«

»Bitte hab nicht das Gefühl, dass du dich meinetwegen zurückziehen musst«, versucht Declan, sie aufzuhalten.

»Nein, das ist es nicht. Ich muss morgen früh arbeiten, und ich bin wirklich erledigt.«

Ich könnte meinen Bruder erwürgen.

»Warum gehst du nicht ins Bett, Dec? Du bist sicher müde nach deiner langen Fahrt, um uneingeladen hier aufzutauchen. Ellie und ich wollten reden.«

»Es ist echt okay, Connor, wir können uns doch jederzeit unterhalten. Ihr habt euch bestimmt viel zu sagen, du und dein Bruder.« Sie tritt auf mich zu und küsst mich auf die Wange. »Gute Nacht.«

»Ich wollte wirklich, dass wir glücklich sind.« Ich weiß, dass ich wie ein quengelndes Kind klinge, aber das ist mir egal.

Sie lächelt. »Wir können morgen glücklich sein.«

Declan lacht, tarnt es aber als Husten.

Er ist so gut wie tot.

Ellie errötet und tritt einen Schritt zurück. »Gute Nacht, und es war nett, dich kennenzulernen.«

»Ebenfalls, Ellie.«

Als sie nicht mehr zu sehen ist, wende ich mich an meinen Bruder. »Was zum Teufel willst du hier, Declan?«

»Wir müssen reden, und ich dachte, das sollten wir am besten persönlich tun.«

Er wendet sich ab und geht nach draußen, sodass mir nichts anderes übrig bleibt, als ihm zu folgen.

Einunddreißig

Connor

Declan und ich bewegen uns schweigend, und ich spüre die Anspannung, die er ausstrahlt.

Er läuft immer weiter. Am liebsten würde ich ihm befehlen, stehen zu bleiben und es auszuspucken, doch ich kenne meinen Bruder. Sean und Jacob kann man Druck machen, aber Dec nicht. Er geht alles im Kopf durch, wägt jede Option ab und greift erst dann an. Deswegen ist er geschäftlich auch so erfolgreich. Er sieht sich das Spielfeld an, bevor er seinen Schachzug macht.

Als wir die Scheune erreichen, an deren Reparatur ich mich abgerackert habe, bleibt er schließlich stehen. »Sie ist hübsch.«

Zuerst bin ich mir nicht sicher, ob er die Scheune oder Ellie meint, aber dann wirft er einen Blick zurück zum Haus.

»Sie ist mehr als nur hübsch«, erwidere ich.

»Ist es das? Eine Schwärmerei oder wie auch immer du das nennen willst?«

»Zur Hölle mit dir, dass du mich das überhaupt fragst«, gebe ich scharf zurück. »Ich habe ein Kind, Dec. Ein verdammtes Kind. Ich liebe diese Frau, und ich liebe meine Tochter.«

Er hebt beide Hände. »Mach mal halblang! Ich erkundige mich nur, weil du es warst, der gesagt hat: ›Verdammt soll dieser Ort sein!‹ und ›Brennt alles nieder!‹, als ich dich zuletzt gesehen habe. Jetzt willst du ein Stück Land auf genau der Farm kaufen, von der wir geschworen haben, nie zurückzukommen. Keine Ahnung, wie zum Teufel du auf die Idee gekommen bist, dass nicht einer von uns kommen würde, um festzustellen, ob du von Aliens entführt worden bist oder so. Sie hätte ebenso gut herausfinden können, wer ich bin, und dich erpressen.«

Ich balle und öffne die Fäuste mindestens dreimal und beschließe dann, eine Minute beiseite zu gehen. Ich habe mir nie wirklich gewünscht, im Zorn die Fäuste gegen meine Brüder zu heben. Alle anderen Versprechen bin ich vielleicht bereit zu brechen, aber dieses eine werde ich immer halten. Declan muss wissen, wie verärgert ich bin, denn er schweigt, während ich das verdaue.

Sobald ich ruhig genug bin, drehe ich mich zu ihm um. »Du kannst ja vielleicht das, was du dir wünschst, hinter dir lassen, doch für mich ist das keine Option. Wenn ihr drei mir das Land nicht verkaufen wollt, ist das in Ordnung. Dann nehme ich meinen Anteil aus dem Verkauf der Farm und kaufe mir etwas Eigenes. Ihr braucht mich nicht zu verstehen oder meiner Meinung zu sein, aber ich dachte, ihr würdet meine Entscheidung wenigstens respektieren.«

»Das mache ich doch! Deswegen bin ich verdammt noch mal gekommen! Ich habe Sean und Jacob angerufen, die dich für verrückt halten, sie wollen allerdings auch, dass du glücklich bist. Wie viel weißt du über Ellie?«

Ich schwöre, er versucht, mich absichtlich auf die Palme zu bringen.

»Genug.«

»Das glaube ich nicht, Connor.« Ein kurzes Schweigen tritt ein, und ich möchte ihn am liebsten auffordern, mir zu sagen, was zur Hölle los ist, aber ich zwinge mich zum Abwarten. »Ich bin gekommen, weil du etwas erfahren musst, und wie gesagt, wollte ich dir das nicht am Telefon erzählen.«

»Wenn es so wichtig ist, dann sag's schon.«

Ich bin müde, und mein Bruder hat einen Abend ruiniert, der versprach, sich angenehm zu entwickeln. Ich habe nicht die Geduld, mir anzuhören, wie er um den heißen Brei herumredet.

Declan seufzt und fährt sich mit einer Geste, die untypisch für ihn ist, von oben bis unten übers Gesicht. Ich habe Declan schon bestürzt, zornig, enttäuscht und stolz erlebt, doch diesen Ausdruck kenne ich nicht. Er wirkt beinahe ... traurig.

»Was weißt du noch von jener Nacht?«

Mein ganzer Körper verkrampft sich, denn wir reden zwar über alles Mögliche aus unserer Vergangenheit, nur niemals über diese Nacht. Wir sprechen nie davon und sind zufrieden, so zu tun, als hätte sie nie stattgefunden. Damals war mir klar, dass ich meinem Vater nie verzeihen würde, ganz gleich, was passiert. In dieser Nacht hat er vier Jugendliche gezwungen, mit etwas umzugehen, das sie nie hätten auf sich nehmen dürfen. Er hat uns allen ein ganzes Leben voll Reue und Zorn aufgezwungen.

Declan hat versucht, uns drei zu schützen, aber das war unmöglich. Dad hat dafür gesorgt, dass wir alle untergehen würden, wenn einer es tat. Er wollte sichergehen, dass wir ihn wegen unserer Schuldgefühle schützen würden, weil wir einander immer beschützt haben.

»Ich erinnere mich an alles.«

»Ich auch. Sosehr ich versuche, es zu vergessen, ich kann nicht.«

»Warum redest du jetzt davon, Declan?«

Er seufzt und setzt sich dann auf einen Heuballen. »Du musst mich anhören, bevor du durchdrehst und tust, als hätte ich etwas getan, was du umgekehrt nicht auch getan hättest.«

»Okay.«

Ich sage das, aber ich meine es nicht. Wenn er etwas gemacht hat, was meine Beziehung zu Ellie und Hadley gefährdet, wird meinem Bruder das Ergebnis nicht gefallen.

»Schön. Also, ich erzähle dir jetzt alles, und du wirst zuhören, denn diese Familie ist das Einzige, worauf es mir ankommt, ob du es glaubst oder nicht. Und jeder, der sie bedroht, ist mein Problem. Ich habe zu hart dafür gearbeitet, dass wir vier nicht im Gefängnis gelandet oder elende Säufer wie unser Vater geworden sind.«

»Komm zum Punkt, Dec.«

Ich muss dazusagen, dass mein Bruder nicht gut darin ist, etwas hinauszuzögern. Es kommt ohnehin heraus, daher kann er es ebenso gut hinter sich bringen.

Doch Declan scheint damit zu kämpfen, obwohl er vier Stunden gefahren ist, um mir davon zu erzählen.

»Nach deinem Anruf habe ich Ellie durch meine Security überprüfen lassen.«

Jetzt schnappe ich gleich über. »Wie bitte?«

»Herrgott, ich habe getan, was jeder von uns getan hätte, Connor. Ich habe sie unter die Lupe nehmen lassen.«

Ich presse die Lippen zusammen und konzentriere mich darauf, durch die Nase zu atmen. »Du hast eine Grenze überschritten, Declan. Dazu hattest du kein Recht.«

Er hebt die Hände. »Ich hatte kein Recht? Ich bin dein verdammter Bruder, der zu dir gehalten, dich beschützt und alles für dich aufgegeben hat, genau wie du umgekehrt auch! Ich treibe keine Spielchen, Connor. Mir macht das keinen großen Spaß. Herzukommen und dir das hier zu zeigen war das Letzte, was ich wollte!«

»Mir was zu zeigen?« Ich lasse meine Stimme gleichmütig klingen. Declan ist offensichtlich aufgeregt, was mich nervös macht.

Er fährt sich mit den Händen durchs Haar und schüttelt den Kopf. »Lass mich zuerst erklären, was ich entdeckt habe.«

Ich bedeute ihm weiterzusprechen.

»Ich hatte nur den Anhaltspunkt, dass sie in Sugarloaf lebt und in der Nähe wohnen muss. Nach ein wenig Graben habe ich eine Ellie Walcott gefunden, die mit einem Kevin Walcott verheiratet ist. Er wurde kürzlich verhaftet, und die beiden haben eine Tochter.«

Ich verdrehe die Augen und schnaube. »Das weiß ich alles.«

»Halt einfach den Mund und lass mich erzählen.«

»Schön.« Viel Geduld habe ich nicht mehr.

»Es fiel meinen Leuten schwer, etwas über Ellies Hintergrund herauszufinden. Sie stammt nicht aus der Gegend, wie ich … angenommen hatte, denn wer zur Hölle zieht schon nach Sugarloaf? Also sind sie weiter zurückgegangen, und da haben wir ihre Geschichte entdeckt.«

»Ist sie eine Art Drogenhändlerin, und ihre Eltern sind auf dramatische Art ums Leben gekommen?«, ziehe ich ihn auf, da das ein wenig melodramatisch klingt.

Dann streckt er mir einen Umschlag entgegen. »Nicht genau das, aber weit bist du nicht davon entfernt.«

»Nicht weit wovon?«

»In diesem Umschlag stecken ihre Geburtsurkunde, ihre Heiratsurkunde und ein Polizeibericht. Daraus kannst du dir alles zusammenreimen.«

Ich kann ihm immer noch nicht folgen. »Was hat irgendetwas davon mit uns zu tun?«

Declan wartet. Sein Widerstreben ist fast mit Händen zu greifen. »Schlag die Akte auf, Connor.«

Ich atme lange durch die Nase aus und erfülle ihm die Bitte. Ich nehme die Dokumente und sehe zuerst ihre Geburtsurkunde und dann die Heiratsurkunde, die bescheinigt, dass sie Kevin geheiratet hat, und dann den Polizeibericht mit dem Datum, das ich nie vergessen werde.

Ich blicke Declan an, und mir weicht das Blut aus dem Gesicht. »Nein.«

»Ihr Mädchenname.«

Er spricht ihn aus, und gleichzeitig lese ich ihn.

Es muss die Wahrheit sein. Mein Bruder würde sich nicht vier Stunden hinters Steuer setzen, um mich anzulügen. Er würde nicht dieses Grauen im Blick tragen, wenn das nicht der einzige Name wäre, der alles zerstören könnte.

»Cody.«

Und dann ist dieser Tag nicht mehr perfekt.

Denn mein Vater ist der Mann, der Ellies Eltern getötet hat, und ich habe ihm dabei geholfen, es zu vertuschen.

Ich raufe mir stöhnend die Haare. »Nein! Zur Hölle, nein. Das kann nicht mein gottverdammtes Leben sein! Herrgott, das wird sie nie verstehen.«

»Hör mal, ich weiß, dass das viel zu verkraften ist, aber du darfst es ihr nicht sagen, Connor. Du *musst* uns alle schützen. Es geht nicht nur um dich – du könntest uns alle ins Verderben stürzen.«

Ich sehe meinen Bruder an, als hätte er zehn Köpfe. Es kann nicht sein Ernst sein, dass ich ihr das vorenthalten soll. »Das kannst du nicht von mir verlangen.«

»Glaubst du, das fällt mir leicht?«

Ist mir egal.

»Ich liebe sie, verdammt, Dec! Du kannst nicht von mir verlangen, sie anzulügen.«

»Willst du uns alle ins Gefängnis bringen? Du würdest auch dort landen, zusammen mit deinen Brüdern.« Er legt mir eine Hand auf die Schulter und krallt sie hinein. »Wir sind eine Familie. Wir sind alles, was wir haben, und wir müssen einander beschützen.«

Ich trete einen Schritt zurück. »Warum erzählst du es mir dann, verdammt?«, schreie ich und stoße ihn weg.

Declan taumelt ein Stück zurück, fängt sich aber.

»Weshalb bürdest du mir diese Last auf, du Mistkerl? Wie kommst du auf die Idee, ich könnte danach einfach mein Leben weiterführen? Begreifst du denn nicht, was das bedeutet? Hadleys Großvater hat ihre Großeltern umgebracht. Ich meine ... Verdammt, wie zur Hölle soll ich das für mich behalten?«

Ich erkenne Mitleid im Blick meines Bruders, und er seufzt. »Keine Ahnung, aber bis ich mit Sean und Jacob geredet habe, steht es dir nicht zu, dieses Geheimnis zu verraten. Ich habe es dir erzählt, denn wenn du es von Ellie erfahren hättest, hättest du das Gleiche getan.«

Bisher habe ich immer die Fähigkeit meines Bruders bewundert, klar zu denken. Aber in diesem Moment begreift er einfach nicht. Dazu ist er nicht in der Lage. Ellie ist nicht irgendjemand, den ich verlassen würde. Sie ist meine Zukunft.

»Keine Ahnung, wie lange ich ihr das verschweigen kann«, gestehe ich. »Ich will sie nicht verlieren, Dec. Wenn sie von allein dahinterkommt, wäre das das Ende. Ich würde sie und Hadley verlieren. Es tut mir leid, denn ich liebe dich und Sean und Jake, aber … ich würde mich für sie entscheiden. Und wenn ausgerechnet du das nicht verstehst, dann kannst du von mir aus zur Hölle fahren.«

Vor acht Jahren hat Declan eine Entscheidung getroffen, die ihn alles gekostet hat, was er liebte.

Sydney.

»Ich brauche ein paar Tage Zeit. Lass mich mit den anderen reden, und … wir lassen uns etwas einfallen. Tut mir leid, Bruder. Wirklich. Glaub mir, ich habe die Informationen dreimal überprüfen lassen und mir dann den Polizeibericht besorgt, weil ich nicht wollte, dass es wahr ist. Ich weiß, du denkst, wir sind alle sauer, weil du jemanden gefunden hast, aber wir freuen uns für dich. Wir wollen nicht, dass du darauf verzichtest. Gib … gib mir nur ein paar Tage Zeit, und dann lassen wir dem Schicksal seinen Lauf.«

Ein paar Tage lügen und ihr etwas vormachen … Gott, hilf mir.

Zweiunddreißig

Ellie

Ich sitze im Lehrerzimmer und versuche, mich irgendwie auf meine Arbeit zu konzentrieren. Heute muss ich vor meiner Chefin eine Lehrprobe ablegen, aber ich kann nur an Connor denken.

Ich muss mich zusammennehmen.

Als ich heute Morgen aufgestanden bin, waren er und sein Bruder schon unterwegs, und mir hat der Kaffee mit Connor auf der vorderen Veranda gefehlt. Inzwischen ist das unser Morgenritual, und jetzt fühlt sich mein Tag merkwürdig an, weil wir es verpasst haben.

Hadley war in der Früh vollkommen durch den Wind. Es war fast unmöglich, sie aus dem Bett zu bekommen. Sie war langsamer als sonst und musste alle drei Sekunden etwas fragen. Es war ein Wunder, dass ich heute pünktlich zur Arbeit gekommen bin.

Die Tür wird geöffnet, und Mrs Symonds kommt herein. »Bereit für nachher?«

Nein.

»Natürlich«, antworte ich stattdessen.

»Sie brauchen nicht zu lügen. Ich weiß, dass meine Lehrer Angst haben, wenn ich in ihrer Klasse sitze. Aber diese Lehrprobe ist aufregend, Ellie.«

Es ist meine letzte. Wenn ich heute gut beurteilt werde,

wird die Schule mir wahrscheinlich eine Festanstellung anbieten. Ich hoffe wirklich, dass es so kommt.

Ich hatte nie eine Wahl. Diese Stelle garantiert mir ein Einkommen und die Unabhängigkeit, die ich brauche. Connor und Kevin sind einander zwar vollkommen unähnlich. Aber das heißt nicht, dass ich mich je wieder von einem Mann abhängig machen werde.

Ich will Connor lieben und auf Augenhöhe mit ihm sein.

»Ich bin sogar wirklich bereit und hoffe sehr, dass das Ergebnis erfreulich für uns beide sein wird.«

Sie setzt sich an den Tisch und legt die Hände auf meine. »In den letzten paar Monaten sind Sie richtig aufgeblüht. Sie lächeln nicht nur öfter, als ich das je bei Ihnen gesehen habe, sondern auch Ihre Schüler machen gute Fortschritte. Ich wollte nie neugierig sein, was Ihr Privatleben angeht, darum bemühe ich mich bei allen anderen Lehrern ebenfalls. Aber Sie sollen wissen, dass ich erleichtert darüber bin, dass es Ihnen besser geht.«

»Das bin ich auch. Es ist traurig, dass es auf diese Art passieren musste, doch heute bin ich glücklich.«

»Wissen Sie, Connor war einer meiner Schüler«, sagt sie wehmütig lächelnd. »Er war der angenehmste der Arrowood-Jungs. Dieser Jacob war ein Stachel in meinem Fleisch, aber Connor war immer der gutherzigste von allen, auch wenn er sich selbst nicht so gesehen hat.«

Es fällt mir nicht schwer, mir vorzustellen, wie er damals war. Er war erst achtzehn, als wir uns begegnet sind, und ich ebenso. Wir waren noch gar nicht richtig erwachsen; Kinder, die gezwungen waren, ziemlich schnell groß zu werden.

»Er ist ein guter Mann.«

»Traurig, wie diese Jungs aufgewachsen sind. Ich kannte

ihre Mom, die eine ganz wunderbare Frau war, und ihr Vater hat sie so heftig geliebt, wie ich das noch nie gesehen hatte. Als sie gestorben ist, hat er vollkommen den Verstand verloren. Ich weiß noch, wie ich einmal vorbeigehen wollte und er so betrunken war, dass er wahrscheinlich seinen eigenen Namen nicht mehr wusste und schon gar nicht meinen.«

Ich sage nicht viel und sauge die Informationen auf, die sie mir unaufgefordert liefert. Connor und ich reden viel, aber ich will ihn nicht bitten, sich mit seiner Vergangenheit zu beschäftigen.

»Jedenfalls …« Sie scheint sich zu erinnern, wo wir sind. »Ich wünschte, ich hätte eingegriffen. Wir haben alle die blauen Flecken gesehen, aber damals haben Lehrer so etwas nicht oft gemeldet. Zumindest nicht in einer Kleinstadt wie dieser. Also haben wir alle geschwiegen und untereinander darüber geredet, wie tragisch die Lage der Arrowood-Brüder war. Seitdem lebe ich damit, das zu bereuen. Es hat mich aber auch gelehrt, nicht zu schweigen, wenn mir etwas auffällt.«

»Mehr Menschen müssen für die eintreten, die es selbst nicht können«, erkläre ich und hoffe, dass sie versteht, dass sie zu den Menschen gehört, die dazu beigetragen haben, dass ich aufgewacht bin. »Ohne die Leute, die sich etwas aus Hadley und mir gemacht haben, würde ich vielleicht heute nicht hier sitzen.«

Mrs Symonds verschlingt die Hände miteinander und seufzt. »Und das wäre ein Verlust gewesen, den ich nie verwunden hätte. Ich hoffe, der heutige Tag verläuft gut, Ellie. Ich würde mich freuen, wenn wir uns in Zukunft öfter unterhalten könnten.«

Ihre nicht gerade subtile Anspielung entlockt mir ein Lächeln. Noch etwas in meinem Leben, für das ich dankbar bin.

»Ich mich auch.«

»Wir sehen uns gleich. Ich muss mir nur noch einen Kaffee besorgen.«

Sobald Mrs Symonds gegangen ist, greife ich nach meinem Handy und entdecke eine Nachricht von Sydney.

Hey! Ich habe mit dem Richter gesprochen, und deine Scheidungspapiere werden heute unterzeichnet! Ich sollte sehr bald eine Kopie des Urteils bekommen.

Ich sacke gegen die Stuhllehne und stoße den Atem aus. Es fühlt sich an, als wäre das alles so schnell passiert. Sydney war heute für mich bei Gericht, und da Kevin den Scheidungsantrag nicht angefochten hat und ich nichts von seinen Vermögenswerten wollte, muss der Richter unterschrieben haben.

Ich werde heute geschieden.

Ich hatte gedacht, das würde sich anders anfühlen, vielleicht sogar ein wenig traurig. Nicht, weil ich ihn geliebt hätte und mir gewünscht hätte, es hätte funktioniert, sondern, weil ich es nicht geschafft habe, diese Ehe zu retten. In irgendeinem Winkel meines Kopfes habe ich wohl geglaubt, ich würde sie so erleben wie meine Eltern. Glücklich, verliebt und mit dem Wunsch, eine Familie zu gründen, und ich glaube, das ist zum Teil der Grund dafür, dass ich auch noch geblieben bin, als es so schlimm wurde.

Ich wollte sein wie die beiden.

Meine Mutter hatte allerdings einen Mann geheiratet, der nicht wie Kevin war. Sie hat nicht unter Zorn, Schlägen und dem nie endenden Gefühl gelitten, nicht gut genug zu sein.

Manchmal frage ich mich, ob sie an meiner Stelle geblieben wäre. Ich möchte gern glauben, dass sie es nicht getan hätte.

Ich schreibe Sydney eine Nachricht zurück.

Ich stehe unter Schock, aber das ist auch eine große Erleichterung. Danke. Danke für alles.

Sie antwortet umgehend.

Gern geschehen. Danke für dein Vertrauen.

Fast erzähle ich ihr, dass Declan in der Stadt ist, aber ich bin mir ziemlich sicher, dass sie das nicht gern hören wird. Außerdem weiß ich gar nicht, wie lange er bleibt. In der Nachricht, die Connor mir heute Morgen hinterlassen hat, hieß es, sie hätten geschäftlich zu tun, doch *er* würde mich später treffen – nicht sie beide.

Hadley habe ich allerdings erzählt, dass er hier ist, für den Fall, dass sie in der Stadt einen sehr großen Mann sieht, der Connor irgendwie ähnelt.

Du bist eine tolle Freundin, Syd, schreibe ich noch.

Ich selbst komme mir plötzlich nicht so vor.

Das Letzte, was ich will, ist, dass sie aus heiterem Himmel überrumpelt wird, also sollte ich sie wenigstens warnen, dass sie ihm begegnen könnte. Doch als ich anfange, die Textnachricht zu tippen, klingelt es, und ich muss zurück in meine Klasse.

»Mist«, rufe ich und werfe meinem Handy einen Blick zu.

Wenn ich die Nachricht sofort abschicke, kann ich die Fragen, die sie unvermeidlich stellen wird, nicht beantworten, und dann wird sie wahrscheinlich die nächste Stunde lang ausflippen.

Ich muss es ihr einfach später sagen.

Jetzt muss ich mir meinen Job sichern.

»Ich habe den Job!«, rufe ich, als ich durch die Tür trete und Connor, Hadley und Declan im Wohnzimmer antreffe.

»Wirklich?«, fragt er mit einem Lächeln, das seine Augen nicht ganz erreicht.

Ich nicke. »Ja. Mrs Symonds hat gesagt, ich hätte mich gut geschlagen, und mir dann eine Vollzeitstelle angeboten! Das heißt Sozialleistungen und Jahresurlaub. Ich bin so aufgeregt!«

Hadley kommt angerannt und umschlingt meine Beine. »Gut gemacht, Mommy!«

»Herzlichen Glückwunsch«, sagt Connor, küsst mich dann auf die Wange und zieht sich schnell wieder zurück.

Keine Ahnung, warum er sich so merkwürdig aufführt, aber ich gehe davon aus, dass es daran liegt, dass sein Bruder hier sitzt.

»Heute ist ein Tag voll großartiger Neuigkeiten.«

»Was gibt es denn sonst noch?«

Ich hebe einen Finger, um ihm zu signalisieren, dass er mir einen Moment Zeit lassen soll. Bei der letzten Nachricht möchte ich Hadley nicht dabeihaben. Sie scheint ja alles sehr gut aufzunehmen, doch das möchte ich nicht so einfach sagen. Sie weiß, dass ich mich von dem Mann scheiden lasse, den sie immer als ihren Vater gekannt hat, aber sie braucht nicht sämtliche Einzelheiten zu erfahren.

Ich sehe auf Hadley hinunter. »Bist du mit den Hausaufgaben fertig?«

»Jepp.«

»Und hast du deine häuslichen Pflichten erledigt?«

»Ja.«

Natürlich, der einzige Tag, an dem sie ihr Leben im Griff hat, ist ausgerechnet der, an dem ich sie eine oder zwei Minuten anderweitig beschäftigen muss. Hilfe suchend werfe ich Connor einen Blick zu.

Er legt die Hände auf ihre Schultern. »Warum zeigst du meinem Bruder nicht das Baumhaus?«

Sie reißt die Augen auf und strahlt Declan an. »Willst du es sehen?«

Er schaut Connor an und versucht, genauso viel Begeisterung aufzubringen wie sie, aber seine Miene wirkt beinahe schmerzlich. »Umpf, klar.«

Offensichtlich ist er niemand, der gut mit Kindern umgehen kann, und wenn ich Connor nicht sagen wollte, was Sydney mir mitgeteilt hat, würde ich mit Hadley und Declan hinaus zum Baumhaus gehen, nur um zuzusehen, wie der Mann in seinem teuer wirkenden Anzug hinaufklettert.

Connor grinst. »Ach, das wird dir gefallen, Dec. Du kannst mal wieder auf einen Baum steigen und fällst hoffentlich nicht herunter.«

»Toll. Klingt nach einem großen Spaß.«

»Lass dir Zeit mit ihm, Hadley. Er ist alt, und wahrscheinlich fällt es ihm schwer, sich schnell zu bewegen«, sagt Connor lachend.

Declan starrt ihn aufgebracht an. »Ich zeige dir gleich, wer hier alt ist.«

»Das könntest du versuchen, aber vielleicht brichst du dir dabei die Hüfte. Wenn du dir wehtust, komme ich nicht vorbei, um dir zu helfen.«

Er klingt, als wolle er ihn foppen, doch es liegt noch etwas anderes in seiner Stimme. Fast, als wäre er ihm böse, was ich nicht verstehe. Seit Declan hier ist, ist er wirklich nett gewesen.

Hoffentlich lerne ich bald auch seine anderen Brüder kennen, damit sie Hadley und mich irgendwann akzeptieren. Sie ist schließlich ihre Nichte. Der Gedanke ernüchtert mich. Sie hat eine ganze Familie hinzugewonnen. Vorher bestand sie aus Kevin und mir, und jetzt hat sie Connor und seine Sippe.

»Ich bin nicht lange weg, aber andererseits braucht ihr ja auch nicht so viel Zeit«, erklärt Declan und versetzt Connor einen Klaps auf den Rücken. »Du warst schon immer ein Typ, der viel zu schnell ist.«

Jetzt kann ich mich nicht mehr beherrschen und breche in Gelächter aus.

»Siehst du?« Declans Stimme bebt belustigt. »Sogar Ellie hat das schon gemerkt.«

»Oh nein. Ich habe doch gar nichts gesagt«, verteidige ich ihn schnell.

»Hadley, sieh zu, dass ihr da oben eine Teeparty veranstaltet. Declan liebt es, mit Puppen zu reden und zu spielen.«

»Okay!«, sagt sie begeistert.

Die beiden verlassen das Haus, und bevor ich ein Wort sagen kann, reißt mich Connor in die Arme und küsst mich so leidenschaftlich und intensiv wie noch nie. Normalerweise ist er nicht so aggressiv, aber ich habe das Gefühl, dass er wie getrieben ist.

Ich halte mich an ihm fest, erwidere den Kuss und lege alles hinein. Gestern Abend hatte ich etwas ganz Ähnliches vor. Ich wollte mich ihm hingeben – jedenfalls, so weit ich konnte.

Sein Mund fühlt sich auf meinem warm und weich an, und

ich will mehr. Ich öffne die Lippen, und dann bewegen wir uns gleichzeitig. Ich stehe mit dem Rücken zur Wand, und sein starker Körper presst sich gegen meinen, sodass ich auf äußerst angenehme Art gefangen bin.

Ich lasse die Finger an seinen Armen entlang zu seinem Nacken gleiten, und er vertieft den Kuss. Er bewegt die Hände an meinem Körper hinunter, greift unter meine Schenkel und hebt mich vom Boden.

Instinktiv schlinge ich die Beine um seine Mitte, und er trägt mich.

»Connor«, stoße ich atemlos hervor.

»Gott, du machst mich noch wahnsinnig. Ich begehre dich so sehr.«

»Ich brauche dich.«

Und das ist die Wahrheit. Ich brauche ihn, ich brauche uns beide zusammen, und es ist mir egal, dass das nicht so läuft, wie ich geplant habe. Nichts in meinem Leben verläuft je nach Plan. Wenn es das getan hätte, läge ich überhaupt nicht in den Armen dieses Mannes – und das wäre eine Sünde.

»Ellie«, murmelt er und sucht dann wieder meine Lippen. »Mein wunderschöner Engel.«

Wir küssen uns ununterbrochen – ein Kuss geht in den anderen über, sodass meine Lippen unter dem Ansturm anschwellen. Ich wünsche mir, das könnte ewig so weitergehen. Minuten verstreichen, und ich schwöre, ich möchte mir am liebsten die Kleider vom Leib reißen und jetzt über ihn herfallen.

Ich weiß nicht einmal, ob ich atme, denn auf dieser Welt existieren nur noch Connor und seine perfekten Lippen auf meinem Mund.

Er schiebt mich höher an die Wand und setzt seine Schenkel als Hebel ein, um mich aufrecht zu halten, und dann liegen seine Hände auf meinen Brüsten.

Ich weiß, dass ich ihm etwas erzählen wollte, aber ich erinnere mich nicht, was.

Etwas Bedeutsames.

Etwas über …

»Ich bin geschieden.« Ich stoße die Worte hervor, denn ich weiß, dass ich sie herausbringen muss, solange ich noch weiß, wie ich heiße.

Er hält die Hände still und sieht mich aufmerksam an. »Du bist …«

»Geschieden. Seit heute.«

»Das heißt …« Er hält inne.

»Das heißt, dass du und ich … Also, ich hoffe, es heißt, dass wir das, was wir hier gerade tun, auch tun können, wenn wir nicht versuchen, uns ein paar Sekunden zu stehlen.«

Er sieht auf unsere Körper hinunter und flucht. »Verdammt!«

»Hey«, sage ich schnell und berühre seine Wange. »Was ist los?«

»So wollte ich das nicht … Herrgott, Ellie. Es tut mir leid. Ich habe mich gerade wie ein Irrer benommen.«

Langsam setzt er meine Füße wieder auf den Boden und umfasst mein Gesicht mit seinen Händen, die ich eben wirklich gern auf meinen Brüsten gespürt habe.

»Ich habe dich genauso begehrt.«

»Wir müssen über vieles reden, und ich habe eine Minute lang den Verstand verloren.«

»Es ist gut«, versichere ich ihm. »Ich verspreche, dass wir noch genug Zeit zum Reden haben.«

In seinen Augen flackert etwas auf, das ich nicht ganz

deuten kann. »Es ist nur … Ich will das nicht jetzt und nicht hier. Nicht, wenn Hadley und Declan wieder hereinkommen könnten. Wir brauchen Zeit für uns, du und ich.«

Ich nicke. »Finde ich auch. Wir haben viel zu besprechen.«

»Ja.« Er haucht das Wort.

»Okay. Wann fährt dein Bruder wieder?«

Er sieht aus der Tür und streicht sich mit den Fingern durchs Haar. »Heute Abend. Er muss zurück nach New York.«

Das erleichtert ein wenig mein schlechtes Gewissen, weil ich Sydney nicht nach der Arbeit angerufen und ihr gesagt habe, dass er hier ist.

»Gut. vielleicht kann ich ja Syd fragen, ob Hadley morgen bei ihr übernachten kann?«

Ich habe vor, Connor ganz für mich zu haben.

Wieder erreicht sein Lächeln seine Augen nicht völlig. »Morgen also.«

»Morgen.«

Dreiunddreißig

Ellie

Vor dem Haus halte ich an und überprüfe mein Gesicht im Spiegel. Ich wünschte wirklich, ich hätte Zeit gehabt, mir etwas anzuziehen, was sexy ist, oder mich überhaupt ein bisschen aufzuhübschen. Immerhin habe ich zwanzig Minuten länger in der Dusche verbracht und mir Körperteile, die ich in den letzten paar Monaten vernachlässigt habe, rasiert und geschrubbt.

Ich will, dass heute Abend alles perfekt ist.

Hadley ist bei Sydney, wo die beiden einen ganzen Mädelsabend mit Nagellack, Frisuren und Filmen geplant haben. Ich habe meine Tochter ohne Ende über alles erzählen lassen, was sie vorhat, bis meine Freundin mich aus der Tür gescheucht hat. Sinngemäß hat sie noch eine Bemerkung gemacht, ich solle gute Entscheidungen treffen, und grinsend die Augenbrauen hochgezogen.

Ja, wir wissen alle, was heute Abend passieren wird.

Meine Nervosität trifft mich wie ein Schlag, ich erstarre. Ich weiß, dass ich ihn liebe, und ich will das. Ich weiß, wenn wir uns gestern Abend nicht Sorgen gemacht hätten, Declan und Hadley könnten zurückkommen, hätte ich mich gleich dort in der Diele von ihm ausziehen lassen.

Begehren und Vertrauen sind nicht das Problem – es ist die Angst, dass ich nicht sein werde, was er will.

Ich war nur ein Mal, in jener Nacht, mit ihm zusammen, und dann mit Kevin. Wenn man meinen Mann, der jetzt mein Ex ist, fragen würde, würde er behaupten, dass ich furchtbar schlecht im Bett sei.

Ich bin besorgt, Connor könnte das Gleiche denken.

Ich lasse den Kopf aufs Steuer sinken und mache mir ein paar lange Minuten Sorgen um ganz neue Themen, bis jemand an meine Scheibe klopft.

Ich schreie auf. »Was zum …«

Connor steht da und sieht mich mit besorgtem Blick an. »Hast du vor, dort zu bleiben?«

»Zuerst muss ich mich wieder daran erinnern, wie man atmet.«

Er schenkt mir ein sanftes Lächeln und öffnet die Tür. »Ich habe den Wagen gehört und gewartet, aber du bist nicht ins Haus gekommen.«

»Ich hatte so etwas wie Panik, doch jetzt geht es mir gut.«

Ich steige aus und nehme seine Hand.

Als wir zur Haustür kommen, wendet er sich mir zu. »Ellie, ich will nicht, dass du nervös bist. Ich möchte reden, und hoffentlich können wir …«

Ich lege die Hand an seine Lippen und bringe ihn zum Schweigen. Wir haben schon geredet, geredet und noch einmal geredet. Mehr davon kann ich heute Abend nicht gebrauchen.

Nein, heute Abend habe ich genug von Worten.

»Ich bin nicht nervös, Connor.« Und dann unterbreche ich mich, denn ich will ihn nicht anlügen. »Okay, doch, aber nicht so, wie du glaubst. Ich bin nervös, weil ich zum ersten Mal in meinem Leben das Gefühl habe, dass alles gut ist. Du bedeutest mir alles, und ich will, dass wir zusammenkommen, jetzt gleich …«

Ehe ich noch mehr sagen kann, liegen Connors Lippen auf meinen. Sie sind weich, sanft und ganz anders als gestern Abend.

Heute machen wir uns keine Gedanken über die Zeit oder andere Menschen. Jetzt gibt es nichts mehr, was uns daran hindert, einander zu lieben.

Ich weiche ein wenig zurück, um zu sagen, was in meinem Herzen ist. »Ich liebe dich.«

»Du hast ja keine Ahnung, wie sehr ich dich liebe, Ellie. Das kann ich unmöglich erklären.«

Ich hebe die Hand und streiche mit den Fingern über seine Bartstoppeln. »Dann zeig es mir. Reden können wir später.«

Er zögert kurz, dann beugt er sich vor und nimmt mich in seine Arme. Wir sagen nichts mehr, denn manchmal sind keine weiteren Worte nötig.

Wir erreichen sein Schlafzimmer, und er stößt die Tür auf. Mein Kopf liegt an seiner Brust, und ich höre seinen stetigen Herzschlag. Ich will mich an diesen Laut erinnern. Ich möchte jede Sekunde dieser Nacht unauslöschlich in mein Hirn einprägen.

Geliebt zu werden, wirklich geliebt zu werden, ist alles, was ich mir je gewünscht habe.

Er setzt mich aufs Bett und geht dann einen Schritt zurück.

»Was ist los?«

»Was los ist?«

»Na ja … du stehst … da drüben.«

Connor schließt die Augen und atmet durch die Nase. »Ich muss dir etwas sagen.«

Ich erhebe mich und trete zu ihm. »Wir haben in den letzten paar Monaten viel geredet, aber jetzt möchte ich nur fühlen. Wirst du mir die Bitte erfüllen?«

Er will, dass ich äußere, was ich will, und das tue ich. Ich will nicht über unsere Vergangenheit oder unsere Zukunft sprechen. Ich will die Gegenwart.

»Ich gebe dir alles, was du willst.«

Ich schüttle den Kopf. »Alles, was ich will, bist du.«

Ich stelle mich auf die Zehenspitzen und lege die Lippen auf seine. Er hat keine Ahnung, wie heftig mein Herz klopft oder dass seine Worte mich in die Knie gezwungen haben. Ich habe unglaublich viel Vertrauen in uns beide.

Nie zuvor hätte ich gedacht, dass ich dazu in der Lage wäre. Sich verletzlich zu machen ist angsteinflößend und brutal. Ich habe zu oft versucht, das zu vermeiden, denn eins habe ich gelernt: Wenn man einem anderen Menschen die Macht gibt, einem wehzutun, dann wird er es tun.

Aber ich glaube nicht, dass Connor so handeln würde.

Er würde mich nie verletzen – jedenfalls nicht mit Absicht.

Connor lässt die Hände von meinen Armen hoch an meinen Hals gleiten, damit er mein Gesicht nach hinten neigen und den Kuss vertiefen kann. Er schiebt mich rückwärts. Unsere Lippen liegen noch aufeinander, als ich gegen das Bett stoße.

»Leg dich hin«, weist er mich an.

Ich tue, worum er mich bittet, und lasse mich auf den Rücken sinken. Doch er kommt nicht nach. Er steht da und schaut auf mich herunter.

»Lass mich nicht betteln«, hauche ich zittrig.

Ich brauche ihn. Ganz gleich, wie sich die heutige Nacht auf unser Zusammensein auswirkt, ich brauche ihn.

»Niemals. Du musst mich niemals anflehen.«

»Dann liebe mich.«

»Immer. Ich habe dich zwar nicht verdient, aber du sollst wissen, dass mein Herz dir gehört.«

»Und meins dir.«

»Gott, das hoffe ich.«

Bevor ich allzu viel über diese Worte nachdenken kann, legt er sich zu mir und zieht mir das Shirt aus. Ich habe mit Absicht passende Unterwäsche angezogen.

Connor betrachtet meinen violetten Spitzen-BH, der kaum etwas verbirgt. »Jesus«, sagt er halblaut, und dann liegt sein Mund auf meinem Hals.

Er küsst sich an ihm hinunter, zieht aber den Stoff nicht weg. Durch die Spitze bedeckt er meinen steinharten Nippel mit dem Mund und bereitet mir so viele Empfindungen gleichzeitig.

Das Kratzen der Spitze auf meinem überempfindlichen Nippel mischt sich mit seiner feuchten Zunge, die dort, wo sie nicht von dem Stoff bedeckt ist, meine Haut findet. Ich grabe die Finger in sein Haar, schließe die Augen und erlaube mir, mich an ihn zu verlieren.

Er widmet sich der anderen Seite, hakt die Finger unter den Träger und zieht ihn langsam hinunter. Seine schwieligen Hände auf meiner Haut zu spüren ist überwältigend.

»Willst du mehr, Engel?«, fragt er, als er den Mund wieder an mein Ohr hebt.

»Ja, ich will alles.«

Mit einem heiseren Aufstöhnen fährt er mit den Lippen an meinem Hals entlang. »Dann kriegst du alles, was ich habe. Verflucht, alles, was ich bin, soll dir gehören.«

Er zieht die andere Seite meines BHs hinunter, sodass ich mit nackten Brüsten vor ihm liege. Dann umkreist er mit der Zunge meinen Nippel und nimmt ihn in den Mund, um ihn in seiner Hitze zu baden.

Ich könnte sterben. Ich fand schon das, was wir beim letzten Mal getan haben, heiß, aber in seinem Bett zu liegen, wo alles, was mich umgibt, zu ihm gehört, ist beinahe zu viel.

Ich kann nicht atmen, ohne sein Eau de Cologne zu riechen. Ich kann die Augen nicht aufschlagen, ohne einen Körperteil von ihm zu sehen. Und ich fühle ihn. Überall.

Er fährt mit der Hand an meinem Bauch zu meiner Jeans hinunter. Langsam öffnet er den Knopf und zieht hörbar den Reißverschluss auf. Aber das ist nichts im Vergleich zu meinem lauten Atem. Ich bin so erregt.

Connor schaut mich an, und ich nicke, um ihm mitzuteilen, dass ich das immer noch will. Er zieht mir die Hose zusammen mit der Unterwäsche herunter. Noch nie habe ich mich so entblößt und befreit zugleich gefühlt.

Er betrachtet mich, als sei ich ein unbezahlbares Kunstwerk, das er sich gerade gesichert hat. Seine Lippen sind halb geöffnet, als sein zärtlicher Blick über meinen nackten Körper streift.

»Du machst mich ganz demütig, Ellie.« Seine Stimme klingt belegt vor Rührung.

Ich sage nichts, weil ich fürchte, sonst in Tränen auszubrechen, und wäre das nicht schrecklich peinlich? Daher setze ich mich auf, streiche mit den Fingerspitzen an seinem Kiefer entlang und greife dann nach dem Saum seines Shirts, um es hochzuziehen.

Als wir das letzte Mal zärtlich miteinander waren, bin ich nicht so weit gekommen. Er wollte sich nicht anfassen lassen, aber dieses Mal werden wir einander ebenbürtig sein. Es ist nur fair, dass ich ihn auch nackt ausziehen darf.

Wir bewegen uns beide ohne Eile und kosten jede Sekunde aus, die wir haben. Heute Abend brauchen wir nichts zu überstürzen. Wenn ich könnte, würde ich die Zeit sogar langsamer laufen lassen, damit jeder Augenblick ein wenig länger dauert.

Mit nacktem Oberkörper ist Connor absolut atemberaubend. In meinem Kopf herrscht Chaos, während ich den schönsten Männerkörper betrachte, den ich mir erträumen könnte.

Jeder Muskel ist fest, und die Haut spannt sich darüber. Sein Bauch besteht aus Hügeln und Tälern, die zu erkunden es mich in den Fingern juckt. Seine Armmuskeln sind stark, und obwohl er mich schon umarmt und festgehalten hat, war mir nicht ganz klar, wie mächtig sie sind.

Ich fahre mit den Fingerspitzen von seinem Unterarm bis zu seinen Schultern, lasse sie dann zu seinem Bauch gleiten und genieße es, wie sich seine Muskeln wölben, wenn ich sie berühre. Er hält vollkommen still und lässt mich auf Entdeckungsreise gehen, daher wende ich mich seinem anderen Arm zu und betrachte das Tattoo an seiner Schulter. »Was bedeutet das?« Es ist eine Abfolge von Symbolen, die nach keltischen Knoten aussehen und ein Dreieck bilden.

»Das ist ein Zeichen brüderlicher Verbundenheit.«

»Es sieht wie eine Pfeilspitze aus und ist wunderschön.«

Er lächelt leise. »Jeder von uns hat eins.«

Ich beuge mich vor und drücke die Lippen darauf. Dann gehe ich auf die Knie und erkunde seinen Rücken, denn ich muss jeden Zentimeter seiner Haut sehen.

Direkt unter seinem Schulterblatt entdecke ich eine weitere Tätowierung. »Und das?« Ich ziehe das schwarze Skelett eines Frosches nach, der eine Art Dreizack in der Hand hält.

»Das ist ein Tattoo, das wir SEALs uns stechen lassen, wenn wir im Einsatz jemanden verlieren. Es ist ein Knochenfrosch, weil wir Froschmänner sind.«

»Es tut mir leid, dass du jemanden verloren hast.«

Connor umfasst meine Handgelenke und zieht mich wieder vor sich hin. »Ich habe im Leben schon viele Menschen verloren, und bei Gott, ich bete darum, dich nie zu verlieren.«

»Das wird niemals passieren.«

Er schließt die Augen und legt die Stirn an meine. »Ich versuche ja, geduldig zu sein, aber du bringst mich um, Liebling. Ich muss deine perfekte Haut berühren«, erklärt er und streicht mit der Hand über meine Flanke. »Ich muss jeden Millimeter an dir küssen.« Seine Lippen halten auf meinem Oberkörper an, direkt über der Stelle, an der ich seinen Mund wirklich spüren will. »Ich will fühlen, wie ich in dir bin.« Ich stoße einen wortlosen, lustvollen Laut aus, als er mich wieder hinlegt. »Aber jetzt gerade will ich dich unbedingt auf meiner Zunge kommen lassen.«

Und dann bin ich mir ziemlich sicher, dass ich zerschmelze und nicht mehr weiß, wer ich bin.

»Connor, bitte«, flüstere ich, obwohl ich nicht wirklich eine Ahnung habe, worum ich ihn bitte.

Ich will ihn, aber bei Gott, es ist so lange her, dass jemand sich für mich oder meine Lust interessiert hat. Ich weiß nicht einmal, was ich mag oder mir wünsche.

»Was, Liebling?«

»Ich … es ist nur so … ich weiß nicht.«

»Psst«, sagt er zärtlich. »Sag mir nur, wenn ich etwas tue, was dir nicht gefällt.«

Ich stoße einen langen Atemzug aus und versuche, mich zu entspannen. Er wird mir nicht wehtun oder mich zu etwas zwingen, das ich nicht will oder mag. Ich muss ihm vertrauen, und das tue ich.

Er drückt meine Beine auseinander und küsst die Innenseiten meiner Schenkel. Ich bleibe so ruhig, wie ich kann, während Nervosität und Begehren gleichermaßen in mir umherwirbeln. Dann spüre ich, wie sein Mund hinunter in das Tal zwischen meinen Beinen gleitet, und ich atme so schwer, dass mir schwindlig wird.

»Entspann dich, Ellie. Ich sorge dafür, dass du dich gut fühlst.«

Und er hält Wort. Er streicht mit der Zunge über meine Mitte und bereitet mir Lust auf eine Weise, die ich nicht mehr gespürt habe … seit ich damals mit ihm zusammen war. Er leckt, saugt und streichelt meine Klit, treibt mich höher und höher und holt mich dann behutsam wieder herunter. Das wiederholt er ein paarmal, bis ich am liebsten schreien, weinen und ihn anflehen möchte, niemals aufzuhören. Es fühlt sich so gut an, dass ich es fast nicht ertrage.

Ich keuche, kralle die Finger in die Laken und verharre am Rand eines Orgasmus, der kurz vor der Explosion steht. Ich rufe Connors Namen, und er saugt fester und neckt mit der Zunge.

Und dann falle ich.

Alles ist hell und vollkommen, und ich möchte nie wieder herunterkommen.

Er schiebt sich an mir hoch, und ich sehe ihn an und frage mich, wie zur Hölle wir einander wiedergefunden haben und was für ein Glücksfall das war. Ich nutze seine Stellung aus und greife nach seinen Jeans, denn ich habe das Bedürfnis, ihn zu berühren.

Er hilft mir, sie ihm auszuziehen, und dann stockt mir der Atem. Er ist herrlich. Sein Schwanz ist dick und lang und alles, woran ich mich erinnere und in meinen Fantasien vor mir gesehen habe. Ich schlinge die Finger darum und beginne, die Hand zu bewegen. Connor schließt die Augen, aber er soll mit mir reden. Es ist zu still.

»Mache ich das richtig?«

»Ach, Liebes, du kannst gar nichts falsch machen. Wenn du mich berührst, bin ich im Himmel.«

Er verändert seine Haltung ein wenig und legt sich auf die Seite, sodass er mir einen viel besseren Winkel bietet. Wieder treffen sich unsere Lippen, während ich ihn weiter liebkose.

»Ich will, dass du mich liebst«, sage ich. »Jetzt, Connor. Ich brauche dich.«

Er küsst mich härter und bewegt sich so, dass er auf mir liegt.

Wieder presst er seinen Mund auf meinen, als er sich zwischen meinen Beinen niederlässt. Wir schauen einander an, und dann muss ich alles herauslassen, was ich in mir spüre. Es ist zu viel. Die Emotionen, die Lust, die Gefühle, die ich nicht für mich behalten kann. »Ich liebe dich. Ich liebe dich, weil du mich glücklich machst. Du gibst, ohne dafür etwas zu verlangen, und das habe ich noch nie erlebt. Ich liebe dich, weil du Hadley und mich geliebt hast, bevor du wusstest, dass wir wirklich zu dir gehören. Doch ich bin dein, Connor. Auf eine Art war ich das immer schon. Bitte nimm mich und liebe mich.«

Er erwidert nichts, aber das braucht er auch nicht. Ich sehe alles, was in seinem Herzen ist, in seinen wunderschönen grünen Augen. Ich höre, was seine Seele sagt, als er mich besitzergreifend küsst, langsam in mich hineingleitet und meine eigene Seele unwiderruflich verändert.

Vierunddreißig

Connor

Ich werde zur Hölle fahren.

Anscheinend mache ich mir nicht genug aus dem Abstieg dahin, um aufzuhören. Als sie mich angefleht hat, ging mein ganzer Plan den Bach hinunter. Ich konnte es ihr unmöglich abschlagen, und ich musste wenigstens einmal mit ihr zusammen sein.

Ich weiß, dass ich ein Arschloch bin. Ich bin mir absolut sicher, dass sie mich dafür hassen wird, aber zumindest kann ich mich an diesem Abend mit ihr festhalten, wenn sie fort ist.

»Das war …«, sagt Ellie und versucht, zu Atem zu kommen.

Das war jede Fantasie, die ich jemals hatte.

Es war jede Fantasie, die ich mir nicht vorstellen konnte.

Es war alles, worauf ich gehofft und was ich gefürchtet hatte, und es wird das letzte Mal gewesen sein.

»Ja«, sage ich. Ich liege auf dem Rücken, sehe zur Decke auf und wünsche mir sehnlichst, ich hätte mehr Zeit. »Das war es.«

Sie schmiegt sich seitlich an mich. Ihr Arm liegt auf meiner Brust, und ich ziehe sie enger an mich. Immer wieder befehle ich mir, die Worte auszusprechen, ihr zu erzählen, was ich weiß, und ihr die Wahrheit zu sagen, und dann feilsche ich um eine weitere Sekunde. Ich würde in die Zeit zurückreisen, alles tun, um die Vergangenheit ungeschehen zu machen, aber dazu bin ich nicht in der Lage, und ich hasse mich mehr, als ich jemals ausdrücken kann.

Ich wünsche mir nur, sie glücklich zu machen, doch jetzt zwingt mich etwas, das vor acht Jahren passiert ist – etwas, das unser beider Leben verändert hat, obwohl keiner von uns schuld daran war –, ihr das Herz zu brechen. Umgekehrt wird es meines zerstören.

Ich habe immer gedacht, wenn ich einmal jemandem erzählen könnte, was passiert ist, würde diese Last von mir genommen. So lange habe ich dieses Wissen für mich behalten und verdrängt, damit ich mit mir selbst leben konnte. Wie ich mich doch geirrt habe. Jetzt würde ich alles tun, um es bis zum Ende aller Zeiten für mich zu behalten.

Deswegen habe ich beim Militär so hart gearbeitet – weil ich ein besserer Mensch werden und versuchen musste, jemanden zu retten.

Ich wusste, wenn ich hierher zurückkäme, würde ich viele Geister aus der Vergangenheit wiedererwecken, aber ich hätte nie gedacht, dass es mit meiner Zukunft zusammenstoßen würde. Einer Zukunft, die ich mir stärker wünsche als die Luft in meinen Lungen oder das Herz in meiner Brust.

Verdammt soll mein Vater sein.

Zur Hölle mit Declan.

Zum Teufel mit allen, die wussten, dass sie dem Menschen, den sie lieben, nichts als Schmerz zufügen würden, und zu egoistisch waren, ihn zu verlassen.

Meine Brüder und ich sind bereit, die Folgen, die da kommen mögen, auf uns zu nehmen. Sie sind bereit, den Kopf hinzuhalten, weil sie wissen, dass ich, solange dieses Geheimnis zwischen uns steht, kein Vater für Hadley sein kann und nicht der Mann, den Ellie braucht.

Ich kann ihr das nicht antun, und doch muss ich.

Wie soll ich die Worte aussprechen? Ich versuche, mir einen Plan einfallen zu lassen, um den Schaden zu begrenzen, aber mir fällt nichts ein.

»Connor?«

Ich sehe auf eine äußerst zufriedene Ellie hinunter, die anscheinend mit sich und der Welt im Reinen ist. »Ja?«

Ich frage mich, ob sie mir die Schuldgefühle ansieht. Ob sie die Angst spürt, die sich durch mein Inneres wälzt, den Zorn auf mich selbst, der mit jeder Minute wächst. Weiß sie, dass ich sie liebe? Weiß sie, dass ich um ihretwillen bereit war, mich gegen meine Brüder zu stellen? Wird es eine Rolle spielen?

»Ich liebe dich.«

Und das ist mein Verderben. Sie liebt mich, einen Mann, dessen Vater ihr zwei Menschen genommen hat. Sie hat mir erzählt, wie schwer es war, ihre Eltern zu verlieren. All die Jahre ist dieses Rätsel nicht gelöst worden, und heute kann mein Vater nicht einmal für den Schmerz büßen, den er ihr zugefügt hat.

Warum musste es ausgerechnet sie sein?

Wieso konnte es nicht jemand anderen treffen?

»Ich liebe dich, Ellie. Ich liebe dich mit verdammt allem, was meine Welt ausmacht, aber …«

Ich muss es sagen. Es muss jetzt passieren. Hier im Bett, nackt, nachdem ich sie mit allem, was ich bin, geliebt habe, muss ich sie zerbrechen.

Als sie sich aufsetzt, stehen eine Million Fragen in ihrem Blick. »Was ist los?«

»Ich muss dir etwas erzählen.«

»Okay.« Ihre Stimme zittert ein wenig.

Ich verändere meine Haltung so, dass wir einander ansehen.

Jetzt muss ich ein verdammter Mann sein und eingestehen, was passiert ist, als ich praktisch noch ein Kind war.

Ich bin nur noch nicht bereit, sie zu verlieren.

»Weißt du noch, dass ich vor acht Jahren, als wir uns begegnet sind, gesagt habe, mein Vater und ich hätten uns geschlagen?«

Sie entspannt sich sichtlich und nickt. »Ja, natürlich.«

»Wir haben über etwas gestritten, was am Abend meines Highschool-Abschlusses passiert ist, eine Woche zuvor. Meine Brüder waren dazu nach Hause gekommen. Sie wussten, dass ich in die Navy eingetreten war, und wollten an meiner Vereidigung teilnehmen.«

Sie fädelt die Finger durch meine, und ich schlucke schwer. Herrgott, sie will mich trösten. Mein Magen krampft sich so heftig zusammen, dass es schmerzt.

»Wir brauchen nicht darüber zu reden …«

»Doch, Ellie. Dieser Abend, der nach meinem Schulabschluss, war ein verfluchter Albtraum. Mein Vater hatte wie immer getrunken und war außer Kontrolle. Er hat alle angeschrien und meine Brüder und mich beschimpft. Er hat versucht, Sean zu schlagen, aber er war kein Kind mehr, also haben sie sich geprügelt. Es war … na ja, noch so ein netter Abend für die Arrowood-Brüder. Wir vier haben uns in die Scheune verdrückt, wie immer, wenn wir geflüchtet sind. Und das war der erste Fehler.«

»Ich verstehe nicht.«

»Wir sind gegangen.«

Sie schüttelt den Kopf. »Ich begreif's immer noch nicht.«

»Normalerweise kam er nie an die Autoschlüssel. Er war nicht lustig oder albern, wenn er betrunken war. Er wurde aggressiv und hielt sich für besser und klüger als wir alle. Der gute alte Dad konnte machen, was er wollte, weil niemand einem Arrowood erzählt, wie er zu leben hat.«

Sie beginnt, an ihren Händen zu nesteln. »Er ist gefahren?«

Jetzt gibt es kein Zurück mehr. Jetzt muss ich es aussprechen.

»Ja, er ist gefahren, aber er hat nicht seinen Truck genommen. Er wollte Sean eine Lektion erteilen, deswegen ist er dessen Wagen gefahren. Declan hat gesehen, wie sich die Scheinwerfer vom Haus entfernten, und dann sind wir gerannt. Wir sind in Jacobs Truck gestiegen und losgefahren. Doch wir hatten keinen Plan. Ich meine … Wie bewegt man einen betrunkenen Fahrer zum Anhalten?«

»Connor … Ich verstehe nicht.«

Natürlich nicht. Sie hat ein gutes Herz und zählt eins und eins nicht zusammen. Aber vielleicht wird sie das noch. Ihr Blick verrät mir, dass sie weiß, worauf diese furchtbare Geschichte hinausläuft.

»Wir sind ihm durch drei Ortschaften gefolgt und haben uns den Kopf zerbrochen, wie wir ihn zum Anhalten bewegen können. Die ganze Zeit haben wir gestritten, was wir tun sollen. Ich wollte ihn von der Straße drängen. Sollte er sich doch den Hals brechen, denn das wäre ein Segen gewesen. Aber Jacob hat sich geweigert. Wir haben immer noch diskutiert, als wir ein anderes Auto entgegenkommen sahen. Ich schwöre, Ellie, uns vieren ist das Herz stehen geblieben. Wir haben geschrien und die Lichthupe betätigt, damit der entgegenkommende Wagen anhielt. Sie haben nicht gesehen, dass mein Vater derart im Zickzack gefahren ist, dass er wahrscheinlich nicht einmal wusste, auf welcher Spur er sich befand. Jake hat es versucht und ist von hinten auf Seans Auto aufgefahren, weil er hoffte, es in den Graben zu schieben, aber …«

»Aber es ist in den Gegenverkehr geschleudert.« Sie bringt die Worte kaum heraus.

»Gegen den anderen Wagen.«

Sie schließt die Augen, und eine Träne rinnt über ihre wunderschöne Wange. »Gegen meine Eltern.«

Ich warte, bis sie zu mir aufblickt, und bete darum, dass sie die Reue und den Schmerz in meinem Blick wahrnimmt. »Ja.«

Fünfunddreißig

Ellie

Ich sitze hier und lasse die Worte wieder und wieder in meinem Kopf ablaufen. Sein Vater war schuld.

Mein Körper fühlt sich an, als würde ich von Tausenden von Eissplittern gestochen. Immer wieder schüttle ich die Hände in der Hoffnung, dass das Gefühl in sie zurückkehrt. Es fällt mir schwer, Luft in die Lungen zu bekommen, und es ist, als würden die Wände über mir zusammenbrechen. Ich kann nicht hierbleiben. Ich kann einfach nicht … hier sitzen.

Ich springe auf, ziehe das Laken mit und wickle mich darin ein. Mein Magen ist in Aufruhr, und Speichel schießt mir in den Mund. Wenn ich noch eine Sekunde länger still sitze, muss ich mich übergeben.

Er war dabei. Er hat meine Eltern sterben sehen. Umgebracht von seinem Vater.

Er wusste Bescheid. Er hat verdammt noch mal gewusst, was passiert ist, und hat es mir die ganze Zeit verschwiegen.

»Ellie«, sagt er hinter mir.

»Nein! Nein! Sag kein Wort mehr.«

Meine Gedanken drehen sich im Kreis, als ich ihn ansehe. Connor, der Mann, den ich so liebe, dass ich mich ihm vollkommen hingegeben habe, der Mann, der mich in den Armen gehalten hat, nachdem ich geschlagen worden war, hat mich angelogen. Er hat geschworen, mich zu beschützen, hat Hadley ein Baumhaus gebaut und mich dazu gebracht, an ihn zu glauben. Und wozu? Nur, um mir … mein verdammtes Herz zu brechen?

Seine Brust hebt und senkt sich, und er streckt mir eine Hand entgegen. »Lass mich alles erklären, Ellie.«

Das ist unmöglich. Er hat mich benutzt, genau wie Kevin.

Zorn tobt in meinem Bauch, und ich explodiere. »Du hast es gewusst!«, schreie ich. »Du hast Bescheid gewusst, und du hast … was getan? Du bist gekommen und hast mich gerettet, um dein Gewissen zu erleichtern? War ich irgendein Spiel für dich? Hat dir das Spaß gemacht? Das Mädchen zu retten, dessen Eltern du getötet hast?«

Seine Augen weiten sich. »Nein! Das mit uns hatte nichts damit zu tun.«

»Klar.« Ich lache. »Natürlich hatte es das. Du warst dabei, Connor! Du warst dort, und du hast dein großes Geheimnis gehütet, und jetzt sagst du es mir? Nach *alldem*!«

Ich zeige auf das Bett, auf dem ich ihm erlaubt habe, mich zu lieben. Ich habe seine Liebe überall gespürt, bis in die Knochen, und jetzt möchte ich am liebsten jeden einzelnen davon brechen.

Wie konnte er mir das antun? Wie konnte er mich so benutzen?

»Ich habe erst neulich davon erfahren.«

Ach, bitte.

»Ich bin keine Idiotin. Sicher, ich habe mich so verhalten und war das dumme Mädchen, das in einer Ehe geblieben ist, in der sie misshandelt wurde. Aber ich habe *dich* nicht angelogen. Ich habe dir alles gegeben! Mein Herz, meine Liebe, unsere *Tochter*!« Das letzte Wort schreie ich unter Schluchzen.

»Gott, du hast zugelassen, dass ich es ihr gesagt habe! Du verdammter Scheißkerl! Wie konntest du ihr das antun?«

Meine Tränen rinnen, und mein Herz bricht in tausend Stücke. Ich habe ihm vertraut. Ich habe geglaubt, er werde mich nicht anlügen, doch er hat es getan. Die ganze Zeit.

Ich wische mir das Gesicht ab und fühle mich wütend und zerbrochen.

»Ich habe es erst bei Declans Besuch erfahren. Er hat die Puzzlestücke zusammengesetzt, und ich schwöre, das ist die Wahrheit. Ich liebe dich, und ich liebe Hadley, und ich würde euch nie mit Absicht verletzen.«

Tja, dazu ist es ein wenig zu spät. Genau das hat er getan. Er hat mich benutzt, um sich zu holen, was er wollte.

»Wenn das stimmt, dann hast du es trotzdem gewusst, bevor wir diese Nacht miteinander verbracht haben. Wieso? Um Sex zu kriegen, ehe du mir erzählst, dass du gesehen hast, wer meine Eltern umgebracht hat?« Ich kann nicht aufhören, ihn anzuschreien.

Ich fühle mich so verraten. Angeblich sei er doch anders. Connor war der Mann, der mir so etwas nie antun wollte, und trotzdem hat er das.

»Das war nicht mein Plan, Ellie. Ich hatte fest vor, es dir zu sagen. Zum Teufel, ich habe es versucht, als du vorhin hier angekommen bist!«

»Wage es bloß nicht, mir die Schuld zu geben! Du hattest Gelegenheit genug, aber du hast es nicht getan.«

Er legt eine Hand an den Kopf, und dann sacken seine Schultern nach vorn. »Ich gebe dir überhaupt keine Schuld. Ich hätte es dir direkt erzählen sollen, du hast recht.«

»Warum hast du es dann nicht getan?«

Er sieht mich aufmerksam an. Sein Atem geht schnell, und

dann schaut er an die Decke. »Weil ich es nicht aussprechen wollte. Ich wollte die Worte nicht sagen, und schon gar nicht zu dir. Vielleicht bin ich ja ein Scheißkerl, doch ich brauche dich. Die Vorstellung, dir wehzutun, hat mich verdammt noch mal fast umgebracht. Aber du hattest es verdient, davon zu erfahren – mehr, als es mir zustand, mich zu schützen.«

»Ein Scheißkerl bist du jedenfalls, Connor. Du hast mich angelogen, und du hast meine Liebe zu dir ausgenutzt, um dir zu holen, was du wolltest.«

Ich bin so eine Idiotin. Eine verdammte Närrin, die immer hofft, dass diesmal alles anders wird, nur, um sich dann die Finger zu verbrennen.

Das bin ich.

»Ich habe dich nicht ausgenutzt. Ich habe mit dir geschlafen, weil ich wusste, dass es nur dieses eine Mal sein würde. Dass du mich, sobald ich dir die Wahrheit sage, verlassen würdest. Und dabei liebe ich dich mehr als alles andere auf der Welt.«

Ich schüttle den Kopf, und meine Tränen fließen, als ich diesen Mann ansehe, den ich nicht wiedererkenne. »Liebe? Liebe nimmt nicht. Liebe raubt einem nicht die Wahl. Liebe gibt, und Liebe bedeutet Zuneigung. Du hast mir etwas weggenommen, nicht nur in dieser Nacht damals, sondern auch jetzt.«

Reue und Trauer stehen in seinen Augen, während ich ihn beschimpfe.

»Als ich mich in dich verliebt habe, wusste ich nicht, wer du bist. Seit acht Jahren lebe ich mit den Schuldgefühlen wegen dem, was passiert ist. Ich habe es nicht gewusst, Ellie. Dich zu verletzen läuft jeder Faser meines Seins zuwider. Ich würde mir eine Kugel einfangen oder mir den Arm abhacken, um es nicht zu tun.«

Vielleicht meint er das ja ehrlich, aber ich glaube ihm nicht. Er selbst hat die Kugel abgeschossen, direkt in mein verdammtes Herz.

»Reden wir noch mal darüber, dass du gesagt hast, du hättest es nicht gewusst. Wann hast du es nicht gewusst?«

Connor befeuchtet sich die Lippen und schließt die Augen. »An dem Tag, an dem ich dir begegnet bin, wusste ich nicht, wer du wirklich bist ...«

»Und das war in der Bar, in der meine Eltern vor ihrem Tod zuletzt gewesen waren«, sage ich, und eine neue Einsicht keimt in mir auf. »Ich will alles wissen. Erzähl mir in allen Einzelheiten, wie es passiert ist.«

Er weiß, was geschehen ist, weiß, wie sehr es mich zerbrochen hat, und er hat mir nie davon erzählt.

»Nachdem sich ihr Auto überschlagen hat und ihr sie für tot gehalten habt, was ist dann passiert?«

Connor schluckt, und sein Adamsapfel hüpft auf und ab, bevor er spricht. »Wir haben sofort angehalten, und Declan und ich sind aus dem Wagen gesprungen, um deinen Eltern zu Hilfe zu kommen. Jake und Sean haben sich an meinen Vater gehängt, der weiterfuhr, als wäre nichts gewesen. Wir haben versucht, ihnen zu helfen, aber ... sie waren ...«

»Der Gerichtsmediziner hat mir erklärt, sie seien sofort tot gewesen.« Meine Stimme klingt distanziert.

»Als ich zu ihrem Auto kam, haben sie nicht geatmet.«

Das hat die Polizei auch gesagt.

»Und ihr habt nicht ... versucht, sie zu retten? Ihr seid einfach gefahren und habt sie zurückgelassen?«

»Ich bin nicht stolz darauf, was wir getan haben. Du kennst mich doch, Ellie.«

Connor tritt einen Schritt auf mich zu, aber ich weiche

zurück. Er darf mich nicht berühren. Dann verliere ich die Fassung, an die ich mich ohnehin nur mit knapper Not klammere.

»Ich bin kein Ungeheuer. Ich war ein verdammtes Wrack, und meine Brüder mussten mich buchstäblich zu dritt wieder in den Truck zerren. Ich wollte zur Polizei, aber wir waren fast noch Kinder. Wir hatten keine Ahnung, was wir tun sollten oder was das alles bedeutete. Unser Plan war, ihn nach Hause zu schaffen, die Cops zu rufen und ihn verhaften zu lassen.«

Angewidert schüttle ich den Kopf. »Warum habt ihr es dann nicht getan?«

Keine seiner Antworten kann den Sturm bezwingen, der in meinem Inneren tobt. Ich kann nur daran denken, dass der Mann, den ich liebe, zumindest mitschuldig am Tod meiner Eltern ist. Die ganze Zeit habe ich überlegt, wie sehr sie ihn geliebt hätten. Ich hatte gehofft, sie würden stolz auf den Mann sein, den ich gefunden und lieben gelernt habe. Aber wie könnten sie jetzt so denken?

»Als er am nächsten Tag wach wurde, haben wir vier ihm gesagt, was er getan hat. Er hat gelacht und uns Idioten genannt, weil wir dachten, wir kämen damit durch, ihn anzuzeigen. Schließlich hatte Seans Auto den Unfall verursacht, und er sagte, sehr wahrscheinlich sei Sean gesehen worden, als er zur Zeit des Unfalls mit dem Wagen zurück zur Farm fuhr. Wir waren alle als Unruhestifter bekannt, also hat er gedroht, jedem zu erzählen, Sean hätte die ganze Zeit am Steuer gesessen.«

Was für ein furchtbarer Mann sein Vater war.

»Und Seans Auto?«

Das Eine, was ich nie begriffen hatte, war, was aus dem

Wagen geworden war, der sie von der Straße gedrängt hatte. Das war die einzige Spur, auf die wir gehofft hatten. Durch die Farbspuren wussten wir nur, dass er rot war.

Er tritt auf mich zu, bleibt dann aber stehen. Ich sehe, wie sehr er leidet, doch ich muss es wissen.

»In einem der Lagerschuppen auf der Farm.«

Die ganze Zeit hatte ich danach gesucht, und er stand gleich nebenan.

»Hat dein Vater gewusst, wer ich war?« Ich bringe die Worte kaum heraus. Mein Herz pocht heftig, und sogar das Atmen tut mir weh.

»Seit dem Abend, an dem ich fortgegangen bin, habe ich ihn nicht mehr gesehen oder gesprochen. Keiner von uns hat das. Meine Brüder und ich haben die Stadt verlassen und geschworen, ihn nie wiederzusehen. Er war ein manipulativer Mistkerl, der alles zerstört hat, was er anfasste. Wir haben einen Pakt geschlossen, dass wir nie heiraten, keine Kinder haben und nie wie er werden würden.«

Sein Pakt ist mir vollkommen gleichgültig.

Innerlich fühle ich mich wie tot. Meine Finger zittern so heftig, dass ich mir Sorgen mache, sie könnten brechen.

»Beantworte meine Frage.«

»Wenn ich raten müsste und davon ausgehe, dass er es geschafft hat, seine Söhne zu zwingen, an den einzigen Ort zurückzukehren, an den sie nie wieder einen Fuß setzen wollten … Dann ja, wahrscheinlich wusste er, wer du warst.«

Unfassbar. Was für ein grauenhafter Mann muss er gewesen sein, um seine Kinder zu zwingen, seine Fahrerflucht zu vertuschen, nur um sich dann umzudrehen und nett zu Hadley und mir zu sein. Es ist zu viel. Ich hasse ihn dafür, was er mir genommen hat – schon wieder.

»Wie kann das alles nur möglich sein?«, frage ich verzweifelt.

Connor tritt abermals zu mir und verharrt dann. »Wenn ich ihn zum Leben erwecken könnte, um ihn selbst umzubringen, würde ich es tun. Ich hasse ihn, Ellie. Ich würde immer wieder gegen ihn kämpfen, aber ich kann nichts davon ändern. Wenn wir an diesem Abend nicht gestritten hätten, wäre ich dir nie begegnet. Und selbst wenn ich dich jetzt verliere, warst du trotzdem das Beste in meinem Leben, das schwöre ich bei Gott.«

Ich wische mir die Augen. Eine Frage habe ich noch. »In der Nacht, in der wir uns getroffen haben, warum hast du dich *wirklich* mit deinem Vater gestritten? Die ganze Wahrheit!«

Er setzt sich aufs Bett, senkt den Kopf und sieht zu mir auf. »Ich war der einzige Bruder, der noch hier lebte, aber er hat herausgefunden, dass ich am nächsten Morgen ins Bootcamp einrücken würde. Er hat mir gedroht und mir befohlen zu bleiben, weil er über mich und meine Brüder zu bestimmen hätte. Er hat mir erklärt, er habe die Macht, unser aller Leben zu zerstören, und würde das auch tun. Wenn ich verhaftet würde, würde ich nicht zum Militär gehen. Sean spielte am College Baseball, Jacob hatte gerade seine erste Rolle in einer Sitcom, und Declan hatte sein Start-up schon gegründet. Wir hatten alle etwas zu verlieren, aber er nicht. Er hatte bereits alles verloren. Nur zwei Dinge waren ihm wichtig gewesen: meine Mutter und diese Farm. Ich habe ihm erklärt, wenn er auch nur ein Wort darüber verlauten ließe, würde ich sein Geschäft zu Grunde richten. Ich würde jedem Farmer, Lieferanten und Käufer erzählen, dass er ein Säufer ist, der seine Kinder misshandelt, zwei Menschen umgebracht hat und seinen Söhnen die Schuld dafür zuschiebt. Wir würden ihn genauso ruinieren, wie er unser Leben zerstören wollte. Da hat er mich aufgefordert, zu verschwinden und nie wiederzukommen. Also bin ich gegangen und dir begegnet …«

Mein Magen überschlägt sich, und mir dreht sich der Kopf von den Informationen, die auf mich einstürmen. Bevor ich zu Atem kommen kann, breche ich fast zusammen, und dann liege ich in Connors Armen und vergrabe das Gesicht an seiner Brust. Ich weine um meine Eltern, die am Straßenrand gestorben sind. Ich vergieße Tränen um die vier Jungen, deren Vater so bösartig war, dass er seine Söhne benutzt hat, um mit einem Mord davonzukommen. Und ich weine um mich selbst und alles, was ich verloren habe.

Das, was ich noch verlieren werde, wenn ich dieses Zimmer verlasse.

Ich weine, weil ich noch nie jemanden so geliebt habe wie ihn und trotzdem nicht bleiben kann. Im Schutz seiner Arme lasse ich das alles heraus, weil ich nicht stark genug bin, um es anders zu verarbeiten.

»Es tut mir so leid, Ellie. Du hast ja keine Ahnung. Ich hasse mich. Ich wünschte, ich könnte die Zeit zurückdrehen, doch das kann ich nicht. Verdammt, verlass mich bitte nicht. Ich liebe dich und werde den Rest meines Lebens damit verbringen, dir das zu beweisen. Bitte sag, dass du mich nicht verlässt.«

Ich wünsche, ich bräuchte es nicht zu tun. Aber das kann ich nicht versprechen. Vielleicht hätte ich es tun können, wenn sie meine Eltern nicht am Straßenrand zurückgelassen hätten, wenn sie auf den Rettungswagen gewartet hätten. Dann hätte ich wenigstens Bescheid gewusst.

Er hat ja keine Ahnung, was ich anschließend durchgemacht habe. Wochenlang habe ich nichts anderes getan, als nach Spuren zu suchen. Ich habe jede Werkstatt, jede Tankstelle und jeden Schrottplatz angerufen und nach einem roten Wagen gesucht, der mit einem rätselhaften Blechschaden hereingekommen war. Manchmal habe ich dreimal täglich bei der Polizei angerufen und gefragt, ob sie Spuren haben. Ich habe verzweifelt nach Antworten verlangt und gehofft, wenigstens … Bescheid zu wissen.

Diese Nacht hat mein Leben verändert, und wenn ich Antworten bekommen hätte, wäre ich vielleicht nicht so innerlich zerbrochen gewesen, einen Mann wie Kevin zu heiraten.

Gleich darauf kommt mir der Gedanke, dass ich, wenn ich damals meine Antworten bekommen hätte, niemals Connor in dieser Bar begegnet wäre. Hadley würde nicht existieren.

Diese Vorstellung ist mir unerträglich, und ich weigere mich, darüber nachzudenken, was hätte sein können.

Gott, ich wünsche mir verzweifelt, ich könnte glauben, dass er keine Ahnung von alldem hatte, bis sein Bruder aufgetaucht ist. Aufrichtig. Aber mein Vertrauen ist zerstört, und ich weiß nicht, ob ich ihm je wieder glauben kann.

Diesen Fehler habe ich bei Kevin gemacht, jedes Mal, wenn er mir versichert hat, mich nie mehr zu schlagen. Und ich habe nicht vor, einem Mann blindlings zu folgen, ganz gleich, wie sehr ich ihn liebe. Nach allem, was ich ertragen habe, will ich ihn lieber jetzt verlieren als später, wenn ich viel zu tief darin verwickelt bin.

Ich glaube allerdings nicht, dass ich schon ganz unten bin. Meine Liebe zu Connor ähnelt nichts, was ich zuvor empfunden habe. Wenn ich ihn verliere … Das könnte mich zerstören.

Ich schluchze weiter, bis sich mein Körper leer anfühlt. Ich komme mir hohl und innerlich zerbrochen vor. Keine Ahnung, wie ich wieder ins Bett gekommen bin. Ich kann mich nicht daran erinnern, ihn mit Armen und Beinen umschlungen zu haben, als müsse ich nicht loslassen, wenn ich mich nur fest genug halte, doch so ist es nun mal.

Ich lehne mich zurück und warte darauf, dass er mir sagt, ich hätte nur einen schlechten Traum gehabt, aber sein Blick verrät mir, dass es nicht so ist.

»Ich muss gehen«, sage ich mit rauer, heiserer Stimme.

»Nein«, erwidert er schnell.

Ich hieve mich von ihm herunter, und mir bricht das Herz, weil ich ihn nicht mehr berühre.

»Du musstest doch wissen, dass es so ausgehen würde.«

»Was soll ich tun? Mich stellen? Dann mache ich das. Ich fahre sofort zu Sheriff Mendoza und gestehe.«

Ich schüttle den Kopf, und eine neue Welle von Tränen bricht über mich herein. »Das will und brauche ich nicht, Connor. Ich möchte auf keinen Fall, dass noch einer von Hadleys Vätern im Gefängnis landet.«

Er legt die Hände um mein Gesicht. »Sag mir, was ich tun kann.«

Das ist das Problem, es gibt nichts. Er hat den Wagen, der die beiden getötet hat, nicht selbst gefahren, genauso wenig wie die anderen. Wenn er zum Sheriff gehen würde, würde er nur Menschen verletzen, die schon für die Sünden ihres Vaters gebüßt haben.

»Du kannst es mir so leicht wie möglich machen. Du kannst mir zeigen, dass du mich liebst, indem du mir erlaubst, aus diesem Bett zu steigen und durch die Tür zu gehen, ohne es mir schwerer zu machen, als es ohnehin schon ist.«

Er beißt sichtlich die Zähne zusammen, als wolle er Einwände erheben, aber dann setzt er sich auf und rutscht an die Bettkante. Er tut genau das, worum ich ihn gebeten habe, und doch fühlt es sich wie ein neuer Verrat an. Ich will ihn nicht verlieren. Der Gedanke, von hier fortzugehen, bringt mich fast um, trotzdem muss ich einen klaren Kopf bekommen.

Ich darf nicht noch einmal die gleichen Fehler machen.

Ich rutsche vom Bett, schnappe mir meine Kleidung und gehe ins Bad.

Als ich angezogen bin, blicke ich in den Spiegel. Wer ist diese Frau? Ich hatte seit Monaten nicht geweint. Mich monatelang stark, schön und klug gefühlt. All das ist innerhalb eines Moments verflogen. Ich denke an Hadley und das, was ich versucht habe, sie zu lehren.

Sie wird niedergeschmettert sein – mehr, als sie es je wegen Kevin war. Sie liebt Connor. Sie lebt gern hier.

Wieder einmal habe ich die falsche Wahl getroffen.

Ich verlasse das Bad, und ich sehe, dass er an der Wand lehnt. Unsere Blicke treffen sich, und ich muss wegsehen. Er ist meine Schwäche, aber jetzt gerade brauche ich Kraft.

»Wohin willst du?«, bricht er schließlich das Schweigen.

»Heute übernachte ich bei Sydney. Danach weiß ich nicht. Wahrscheinlich suche ich mir eine Wohnung.«

»Bleib hier.«

»Hier?«

Er stößt sich von der Wand ab und kommt mir näher, berührt mich jedoch nicht. »Ja. Hier ist Hadley glücklich und fühlt sich wohl. Ihr könnt hier wohnen, und ich suche mir etwas anderes.«

»Du willst, dass ich in diesem Haus bleibe?«

»Am liebsten möchte ich, dass du bei mir bleibst, aber ich versuche, es dir leichter zu machen und dich loszulassen.«

Nichts an dem Ganzen ist leicht.

»Ich brauche Zeit. Ich kann nicht so tun, als wäre das alles nicht passiert. Ich möchte dir gern glauben, dass du es nicht gewusst hast und dein Bruder dir gerade erst Bescheid gegeben hat, aber das ist alles sehr …«

»Du musst nichts weiter sagen. Wenn du Zeit brauchst, nimm sie dir.«

Am liebsten möchte ich mich in seine Arme werfen und ihn anflehen, mich festzuhalten. Mich weigern, uns von Raum oder Zeit trennen zu lassen. Aber Wünsche sind Träume, und jetzt stehe ich mit beiden Beinen auf dem Boden.

»Hadley wird dich sehen wollen.«

Ein tiefer Seufzer steigt aus seiner Kehle auf, und er wird blass. »Ich werde hier sein. Jederzeit … für euch beide.«

Ich gehe zur Haustür und mache mir keine Gedanken darüber, wie meine Kleidung aussieht oder sonst etwas. Ich schnappe mir meine Handtasche vom Dielentisch und bleibe mit der Hand an der Tür stehen.

Mach sie einfach auf, Ellie. Geh weg, denn du weißt, dass du musst.

Doch meine Hand ist wie erstarrt, weil ich ihn hinter mir spüre.

»Ellie …«

Als ich die Augen schließe, löst sich eine weitere Träne, und ein Schluchzen steckt in meinem Hals fest. Nichts im Leben hat mir je so wehgetan.

Nichts.

Ich würde mich noch tausendmal verprügeln lassen, wenn ich dafür diesen Moment nicht ertragen müsste.

Ich stoße den Atem aus, straffe die Schultern und suche tief in mir nach meiner letzten Kraft, damit ich das hier schaffe.

»Leb wohl, Connor.«

Und dann trete ich durch die Tür und gehe zu meinem Auto.

Sobald ich die Hälfte der Einfahrt hinter mir gelassen habe und das Haus nicht mehr zu sehen ist, halte ich den Wagen an und schluchze haltlos.

Sechsunddreißig

Ellie

Das ist jetzt zwei Tage her.

Zwei Tage, in denen ich zutiefst und restlos unglücklich war. Ich kann nicht essen. Ich kann nicht schlafen. Wenn ich mit Hadley zusammen bin, gelingt es mir, stark zu bleiben, aber selbst das nur halbherzig.

»Wo ist Connor, Mommy?«

Sie sieht mich an, doch ich versuche, ihrem Blick auszuweichen. Ihre Oberlippe zittert, und ich strecke die Hand aus, um das Beben zu stoppen.

»Er ist bei sich zu Hause.«

»Warum sind wir immer noch bei Sydney?«

Weil wir nirgendwo anders hinkönnen.

Sie anzulügen verstößt gegen all meine Grundsätze, aber die Wahrheit kann ich ihr auch nicht sagen.

»Es geht ihm nicht gut, also müssen wir hierbleiben, bis er sich besser fühlt.«

Sie neigt den Kopf zur Seite. »Sollten wir uns dann nicht um ihn kümmern?«

Es fühlt sich an, als würde mir das Herz aus der Brust gerissen. Ich will dort sein, bei ihm, aber wie kann ich das?

Wie kann ich ihm nach allem, was passiert ist, verzeihen? Er hat mich angelogen. Ich habe ihm meine Seele geschenkt, nur, damit er sie zerbrechen kann.

»Jetzt nicht.«

»Wann können wir nach Hause?«, fragt sie.

Ich setze mich auf, nehme ihre Hände und versuche zu lächeln. Sie hat so viel durchgemacht, und ich habe das Gefühl, sie schon wieder enttäuscht zu haben. Einmal mehr habe ich mein Vertrauen in einen Mann gesetzt, der es nicht verdient hat. Die Entscheidungen, die seine Familie getroffen hat, haben mein Leben all die Jahre bestimmt.

Jetzt muss ich unsere Tochter auf einen neuen Weg einstimmen. Einen, auf dem die Familie, die wir uns aufbauen wollten, auseinanderfällt.

»Hadley, Connor und ich … nun ja … wir wollen uns eine Auszeit nehmen.«

»Aber …« Sie entreißt mir ihre Hände. »Ich habe ihn lieb!«

»Ich ihn auch, doch manchmal ist es nicht so einfach.«

Hadley schüttelt den Kopf und will es nicht wahrhaben. »Wir müssen zurück, Mommy! Wir müssen. Connor hat uns lieb, und er macht dich glücklich. Du weinst nicht mehr, und Connor schlägt dich nicht!«

Manche Verletzungen sind nicht körperlich.

»Ich weiß, Schatz, aber wir haben uns gestritten und waren uns einig, dass wir beide Zeit für uns brauchen.«

Ihre Augen weiten sich, und sie berührt mein Gesicht mit der Hand. »Er ist mein bester Freund.«

»Und er ist dein Vater und wird immer ein Teil deines Lebens sein. Das werde ich dir niemals wegnehmen.«

Tränen strömen ihr aus den Augen, und mein ganzes Inneres krampft sich zusammen. Mit jedem Atemzug schnürt es sich fester ein, während ich zusehe, wie meine Kleine mit dem, was ich sage, kämpft.

So sollte es sich eigentlich nicht anfühlen. Als ich Kevin

verlassen habe, war das eine Befreiung. Aber das hier kommt mir nicht wie Freiheit vor. Es ist eine furchtbare Qual.

»Bitte, Mommy! Bitte! Wir müssen zurück. Ich habe ein Baumhaus, und er weiß doch nicht, was er mit den Tieren anfangen soll! Wir müssen ihm helfen. Er braucht uns und … und … er macht uns nie traurig. Connor fährt mit uns zum Kürbis- und Äpfelpflücken. *Bitte!*«

Bitte mach, dass das aufhört.

Ich kann nicht verhindern, dass mir die Tränen übers Gesicht laufen. Es wird mich noch umbringen, zuzusehen, wie sie zusammenbricht.

Ich streiche mit den Fingern über ihre Wange und wische ihr eine Träne ab. »Du wirst Connor immer haben, Hadley. Immer. Ich weiß, das ist für dich schwer zu verstehen, aber manchmal müssen wir uns von jemandem trennen, den wir gernhaben, auch wenn er mit uns Kürbisse und Äpfel pflücken geht. Manchmal funktioniert es einfach nicht.«

Und manchmal möchte man daran sterben.

Ihre Brust hebt und senkt sich schnell, und sie schnaubt hörbar. »Ich will zurück zu Connor!«

Ich auch.

»Ich weiß, und es tut mir leid. Du hast ja keine Ahnung, wie lieb ich dich habe, Hadley, und ich würde alles für dich tun. Aber das kann ich nicht.«

»Daddy hast du immer verziehen.« Ihre Stimme bebt. »Ich weiß nicht, wieso du Connor nicht vergeben kannst.«

Und mit diesen Worten bricht sich ein Schluchzen Bahn, und sie rennt den Flur entlang. Als die Tür zuknallt, fahre ich zusammen, und ein weiterer Teil von mir wird zerschmettert.

»Ich mach mir Sorgen, Ellie«, sagt Sydney um vier Uhr morgens.

Seit meinem Gespräch mit Hadley habe ich ununterbrochen geweint. Wenn ich nicht hysterische Tränen vergossen habe, bei denen sie mich in den Armen gehalten hat, dann war es ein stetiger Strom.

Ich konnte ihr nicht erzählen, was passiert ist, weil es zu sehr schmerzt. Außerdem bin ich mir nicht hundertprozentig sicher, was Sydneys juristische Verpflichtung wäre. Keine Ahnung, ob sie das anzeigen muss. Zum Teufel, vielleicht weiß sie bereits alles, weil Declan und sie damals ein Paar waren.

Alles ist ein einziges Chaos.

»Das wird schon wieder.«

»Ach ja? Ich habe nämlich noch nie jemanden so viel weinen sehen. Was ist passiert?«

Ich will mit jemandem reden, aber ich bin mir nicht sicher, ob ich die richtigen Worte finde. »Neulich Abend habe ich vieles gehört, von dem Connor wahrscheinlich gehofft hat, ich würde es nie erfahren. Und … jetzt kann ich nicht mehr mit ihm zusammen sein.«

»Hat er dir wehgetan? Denn dann schwöre ich bei Gott, dass ich ihn umbringe.«

»Nein, nicht so. Nicht … körperlich. Es waren nur ein paar Informationen über die Nacht, in der wir uns kennengelernt haben.«

»Oh«, sagt sie und reibt mir den Rücken. »Aber das ist acht Jahre her, oder?«

»Ja, doch es ist kompliziert.«

»Da bin ich mir sicher, aber ihr beide habt schon so viel geschafft. Ich hasse es, dich so aufgelöst zu sehen wegen etwas, das passiert ist, als ihr praktisch noch Kinder wart.«

Wenn sie wüsste, was es ist, würde sie bestimmt nicht so denken. Letztendlich sind die einzigen zwei Menschen, auf deren Meinung es ankäme, nicht hier, um sie zu sagen.

»Ich bin mir nicht sicher, ob man das in Ordnung bringen kann. Zur Hölle, ich weiß nicht, wie ich darüber hinwegsehen könnte, selbst wenn ich wollte.«

Sie schüttelt den Kopf. »Ich wünschte, du würdest es mir erzählen, damit ich dir helfen kann.«

»Die Einzelheiten sind nicht so wichtig.«

Nun ja, mir schon, aber nicht in Bezug auf sie.

»Schön, dann erzähl's mir ohne die Einzelheiten.«

Ich lehne mich auf dem Sofa zurück und drücke ein Kissen an meine Brust. »Connor hat gewusst, was meinen Eltern zugestoßen ist.«

Sie reißt die Augen auf.

Sydney weiß, wie meine Eltern gestorben sind, und dass die Spur seit Jahren im Sand verlaufen ist.

»Er wusste Bescheid?«

»Ja. Er behauptet, als wir uns kennengelernt haben, hätte er nicht gewusst, wer ich war. Und dass er erst vor vier Tagen davon erfahren hat, wie mein Mädchenname ist. Aber er wusste, was in jener Nacht passiert ist.«

Dieser Teil verwirrt mich am stärksten. Wie ist es möglich, dass er eins und eins nicht zusammengezählt hat? Hätte ich gehört, dass sein Vater in derselben Nacht, in der meine Eltern starben, in eine Fahrerflucht verwickelt war, hätte ich die Verbindung hergestellt.

Er hat es nicht getan.

»Und, glaubst du ihm?«

»Ich weiß nicht.«

Sydney lehnt sich zurück und zieht die Beine unter den

Körper. »Ich kenne Connor, seit wir Kinder waren, und er ist vieles, aber nicht hinterlistig. Dieser Junge hätte nicht lügen können, wenn man ihm eine Waffe an den Kopf gehalten hätte. Declan und ich mussten uns immer heimlich treffen, damit er uns nicht sah und verpetzte. Natürlich ist er jetzt erwachsen und hat sich verändert, doch er ist auch leidenschaftlich, loyal und beschützend. Glaubst du, es steckt in ihm, dich absichtlich zu verletzen?«

Nein … zumindest habe ich das nicht geglaubt.

»Wie erklärst du es dir dann?«

»Ich weiß es nicht, Ellie. Wirklich nicht. In meinem Job und bei meiner ehrenamtlichen Arbeit habe ich schon verrücktes Zeug mitbekommen. Ich möchte gern glauben, dass ich eine ganz gute Menschenkennerin bin, und ich bin ziemlich sicher, dass er dir nicht wehtun könnte. Niemals. Ich habe beobachtet, wie er dich anschaut, und ich schwöre … so etwas habe ich noch nie erlebt. Seine Liebe hat etwas Erbittertes.«

Das habe ich auch alles gesehen. Ständig war er auf der Hut und bereit, alles zu tun, um mich glücklich zu machen. Er war geduldig, wo die meisten Männer es wahrscheinlich nicht gewesen wären. Wenn er zornig wurde, hat er es nie an mir ausgelassen oder auch nur die Stimme erhoben.

Ein anderer Teil von mir sieht seine Loyalität. Er hat die Menschen beschützt, die er liebte, weil er sich Sorgen gemacht hat, seine Brüder und er würden die Folgen von etwas zu spüren bekommen, was sie nicht einmal getan hatten. Und dann erinnere ich mich daran, dass er mir angeboten hat, sich zu stellen. Er war bereit, die Konsequenzen zu tragen, wenn mir das Frieden geschenkt hätte.

Ich stoße lange den Atem aus. »Vielleicht war es nicht so.

Ich weiß es nicht. Aber so oder so, es macht die Sache nicht einfacher.«

»Nein, wahrscheinlich nicht. Und ich vermute mal, Hadley nimmt es nicht gut auf.«

»Nein.« Ich wische eine Träne weg. »Das geht uns beiden so. Sie liebt ihn so sehr, und mein Gott, Syd, ich auch. Ich liebe ihn so, und das bringt mich um. Wie soll ich darüber hinwegkommen? Wie soll es jetzt mit uns weitergehen? Es erscheint unmöglich.«

Sie zieht leicht die Schultern hoch und lässt sie wieder sinken. »Keine Ahnung. Habt ihr denn geredet?«

»Als ich das gehört habe, bin ich ausgerastet, und dann … Ich weiß nicht, es war sehr angespannt.«

Sie rutscht ein wenig herum, und ein leises Lächeln tritt auf ihre Lippen.

»Was?«

»Du sagst, dass du ihm nicht vertraust, und ich kann verstehen, dass ihr beide gerade Probleme habt. Aber antworte mir ehrlich auf eine Frage – wärest du bei Kevin auch durchgedreht?«

Ich fahre zurück, denn das wäre ich auf keinen Fall. »Nein, er hätte mich geschlagen. Ich habe nie die Beherrschung verloren. Ich glaube, ich hatte keine Emotionen mehr.«

Als Sydney sich zurücklehnt, strahlt sie eine Art Selbstzufriedenheit aus, die ich nicht begreife.

»Ich habe die ganze Nacht Zeit …«

Worauf zum Teufel will sie hinaus?

Ja und? Ich bin eben wütend auf Connor geworden, was ich bei …

»Ich konnte wütend sein«, sage ich, als es mir aufgeht.

Sie grinst. »Wenn du ihm nicht vertrauen würdest, hättest

du nie geschrien. Du wärst davongelaufen oder hättest dichtgemacht, doch das hast du nicht getan. Ich weiß, dass du zornig bist, und du hast auch jedes Recht der Welt dazu. Aber frage dich, ob du den Rest deines Lebens auf der Suche nach einem Mann verbringen willst, der auch nur halb so wunderbar ist wie Connor. Du hast die Chance, mit ihm eine richtige Familie zu gründen. Er hat Hadley schon geliebt, bevor er wusste, dass sie sein leibliches Kind ist. Ich kenne nicht viele Männer wie ihn, Ellie. Ich behaupte nicht, dass du kein Recht hättest, dich verletzt zu fühlen. Aber steht doch beide zu eurem Schmerz und findet einen Weg hindurch.«

»Und wenn er mich nicht zurückhaben will, weil ich ihn verlassen habe?«

»Dann ist er nicht der Mann, für den wir beide ihn halten.«

Siebenunddreißig

Ellie

»Kannst du auf Hadley aufpassen, bis ich zurück bin?«, frage ich und stehe schon auf.

»Natürlich, aber wohin willst du um vier Uhr morgens?«

Ich zwinge mich zu einem schiefen Lächeln und stelle mich hin. »Ich will die beiden Menschen besuchen, mit denen ich reden muss, und hoffe, dass sie mir zuhören.«

Ich weiß, dass ich nie wieder jemanden wie ihn finden werde. Er ist der Eine für mich. Das Problem ist nicht, ob ich ihn liebe, denn ich werde ihn für den Rest meines Lebens lieben.

Doch ich brauche Antworten auf Fragen, und die finde ich nur an einem bestimmten Ort.

Sydney zieht mich in die Arme. »Es tut mir leid, dass du das durchmachen musst, Ellie. Niemand auf der Welt hat das weniger verdient als du. Aber eins musst du wissen, obwohl es kein Grund für Connor ist, dich anzulügen: Diese Jungs hatten eine schwere Kindheit, und das hat etwas mit ihnen gemacht. Du solltest auch daran denken, dass ich weiß, wie du dich gerade fühlst. Sogar nach acht Jahren vergeht kein Tag, an dem ich nicht wünschte, ich könnte die Zeit zurückdrehen und wieder mit Declan zusammen sein.«

Und genau deswegen mache ich mir Sorgen. Dass die Reue, weil ich ihn gehen lasse, mir für immer ein klaffendes Loch ins Herz reißt.

»Ich weiß das zu schätzen.«

Sie lächelt und sieht mich verständnisvoll an. »Geh, ich passe auf Hadley auf.«

»Danke, Syd.«

»Gern. Geh und suche nach deinen Antworten, und dann frag dich, ob dein Leben ohne Connor Arrowood besser oder schlechter ist. Gut möglich, dass du die Antwort schon kennst.«

Ich beuge mich vor und küsse sie auf die Wange. »Ich habe mir immer eine beste Freundin gewünscht. Danke, dass du dieser Mensch bist.«

Ich stürze aus dem Haus und steige ins Auto. Die letzten paar Tage waren die Hölle. Meine Augen sind geschwollen, mein Haar ist zerzaust, und mein Herz ist wie zermalmt.

Ich denke über ihre Frage nach und kenne die Antwort.

Mein Leben ist schlechter ohne ihn.

Meine Welt ist traurig und leer.

Connor hat Fülle, Liebe und Verständnis in unser Leben gebracht.

Er hat Hadley und mir gezeigt, was Zärtlichkeit ist.

Mein einziger Wunsch ist, seine Umarmung zu spüren.

Nachts habe ich mein Kissen umklammert und mich danach gesehnt, seine Wärme zu empfangen. Ich weiß, wie es sich anfühlt, wenn man jemanden verlässt und es die richtige Entscheidung ist. Aber jetzt empfinde ich nicht so.

Ich parke den Wagen und trete auf zitternden Beinen durch das Friedhofstor. Ich bin müde. Ich war die ganze Nacht auf, meine Nerven liegen blank, und ich fühle mich innerlich zerbrochen.

Und ich vermisse ihn.

Wenn sich zwei Tage schon so anfühlen, wäre ein ganzes Leben ohne ihn unerträglich.

Ich knie vor den Grabsteinen meiner Eltern nieder und lege auf jeden eine Hand. »Ich habe alles herausgefunden, und jetzt geht es mir schlechter als vorher. Wie konnte ich den Mann lieben, der die ganze Zeit gewusst hat, was euch passiert ist? Wie soll ich mir ein Leben mit jemandem aufbauen, der dabei war und niemandem etwas gesagt hat? Dessen Vater der Mann ist, der euch mir weggenommen hat?«

Ich setze mich auf die Fersen und wische mir eine Träne ab.

»Ich bin so verwirrt, und ich habe niemanden. In den letzten paar Monaten hatte ich ihn, aber …« Ich blicke zum Himmel auf, wünsche, ich könnte meine Mutter sehen, und ringe nach Luft. »Doch dann denke ich daran, was er erdulden musste, und meine Schuldgefühle werden nur noch schlimmer. Begehe ich Verrat an euch und allem, was ich versprochen habe? Sein Vater ist tot, und ich kann ihn nicht dafür bezahlen lassen. Aber ihr hattet so viel mehr verdient. Ihr solltet nicht in dieser kalten Erde liegen, Daddy und du.«

»Ich sollte das«, erklingt hinter mir Connors tiefe Stimme.

Ich erstarre und kann weder denken und mich schon gar nicht rühren.

»Deine Familie war heil, und mein Vater hat sie zerstört. Und dann habe ich es auch noch fertiggebracht, dich zu verletzen.«

»Was machst du denn hier?«, frage ich und sehe mich immer noch nicht um.

»Ich hatte das Gefühl, den beiden meinen Respekt erweisen und mich ihnen erklären zu müssen. Seit ich zurück bin, komme ich einmal im Monat her.«

Seine Stimme kommt näher, und mein Atem beschleunigt sich.

»Als ich dich gesehen habe, wollte ich gehen, aber ich habe mir Sorgen gemacht.«

»Mir geht's nicht gut.« Ich sage ihm die Wahrheit.

»Mir auch nicht. Ich kann nicht schlafen, Ellie. Ohne dich bekomme ich keine Luft.«

Ich drehe mich um und will etwas bemerken, doch ich hätte mich noch so lange auf den Anblick vorbereiten können, mir wäre trotzdem das Herz stehengeblieben. In seinen Augen glänzen unvergossene Tränen, und er fällt vor mir auf die Knie.

»Ich kann dich nicht gehenlassen. Ich kann dich nicht fortgehen sehen, ohne dich wissen zu lassen, wie ich empfinde.« Ihm bricht die Stimme. »Seit Jahren habe ich mich für das, was geschehen ist, gehasst. Ich dachte, wenn ich mich erinnern würde, würde mich das umbringen, also habe ich es verdrängt. Das war verkehrt, und es tut mir so leid.«

In meinem Inneren tobt ein Kampf. Bei seinem Anblick – betrübt, allein und voller Schmerz wegen der Sünden, die sein Vater begangen hat – möchte ich ihn am liebsten in die Arme schließen, aber ich tue es nicht. Ich verschlinge meine Finger miteinander, um nicht seine Hand zu nehmen.

»Ich weiß nicht, was ich sagen soll.«

»Dann sag mir, dass du zu mir zurückkommst. Ich brauche dich, Ellie. Verdammt, ich will nicht in einer Welt ohne dich leben. Ich habe das schon getan und will es nicht wieder. Ich will unsere Familie.«

Meine Brust hebt und senkt sich, während ich weiter weine. In meinem Inneren herrscht Chaos. Er lässt den Kopf sinken, und ich möchte ihm am liebsten zurufen, er soll mich anschauen. Ich möchte mich auf ihn stürzen und ihm sagen, dass ich ihn nicht verlassen werde. Doch ich stehe still wie eine Statue.

»Ich habe den beiden die ganze Geschichte schon erzählt. Ich bin am Tag, nachdem ich dir begegnet war, hergekommen und habe ihnen Blumen gebracht. Ich weiß, dass du mir nicht glaubst, Ellie. Aber ich schwöre, ich wusste nicht, wer du warst.«

Nachdem der erste Schock verflogen ist, nehme ich ihm das ab. »Ich bin mir nicht sicher, ob dieser Teil eine Rolle spielt.«

»Du weißt, dass ich gerade achtzehn war. Ich war noch kein Mann, obwohl ich mich dafür gehalten habe. Stell dir vor, Hadley wäre an meiner statt gewesen. Was hätte sie wohl gedacht, wenn ihr Vater gedroht hätte, sie ins Gefängnis zu bringen? Jahrelang hatte er uns manipuliert, damit wir alles taten, was er wollte. Die Entscheidung war nicht leicht, dann wurden wir älter, und wir … keine Ahnung, wir haben getan, was wir konnten, um zu überleben und gute Menschen zu werden.«

Ich schließe die Augen, senke den Kopf und wünsche mir, ich könnte die Stimme meiner Mutter hören. Sie war der freundlichste Mensch, den ich je gekannt habe, und ich möchte gern glauben, dass sie den Jungs verzeihen würde. Bei meinem Dad weiß ich es nicht, aber sie würde ihnen vergeben.

Sie haben schließlich nicht am Steuer gesessen. Sie haben ihren Vater nicht dazu angestachelt, betrunken zu fahren.

Connor sucht vor allem Erlösung, und er braucht meine Vergebung genauso sehr wie ich die Vergebung meiner Eltern, die ich an ihrem Grab zu finden hoffe.

Er und seine Brüder haben getan, was sie konnten, um zu überleben, wie wir alle. War das richtig? Nein. Aber sie haben einander beschützt.

Mit einem Mal weiß ich, ich muss ihm unbedingt verzeihen. Er sollte nicht die Schuld für etwas mit sich herumtragen, wofür er nicht verantwortlich war, oder weil er mir nicht früher davon erzählt hat. Ich glaube nicht, dass er wusste, wer ich bin, als er mir in dieser Bar begegnet ist oder als er an jenem Tag meine Auffahrt heraufkam. Das wäre ein Ausmaß von Grausamkeit gewesen, zu dem er gar nicht in der Lage ist.

Ich schließe die Augen und wende das Gesicht den ersten Sonnenstrahlen zu, die an diesem Morgen über den Horizont scheinen.

»Wusstest du, dass meine Mutter nie getrunken hat?«

»Über die beiden weiß ich nur, was du mir erzählt hast.«

»Meine Mutter ist bei einem Vater groß geworden, der Alkoholiker war. Ich habe ihn mir immer ganz ähnlich vorgestellt, wie du deinen Vater beschreibst.« Ich drehe mich zu ihm um. »Für mich hat sie sich etwas Besseres gewünscht. Mein Vater trank zwar auch gern sein allabendliches Gläschen, aber sie hat einen Mann geheiratet, der sie abgöttisch geliebt hat, als wäre sie die Sonne, um die sich seine Welt drehte, und sie waren für alle das perfekte Paar.«

»So sehe ich dich auch.«

Mein Herz gerät ins Stolpern. »Ich bin alles andere als vollkommen, und das waren die beiden ebenfalls nicht. Sosehr ich auch versucht habe, sie zu idealisieren, ist die Wahrheit, dass meine Mutter nie gelernt hat, ihre Stimme zu erheben, wenn sie etwas falsch fand. Und er hat dazu geneigt, schlechte Entscheidungen zu treffen.«

Ich werfe einen Blick zum Grab meines Vaters. Er war kein Säufer, das nicht, aber er hat schon gern jeden Abend sein Bier getrunken. Mom hat es nichts ausgemacht, solange es bei einem blieb.

»Ich will nicht, dass du deine Stimme unterdrückst. Ich will, dass wir miteinander reden. Wir werden uns streiten, und du wirst böse auf mich sein. Das wird alles passieren, aber ich liebe dich, und es war mir ernst, dass ich das in Ordnung bringen möchte. Ich hätte dich anlügen können, Ellie. Ich hätte so tun können, als wüsste ich nichts über den Tod deiner Eltern, doch das wollte ich nicht. Nicht nur, weil ich dich liebe, sondern auch, weil ich nicht will, dass wir Geheimnisse voreinander haben. Wir sind beide durch die Hölle gegangen, aber wenn ich mit dir zusammen bin, komme ich mir vor wie im Himmel.«

Meine Augen werden feucht, und ich nicke, weil ich genauso empfinde. »Ich weiß, dass du nicht schuld daran warst. Das war mir schon klar, bevor ich überhaupt dein Haus verlassen habe, aber ich brauchte Zeit, um alles zu verarbeiten, und …«

Er beugt sich vor, und ein hoffnungsvoller Ausdruck tritt in seine Augen. »Ich kann warten.«

Da bin ich mir sicher, doch das will ich nicht. Er war bereit, alles zu tun, damit ich Frieden finde. Hat es riskiert, dass ich ihn verlasse, damit ich die Wahrheit erfahre, und hat angeboten, sich zu stellen, obwohl er damit seine Brüder gefährdet hätte. Er hat sich einer Sache gestellt, vor der er jahrelang davongelaufen ist, weil er nicht wollte, dass ich noch einen Tag länger mit meinen Dämonen leben musste.

Ich liebe ihn.

Ich liebe ihn auf eine Art, die jeder Logik zuwiderläuft. Das mag mancher nicht begreifen, doch mir ist es gleichgültig.

Ich lege eine Hand auf sein wild pochendes Herz. »Aber ich kann nicht.«

»Was kannst du nicht?«

»Warten. Ich habe Ungeheuer gesehen und in Albträumen gelebt. Du bist weder das eine noch das andere. Was passiert ist, war eine Tragödie, aber es war nicht deine Schuld, und es wäre unfair von mir, dir das vorzuwerfen. Dein Vater hat diesen Wagen gefahren, nicht du oder deine Brüder.« Während ich spreche, beginnt die Sonne aufzugehen und erhebt sich über die Wolken. »Ich kann mir nicht vorstellen, was ich getan hätte, wenn meine Eltern mir gedroht hätten. Ich war zornig, vor allem, weil ich mir sicher war, dass alles, was wir hatten, eine Lüge gewesen ist.«

»Nichts davon war gelogen.«

»Jetzt ist mir das auch klar.«

»Als du aus dieser Tür gegangen bist, dachte ich, ich würde verdammt noch mal verrückt. Am liebsten hätte ich dich auf Knien angefleht zu erkennen, was wir haben.«

Ich schüttle den Kopf und lege die Finger an seine Wange. »Ich will nicht, dass du bettelst. Ich verzeihe dir, Connor. Ich vergebe euch allen, und ich glaube, meine Eltern würden das auch.« Die Sonne wärmt mir das Gesicht, und ich blicke lächelnd auf.

»Ich habe es gehasst, dir wehtun zu müssen.«

»Und deswegen fällt es mir, denke ich, so leicht, dir zu verzeihen. Weil du, Connor Arrowood, ein guter Mann bist.« Ich lege die Hände um sein Gesicht. »Du bist ein wunderbarer Vater. Du bist lieb ...« Ich küsse ihn auf die Lippen. »Du bist großzügig.« Ich tue es noch einmal. »Du bist der einzige Mensch, bei dem ich mich je sicher gefühlt habe.«

Er fährt mit den Händen an meinem Rücken herauf und zieht mich eng an sich. Sein Kuss wird tiefer – aber nicht auf lüsterne Art, sondern so, dass ich ihn in der Seele spüre. Dann löst er seine Lippen von meinen, und ich lege den Kopf an seine Schulter und lasse mich vom Sonnenschein und seiner festen Umarmung ein wenig aufrichten.

»Ich habe dich nicht verdient.«

Ich stoße einen langen Atemzug aus und schmiege mich enger an ihn. »Ich dich schon. Bring mich nach Hause.«

»Mit dir gehe ich überallhin, solange ich an deiner Seite sein darf.«

Achtunddreißig

Ellie

»Es sind doch nur meine Brüder«, erklärt Connor mir zum einhundertmillionsten Mal.

»Es ist nicht irgendetwas. Heute ist der Tag, an dem ich deine Brüder kennenlerne, und sie treffen ihre Nichte, und Hadley hat Geburtstag und …«

»Und alles wird wunderbar. Es ist ein Familiengrillen, du kannst dich ihnen vorstellen, und dann können wir alle unsere Befürchtungen zerstreuen.«

Für ihn ist das leicht gesagt. Er ist nicht derjenige, der gleich die drei wichtigsten neuen Menschen in seinem Leben kennenlernen wird.

Aber ich stehe kurz vor dem Überschnappen.

Wenigstens ist Hadley für ein paar Stunden bei ihrer Freundin, sodass wir alles vorbereiten konnten, und ich habe dann hoffentlich die Begrüßungsrunde hinter mir. Es würde zwar nichts ändern, wenn sie hier wäre, doch ich habe das Gefühl, dass wir zuerst ein wenig Zeit zu fünft brauchen.

»Was haben sie denn für Befürchtungen?«

»Dass du ihnen nicht wirklich verziehen hast.«

Ich seufze. »Offensichtlich habe ich das. Ich meine, ich habe diese Party geplant und sie eingeladen.«

»Ich weiß das, du weißt das, aber sie sind Idioten, die außerdem ihre Schuldgefühle ein wenig lindern wollen.«

Schätze, das begreife ich, doch meine Nervosität wird davon nicht besser.

»Tja, es ist noch viel zu tun, ich muss voranmachen.«

Ich kann nicht hier herumstehen, sonst verliere ich den Verstand. Ich gehe ins Wohnzimmer, räume noch ein wenig auf und verteile die Ballons anders – schon wieder. Alle Stellen, an denen ich sie aufhänge, kommen mir merkwürdig vor. Ich trete ans Fenster, schüttle die Vorhänge ein wenig auf und versuche dann, sie perfekt auf dem Boden aufliegen zu lassen.

Hinter mir höre ich Connor leise lachen.

»Das ist nicht komisch«, sage ich ein wenig schnippisch.

Er tritt heran, schlingt von hinten die Arme um mich und wiegt mich sanft. »Irgendwie schon.«

»Dein Charme wird nicht funktionieren.«

»Wenn ich mehr Zeit hätte, wette ich, dass er seine Wirkung nicht verfehlen würde.«

Ich schüttle den Kopf, lehne ihn dann an seine feste Brust und stoße den Atem aus.

»Musst du dich diese Woche wieder mit Nate treffen?«, fragt Connor.

»Jepp.« Gefühlt muss ich jeden verdammten Tag zum Gericht. Es ist nicht mehr lange bis zur Verhandlung, und er ist mit mir nonstop Einzelheiten durchgegangen und hat mit mir Rollenspiele für das Kreuzverhör abgehalten. »Ich kann es kaum erwarten, dass es vorbei ist.«

Er küsst mich auf den Scheitel. »Ich auch nicht. Aber jetzt haben wir es ja fast geschafft, und dann können wir mit unserem Leben weitermachen.«

Die Vorstellung gefällt mir. »Ja, wenn ich keinen Herzanfall kriege, nachdem ich deine Brüder getroffen habe.«

Connors Brust vibriert, doch bevor ich mich umdrehen

und ihn ausschimpfen kann, weil er mich auslacht, sehe ich eine Staubwolke auf der Einfahrt. Sofort reiße ich mich aus seinen Armen.

»Entspann dich, Ellie. Ich schwöre dir, meine Brüder werden dich lieben.«

Es ist nicht nur das, obwohl es einen großen Teil ausmacht. Sie wissen, dass ich Bescheid weiß. Sie sind gekommen, um mit mir darüber zu reden, und das ist … eine Menge Druck. Ich will, dass sie mich mögen. Ich möchte, dass diese Familie anfängt, enger zusammenzurücken.

Connor nimmt meine Hand und drückt sie.

»Ich wünschte, es müsste nicht so nervenaufreibend sein. Ich meine, Declan kenne ich ja schon, aber deine anderen Brüder sind berühmt. Es wäre vielleicht besser gewesen, wenn du ihnen nicht erzählt hättest, wie ich reagiert habe, als du es mir gesagt hast.«

»Ich weiß, und das tut mir leid. Doch ich habe ihnen auch erzählt, dass du ein großes Herz hast und mich offensichtlich liebst. Je eher wir das hinter uns bringen, umso schneller werden sie dich in jedes verdammte Geheimnis einweihen, von dem ich nicht wollte, dass du es je über mich erfährst.«

»Wie deine irrationale Angst vor Enten?«

Er runzelt die Stirn. »Enten sind eigenartig und haben die Augen an den Seiten des Kopfes. Ganz zu schweigen davon, dass sie einen anstarren … seitwärts.«

Das bringt mich zum Lachen, und ich weiß, dass das seine Absicht war, aber ich fühle mich ein wenig erleichtert.

Wir treten auf die Veranda, vor der drei Männer aus einem Jeep steigen.

»Also, Duckie hat den Laden wirklich auf Vordermann gebracht«, sagt einer der Arrowood-Brüder.

Connor ignoriert den Spruch und geht mit mir zu der Stelle, an der sie alle zusammenstehen.

»Schwachkopf, ich meine Jacob, das ist Ellie.«

Jacob nimmt seine Sonnenbrille ab und lächelt mir herzlich zu. »Ellie, ich freue mich sehr, dich kennenzulernen. Ich will dir sagen, wie leid es uns allen tut.«

Das ging aber schnell.

»Herrgott, Jacob, lass ihr doch einen Moment Zeit.« Connor schlägt seinem Bruder auf den Arm.

»Nein, ich möchte es gleich hinter mich bringen. Danke«, sage ich und wende den Blick ab.

Abgesehen von seinem kahl rasierten Schädel sieht Jacob fast genau wie Connor aus. Ich kann verstehen, warum er in Hollywood so erfolgreich ist.

»Das ist Sean.« Connor deutet auf ihn.

Bis auf die Augen ähnelt Sean Connor überhaupt nicht. Sydney hat nicht gescherzt, als sie meinte, sie lägen in der Familie. Seans Haar ist ein bisschen länger und eine oder zwei Nuancen heller als Connors, doch er sieht nicht weniger gut aus.

Sean tritt auf mich zu und zieht mich in die Arme. »Es tut mir so leid, Ellie. Ich wünschte, wir würden uns unter anderen Umständen kennenlernen, unter denen wir uns nicht entschuldigen müssten. Aber es ist wirklich nett, dich kennenzulernen.«

Ich erwidere seine Umarmung und kämpfe gegen die neue Woge von Emotionen an, die mich überrollt. Diese Jungs sind großartig. Ich komme gar nicht darüber hinweg, dass sie alle hergekommen sind, mich so freundlich aufnehmen und sich so ehrenhaft verhalten.

»Ich freue mich aufrichtig, dich kennenzulernen«, sage ich und reibe ihm den Rücken.

Er macht sich von mir los, und dann wirft Connor seinem ältesten Bruder einen Blick zu. »Declan kennst du ja schon.«

»Ich bedaure, dass ich es dir bei meinem letzten Besuch nicht gesagt habe. All das tut mir leid. Du hast ja keine Ahnung, wie froh wir sind, dass Connor dich und Hadley gefunden hat.«

Und jetzt kann ich nicht anders. Alles überwältigt mich, und ich breche in Tränen aus. Vorher war ich so nervös, dass es beinahe zu viel war, aber nachdem der gefürchtete Moment jetzt da ist, habe ich das Gefühl, wieder Luft zu bekommen.

Sofort umarmt mich Connor. »Was zum Teufel hast du getan, Dec?«

»Keine Ahnung!«

»Er rührt die Mädchen immer zu Tränen«, sagt Sean oder Jacob.

Ich kann es nicht erkennen, weil ich das Gesicht an Connors Brust vergrabe und alles herauslasse.

»Ihr wird wohl klargeworden sein, dass sie den hässlichsten von uns abgekriegt hat.«

»Sehr richtig.«

Sie witzeln hin und her, und ich spüre das Grollen in Connors Brust.

»Ellie, Baby, warum weinst du?«

»Weil sie so nett sind!«

Alle lachen, und ich fasse in sein Shirt und schmiege mich enger an ihn, damit ich mein Gesicht verstecken kann, das knallrot sein muss.

»Sie sind überhaupt nicht nett, aber mit der Zeit wirst du lernen, sie zu lieben.«

»Komm schon, Ellie, wir haben noch viel mehr zu sagen,

und wir möchten dich gern kennenlernen«, sagt einer von ihnen und berührt meinen Rücken.

Seufzend trete ich von Connor weg, weil ich mich nicht ewig an seiner Brust verstecken kann und weil, nun ja, verheulte Mädchen selten schön aussehen und sie das wahrscheinlich alle wissen.

Connor und ich wenden uns ab und gehen die ersten paar Stufen hinauf, aber die drei Brüder starren das Haus an, als könnte es sich demnächst Zähne wachsen lassen und sie fressen.

»Was ist los?«, frage ich.

»Dieses Haus … Es ist für keinen von uns einfach«, antwortet Connor.

Ich kann mir das nur vorstellen. »Ich verspreche, euch alle zu beschützen.«

Sie reagieren alle mit dem gleichen lässigen, attraktiven Grinsen. Ich bin so froh, dass ich als Teenager nicht in ihrer Nähe aufgewachsen bin. Sie sind alle wahnsinnig heiß, und ich wette, sie sind alle gut darin zu kriegen, was sie wollen.

Declan tritt als Erster einen Schritt auf mich zu. »Apropos, was in aller Welt sollten wir zu fürchten haben?«

Connor strahlt mich an, und ich spüre, wie meine Wangen schon wieder rot anlaufen.

Wir gehen alle hinein, und ich höre einen Pfiff hinter mir.

»Vollkommen anders als beim letzten Mal, als wir hier waren.«

»Ja, und es fühlt sich auch vollkommen anders an«, setzt Connor hinzu.

Connor hat monatelang das Haus, die Scheune und die Landmaschinen repariert. Während er draußen gearbeitet hat, habe ich meinen Beitrag geleistet, indem ich das ganze Haus von oben bis unten geputzt, Zimmerpflanzen besorgt und Vorhänge aufgehängt habe.

»Tut mir leid, wir haben das Haus irgendwie übernommen«, sage ich verlegen.

»Sean, du kannst in der Scheune übernachten oder dir ein Bett mit Jacob teilen«, erklärt Connor lachend. »Dein Zimmer gehört Hadley, bis wir umziehen.«

Ich reiße die Augen auf. »Wir ziehen um?«

»Darüber sprechen wir später. Lass uns zuerst hineingehen und reden.«

Das gefällt mir nicht, aber ich will auch vor seinen Brüdern nicht diskutieren.

Ich hole eine Kanne Limonade und die Kekse, die ich gebacken habe, und setze mich zu ihnen an den Tisch. Ich habe mir wirklich die größte Mühe gegeben.

Sie sind zwar gekommen, um sich zu entschuldigen, doch das ist ehrlich nicht nötig. Je mehr Connor mir von seinem Leben in diesem Haus erzählt hat, umso weniger wichtig wurde mir das. Ich habe vielleicht einen gewalttätigen Mann geheiratet, aber wenigstens konnte ich ihn verlassen. Sie konnten nicht einfach gehen.

»Wenn das für euch in Ordnung ist, möchte ich gern zuerst etwas sagen.«

Sie wechseln Blicke, aber Declan nickt. »Natürlich.«

»Ich hatte nie eine richtige Familie. Ich war Einzelkind, und nach dem Tod meiner Eltern war ich noch jung und habe schlechte Entscheidungen getroffen – jedenfalls größtenteils.« Ich seufze und werfe Connor ein leises Lächeln zu. »Ich finde, ihr solltet wissen, dass ich mit achtzehn dumm war. Mit neunzehn war ich das immer noch. Ich habe schlechte Entscheidungen getroffen, die auch Auswirkungen auf meine Tochter hatten. Und ehrlich gesagt war ich immer noch dumm, bis Connor hierherkam. Was ich damit sagen will, ist, dass es falsch war, was ihr getan habt, aber ich habe kein Recht, euch zu verurteilen. Nach allem, was ich gehört habe, war euer Vater ein grauenhafter Mensch und hat eure Liebe zueinander ausgenutzt, um straflos davonzukommen. Und er tut es sogar jetzt noch, indem er euch zwingt, an einen Ort zurückzukehren, der euch bekümmert, und das tut mir leid.«

»Ellie …«

Ich hebe die Hand, um Declan zu unterbrechen. »Nein, mir tut es leid, was ihr durchgemacht habt. Mein Leben als Erwachsene war zwar ziemlich grauenhaft, aber meine Kindheit nicht. Daher möchte ich, dass wir ein Abkommen schließen.«

Sean lehnt sich lächelnd auf seinem Platz zurück. »Ein Abkommen?«

Dann fällt mir wieder ein, wie Connor mir davon erzählt hat, was sie einander gelobt haben.

»Nein, ich nehme das zurück. Ich will einen Schwur ablegen.«

Declans Blick huscht zu Connor, und er grinst. »Du weißt, dass das Wort eines Arrowood nicht gebrochen werden kann.«

»Das habe ich gehört.«

»Tja«, fällt Jacob ein, »zumindest für einige von uns gilt das.«

»Ich hoffe, ihr verzeiht ihm, dass er den Schwur bezüglich Liebe und Kinder gebrochen hat. Für mich ist es vollkommen in Ordnung, dass das in die Hose gegangen ist.«

Sie lachen alle leise.

Connor nimmt meine Hand, hebt sie an die Lippen und küsst meine Knöchel. »Für mich auch.«

Gott, ich liebe diesen Mann. Ich sehe ihm in die Augen

und bin verloren. Er liebt mich so sehr, dass die bloße Vorstellung schmerzt, wie unser Leben ausgesehen hätte, wenn er seinen Schwur gehalten hätte. Dann hätte ich ihn nicht, und das wäre eine Tragödie.

Jemand räuspert sich. »Und dein Schwur?«

Mist.

»Ja. Genau. Ich möchte, dass ihr mir alle euer Wort darauf gebt, dass ihr mir verzeiht, was ich in den letzten acht Jahren getan habe. Und dafür vergebe ich euch alles, was vor acht Jahren passiert ist.«

Declan verschlingt die Hände miteinander. »Ich weiß das zwar zu schätzen, aber ich finde, unsere Schuld ist ein wenig größer.«

»Wieso?«

»Weil du Eltern verloren hast, die gute Menschen waren. Wegen dieser Nacht hast du Entscheidungen getroffen, die sonst wahrscheinlich anders ausgefallen wären.«

»Ihr aber auch. Ihr alle. Das ist meine einzige Bitte. Ich möchte, dass wir fünf eine Familie werden. Ich möchte, dass Hadley ihre Onkel kennenlernt, und … hoffe, dass ihr sie lieben werdet.«

Sean lächelt, rutscht auf seinem Stuhl nach vorn und legt eine Hand auf Connors und meine Hände. »Ich schwöre zu verzeihen.«

Jacob ist der Nächste und legt die Hand auf die seines Bruders. »So verrückt das auch ist, ich schwöre, diese Familie zu beschützen.«

Connor legt die andere Hand auf die von Sean. »Ich schwöre, dich zu lieben.«

Sean stößt eine Art Würgen aus.

Jetzt ist Declan der Einzige, der sich noch zurücklehnt. Er

sieht Connor an, und die beiden scheinen wortlos zu kommunizieren. Schließlich beugt sich Declan vor. »Ich schwöre, dass wir zusammenfinden – als Familie.«

Diesen Augenblick, diesen kurzen Moment werde ich nie vergessen. Ich sitze hier, halte die Hände dieser Männer, die ich gerade erst kennengelernt habe, und fühle mich zuhause.

Sie haben alle meine Bitte erfüllt, und ich bete darum, dass wir alle unseren Weg in die Zukunft finden werden, ohne dass uns etwas belastet.

Eine Träne prickelt, nicht vor Traurigkeit, sondern angesichts der Schönheit, die in alldem liegt.

Alle vier Arrowood-Brüder wenden mir ihre Blicke zu.

»Oh, soll ich jetzt schwören?«, frage ich.

Connor zwinkert mir grinsend zu.

»Okay. Ich schwöre, die Fehler der Vergangenheit loszulassen und alles zu tun, was ihr schon gesagt habt.«

Eine Sekunde später nehmen alle ihre Hände weg.

Sean seufzt schwer. »Weißt du, Connor, du solltest dieses Mädchen lieber heiraten, sonst mache ich es.«

Bei dem bloßen Vorschlag schlägt mein Herz schneller, daher tue ich, als hätte ich nichts gehört, und beschließe, dass ich zuerst den Prozess überstehen muss, bevor ich das überhaupt in Betracht ziehe.

Connor lacht kurz und zuckt dann die Schultern. »Eines Tages werde ich den Bogen zerbrechen.«

Ich lächle ihm zu. »Und dann trifft dein Schuss vielleicht ins Schwarze.«

»Ich glaube, das hat er schon.«

»Ich glaube auch.«

Und da wird die Tür aufgerissen, laute Schritte hallen durch die Diele, und Hadley stürmt herein und kommt schlitternd zum Halten, als sie alle am Tisch sitzen sieht. Ich schaue zu, wie sie die Szene auf sich wirken lässt, doch bevor ich etwas tun kann, hat Connor die Lage schon im Griff.

»Hey, Krümel, du bist ein wenig früh dran. Wir haben eine besondere Geburtstagsüberraschung für dich. Weißt du noch, dass ich dir erzählt habe, dass ich drei Brüder habe?«

Sie nickt.

»Also, sie waren so aufgeregt, dass sie deine Onkel sind, und wollten dich kennenlernen.«

»Onkel?«

Connor tritt zu ihr. »Ja. Declan kennst du ja schon. Er ist mein ältester Bruder.«

Er zwinkert ihr zu.

»Er liebt das Baumhaus«, erklärt Hadley.

»Du solltest es ihm auf jeden Fall noch einmal zeigen«, sagt Connor aufmunternd.

Dann kommen die anderen Brüder zu uns herüber.

»Der Große mit den hässlichen Haaren ist dein Onkel Jacob.« Connor senkt die Stimme zu einem Flüstern. »Er hält sich für etwas ganz Besonderes, weil er im Fernsehen ist.«

»Wirklich?!«, schreit sie und winkt ihm zu.

Bevor Connor ihr Sean vorstellen kann, geht der schon in die Hocke und gibt ihr einen Keks. »Ich bin dein Onkel Sean. Und ich bin der beste von allen.«

Aus zusammengekniffenen Augen mustert sie die Süßigkeit in seiner Hand und grinst dann. »Dich mag ich.«

Connor schlingt einen Arm um meine Schultern und lacht leise. »Jetzt magst du ihn, aber erzähl ihm bloß nie, wovor du Angst hast.«

Hadley schmiegt sich an Connors Seite. So schüchtern habe ich sie selten gesehen.

»Seid ihr alle zu meinem Geburtstag gekommen?«

»Ja«, antwortet Jacob. »Im Auto habe ich ein ganz großes Geschenk für dich.«

Hadley sieht zuerst uns und dann ihre Onkel an. »Ich mag deine Brüder wirklich gern, Daddy.«

Ich glaube, Connor hat das beste Geschenk von allen bekommen.

Neununddreißig

Connor

Im Gerichtssaal halte ich Ellies Hand. Die Verhandlung ist vorbei, und wir warten auf das Urteil. Nate hat es ausgezeichnet verstanden, Kevin als grausamen Ehemann darzustellen, der seine Frau misshandelt hat und eine Bedrohung für Hadley war.

Es war unglaublich schwer, dabei zuzuhören, wie Ellie davon erzählt hat, wie er sie geschlagen, missbraucht und emotional niedergeknüppelt hat. Ich brauchte meine ganze Beherrschung, um nicht über die Schranke zu springen und ihn mit meinen eigenen Händen zu erwürgen.

Natürlich war es noch härter zu hören, wie sein Anwalt Ellie als Hure dargestellt hat, die eine Affäre mit mir hatte, obwohl das nicht annähernd die Wahrheit ist. Dass Hadley meine Tochter ist, war allerdings nicht besonders hilfreich für unsere Seite.

Doch wir haben alle die Wahrheit gesagt, und glücklicherweise konnte Nate bewirken, dass Hadley außerhalb des Gerichtssaals mit dem Richter sprechen konnte, statt sie der Verhandlung auszusetzen.

»Bereit?«, fragt Nate von seinem Platz aus.

Ellie gibt sich große Mühe zu lächeln. »Ich bin … mir nicht sicher, doch das Kontaktverbot bleibt bestehen, oder?«

»Ja, für dich und Hadley ist bereits ein dauerhaftes Kontaktverbot verfügt worden.«

Sie sieht mich an, und ich lächle ihr aufmunternd zu. Ich weiß, das ist ihr nur ein geringer Trost, aber ich werde diesen Bastard nie wieder in ihre Nähe lassen. Wenn er gegen die einstweilige Anordnung verstößt, schlage ich ihm nur zu gern die Zähne aus. Obwohl auf seiner Farm bereits ein »Zu verkaufen«-Schild steht, daher bezweifle ich, dass wir ihn je wiedersehen werden.

Der Prozess hat uns viel abverlangt. Er hat uns gestresst, aber zu Hause habe ich getan, was ich konnte, um ihre Sorgen zu lindern. Es war furchtbar, sie nervös und unsicher zu sehen, und ich habe die Vorstellung verabscheut, dass Kevin sie immer noch verletzen konnte, obwohl er hinter Schloss und Riegel saß.

Nate presst die Lippen zusammen. »Ich wünschte, ich könnte ein wenig besser einschätzen, wozu die Geschworenen tendieren. Aber ich habe das Gefühl, dass wir unser Anliegen so gut wie möglich dargestellt haben.«

Ellie nickt. »Du hast großartige Arbeit geleistet, Nate. Danke.«

»Hätte ich früher gewusst, was los war, Ellie, dann hätte ich etwas unternommen.«

Das hat er auch vor ein paar Wochen gesagt, als Ellie mit ihm richtig tief in ihre Vergangenheit eingetaucht ist. Als ihm klar wurde, wie lange das schon so gegangen war, stand ihm das Grauen in den Augen. Sie erzählte von Gelegenheiten, bei denen sie einander begegnet waren, den Prellungen, die sie versteckte, und verriet, dass sie bei einer einfachen Umarmung manchmal fast in Ohnmacht gefallen war. Ich hatte den Eindruck, dass Nate beinah die Luft weggeblieben ist, als er herausfand, dass Ellie und Kevin einmal eine Essenseinladung abgesagt hatten, weil sie ein blaues Auge hatte. Ich war stolz auf sie, weil sie ihn nicht mehr schützte. Anschließend war sie kühl und distanziert und schien sich in sich zurückzuziehen.

Aber das war noch kein Vergleich zu den Tagen vor der Verhandlung. Sie konnte weder essen noch schlafen, und wenn sie doch ein paar Stunden die Augen schloss, hatte sie Albträume, die sie im Schlaf aufschreien ließen.

Erst, als Hadley tränenüberströmt zusammenbrach, räumte Ellie ein, dass sie ein Problem hatte. Sydney schickte sie zu einer Therapeutin, und das war eine große Hilfe. Sie drängte mich, ebenfalls zu gehen, um mich mit meiner Vergangenheit auseinanderzusetzen, aber im Moment … bin ich noch nicht so weit. Ich bin zum ersten Mal in meinem Leben glücklich und nicht bereit, Dinge, die ich verdrängt habe, wieder aufzurühren.

Ich bin allerdings froh, dass sie sich Hilfe geholt hat, denn dadurch konnte sie stark, unerschütterlich und angstfrei hier sitzen. Ein beeindruckender Anblick, so viel ist klar.

Ellie schaut sich um. »Wo bleibt Sydney nur?«

Sie unterschreibt Papiere, auf die ich gewartet habe, denn sie wird mir hoffentlich eine Urkunde mitbringen, aber das sage ich ihr nicht. Damit will ich Ellie heute Abend überraschen.

»Keine Ahnung.«

Ich hasse es, sie anzulügen, doch es ist eher eine kleine Flunkerei wegen eines Geschenks. Dafür wird sie sicher Verständnis haben.

»Ich hätte gedacht, dass sie wenigstens zum Urteil kommt.«

»Sie kommt bestimmt noch.«

Dann, als hätten wir sie heraufbeschworen, indem wir über sie geredet haben, schlendert sie durch die Tür des Gerichtssaals. Mit stoischer Miene kommt sie näher. Sie wirkt von Kopf bis Fuß wie eine hochgeachtete Anwältin, ganz anders als das Mädchen, das Sean früher mit Schlangen um den See gejagt hat, weil er schreckliche Angst vor ihnen hatte und bis heute hat.

Dann überlege ich, wie sie wohl die nächsten ungefähr sieben Monate erleben wird. In etwas über einem Monat kommt Declan zurück, und Sydney hat uns praktisch befohlen, kein Wort darüber zu verlieren.

»Hey. Tut mir leid, ich bin in der Kanzlei aufgehalten worden.«

»Kein Problem.« Ellie versucht, einen munteren Ton anzuschlagen, aber sie klingt ein wenig nervös, weil Kevin sie anstarrt.

Am liebsten möchte ich ihm den Kopf abreißen. Doch stattdessen lächle ich, weil ich am Ende gewonnen habe. Ich habe meine Tochter und Ellie, und wenn alles gut geht, wandert er ins Gefängnis.

Ein paar Sekunden später tritt der Richter ein, und wir stehen auf. Er nimmt Platz, und alle warten.

»Sind die Geschworenen zu einem Urteil gekommen?«

Ellie quetscht meine Hand so fest, dass ich mich schon frage, ob sie mir die Knochen bricht, aber ich lasse sie gewähren.

»Ja.«

Ich beherrsche mich, denn ich weiß, dass das Ergebnis mit Sicherheit Auswirkungen auf unsere Familie haben wird. Ellie hat mir erklärt, wenn er freigelassen wird, werde sie packen und mit Hadley fortgehen. Ich sehe das anders und würde lieber bleiben und unsere Stellung behaupten. Doch diese zwei Mädchen sind meine Welt. Wenn sie gehen wollen, werden wir drei Taschen packen, nicht zwei. Sicher, ich habe mich mit meinen Brüdern darauf geeinigt, ihnen ein großes Grundstück auf der Farm meiner Familie abzukaufen, aber ich könnte es ihnen jederzeit zurückverkaufen – hoffentlich.

Der Richter liest das Papier und reicht es dann dem Gerichtsdiener zurück. »Wie lautet Ihr Urteil?«

Der Vorsitzende der Jury steht auf und sieht den Richter an. »Wir, die Geschworenen, befinden den Angeklagten, Kevin Walcott, für schuldig.«

Ellie entspannt sich und stößt ein erleichtertes Schluchzen aus.

Er kann ihr nie wieder etwas anhaben.

»Was meinst du, Daddy?«, fragt Hadley und hält eine Zeichnung eines dreistöckigen Hauses mit einem Turm, einem Tor und einem Wassergraben in die Höhe.

Ich bin mir nicht sicher, wie zum Teufel sie sich seine Bewohner vorstellt, aber es ist hübsch.

»Ein wenig klein.«

Sie strahlt. »Ich weiß, es müsste größer sein. Dann könnten wir dort Pferde, Schweine, Ziegen und Hühner halten.« Sie zeigt auf das andere große Gebäude, von dem ich annehme, dass es eine Scheune darstellt.

»Ich hatte an so etwas gedacht.« Ich zeige ihr meine Zeichnung.

Sie stellt einen einfacheren Entwurf dar, ein bescheidenes Haus mit Veranda, ganz ähnlich wie das, in dem wir jetzt wohnen.

»Das ist langweilig.«

»Langweilig?«

Hadley zuckt die Schultern. »Wir sollten einen Palast kriegen.«

»Weil du eine Prinzessin bist?«

»Genau!«

Oh Gott, ich stecke so etwas von in Schwierigkeiten.

»Tja, Prinzessin Hadley, da müssen wir wohl einen Kompromiss schließen.«

In den letzten paar Tagen haben Hadley und ich Häuser gemalt. Warum, davon hat sie aus gutem Grund keine Ahnung. Dieses Kind ist die schlimmste Plaudertasche der Welt. Sie liebt es, Geheimnisse auszukundschaften, und kann es nicht abwarten, jedem, der es hören will, davon zu erzählen. Daher habe ich ihr das Zeichnen einfach als gemeinsamen Zeitvertreib verkauft. Ich habe jetzt sieben Zeichnungen von Hadley und sieben von mir.

»Was macht ihr beiden?«, fragt Ellie von der Tür aus.

Das Haar fällt ihr über die Schultern und streift knapp die Rundung ihrer perfekten Brüste, und sie kräuselt die weichen Lippen. Im Wesentlichen ist sie einfach atemberaubend.

»Wir malen Häuser!«

So eine kleine Klatschtante.

»Häuser? Wozu?«

So wollte ich ihr eigentlich nicht von meinem großen Plan erzählen, aber ich lerne gerade, dass das Leben nicht wirklich so läuft, wie wir uns das vorstellen. Das Leben mit Ellie und Hadley hat schon viele Wendungen genommen, doch alle haben mich zu diesem Moment geführt.

Ich möchte Ellie einen Antrag machen, und wenn ich nur eine Sekunde glaubte, sie sei bereit, würde ich sie morgen heiraten. Andererseits macht es mir nicht viel aus, dass sie noch nicht so weit ist. Wichtig ist dagegen, ein Zuhause zu haben, das uns ganz allein gehört und das frei von den Geistern der Vergangenheit und schlimmen Erinnerungen ist.

Am liebsten würde ich dieses Haus hier abreißen, das wird jedoch das Problem meiner Brüder sein, nicht meins.

Ich stehe vom Boden auf, wo Hadley und ich gemalt haben,

und greife nach den Papieren. »Welches gefällt dir? Ich finde ja, meine sind besser, aber Hadley mag das hier.«

Ellie nimmt sie und scheint jedes eingehend zu betrachten. »Aha.«

»Du magst meins, oder, Mommy?«

»Hmm«, macht Ellie nachdenklich und geht zum nächsten über.

»Meins ist besser als das von Daddy!«

»Hey!«, brumme ich meine Tochter spielerisch an. »Ich finde, ich habe das gut gemacht.«

Hadley nickt und klopft mir auf den Rücken. »Ja, für einen Erwachsenen.«

»Herrje, danke. Und ich dachte, ich wäre dein Lieblingsmensch.«

Sie kichert. »Bist du auch! Aber ich habe gewonnen!«

Ich nehme sie auf den Arm und küsse sie auf die Wangen. »Auf keinen Fall, Krümel. Ich habe gewonnen.«

Ellie räuspert sich. »Ich habe mich entschieden.«

»Lass mich runter, Daddy.« Hadley tritt lachend um sich.

»Ja, das muss ganz offiziell sein.«

Sie macht mich nach, als ich strammstehe, als wäre Ellie mein Commander und würde mir Befehle erteilen.

»Rührt euch, Soldaten.« Ellie salutiert, und ich stöhne auf.

»Wir sind keine Soldaten, wir sind bei der Navy.«

»Okay, wie ihr wollt, Matrosen, Leute, die nicht malen können.« Sie zwinkert, und Hadley und ich tun empört. »Ich habe entschieden, welches Haus ich am liebsten mag.«

Sie hält Hadleys Zeichnung mit dem Wassergraben und einer ganzen Farm hoch.

»Ich wusste es! Du schuldest mir ein Eis!«

An die Wette kann ich mich nicht erinnern. »Wann soll ich das gesagt haben?«

»Hast du nicht«, erklärt mir Hadley. »Ich finde, ich habe eins verdient, weil ich gewonnen habe.«

Ich glaube, wir gewinnen etwas anders.

»Ich habe eine neue Idee …« Ich trete zu meiner Jacke und ziehe die Papiere aus der Innentasche. »Wie wäre es, wenn wir uns anders belohnen? Mit etwas, das uns allen gefällt?«

Jetzt ist Hadleys Neugier geweckt, und auch die von Ellie. »Was führst du im Schilde, Arrowood?«

Grinsend trete ich auf Ellie zu. »Ich habe überlegt, dass dieser Familie etwas ganz Wichtiges fehlt.«

»Was denn?«

»Wir haben kein eigenes Haus.«

Ellie schürzt die Lippen und schüttelt den Kopf. »Wir wohnen doch in einem.«

»Ja, aber mein Bruder kommt bald, und das hat mich auf die Idee gebracht, dass wir etwas haben sollten, das nur für uns drei ist. Vor ein paar Monaten habe ich Declan hierauf angesprochen.« Ich strecke ihr die Papiere entgegen.

»Was hast du getan?«

»Mach einfach auf.«

Langsam öffnet sie sie, und dann weiten sich ihre Augen, als sie die Vereinbarung liest. »Du kaufst Land?«

»Ich kaufe Land *für uns*. Meine Brüder waren einverstanden damit, mir einen Teil der Arrowood-Farm zu überlassen, sobald sie verkäuflich ist, und ich möchte, dass wir darauf bauen. Das Gute ist, dass wir schon vor dem Verkauf mit dem Bau beginnen können. Wir können hier wohnen bleiben, während das Haus errichtet wird, aber alles ist bereit, sobald du es bist.«

Hadley quietscht und hält sich an meinem Arm fest. »Kriegen wir Ziegen?«

Sie und ihre Tiere.

»Lass uns erstmal abwarten, ob Mom das Haus will.«

Ellie zieht das Blatt hinter der Vereinbarung hervor und beäugt einen Moment lang die Zeichnung des Architekten, den ich beauftragt hatte.

»Das hatte ich mir so vorgestellt. Ich dachte, dass es genau das Richtige für uns wäre, obwohl es weder Turm noch Tore hat.«

»Connor …«

»Es hat fünf Zimmer, und die Veranda führt ganz ums Haus herum. Und es hat ein Büro, in dem du arbeiten kannst, wenn du musst. Ich dachte, wir könnten …«

Ellie legt die Hände um mein Gesicht, drückt die Lippen auf meine und bringt mich so zum Schweigen.

»Igitt«, zetert Hadley, und wir beide lächeln am Mund des anderen.

»Was denkst du?«

»Ich denke, dass ich dich liebe und das Haus perfekt ist.«

Ich beuge mich hinunter, nehme Hadley auf den Arm und schlinge den anderen um Ellie. »Das hier ist perfekt.«

Ellie gibt uns beiden einen Kuss. »Was denkst du, Hadley?«

Sie umschlingt uns an den Hälsen und zieht uns an sich. »Ich liebe unsere Familie.«

»Ich auch, Krümel.«

»Da sind wir schon drei.«

Und ich halte alles in den Armen, was ich brauche.

Epilog

Ellie

Zwei Monate später

»Diese Bauarbeiten treiben uns noch in den Wahnsinn. Aber es ist solch eine Erleichterung, dass die Walcott-Farm verkauft ist. Jetzt brauche ich mir keine Gedanken mehr darüber zu machen, dass Kevin nebenan wohnt.«

»Ja.«

»Connor hat mich gestern Abend zum Essen ausgeführt, und ich schwöre, Syd, ich hatte den Eindruck, dass er mir einen Antrag machen wollte.«

»Ah…ha.«

»Ich weiß nicht, ob ich bereit dafür bin, aber dann frage ich mich, was ich noch brauche, um so weit zu sein.«

»Hmm.«

Wir sitzen seit einer Stunde hier im Farmhaus. Angeblich ist das ein Mittagessen unter Frauen, da Connor auf der Baustelle und Hadley im Reitcamp ist, aber Sydney ist mürrisch. Statt zu essen, stochert sie auf dem Teller herum und gibt einsilbige Antworten.

Ich nehme meine Serviette und werfe sie nach ihr. »Was ist bloß mit dir los?«

»Mir geht's gut.«

Das stimmt ganz offensichtlich nicht, und ich habe das Gefühl, dass ich weiß, was sie umtreibt. »Declan kommt diese Woche.«

Zum ersten Mal tritt Licht in Sydneys Augen. »Ich will nicht darüber reden.«

»Das willst du nie, aber ich finde, du solltest.«

Ich kann mir nicht vorstellen, dass das einfach für sie wird, und sie gibt sich normalerweise die größte Mühe, sich nichts anmerken zu lassen. Doch die Zeit drängt. Declan hat sich für die nächsten sechs Monate freigemacht, damit er seine Zeit auf der Farm absitzen kann.

Die Brüder haben beschlossen, das Land in vier Teile aufzuteilen, sobald die Bedingungen des Testaments erfüllt sind. Wenn einer seinen Anteil haben will, soll er ihn bekommen, aber damit verwirkt er jedes Recht auf den Erlös aus den drei anderen. Wenn Declan, Sean und Jacob verkaufen, werden sie das Geld in drei Teile aufteilen, da Connor seinen Teil behält.

Der Abschnitt, auf dem wir bauen, ist perfekt. Er ist Connors Lieblingsstelle, und dort befindet sich auch Hadleys Baumhaus. Allerdings sind wir noch lange nicht am Ende, da die Baugrube erst vor einem Monat ausgehoben worden ist.

Statt Declan im Haus wohnen zu lassen, was er nicht einmal in Betracht ziehen wollte, hat Connor neben der Scheune eine Art Mikrohaus bauen lassen, das inzwischen komplett fertig und vollständig eingerichtet ist.

»Tut mir leid, ich habe gerade den Kopf voll.«

»Okay … zum Beispiel mit Declan?«

Sie wirft mir einen scharfen Blick zu, von dem ich mir sicher bin, dass er manche Leute einschüchtert – nur mich nicht. »Ich muss über einiges nachdenken.«

Es gefällt mir nicht, dass sie so sichtlich bestürzt ist. »Du weißt, dass du mir alles sagen kannst, Syd.«

Sie atmet lange aus und wendet dann den Blick ab. »Ich habe einen Fehler gemacht.«

»Okay …«

»An dem Wochenende, als Hadley Geburtstag hatte … da habe ich Mist gebaut.«

Oh Gott. Ich habe eine üble Vorahnung.

»Und?«

»Und ich habe mich wie eine Idiotin benommen. Ich habe die Party verlassen, weil ich nicht in Declans Nähe sein wollte. Ich war vollkommen durch den Wind und habe geheult, weil unser Song im Radio gespielt wurde, und bin zum Teich gegangen, da dumme Mädchen, die ihren Ex immer noch lieben, so etwas tun. Ich habe da draußen gestanden, an ihn gedacht und mir gewünscht, alles wäre anders gekommen.«

»Syd …«

Sie hebt die Hand. »Es wird noch schlimmer. Anscheinend hat er sich genauso nostalgisch gefühlt und ist auch nach draußen gekommen.«

Mir tut es im Herzen weh, denn ich weiß, wie sehr sie ihn noch liebt. Für sie war er der Eine. Der Mann, über den sie nicht hinwegkommen kann und den sie trotzdem nicht wieder in ihrem Leben haben will. Er hat sie stärker verletzt, als sie je zugeben würde.

»Bitte sag mir, dass ihr nicht …«

»Schön, dann sag ich's nicht.«

Ja, das ist übel.

»Und jetzt?«

Sie sieht zu mir auf, und eine Träne läuft über ihre Wange. »Jetzt muss ich einen Test machen.«

Ich nehme ihre Hand und beschließe, ihr meinen eigenen Verdacht anzuvertrauen. »Ich auch.«

»Du?«

»Ich weiß es nicht«, schiebe ich schnell nach. »Aber ich bin spät dran, und Connor und ich haben es … darauf ankommen lassen.«

Ich habe meine Spirale entfernen lassen, denn wir waren beide der Meinung, wenn es passiert, sollte es so sein. Ich habe mir immer mehrere Kinder gewünscht, und er ist der einzige Mann, mit dem ich eine Familie gründen will.

»Hast du einen Test da?«, fragt sie.

Ich habe mir so eine Großpackung besorgt, da ich zu den Verrückten gehöre, die mindestens vier Tests brauchen, um das Ergebnis des ersten zu glauben.

Ich nicke, und wir gehen zum Bad. Ich gebe ihr einen und lasse sie als Erste eintreten, und dann bin ich an der Reihe.

Jetzt haben wir drei Minuten.

Ich stelle den Timer, und wir setzen uns ins Esszimmer.

»Wahrscheinlich hattest du nicht gedacht, dass das Essen so ausgehen würde, was?«

Ich schüttle den Kopf. »Nein, aber … ich verstehe es.«

»Was soll ich machen, wenn er positiv ist?«

Ich erinnere mich nur zu gut, wie ich mich gefühlt habe, als ich herausfand, dass ich schwanger mit Hadley war. Es war Furcht einflößend. Ich war noch nicht bereit, Mutter zu werden, doch ich wurde es.

»Ich weiß, dass du Angst hast, wahrscheinlich umso mehr, weil du Single bist, aber Declan ist ein guter Mann. Er wird dich nicht damit allein lassen.«

»Er darf das nicht erfahren.«

Jetzt bin ich an der Reihe, sprachlos zu sein.

»Du musst es ihm sagen.«

»Wenn ich bereit dazu bin. Aber nicht jetzt. Versprich es mir, Ellie. Du musst mir versprechen, weder ihm noch Connor etwas zu verraten.«

»Ich kann Connor nicht anlügen.«

Sie schüttelt den Kopf und nimmt meine Hände. »Du verstehst nicht …«

Der Timer klingelt, und wir erstarren beide.

»Ich werde nichts sagen, solange er nicht fragt.«

Sydney seufzt tief und nickt dann. »Mehr kann ich wahrscheinlich nicht verlangen. Hoffentlich ist er negativ, und das war alles nur ein böser Traum.«

Das hoffe ich auch, für sie.

Wir erheben uns beide und gehen zum Bad, um die Ergebnisse anzuschauen.

Wieder stehe ich draußen und warte darauf, dass Sydney herauskommt. Lautlos spreche ich ein Gebet und bitte darum, dass dieser Test so ausfällt, wie wir beide es uns wünschen.

Doch bevor ich hineingehen kann, um mir die Ergebnisse anzusehen, tritt Connor durch die Tür.

»Hey, Baby.« Er kommt auf mich zu und gibt mir einen Kuss.

»Hi.«

»Was ist los?«, fragt er, da ich offensichtlich abgelenkt bin.

Ich wiege mich vor und zurück und beiße mir dann auf die Unterlippe. »Los? Nichts ist los, ich muss bloß aufs Klo.«

Dann wird die Tür geöffnet, und Sydney kommt mit beiden Tests in der Hand heraus. Sie schaut mich an und schüttelt den Kopf, aber ich bin mir nicht sicher, was das heißt. Dann küsst sie mich auf die Wange und hält mir einen Test entgegen, von dem ich annehme, dass es meiner ist.

Connors Blick huscht zu dem unverkennbaren Gegenstand in meiner Hand.

Sie wendet sich lächelnd an ihn. »Wir sehen uns morgen. Ich muss los.«

»Syd?«

In ihren Augen stehen Tränen, aber sie erwidert nichts. Sie berührt meinen Arm und geht dann davon.

Ich stehe da und sehe ihr mit dem Test in der Hand nach. Ich mache mir Sorgen um sie.

»Ellie?«, sagt Connor. »Ist das …?«

Mein Herz schlägt schneller, denn wenn er positiv ist, wird sich alles verändern. Natürlich hat sich unser Leben ständig gewandelt, aber ein Baby wird das noch verstärken. Was macht das schon, denke ich dann. Wir lieben uns und wussten, dass es so kommen könnte. Ich kann mir kein Leben mit jemand anderem vorstellen.

Er ist jetzt bereits ein großartiger Vater, und dieses Mal wird die Schwangerschaft für mich nicht so beängstigend sein. Ich werde ihn bei jedem Schritt an meiner Seite haben.

»Ich bin spät dran«, erkläre ich. »Ich dachte, vielleicht bin ich schwanger.«

Sein Lächeln wird breiter, und jetzt hoffe ich wirklich, dass der Test positiv ausgefallen ist.

Ich hebe den Test hoch, und meine ganze Welt wird plötzlich ein wenig heller.

»Ich bin schwanger«, sage ich mit Tränen in den Augen.

Er umarmt mich und küsst mich auf den Hals. »Wir bekommen noch ein Kind.«

»So sieht es aus«, sage ich, und eine Träne läuft mir übers Gesicht. »Bist du glücklich?«

Er weicht ein wenig zurück. »Ob ich glücklich bin? Ich bin

verdammt mehr als glücklich! Wir bekommen noch ein Kind, und bei Gott, Ellie, ich werde dich heiraten. Ich weiß, du wolltest noch warten, aber …«

»Ich will nicht warten.«

»Was?«

Ich lege die Hände um sein Gesicht. »Ich liebe dich, Connor. Ich liebe dich mehr, als je eine Frau einen Mann geliebt hat. Ich brauche nicht damit zu warten, dich zu heiraten. Ich *will* nicht mehr Zeit. Wir haben schon genug davon vergeudet. Ich will, dass unsere Familie komplett ist, und ich möchte deine Frau werden.«

Er küsst mich, und ich vergesse, wie man atmet.

Keine Ahnung, wie lange es dauert, bis wir anfangen, einander auszuziehen. Sanft und sinnlich lässt er die Hände an meinem Körper hinuntergleiten. Connor küsst mich tief und schiebt uns in unser Schlafzimmer.

Langsam zieht er die Träger meines Kleides hinunter und beobachtet mich dabei. Ich greife nach seinem Shirt und ziehe es ihm aus. Ich liebe seinen Körper. Ich liebe es auch, wie meiner auf seine Berührung reagiert.

Wir erkunden einander mit den Händen. Er streicht mit dem Daumen über meinen Nippel, sodass er sich aufrichtet. Dann legt er die Lippen darauf und saugt ihn in seinen warmen Mund. Ich stöhne und genieße das sinnliche Gefühl, das durch die Schwangerschaft nur noch verstärkt wird.

Er erregt mich weiter mit dem Mund, und dann liegt seine Hand auf meiner Klit. Er schnipst sie hin und her, sodass ich den Rücken durchbiege.

»Das fühlt sich so gut an«, sage ich zu ihm.

»Ich will dir immer ein gutes Gefühl geben.«

Und das tut er. Er gebraucht seine Finger, um mir Lust zu

bereiten oder seine Zuneigung zu zeigen, aber nie im Zorn. Mit ihm zusammen zu sein ist so ganz anders. Der Sex ist unglaublich, und ich weiß nicht, ob ich vor ihm je einen richtigen Orgasmus hatte.

Es war, als hätte mein Körper sich allem verweigert, was Kevin tat.

Wenn man seinen Partner liebt und ihm vertraut, ist das ein ganz anderes Erlebnis, und ich bin froh, das jetzt mit Connor teilen zu können.

Er treibt mich voran, leckt meinen Nippel und bewegt die Finger schneller. Ich beginne zu keuchen, und mit jeder Sekunde baut sich mein Orgasmus stärker auf. Ich werfe den Kopf hin und her, und meine Erregung steigt noch weiter. Ich rufe seinen Namen, bettle um mehr und flehe zugleich, dass er aufhören soll. Ich halte das nicht aus. Es ist zu viel.

»Connor.«

»Du bist so wunderschön. Ich liebe dich so sehr.«

Er bedeckt meine Klit mit dem Daumen und drückt zu, und da ist es für mich vorbei. Eine Woge der Lust nach der anderen überspült mich. Das Gefühl ist so gut, dass ich mir wünsche, es würde niemals aufhören. Er lockt jedes bisschen Lust, das mein Körper hergibt, aus mir heraus. Dann ist er über mir.

Mit einer einzigen schnellen Bewegung dringt Connor in mich ein, und wir beide stöhnen. Mein Körper heißt ihn willkommen und liebt es, wie wir zusammenpassen. Ich streiche über seinen Rücken, und er stößt noch einmal zu.

Wir lieben uns. Es ist sanft und heftig zugleich. Er dreht uns so herum, dass ich oben liege, und legt die Hand um meine Hüften.

Ich reite ihn, aber er gibt das Tempo vor.

»Ich kann nicht mehr, Ellie.«

Ich liebe es, wenn er bei mir die Kontrolle verliert. Es ist ein machtvolles Gefühl, ihn so weit zu bringen.

»Dann komm«, sage ich und bewege meine Hüften kräftiger.

»Ich liebe dich.«

Ich lasse die Hüften kreisen und sinke dann auf ihn hinunter und lege die Lippen an seine. Und dann ist es für ihn so weit.

Wir sind beide verschwitzt, liegen nebeneinander und rühren uns kaum. Das war aufwühlend, fantastisch und emotional, alles zugleich. Er stützt sich auf einen Ellbogen und sieht mit einem schiefen Grinsen auf mich hinunter.

»Was?«

»Ich liebe dich«, sagt Connor und lässt eine Hand auf meinen Bauch gleiten. »Und dich.«

»Wir lieben dich mehr.«

»Unmöglich.«

Wir räumen auf und gehen dann wieder ins Bett, wo wir einander umschlingen. Wir liegen einfach nur da und genießen die Stille und unsere Wärme.

»Was war eigentlich mit Syd los?«, bricht Connor irgendwann das Schweigen.

Ich denke an meine Freundin und überlege, was ihr Kopfschütteln wohl bedeuten sollte.

»Ich glaube, ihr geht im Augenblick viel im Kopf herum.«

»Mein Bruder war heute am Telefon auch merkwürdig, als ich sie erwähnt habe.«

Tja, falls dieser Test positiv war, haben die beiden noch viel mehr komische Momente vor sich. Aber ich habe keine Ahnung, ob er positiv war oder nicht, daher ist es nicht wirklich eine Lüge, wenn ich ihm nichts davon verrate.

»Danke«, sage ich nach kurzem Schweigen.

»Wofür?«

»Dafür, dass du mich liebst. Dass du mir eine Familie geschenkt hast. Dass du mir ein Leben bereitest, von dem ich nur träumen konnte.«

Connor drückt die Lippen auf meinen Scheitel. »Ich werde dir die Welt zu Füßen legen, Ellie.«

Und ich weiß, dass ihm das ernst ist, denn er hat es schon getan.

Danksagung

Für meinen Mann und meine Kinder: Ihr bringt so viele Opfer, damit ich weiter meinen Traum leben kann. Tage- und nächtelang bin ich abwesend, obwohl ich da bin. Ich arbeite daran, versprochen. Ich liebe euch mehr als mein Leben.

Meine Leser:innen: Ich kann euch nicht genug danken. Dass ihr meine Worte lest, überwältigt mich immer noch. Ihr seid zu einem Teil meines Herzens und meiner Seele geworden.

Die Blogger:innen: Ich glaube, ihr wisst gar nicht, was ihr für die Buchwelt leistet. Ihr werdet für den Job nicht bezahlt, sondern liebt ihn und macht ihn deshalb. Ich danke euch aus tiefstem Herzen.

Meine Testleserin Melissa Saneholtz: Gott, ich weiß nicht, wieso du nach der Hölle, durch die ich dich geschickt habe, immer noch mit mir redest. Dein Input und deine Fähigkeit zu durchschauen, was in meinem Kopf vorgeht, obwohl ich es selbst nicht verstehe, überwältigen mich. Ich kann mir nicht vorstellen, was ohne deine Anrufe aus diesem Buch geworden wäre. Danke, dass du mir hilfst, mein Hirn zu entwirren.

Meine Assistentin Christy Peckham: Wie oft kann man jemanden feuern, der immer wieder zurückkommt? Wahrscheinlich können wir das bald nicht mehr zählen. Nein, wirklich, ich könnte mir mein Leben ohne dich nicht vorstellen. Du bist eine Nervensäge, aber du bist der Grund dafür, dass ich noch nicht zusammengebrochen bin.

Sommer Stein für die perfekte Gestaltung der Cover und

dafür, dass du mich immer noch liebst, obwohl wir uns streiten, weil ich eine Million Mal meine Meinung ändere.

Melanie Harlow, ich danke dir, dass du die gute Hexe in unserem Ethel-und-Lucy-Duo bist. Deine Freundschaft bedeutet mir alles, und ich liebe es, zusammen mit dir zu schreiben. Ich kann mich so glücklich schätzen, dich in meinem Leben zu haben.

Bait, Stabby und Corinne Michaels Books – ich liebe euch mehr, als ihr ahnen könnt.

Meine Agentin Kimberly Brower: Ich bin so froh, dich in meinem Team zu haben. Danke für deine Beratung und Unterstützung.

Melissa Erickson, du bist großartig. Ich liebe dein Gesicht. Danke dafür, dass du mich immer wieder herunterholst, wenn ich am liebsten von einer ziemlich hohen Brücke springen würde.

An meine Sprecher Andi Arndt und Zachary Webber, die meine Personen zum Leben erwecken und es immer fertigbringen, die magischsten Hörbücher entstehen zu lassen. Andi, in den letzten paar Jahren bist du mir ein immer besserer Freund geworden, und ich liebe dein gutes Herz so sehr. Danke, dass du mir immer den Rücken stärkst. Auf viele weitere Konzerte und winterliche Pyjamapartys.

Vi, Claire, Mandi, Amy, Kristy, Penelope, Kyla, Rachel, Tijan, Alessandra, Meghan, Laurelin, Kristen, Devney, Jessica, Carrie Ann, Kennedy, Lauren, Susan, Sarina, Beth, Julia und Natasha (gähn) – danke, dass ihr mich unterstützt, damit ich versuchen kann, besser zu werden, und mich bedingungslos liebt. Ich kann mir keine besseren Autorenschwestern vorstellen als euch.